마인드닥터가 전하는

마음의 힘

마인드닥터가 전하는 마음의 힘

발행일   2016년 11월 10일

지은이   한 치 호
펴낸이   손 형 국
펴낸곳   (주)북랩
편집인   선일영   편집   이종무, 권유선, 안은찬, 김송이
디자인   이현수, 이정아, 김민하, 한수희   제작   박기성, 황동현, 구성우
마케팅   김회란, 박진관
출판등록 2004. 12. 1(제2012-000051호)
주소   서울시 금천구 가산디지털 1로 168, 우림라이온스밸리 B동 B113, 114호
홈페이지   www.book.co.kr
전화번호   (02)2026-5777   팩스   (02)2026-5747

ISBN   979-11-5987-244-0 03810 (종이책)
         979-11-5987-245-7 05810 (전자책)

이 도서의 국립중앙도서관 출판예정도서목록(CIP)은 서지정보유통지원시스템 홈페이지(http://seoji.
nl.go.kr)와 국가자료공동목록시스템(http://www.nl.go.kr/kolisnet)에서 이용하실 수 있습니다.
(CIP제어번호: CIP2016027174)

(주)북랩 성공출판의 파트너

북랩 홈페이지와 패밀리 사이트에서 다양한 출판 솔루션을 만나 보세요!
홈페이지 book.co.kr   1인출판 플랫폼 해피소드 happisode.com
블로그 blog.naver.com/essaybook 원고모집 book@book.co.kr

마인드닥터가 전하는
마음의 힘

12가지 주제로 풀어 보는 마음 설명서

한치호 지음

고통스러운 상처와 이별할 마음의 힘이 필요한 분께
이 책을 바칩니다.

서문

8년간 블로그에 글을 써왔다. 블로그는 '마인드닥터 정신과의원'을 찾은 수많은 내담자를 상담하면서 느낀 점을 올리는 일기장 같은 곳이다. 일기장을 책으로 묶어내는 일은 즐겁고 뿌듯한 작업이었다.

글을 정리해 보니 대략 열두 가지 주제로 나뉘었다. 살아가며 피할 수 없는 이야기들이다. 이 중 어느 한 부분이라도 힘들어 책을 펼친 그대에게 도움이 되어줄 수 있다면 좋겠다. 흥미롭고 재미있는 스토리로, 함께 짊어진 삶의 무게에 대한 고민으로, 토닥거려 주는 위로로 마음에 와 닿길 바란다.

치유 사례와 영화 이야기, 칼럼으로 각 장을 구성했다. 영화는 삶의 희로애락을 은유적으로 압축해 놓은 스토리여서 좋아한다. 소통할 수 있고 '힐링'이 되는 영화 이야기가 글에 향기를 더한다면 좋겠다.

이야기의 시작은 '가족'이다. 사랑의 보금자리인 가정은 상처가 현재 진행 중인 곳이기도 하다. '엄마가 없어지면 좋겠다' 또는 '부모가 독이 되기도 한다' 등의 직설적인 말을 쓰기도 했다. 가능한 한 완곡한 표현을 쓰려 했지만 사실이고 현실이기에 어쩔 수 없었다. 마음 다치지 않고 '혹시 내가 저런 부모는 아닐까?' 되짚어 보는 기회가 되면 좋겠다.

가족만큼 숙명적인 '사랑과 이별' 이야기도 있다. 살면서 사랑과 이별은 피할 수 없다. 이별해 보지 않은 사람이 성숙한 사랑을 할 수 있을까? 사랑의 수준은 열정의 정도가 아니라 정신 건강의 수준임을 강조하고 싶다. 이 책에서 말하는 '나쁜 남자 구별법'은 여러분이 사랑을 시작하기 전에 먼저 전달되기를 바란다.

'미움을 받을 용기'가 마음을 치유하는 방법이 될 때도 있었다. 내가 손을 잡아 준 그들에게서 오히려 배우는 것이 많았다. 그들 속에서 천사를 보았기 때문이다. 그들의 순간이 우리 모두의 순간도 될 수 있다. 그들과 우리를 연결하는 것은 사랑이고, 구원하는 것도 사랑의 힘임을 느끼고 가슴이 벅찼다.

'마음의 힘'에 대한 이야기도 있다. 느긋해지고 근심을 줄이면 위장과 심장이 편안해진다. 긴장을 풀고 몸에 힘을 빼면 두통과 어깨 통증이 없어진다. '관찰자 효과'를 이용하면 공황장애와 공포증이 사라질 수 있다. 이처럼 무궁무진한 마음의 힘과 넓은 정신의 스펙트럼이 있기에 치유가 가능했던 사례들도 적어두었다.

'분노와 욕망'은 다루기 쉽지 않았는데, 이는 진료실 밖에서도 중요한 사회 문제로 조명되고 있다. 폭력은 공간의 제한을 벗어나 길거리에서도 일어나고 있다. 따돌림은 학교의 담벼락을 넘어 군대와 직장까지 파고들었다. 집단 속의 개인이 건강한 사회로 나아가는 과도기에 이러한 문제는 사회가 같이 풀어야 할 숙제다. 우리 안의 분노를 분석할 수 있으면 옆 사람의 분노도 이해하게 된다. 이 글이 자신의 모습 뒤에 숨어 있는 어두운 그림자를 들여다보고, 인정하고 싶지 않은 욕구를 다른 사람에게 투사하고 있지 않은지 헤아려보는 데 도움이 되기를 바란다.

사람이란 이기적인 존재이고 생존에 관계없이도 탐욕을 부린다. 이럴 때는 사피엔스라는 포유류의 한 종족에 불과한 것 같아 환멸을 느끼기도 한다. 이타적인 희생이 삶이 되어 있는 성스러운 이웃도 볼 수 있다. 이런 이웃이야말로 영웅이다. 이렇게 스펙트럼 넓은 우리의 인성과 영성을 보면서 죽을 때까지 노력해야겠구나 생각하며 글을 썼다. 또한 죽음을 기억해야 삶이 풍요로워진다는 역설적인 진리도 절감했기에 조금은 절절하게 기록했다.

삶은 시지프스의 돌처럼 고통스러울 때가 많기에, 신이 우리에게 준 자기 (Self)의 모든 힘을 사용해야 한다. 자아보다 큰 자기를 실현하려면 틀에 박힌 자아를 초월하는 성장을 해야 한다. 이는 특정한 신앙과 미신이 아니라 우리의 원형에 있는 자기치유의 힘을 되찾는 작업이다. 영성이 발전하여 깨달음이 온다면 죽는 순간에 후회가 덜할 것이다. 그래서 변화를 위한 노력의 이야기로 마무리를 했다. 어쩌면 앞의 글들은 이 장을 위한 디딤돌인지도 모르겠다.

열두 가지 주제로 책을 묶어내는 일은 변화하기 위해 노력하는 마음을 잃지 않도록 나 스스로도 되새겨보는 기회가 되었다. 이 책이 살아가다 내 마음이 왜 이렇게 힘들까 생각이 들 때 읽어보는 마음 설명서가 되어 준다면 좋겠다. 순서와 관계없이 눈이 가는 대로 펼쳐 보아도 괜찮을 것 같다.

고통과 불운이 그대를 피해갈 것이라고 말하진 못하겠다. 하지만 어떤 고통이든 결코 오래 머물러 있지 못할 것이다. 우리 안에는 참고, 풀고, 받아들이고, 미소 지으며 그 너머를 보는 힘이 있기 때문이다. 항상 건강하고 행복하시기를 바란다.

목차

1장

가족

1

어머니가 없어지면
좋겠어요

그녀 A는 20대 중반의 회사원으로 우울증이 심했다. 여성의 우울증에 흔한 패턴인 쉽게 들뜨고 사소한 일에 기분이 급격히 추락하는 모습이 아니었다. 항상 우울이 깔려 있고, 힘든 일이 있으면 더욱 기분이 늪에 빠지듯 몸과 마음이 무너지곤 했다. 검사하고 상담을 해 보니 나이에 비해 감정을 억압하며 진중했다. 십중팔구 이런 경우는 어릴 때부터 애어른이었을 것이다. 그녀 역시 그랬었고 장녀이다. 지능이 낮고 자폐아인 두 동생들을 돌보는 가장인데, 홀어머니는 우울증으로 일 년의 대부분을 입원해 있다.

이런 사연까지 들었을 때 난 가슴이 아려 오면서 불길한 생각이 들어 부모에 대한 질문들을 했다. 역시 어머니는 우울증이란 진단 너머에 엄마 역할의 미숙함과 인격의 문제가 있었다. 어머니는 어릴 때 불안정한 가정에서 자라 일찍 시집을 갔고 아이 셋을 낳았다. 아이들보다 자신이 더 중요했기에 기분에 따라 학대와 방관의 양육을 했고, A는 엄마의 눈치를 보며 자라야 했다. 장녀인 A는 엄마의 도우미이자 식모였고, 엄마가 아플 때는 간병하며 동생들을 돌봐야 했다.

8살에 많은 일들이 있었다. A가 6살 때 술집 여자와 살려고 집을 나간 아버지가 술병을 앓다 돌아가셨고 그 사체를 찾아가라는 전화를 받았다. 엄마는 너희 자식들이 지긋지긋하니 더 키우지 못하겠다며 고아원에 맡기겠다고 했다. 어린 그녀는 울면서 몇 번을 빌었다. 자신이 동생들 몫까지 잘할 테니까 제발 버리지 말아 달라고. 파출소에 찾아가서 어린 마음에 호소해 보기도 했다. 그해에 돈이 없어 여관에 살았는데, 어느 날 엄마가 웬 아저씨가 맛난 것을 사 준다고 하니 따라가라고 했다. 아이는 불안하고 싫어서 과자는 필요 없고 엄마 옆에 있겠다고 했지만 엄마의 표정이 일그러졌다. 엄마가 무서워 아저씨를 따라갔다. 가게에 간다던 아저씨는 다른 집으로 데리고 갔고, 아이는 성폭행을 당했다. 돌아왔는데 엄마는 아무 말도 하지 않았다.

이렇게 8살 때의 사연을 꺼낸 날은 필자를 5번째 방문한 어느 날이었고, 동생이 갑자기 혼수상태에 빠져 들쳐 업고 응급실에 다녀왔다고 했다. 대사장애가 있어 한 번씩 이런 상황이 닥쳐온다고 했다. A에게 8살의 그 사건은 평생 씻을 수 없는 상처였다. 지금도 그 일을 생각하면 엄마가 그냥 빨리 없어지면 좋겠다는 생각이 든다고, 자신은 정말 나쁜 딸이라며 고개를 숙였다.

그녀가 나가고 난 참았던 눈물이 나왔다. 이런 기막힌 사연이 처음은 아니지만, 기구한 삶의 사연에 비하면 그녀의 심성이 참 바르고 착했기에 너무 안쓰러웠다. 그리고 화가 나서 나도 몰래 터진 감정이었다. 지금 이 순간에도 새로운 생명이 태어나고, 또 어떤 생명은 유명을 달리하고 있을 것이다. 그리고 불행한 사람들도 더 많아지는 것 같다. 난 확신한다. 부모로부터 학대를 당하고 마음에 할퀴어지는 상처를 받는 아이들이 어느 가정에서 숨 죽여 울고 있다는 것을. 길을 가다가 우울한 얼굴의 소녀가 어깨를 움츠리고 가는 것을 보면, 저 아이는 분명 철이 들기 전부터 행복보다 불행과 고통을 훨씬 더 많이 겪고 있지 않은지 걱정된다. 팔목에 자해의 흔적이 있는 아이가 상대의 친절에 경계를 하는 것을 보면, 오랫동안의 학대로 인해 세상은 위험한 곳이라는 마음으로 살고 있는 아이라고 본다. 집까지 따라가서 확인하고 싶다.

남녀가 사랑에 빠지는 것은 자연스러운 현상일 것이다. 하지만 결혼하려면 두 사람이 가정을 꾸리고 아이들을 건강하게 양육할 인성이 되는지 검토하는 것이 필요하다는 생각이 간절히 든다. A는 좋아질 것이다. 내가 그렇게 도와줄 것이다. 하지만 다른 이들, 5살의 A, 10살의 A, 30살, 40살의 A들은 어떻게 될까?

2

독이 되는 부모

그 부부께서 들어오신다. 우울증(화병)이 심하여 치료를 받고 많이 좋아지 셨는데, 오늘은 두 분 다 안색이 어둡고 연신 한숨이다.

"딸애와 사위가 짐 싸들고 울산으로 내려왔어요. 딸은 친정에 오니 이 제 살았다고 안도하지만 아직도 악몽 꾸고 잘 놀라며 예전 기억으로 공포 에 떨어요. 사위는 현실을 외면하려고 하는 등 좀 이상해요. 원장님께 예 약해 놓았으니 두 아이가 오면 치료를 부탁드릴게요. 불쌍해 죽겠어요, 흑 흑……."

이 결혼은 아버지가 자신의 고향 친구와 사돈을 맺자며 의기투합하여 진 행시킨 것이었다. 두 청춘 남녀도 아버지들의 뜻을 따라 사귀다 결혼을 했 다. 다음날 방문한 두 사람으로부터 그동안의 사연을 들어 보았다. 여성은 시집살이가 너무 혹독하여 신경쇠약과 우울증에 걸릴 정도였다. 시어머니 가 따뜻하게 정을 주지 않고 엄하기만 한 것은 참아내고 있었다. 그런데 시 아버지로 인한 공포는 견디기 힘들었다고 한다. 가정에서 독재자로 군림하 며 식구들의 의사나 생각은 존중해 주지 않는 가장이었다. 자신의 뜻을 거 역하면 누구도 용서하지 않고 폭력을 휘두르고 쫓아냈으며 가족을 짐승처 럼 다루었다. 부인은 대항하지 못했고, 자식들의 앞에서는 남편을 원망하 며 아이들이 학대당할 때에는 방관했다. 아버지는 아들 둘을 직원으로 두 면서 다른 직원들 앞에서 야단치고 때리며 모멸감을 주었다. 내원한 남성은 2남 1녀의 막내인데 가끔 작은 반항을 하고 피하기도 하지만, 맏이인 큰아들은 아버지에게 아주 순종적이었다. 딸은 시집을 가지 않고 부모와 같이 살고 있는데, 동생과 올케에 대한 감시와 공격의 대리인 역할을 하며 표독스럽다고 한다.

: 독이 있어 병든 관계

이 가족을 가만히 보면 참으로 병든 관계라는 생각이 든다. 시아버지가 되는 분은 3살 때 부친을 여의고 홀어머니 밑에서 성장했다. 세상은 먹지 않으면 먹히는 냉정한 곳이라는 가치관으로 자수성가했다. '아내와 자식들은 자기가 없으면 살아나가지 못하는 것들'이어서 보호해 주는데, 자신의 말을 따라야 한다. 새로 들어온 며느리가 친구의 딸이라도 자신에게 복종해야 하는 것이다. 큰아들은 대개의 엄부 밑의 맏이가 그렇듯이 자기주장 없이 복종한다. 하지만 아버지를 무서워하면서 미워할 것이다. 이 분노는 억제하기에 드러나지 않고 온순한 얼굴로 살아간다. 딸은 부모로부터 독립을 못하고 있다. 엄마와 애증의 관계이면서 떨어지지 못하고, 아버지에 대한 두려움은 크면서 경제적으로 의존할 수밖에 없는, 성장하지 못하는 딸일 것이다.

아이들은 성장하면서 아버지를 통해 사회와 세상을 알아나간다. 아버지가 말하고 보여 주는 세상이 무섭고 냉정한 것이라면 아이들에게 그렇게 각인된다. 아이들은 자라서 학교와 사회에서 겁이 많고 공격적인 모습이 될 수 있다. 세상에 대한 양극단적인 태도를 보이게 되는 것이다. 이 젊은 부부의 경우 아내는 남편을 걱정한다. 남편의 문제들은 '중요한 것들을 어처구니없이 잊어버리는 것, 엄청 힘든데도 고통을 못 느끼는 것, 억울하고 분해도 화를 내지 못하는 것, 만만한 가족에게는 사소한 일에도 크게 짜증을 내는 것'이라고 했다. 빠져나갈 수 없는 학대의 환경이 계속되면 무기력해지는 것이다.

인간의 마음과 능력의 스펙트럼은 유약하고 무기력한 단계에서 초인적인 능력과 부처 같은 긍휼의 마음까지 엄청 넓다. 환경을 극복하는 훌륭한 영웅 같은 사람들이 있지만 동물의 반응보다 더 치명적인 패턴을 보이는 경우들도 있다. 바로 대를 이어서 불행과 상처가 반복된다는 것이다. 동물은 그렇지 않다. 이 사례에서 시아버지는 홀어머니와의 고생을 딛고 성공한 분이다. 하지만 이 성공은 자신이 만든 가족들에게 물질적 혜택은 주었겠지만 역경을 극복한 지혜와 내리사랑은 주지 못했다. 자기 손으로 만든 우리 안에서 가족을 길들이고 이것을 사랑이라고 믿고 있는 남자가 된 것이다.

: 심리적인 독립

아이들은 가정의 가장 낮은 곳에 있기에 가정의 틀에 의해 그대로 인성이 만들어진다. 성인이 되어 해결하려 해도 쉬운 게 아니다. 몸만 어른이며 마음의 성장이 멈춘 사람들도 있다. 독이 되는 말과 행동을 오랜 세월 겪은 자식들은 부모를 극복하기가 아주 어렵다. 하지만 부모 앞에서 자신이 얼마나 힘들었는지 그 심경을 밝히는 것이 선행되어야 한다. 부모가 달라지지 않으면 할 수 없다. 사실 나이 든 분들은 심성의 변화가 어렵다. 부모의 변화를 위해서 마음을 표현하는 것이 아니다. 심리적으로 이제 독립하겠다는 의미이고 각오인 것이다. 우리 옆에는 책임져야 할 새로운 가족들이 있기에.

관계에 대한 치유는 아주 어렵다. 오랜 세월 마음 안에 고인 부정적이고 비관적인 생각 바꾸기, 대인관계 패턴 점검하기, 친밀감 형성하기, 적절히 화를 내고 자기주장하기 등의 방법들로 꾸준한 치유와 연습이 꼭 필요하다. 자기 안에 독이 된 요소, 즉 '부모에게 받은 유전적이며 심리적인 독소와 정서적 상처'를 들여다보는 자기점검이 꼭 필요하다고 강조하고 싶다. 바꾸지 않으면 내 아이들에게 그대로 반복되기 때문이다. 자식을 가진 부모의 입장에서 우리들은 좋은 부모일까? 최소한 독이 되는 부모는 되지 않아야겠다. 이런 사연을 접하고 나면 훈육이라 여겼던 것이 독소는 아니었을까, 자신이 없어지는 마음이 든다.

③

지옥에 사는 천사

    오늘은 남편의 차트와 더불어 그녀 자신도 신경정신과로 접수하여 들어오는 것을 보고 올 것이 왔구나 하는 생각이 들었다.

"많이 힘드시죠?"

"가슴이 답답하고 자꾸 울게 돼요. 무엇보다 아이들과 살아갈 자신이 없어져요."

"아저씨가 최근 더 힘들게 하시는가요?"

"아이들에게 사소한 일에도 욕설과 폭력을 행사해요. 불쌍하지만 미워지고 힘들어요. 짜증이 나는 나 자신도 미워요."

    4년 전 그녀의 남편은 현장 작업 중 사고로 머리를 다쳤고 뇌수술을 받았으나 후유증으로 인지 기능(지능)의 저하와 인격의 장애가 왔다. 할 수 있는 치료를 다 받았고 '기질성 정신장애-외상 후 인격 장애'라는 진단명으로 1년 반 동안 내게 치료를 받고 있다. 사고 전의 그렇게 건강하고 선하던 모습을 지금은 찾아볼 수 없다. 지적 수준이 7~8세 수준이고 보행도 완전하지 못해 그 아내는 옆에서 돌보아야 한다. 이러한 자신의 처지가 서러운지 꺼억꺼억 하고 우는데, 그 모습이 너무 보기 괴롭다고 한다.

    현저히 떨어진 인지 기능은 기댈 수 있는 가장의 모습이 아니라 항상 긴장하며 돌보아야 할 큰 아이였다. 충동적이고 무분별한 행동, 대화가 잘 안 되고 상대의 뜻을 곡해하여 흥분하고 날뛰는 남편을 달래고 붙들어야 했다. 남자는 이러한 자신의 모습에 대한 병식은 아주 부족하나, 뜻대로 되지 않는 몸과 무서운 세상에 대하여 좌절감과 분노를 제어하지 못한다. 어느 날 갑자기 달라진 몸과 마음은 아버지와 남편의 역할을 못하게 만들었고, 본능에 충실한 미숙한 사람으로 퇴행시켜 버렸다. 우울증과 분노조절 장애가 따라왔다.

충동성과 폭력성은 가족들을 공포에 떨게 하고 인내의 바닥을 드러나게 만들기에 장기 입원하는 경우들이 많다. 하지만 이분의 부인은 보호자가 없는 중환자실이나 정신병동에 남편을 맡기지 않고 아이들과 더불어 자신이 보고 있다. 남편, 아버지로서의 역할을 포기하지 않는 것이다. 언젠가는 나을 것으로 믿고.

'기질성 정신장애', 이들을 이렇게 부른다. 산재나 교통사고 등의 사고들이 증가하면서 이런 분들이 적지 않다. 뇌를 다치면서 정신의 모든 부분에서 장애를 초래한다. 더불어 인격의 변화가 동반되어 거칠고 종잡을 수 없는 사고 후 성격으로 변한다. 치료에도 큰 반응을 보이지 않기 때문에, 사고 후 충분한 기간이 경과하여 장애자로 판정받을 수 있다. 의료복지 혜택이라도 받아야 가족들이 감당할 수 있으니 이 판정이 절실하다.

가장의 역할을 감당하며 이런 남편을 달래고 보살피며 하루를 일 년처럼 살던 그녀는 결국 우울증이 오고야 말았다. 충분히 예견된 일인데, 이렇게 중환자를 오래 돌보면서 간병인이 우울증에 빠지는 종류를 수발자 우울증(Caregiver depression)이라고 한다.

그러면서 갑자기 대장암의 예후에 대해 묻는다.

"정말 오랜만에 친정에 갔어요. 엄마가 너무 보고 싶고 기대어 울고도 싶어서요. 그런데 어머니가 편찮으세요. 대장암 말기래요. 제가 더 걱정할까 봐 얼마나 더 사실 수 있는지 이야기도 안 해 줘요."

이 여인을 보면서 정말 '지옥'이라고 할 정도로 힘들게 사는 것 같아 안타깝다. 항상 밝게 웃으며 인사하고 매사에 감사해하는 이분을 보니, 정말 신은 왜 이런 분들에게 이렇게 많은 시련을 주시는지……. 불행 뒤에 숨어 있는, 안배해 준 희망과 행운이 어디에 있다는 말인가? 보통 사람들과 달리 시련부터 주는 이분들에게 곧 그만큼의 행복들이 쏟아질 것이라고 믿고 싶다.

4

응팔 가족들이
행복한 이유

2015년 말미와 2016년 초반까지 방영된 드라마 '응답하라 1988'(이하 '응팔') 은 많은 이들의 공감을 받았다. 1980년대 후반의 많은 추억거리들을 재미 있고 감동스럽게 요리를 잘한 풍성한 식탁 같았다. 그 시절을 겪었던 사람 들은 향수에 젖으며 몰입하고, 겪지 않은 어린 세대도 좋아했다. 지금의 시 대는 갈수록 소통 방식이 빨라지지만 정이 메마르며 인간적인 감성이 줄어 들고 있다. 누구나 인간미 풍부한 아날로그 식 '정'과 '사랑'을 그리워하고 있 는 것이다. 10대의 우정과 풋풋한 사랑이 전면에 나섰지만 다섯 가족들의 희로애락과 삶의 애환, 절절한 가족애를 기초로 하기에 맛깔난 드라마가 되 었다고 본다. 이 가족 드라마에는 가족 행복의 비결이 녹아 있는 것 같다. 다섯 가족들을 살짝 들여다보자.

1) 덕선이네 가족

무한 긍정의 엄마

아버지 '성동일'은 불뚝 성격인데, 친구에 보증을 서다 큰 빚을 져 가족을 반지하방에 살게 했지만 아내에게 큰소리를 치는 독재 가장이다. 보수적이 지만 아내와 아이들과의 소통을 자신의 방식으로 노력한다. 자신을 닮은 큰딸 '보라'와는 서로 냉정하리만치 덤덤하다. 이는 정확하고 카리스마가 있

출처: http://program.interest.me/tvn/reply1988

는 닮은 성격의 모든 부녀, 부자들은 이럴 것이다. 하지만 아버지 성동일은 표현을 못했을 뿐이었다. 보라를 고시원으로 보내는 안쓰러운 순간에 약들을 챙겨 주고 용돈을 건네며 어색하게 애정을 표현한다. 보라는 아버지처럼 자기 안의 틀이 강해 고집이 세며 똑 부러지는 정확한 성격이다. 맏이로서 부모님께 실망을 시키지 않아야 했고 속을 표현하지 않아 너무 강한 여자애로 보였던 보라지만 실제는 아빠처럼 정이 많다. 아빠의 속내를 처음 느끼며 덤덤하게 떠나는데 눈물이 그치지 않는다.

강한 아버지와 강한 딸 사이에서 보라 어머니는 눈치를 본다. 그녀는 내성적이고 속이 깊어 온유하게 잘 참는 현모양처 유형이다. 망했어도 남편에 대한 실망과 분노로 가정을 무너뜨리지 않고 단단히 그 자리를 지킨다. 무한 긍정적인 그녀이기에 잘 웃고, 큰손으로 남편이 좋아하는 꼬막을 기겁할 정도로 많이 식탁에 차린다. 이렇지만 화병이 좀 있는 그녀의 눈길 끝에는 아들이 있어 견딘다. 극에서는 막내인 아들 '노을'에 대한 애착의 장면들이 별로 없지만, 이런 삶을 사는 우리 엄마들은 아들에 대한 집착과 사랑으로 참고 살아왔다.

'어렵고 믿음직한 딸과 내 사랑 아들'의 사이에 있는 둘째 '덕선'에게 엄마는 상대적으로 마음이 덜 간다. 깨물어 안 아픈 손가락은 없다며 자식 사랑에 차별은 없다고 하지만, 마음의 태도가 그렇다는 것이지 실제로는 차이가 난다. 엄마만 모를 뿐 상대적 박탈감을 느끼는 본인(덕선)과 주위 사람들에게는 보인다. 이런 둘째딸 덕선은 다행히 '달려야 하니'가 된다. 엄마를 닮아 무한긍정이고 유연하며 친화력이 훌륭해 모두가 좋아한다. 이런 덕선은 아버지를 닮아 불뚝 성질이 있지만 이도 매력이다. 살아나갈 수 있게 생존전략을 준 신의 배려인가.

결국 덕선이네 가족의 행복의 기둥은 엄마이다. 엄마가 이런 품성이 아닌 여성이었다면 어땠을까? 보라는 똑똑해도 이기적이며 아버지와 매사 부딪치며 집의 갈등 축이 되었을 것이다. 덕선은 콩쥐 취급에 집을 뛰쳐나갔을 것이다. 공부 못하고 예쁜 얼굴이니 남자애들을 사귀며 문제 청소년이 되었을 수도 있다. 신세타령에 감정이 너울대며 폭발하는 엄마와 무서운 아버지의 가정이라는 댐이 무너지게 되는 것이다. 이러면 마음이 약한 막내는 가장 먼저 물에 잠겨 우울증을 앓으며 세상과 삶이 무서운 웅크린 남자가 될 것이다. 이런 가정들이 갈수록 늘어나고 있는 것 같다.

우린 88년 그 시절의 추억을 공감하며 다정하고 행복하게 살아가는 쌍문동 다섯 가족들을 보며 재미있게 감상했다. 가족 치료를 하는 필자는 정감 있게 잘 살아가는 이들을 보면서 그렇지 못한 우리 이웃들을 떠올린다. 행복할 수밖에 없는 그 이유들이 결핍되면 불행과 고통이 시작된다는 우울한 생각이 들었다. 드라마를 통해 행복과 불행의 가족 패턴들을 계속 해설하고 싶다.

2) 정환이네 가족

윤활유 같은 남자

참 유쾌한 가족이다. 복권으로 졸부가 되어 풍족하여 항상 웃는 게 아니다. 불뚝하고 사나워 보이지만 사실 다정하고 의리 있고 호쾌한 여장부 스타일의 '미란 씨(정환 엄마)'는 아저씨들이 가장 좋아하는 히로인으로 뽑혔다고 한다. 카리스마 속에 은근 귀여움이 보이는 여인이기에 인기가 있는 것 같다. 하지만 아저씨들아, 이런 여인네는 아무나 같이 살 수 있는 게 아니다. 센 여인을 꽉 잡을 수 있는 '칼 있으마'가 더 센 남편은 절대 아니다.

그 답은 그녀 옆에서 가정의 부드러운 윤활유 역할을 한 정환 아버지(김성균 분)가 보여 준다. 가족 중에 받아주는 이 없어도 "김 사장~ 반갑구만, 반가워요." 개그 흉내를 내며 넉살좋아 실없는 아버지로 보인다. 소파에 누워 TV 시청을 좋아하고 운동은 전혀 안 하며, 틈만 나면 개그 본능으로 분위기를 썰렁하게 만들어 미란 씨를 버럭 하게 만든다. 어쩔 때는 불쌍할 정도로 아내에게 닦달을 당하지만, 사람 좋은 웃음을 지으며 꼬리를 내리고 아내의 심기를 풀어 준다. 참으로 유연하고 속이 넓은 남자라고 치켜세워 주고 싶다. 그래서 이 가정의 행복 기둥은 미란 씨 남편, 아이들 아버지라고 말하고 싶다.

아빠를 닮아 부드럽고 사람 좋은 큰아들 '정봉'은 전화번호부 독서를 좋아하며, 공부 이외에는 다방면에 관심들이 많은 대입 6수생이다. 실속이 없지만 꾸준히 산만한 호기심으로 나름 재미있게 살며 사람 좋은 웃음을 짓는 호인 젊은이다. 정봉을 보면서 저마다 타고난 재주가 다른데 엄마의 고집으로 자신의 끼를 찾아 발휘하지 못하는 게 안타까웠다. 정봉뿐일까. 수십 년간 우리는 대학을 위하여 타고난 소질을 모르거나 억눌린 채로 『수학의 정석』이나 『성문영어』만 파고들도록 아이들에게 강요하지 않았는가.

이런 형과 너무 다른 정환은 과묵하고 남자답게 선이 굵은 성격이다. 덕선을 좋아하지만 친구 '최택'이 그녀를 좋아하는 것을 알고 포기하려 애쓰며 마음고생을 한다. 친구의 '여친'을 좋아하여 뺏어 오기도 하는 요즘 세태와 비교된다. 이런 사내다운 태도와 엄마를 닮아 강한 카리스마로 젊은 여성들에게 인기가 많았다고 한다. 또한 가족 사이에서 막내이지만 포용력이 넓은 것이 빛난다. 자신보다 공부를 못하고 애물덩어리인 형에게 건방지지 않으며 잘 챙겨 준다. 아버지가 자식들에게 토라져 기가 죽어 있을 때, 그 과묵한 성격에도 아버지에게 "반갑구먼, 반가워."를 하며 응원하는 모습에 가슴이 뭉클해졌다. 그리고 엄마가 영어를 모르는 '짧은 가방끈'이었음이 드러나자 아무 말 없이 엄마에게 붕어빵을 사와 슬쩍 옆에 놓아 둔다. 엄마의 수첩에 영어 한글 발음을 적어드린다. 이런 모습에 엄마는 감동한다. 이러니 젊은 여성들이 '정환 스타일'에 환호를 보내는 것일 게다. 하지만 문제는 있다. 만약 정환이가 결혼한 후에도 지금처럼 표현력이 부족하다면 남편과 아버지로서 큰 문제가 된다. 속내가 깊고 심지가 굳으면 뭘 하나. 표현을 안 하면 가족들은 모르고, 그 과정의 긴 세월 동안 오해와 상처는 쌓여간다. 그러니 정환아, 너의 DNA에 있는 '아버지 김성균'의 속성이 나와야 한단다. 진정 강한 것은 부드러운 것이란다.

정환이 가족은 아버지 김성균 씨가 있기에 행복한 패턴을 이어 나갈 수 있다고 본다. 미란 씨도 이를 알기에 겉으로는 소리 지르고 밤일 못한다고 불만이 많지만, 남편을 좋아하고 따른다. 아버지가 우스갯소리와 유연함으로 가족의 윤활유가 되고 아들들과 부자유친하는 것은 가족 행복의 좋은 요소이다. 내가 돈을 벌어 오고 가장이네 하며 권위를 앞세우는 것은 어느 남자나 할 수 있는 쉬운 태도이다. 유연하고 부드러운 남편과 아버지로서 가족을 사랑하고 소통에 고민하며 희생하는 가장의 역할은 쉬운 게 아니다. 제발 쉬운 것만 하지 말고 자신과 가족을 위하여 어려운 길로 갑시다, 아버지들이여.

3) 선우네 가족

스마일 해피하고 긍정적인 엄마의 눈길 끝에 엄친아들

달랑 3명의 가족으로서 선우 엄마와 선우, 늦둥이 딸 진주이다. 이 가족의 행복을 말하기에 앞서 이들의 역할을 맡은 연기자들의 신묘한 능력부터 말하고 싶다. 우선 엄마 역인 김선영 씨는 연극 배우인데, 아는 사람들은 다 인정하는 실력파 배우로서 영화 '위험한 상견례', '잠복근무'에 조역으로 출연했다. '응팔'에서 애교 많고 노래를 흥얼거리며 인정이 많고 모든 일에 참견하는 '오지라퍼'로, 그녀를 싫어하는 시청자들이 없을 정도로 약방의 감초인 사람이 선영 씨이다.

그리고 선우 역을 맡은 고경표 씨는 반듯하고 생각이 깊은 19살을 잘 연기했다. 이렇게 모범생 역할로 각인되면 연기자로서 다양한 작품에 불리하지 않을까 생각될 정도였다. 그런데 영화 '차이나타운'에서 '치도' 역을 했다는 것을 알고 깜짝 놀랐다. 이 영화는 내가 보았지만, 치도가 너무나 잔인하고 비열한 악역이었기에 알아보지 못했던 것이다. 인신매매와 장기 적출을 하는 치도의 번들거리는 눈빛과 선우의 선량한 눈망울이 같은 연기자라니. 대단하며 그의 앞날이 기대된다. '응팔'의 막내 진주는 너무나 귀엽고 어딜 가든 잘 노는, 적응 능력이 뛰어난 미래의 '달려라 하니'인 천사이다.

선우는 '엄친아'이다. 1등에 반장, 운동도 잘하는 만능 엔터테이너인데, 성격도 좋아 친구들과 원만할 뿐더러 지극한 효자이다. 이러니 동네 아줌마들이 "우리 선우……." 하며 좋아한다. 선우의 눈길 끝에는 항상 '엄니'가 있다. 그녀는 선우 아빠와 사별한 억척형 과부이다. 선우가 엄마의 고생을 아주 싫어해서 몰래 알바를 하는데, 아이들의 행복을 위해서 희생할 수 있는 전형적인 우리네 엄마이다. 이러한 역경과 불행에도 항상 깔깔 웃으며 이웃 형님들과 삼총사의 귀염 막내로서 정감 있게 잘 살아간다. 요리 솜씨 없고 단순 무지한 수다쟁이로 보이지만 가장 밝은 성격의 '스마일 해피형'이다.

난 평소 결혼 상대를 고민하는 젊은이들에게 부모와 성장 환경을 보라고 말한다. 사랑에 빠지면 누구라도 세레나데를 부르는 로미오가 된다. 너무 여자의 마음을 입안의 혀처럼 잘 읽으면 '꾼'이 아닌지 의심해야 한다. 10대와 20대를 열심히 단련하고 쾌락의 만족 지연을 하는 좋은 젊은이들이 연애에 서툰 것은 당연하다.

어쨌든 선우 엄마의 이런 밝은 심성은 부모와 형제들이 만든 사랑이 가정에 충만했기 때문이다. 딸의 박복함에 안쓰러워 달려오려는 친정 엄마, 항상 걱정해 주는 오빠들을 보면 알 수 있다. 이에 비해 미란 씨를 보자. 성장하며 고생하고 일찍 일수 사채업자로 산전수전 겪었다고 한다. 낳아서 주어야 할 부모의 사랑이 결핍되면 학대와 다를 바 없다. 아이는 인간에 대한 기본 신뢰가 부족해지고, 세상은 긴장하지 않으면 버림받고 상처 받는 곳으로 각인된다. 미란 씨는 굳은 얼굴에 그늘이 드리워져 있다. 단단하고 정확한 일처리는 생존 습성이 되었다. 다행히 유순하고 다정한 남편을 만나고 좋은 이웃들과 살고 노력하면서 상처는 아물고 있다.

선우 엄마가 성격이 좋아도 홀어머니가 외며느리를 보게 되면 아들을 뺏기는 박탈감에 독한 시어머니가 되기도 한다. 선우가 프러포즈한 보라가 누군가? 한 성격 하며 아이들을 꽉 잡고 동네 어른들도 눈치를 보는 꼬챙이 성깔이다. 이래서 선우 맘의 노년은 고달플 수 있다. 해결책은 아들에 집착하지 말고 그녀 자신의 삶을 살아가는 것이다. 마침 고향 오빠인 택이 아버지와 핑크빛 라인이 이어진다. 이 인연은 그녀와 선우를 위해서도 무척 고무적이다. 아들의 행복을 바란다면 엄마 자신이 먼저 행복해야 한다.

4) 택이네 가족

아버지의 모성과 부드러운 아들

드라마의 초기에는 선우가 엄친아로 여성들의 인기를 한 몸에 받았지만 점점 택이의 인기가 올라갔다. 쌍문동 아줌마들도 택이를 사윗감으로 탐낸다. 10대와 20대 여성 시청자들도 택이를 가장 좋아했다고 한다. 여고생들은 공부를 잘하고 싶은 이유로 택이에게 시집가는 것을 꿈꾼다고 하고, 못하면 동룡에게 시집가게 된다는 우스갯소리를 했다. 그런데 바둑에는 '신'이지만 나머지는 '등신'이 아닌가. 심지어 길을 잃어버리고 단추도 스스로 잠그는 게 서투른 천재 바보이다. 이런 숙맥이 덕선을 볼 때 눈빛은 광채를 띤다.

　사랑의 열병에서 쏘아져 나오는 몽롱하고 일렁거리는 그 눈빛들을 우리들도 사랑을 하며 받아보았다. 살면서 가장 화려하고 뜨거운 순간들이다. 그런데 택은 정환이가 덕선을 바라보는 눈에서도 이걸 보고 깜짝 놀랐고 둘이 찍은 사진을 보며 알게 된다. 집중력과 승부욕이 비범한 택이는 바둑의 절대 강자가 되어 국민들의 영웅이 된다. 하지만 다 바치며 열심히 해도 안 되는 것이 사랑이지 않는가. 눈물의 씨앗이 우리 순둥이 기사의 가슴에도 자라기 시작한 것이다. 어릴 적 아버지와 낯선 서울, 쌍문동에 이사 온 후 챙겨 주고 좋아해 주던 15년 '절친'들이 아닌가. 그 친구들을 생각할 때 사랑의 핑크빛 감정을 누르려 결심하며 수화기를 내려놓는 택의 얼굴에 눈물이 흘렀던 장면이 생각난다.

　택의 아버지는 아내와 사별하고, 아들을 자기 생명보다 더 귀중하게 여기며 오매불망 살아왔다. 유순한 모습이지만 아들의 문제가 아니면 절대 놀라거나 흔들리지 않는 큰 바위 같은 마음으로 모두들 알고 있다. 사실은 표현이 서툴 뿐이지 내면은 여린 성격이다. 이처럼 내성적이고 요령 없는 아버지가 자식에 '올인'하는 방법은 모성을 끌어올리는 것이다. 부성은 세상을 살아가는 방법을 보여 주며 아이가 밖을 보는 창이다. 아버지가 무서우면 아이에겐 세상도 무섭게 각인되는 것. 모성은 한없이 베풀고 기다려 주는 것이다.

　모성애를 충분히 받았던 아이들은 세상과 사람에 대한 기본 신뢰가 형성되어 사람을 보는 시선이 따스하다. 홀아버지로서 아이들을 키워야 한다면 부성보다는 모성애를 택하는 것이 맞다고 본다. 사람은 남성 안에 여성성(아니마)이 있고 여성 안에 남성성(아니무스)이 있기에 가능하다. 아니마가 풍부한 택이 아버지는 곰처럼 보이지만 사실 쌍문동 아버지들, 아니 평균적 남성들보다 아주 여성적인 사람이라고 본다. 선우의 어린 여동생인 진주와 소꿉놀이를 해 가며 육아하는 뜻밖의 장면에 시청자들이 놀랐다고 하는데, 충분히 그럴 수 있는 심성이다. 택이가 남성성이 부족하여 뻣뻣한 강함보다는 여리고 부드러운 청년이 되었다. 사람을 보는 시선이 따뜻하고 백만 불짜리 미소를 보인다. 이 모든 것이 '아버지의 모성' 덕분이라고 할 수 있지 않을까.

세상의 아버님들이여. 아버지가 항상 강하고 카리스마가 있어야 하는지 묻고 싶다. 너무 권위적인 모습을 아이들은 불편하여 아버지에게 가까이 오려 하지 않게 된다. 아버지의 인간적 고민을 들으며 세상을 배울 기회를 잃게 된다. 뻣뻣하여 표현하지 못하는 아버지는 끝내 그 기회를 갖지 못하고 늙어간다. '아버지에게 그런 마음이 있는 줄 몰랐어요'라고 뒤늦게 서로 가슴 아프게 후회한다면 애석한 일이다. 강하거나 부드러운 아버지들아, 아들과 친애하고 자기 안에 있는 모성도 발휘하자. 아이들이 세상을 헤쳐 나가게 되면서 어깨가 무거워 힘들 때, 참아내는 굳은 얼굴보다 힘든 자신을 격려하고 주위 사람들도 어루만져 주는 밝은 얼굴이 되기를 바라지 않는가. 강함보다 유연함이다. 택이의 부드러움 속에 강한 승부근성이 이글거리지 않는가. 우리 아이들은 아버지의 강점도 닮게 될 테니 믿어 주고 힘을 좀 빼자, 아버지들아.

5) 동룡이네 가족

친애하지 않는 아버지와 꼬리를 자르고 도망가는 동룡이

쌍문동 5총사 중 가장 문제아는 모든 노는 것에 앞장서고 사고를 저지르고 끊임없이 눈을 굴리며 재미난 것에 잔머리를 굴리는 '동룡(도룡뇽)'이다. 소아정신과에 오는 아이들 중 주의력결핍과잉행동증후군 아이들과 비슷하게 산만하고 개구쟁이이다. 교실이 갑갑하고 지겨운데 아버지인 학년 주임교사의 감시와 핍박을 받으니 이 녀석의 십 대는 고단하다. 그래서 쌍문동 친구들은 동룡에게는 신이 배려한 동아줄이다. 동룡이의 재능은 빠른 상황 파악과 위기 대처 능력, 순발력과 뻔뻔한 재치이다. 정봉이와 종류가 다른 공부 부적응자이다. 외향 감각형이니 연예계나 비즈니스 일이 적성에 맞지 않을까.

아버지가 교사인지라 도대체 애는 누구의 유전자인지 이해가 되지 않았는데, 아버지가 이웃들과 화투를 치면서 나타난 교활함과 뻔뻔한 사기술을 보고 나서 깨달았다. 아버지가 '도롱뇽과'였던 것이다. 어머닌 보험 외판원으로 판매왕이 되며 더욱 가정보다 바깥일에 몰두하면서 동룡은 애정 결핍 증세를 보인다.

동룡이 활개를 치는 그 당시의 학교는 지금에 비해 낭만적이었다. 난로에 도시락들을 올려놓고 교실에서 하는 장난과 게임들도 추억 어린 광경이다. 선생님들에게 불만이 있어도 순종하는 모습들은 교권이 떨어진 지금과 비교하면 격세지감이 든다. 당시에도 교실에서 눈을 빛내며 수업을 따라가는 아이들은 반이 안 되고, 어중간한 아이들이 다수이고, 엎드려 자거나 빠져나가거나 아예 포기한 아이들이 있었다. 동룡이처럼 성적의 든든한 바닥이 되어주고 아이들을 웃게 해 주는 친구들이 학급마다 있어 즐거웠다. 큰 도롱뇽인 학주(학년 주임) 아버지는 학생들에게 매를 들고 절대 권력자 노릇을 하는 밉상 선생님이다. 우리가 학교를 다닐 때에도 대개 동물의 별명을 가진 샘들이 있었고 무지 많이 맞았다. 모든 아이들이 그 이름을 잊지 못해서 십 년이 지나 만나도 "그 ○○ 요즘도 애들 혼내고 다니나?"라고 안부를 묻는다.

무서운 아버지는 아들을 보면서 인정하지 않지만 마치 옛날 자신의 모습을 보는 것 같아 더욱 몰아치는 것이리라. 과거의 자신에게 '무섭게 다그치면 달라지고 나아졌는지' 스스로 물어본다면 '아니다'가 답일 것이다. 눈을 피해서 더 교활하게 야단맞을 짓을 했을 것이다. 심리적으로 이런 행동들은 관심을 끌고 사랑받고 싶은 욕구의 발로이다. 산만하고 놀기 좋아하는 아이가 아버지의 친애를 받는 게 참 힘들 것이다. '뭘 잘하는 게 있어야 머리를 쓰다듬어 주지' 하는 아버지의 심정이다. 하지만 공포보다 아이를 바꿀 수 있는 게 부자간의 친애이기에 우선 아버지의 따뜻한 손이 내밀어져야 한다. 용장 밑에 약졸이 없는 것은 전장에만 그렇다. 호랑이 아버지가 있어서 아이들이 바르게 자랐다기보다는 대개 그 옆에서 어머니가 역할을 잘해서 그렇다.

그런데 동룡에게는 그런 어머니가 바쁘기에 아이의 마음은 항상 허전하여 자꾸 딴 짓들을 하는 것이리라. 어쨌든 이 가정은 학주 아버지가 아내를 좀 더 다정하게 대해서 관계를 회복하여 그녀의 허전한 마음을 채워 주는 것이 변화의 시작으로 좋다. 남편의 이런 변화로 인해 동룡 엄마는 일에서만 자신의 존재감을 느끼지 않고 자기 자리로 돌아와 훈훈한 가정의 분위기를 만들 것이다. 엄마의 관심으로 아이가 정서 안정이 되어 좀 달라지면 아버지 차례이다. 학생을 지도하는 교사의 마음과 태도가 아니라 아들과 소통하는 친애의 아버지 마음으로 다가간다면 동룡은 달라질 것이다. 꼬리를 자르고 도망치기에 급급하지 않고 멋있는 녀석이 될 것 같다. 후반부에 동룡 아버지는 이런 역할을 잘하여 부부 관계는 회복되고 동룡은 식당의 사장이 된다. 자신의 재능을 발휘하여 붙임성과 장사 수완이 뛰어나고 인심도 좋은 경영자를 이젠 아무도 '도롱뇽'이라 부르지 않는다.

5

사랑은
지키는 것

　현대 가족의 구성은 아버지, 엄마, 아들이나 딸이다. 아버지나 어머니가 너무 일찍 세상을 뜨면 남은 가족들은 덩그런 빈자리를 느끼며 살아가야 한다. 요즘은 이혼이 많아져 결손 가정이 눈에 띄게 늘어났다. 가족이 적어지고 애완견을 가족처럼 여기며 정을 주고 살아가는 가정들이 많아졌다. 개는 충직한 동물이니 애정이 그리운 외로운 사람들에게 좋은 가족이 되기도 한다. 가족의 인연을 맺으면 절대 배신하지 않는 개들이 버림받는 일들이 늘어나고 있어 안타깝다. 개를 매개로 한 가족의 사랑 이야기를 잔잔하게 그려낸 영화가 생각난다. '강아지와 나의 10가지 약속'이란 일본 영화이다.

　아카리의 엄마는 자신이 얼마 살지 못할 것임을 안 후 딸에게 강아지를 선물로 준비하고, 10년간 남편과 딸의 곁을 자기 대신 강아지 삭스가 지켜 주도록 마련한다. "우리는 다른 사람들이 있으나 개에게는 나밖에 없으니까 우리가 잘해 줘야 하겠지. 개의 눈을 가만히 들여다보면 마치 친구나 가족의 눈을 보는 것 같고 나에게 어떤 말을 하고 있는 것 같지 않니?"라며 아카리가 삭스를 잘 돌봐 주도록 부탁한다. 개와의 10가지 약속들도 말해 준다. 그중 '저는 10년밖에 못 살아요. 그러니 제가 죽을 때 옆에 있어 주세요. 그리고 기억해 주세요. 항상 당신을 사랑했었다는 것을'이란 약속은 아카리의 마음을 울렸는데, 이제 자신을 떠나갈 엄마의 마음이기에 그랬다.

　엄마가 가족의 곁을 떠나고 아빠가 직장을 옮겨 다른 도시로 가면서 삭스를 아카리의 남자친구인 호시에게 맡기고 떠난다. 아빠는 병원 일에 바쁘며 혼자 있는 아카리를 외롭게 한다. 우울한 아카리에게 기적 같은 일이 벌어진다. 삭스가 그 먼 거리에서 찾아온 것이다. 아빠는 아내와의 약속인 딸의 양육을 위해 대학병원 교수를 그만두고 같이 살던 집으로 돌아와 작은 의원을 연다. 사랑스럽게 자라는 아카리와 삭스는 떨어질 수 없는 사이가 된다. 세 가족이 즐기는 '참참참' 놀이가 있다. 머리와 손을 오른쪽이나 왼쪽으

영화 '강아지와 나의 10가지 약속'
출처: http://cine21.com/

로 동시에 돌리며 승패를 가르는데 아무도 삭스를 못 이긴다.

10년이 지나 아름다운 숙녀로 자란 아카리는 호시와 사랑이 깊어지면서 삭스와 지내는 시간이 줄어들고 사이는 멀어진다. 더구나 대학을 졸업하고 수의사로 일하기 위해 아빠와 삭스를 떠난다. 이제는 아빠와 삭스가 남겨진 것이다. 그러다 기타리스트인 호시가 사고로 인해 손가락 신경이 다치면서 실의에 빠지는데, 아카리의 목을 고쳐 줬던 삭스는 자신이 사랑하는 아카리의 남자친구의 손도 치료해 준다. 바로 엄마가 즐겨 불렀던 노래 'Time of the time'을 연주하도록 기억나게 함으로써 말이다. 이 노래를 밖에서 듣던 아카리는 엄마를 기억하며 눈물짓고 두 남녀는 서로의 사랑을 확인한다. 삭스는 두 사람을 치료했고 또 두 사람을 사랑으로 연결해 준 것이다.

그동안 삭스에게 소홀히 하여 10가지 약속을 꾸준히 지켜줄 수 없었음에 미안해하는 아카리. 하지만 삭스는 이미 제대로 일어설 수 없는 노령이다. 삭스는 자신이 엄마 대신에 지켜준 아카리를 떠나보내야 하는데, 그게 도저히 힘들었는지 자신이 먼저 아빠와 아카리를 떠나려고 한다. 아빠는 엄마

가 그려 놓았던 스케치북을 내놓는데 개와의 10가지 약속의 그림이다. 아카리는 자신이 그동안 삭스에게 못 지킨 것들을 후회하며 슬퍼한다. 삭스는 마지막으로 아카리를 보며 앞발을 들어 이별을 고하고 눈을 감는다.

삭스를 보내고 개집을 청소하던 아버지는 그 안에서 아내가 아카리에게 써 놓은 편지를 본다.

"오랜만이야. 그동안 삭스가 잘 지켜 주었겠지. 삭스가 가고 없다면 이제는 엄마가 바람이 되어 지켜 줄게. 갑자기 바람이 분다면 엄마가 옆에 있는 것으로 생각해."

아카리는 호시와 결혼하며 아빠를 떠난다. 엄마 없이 키워 준 아빠를 보며 감사의 눈물을 흘린다. 아빠는 "대학병원보다 의원에서 더 자세히 아픈 사람의 말을 들어줄 수 있었고, 삭스와 너를 보살펴 줄 수 있어 너무 행복했고 고마웠다"고 한다. 결혼식장에 갑자기 부는 바람에 아카리는 미소 짓는다. 엄마가 바람이 되어 다시 왔음을 알기에.

: 일상에서의 헌신

개가 충직하다는 것은 사람과 맺은 인연과 약속을 변함없이 지킨다는 것이다. 사람들은 처음에는 진실이었지만 복잡한 마음의 변화 속에서 희석되고 마는 것일까. 어느 책에서 본 일화가 떠오른다.

건설 노동자 잭슨은 백혈병 진단을 받은 뒤에도 최선을 다해 살았다. 그리고 곧 앤을 만나 사랑에 빠졌다. 두 사람은 결혼을 했고, 앤은 생의 마지막 해가 되리라 여겨지는 날들 동안 잭슨을 정성껏 보살펴 주었다. 앤은 잭슨과 함께 보낸 두 해를 매우 소중히 여겼다. 앤은 잭슨을 깊이 사랑했고 자신을 온전히 바치며 희생을 감수했다. "잭슨이 아팠기 때문에 나는 나를 가로막는 장애물들을 모두 이겨낼 수 있었어요. 잭슨을 사랑하면서 마침내 제대로 된 인간으로 돌아온 것 같아요."

바로 그때 최고의, 최악의 상황이 발생했다. 잭슨이 골수이식 수술을 받을 수 있었고 수술은 성공적이었다는 것이다. 시한부 인생을 선고받았다가 살아난 잭슨은 건강을 회복해 갔다. 그러나 둘 사이의 관계는 전과 같지 않았다. 앤은 무엇엔가 갇힌 듯한, 숨 막히는 기분이 들었다. 서로 상대의 열정이 식었다고 불평하기 시작했다. 한쪽이 심각한 병을 앓으며 죽음을 향해 치달아가는 상황에서 맺어진 관계의 경우 이런 일이 흔히 발생한다. 앤은 그가 절박할 때 곁을 지키는 영웅적인 여인이 되었지만, 일상적인 일들 속에서 헌신하는 것은 오히려 더 힘들게 느껴졌던 것이다. 두 사람은 자신의 문제를 해결할 열쇠는 삶이라는 긴 여정을 함께하면서 일상적인 경험들 속에 숨어 있다는 것을 터득한 것이다.

　우리가 뜨겁던 시절에 한 사랑의 약속들은 결혼의 일상에서 점점 잊혀간다. 부부 관계, 부자 관계, 부녀 관계 등에 헌신하는 생활인으로서의 책임감만 느껴질 때도 있을 것 같다. 그러다 절박해지면 스스로에게 다짐했던 약속들이 불현듯 떠올라 다시 마음을 다진다. 생활의 매너리즘 속에서 잊기 쉬운 약속들이다. 그러기에 일상생활 속에서의 작은 실천들이 중요한 것 같다. 우리 가족에게는 5살 난 강아지가 있다. 이 녀석의 눈길은 가족들을 따라 움직인다. 우리가 알아줄 때까지 눈빛으로 지켜보고 변함없는 마음으로 기다리는 것이 느껴진다. '강아지와의 10가지 약속들'을 떠올려 본다.

1. 제 말을 인내심을 가지고 들어주세요.
2. 나를 믿어 주세요. 전 항상 당신 편이에요.
3. 나와 자주 놀아 주세요.
4. 나에게도 마음이 있다는 것을 잊지 말아 주세요.
5. 우리 싸우지 말아요.
6. 말을 안 들을 때는 이유가 있답니다.
7. 당신에게는 학교가 있고 친구도 있죠? 하지만 나에게는 당신밖에 없어요.
8. 내가 나이를 먹어도 잘 대해 주세요.
9. 나는 10년 정도밖에 살지 못해요. 그러니 함께하는 시간들을 소중히 여겨 주세요.

10. 당신과 함께했던 시간들을 잊지 않을게요. 제가 죽을 때 옆에 있어 주기를 부탁드려요.

이렇게 적고 보니 강아지와의 약속뿐 아니라 가족들과의 약속이 떠올려지는 묘한 느낌이다. 사람에 대한 약속을 잘 지키는 개와 살다 보면 내가 사랑하는 사람들에 대한 헌신의 약속을 잊어버리기 어려울 것 같다.

6
잉꼬부부가 되는
5가지 방법

부부 관계만큼 우리 삶의 행복과 고통을 극단적으로 보여 주는 관계가
또 있을까? 사랑하고 결혼하면서 갖게 되는 많은 관계들과 같이 겪게 되는
연속된 사건들 속에서 많은 부부들이 갈등하며 극복하지 못하고 갈라서고
있다. 평생을 같이하겠다던 서로의 약속을 저버리고 돌아서는 부부들이 늘
어나고 있어 심각한 사회적 문제라고 할 수 있다.

파뿌리가 될 때까지 같이 살겠다는 처음의 언약을 지키려고 노력했을 것
이다. 하지만 부부의 마음은 참 변덕스럽다. 어떤 때는 그지없이 사랑스럽
고 어떤 때는 정말 밉다. 연인과 원수의 사이인데 종이 한 장 차이다. 이혼
하는데 그 이유가 성격 차이라고 한다. 아니, 두 사람의 성격이 차이가 있음
을 결혼하기 전에 몰랐을까? 그 차이 때문에 사랑하게 된 것이 아니었던가?
서로 다른 점에 끌려서 사랑했는데 그 다름 때문에 결혼 생활에 실패하는
모순에 우리는 빠지고 있다.

부부간의 문제로 상담하러 오는 분들은 대체로 여성분들이다. 우울증에
빠져 있고 자신의 문제를 인정하지만 부부 갈등의 주원인을 남편으로 말하
고 있다. 즉 남자는 가해자이고 여자는 피해자이며 자신의 인생이 왜 이렇
게 되어 버렸는지 한탄한다. 사실 많은 경우 가부장적인 우리 사회의 현실에
서 여성은 약하고 상처를 더 입는 것이 맞을 것이다.

여성이 이혼을 원하지 않고 이를 헤쳐 나가려는 마음이 있을 때 치료자

는 남성의 참가를 유도하며 부부 치료를 하게 된다. 하지만 남편들이 자신의 문제를 부인하거나 정신과에 오는 것을 꺼리기에 부부 치료는 쉽지 않다. 여성만이 상담을 받을 경우 바뀌지 않는 배우자의 문제를 잘 견딜 수 있게 뇌를 변화시키고 정서를 바꾼다. 미련하게 참아서 '화병'이 발병하여 분별없이 감정 폭발을 하던 주부들이 평안하고 느긋하게 바뀐다. 이러면 남자를 오히려 잘 다루고 변화시킬 수도 있게 된다. 엄마의 감정 기복에 상처받던 아이들도 정서가 안정되는 것은 더불어 오는 행복이다.

부부간의 문제에서 공통적으로 보이는 현상들을 들어 보겠다.

첫째로 배우자의 입장에서 생각해 보는 자세가 너무 부족하다. 서로 자신이 힘든 것만을 말하면서 상대가 자신을 이해해 주기를 바란다. 그래서 역할 바꾸기를 해 본다. 상대방의 입장과 고충을 이해하는 경험은 변화의 시작이 된다.

둘째로 대화가 부족하다. 여기에는 자신이 배우자를 다 안다고 생각하는 지레짐작의 오류가 작용한다. 즉 배우자의 마음은 이럴 것이라고 단정해 버리고 상대가 자신의 마음을 알고 있을 것이라고 미루어 짐작한다. 이심전심은 부부 관계에서 경계해야 할 태도이다. 자꾸 말하고 표현해야 한다. 남들에게는 자상한 남자가 집에 들어오면 무뚝뚝한 남편이 되는 것은 아주 흔히 듣는 이야기이다.

셋째로 남자와 여자는 서로 다른 인종이라고 할 정도로 너무 다름을 알고 그 차이를 이해하도록 노력하며 대화하는 것이 잉꼬부부가 되는 비결이다. 경상도 남자라 말수가 적다면, 그냥 그녀의 말을 잘 들어주고 공감하는 태도로 꾸준히 배려하면 좋은 남편이 된다. 사실 여자들은 말을 충분히 들어주고 등을 두드려 주는 남자의 품에서 대개 속상했던 마음이 풀어진다.

넷째로 서로를 이기려는 주도권 다툼이다. 특히 남성의 경우 이런 태도가 흔하다. 이러한 남편의 태도에 포기하며 순종하는 부인일 경우에는 가정이 일견 조용하겠으나 이 여성 개인의 생활은 불행해질 수 있다. 우리나라에서 특히 여성들이 화병이 흔한 이유가 이것 때문이다.

이러한 4가지의 태도를 고치려고 노력하면 나아지는 모습을 볼 수 있었다. 한 가지 더 생각해 볼 마음가짐이 있다. 부부 사이에 적당한 거리를 유지하는 것이다. 백년해로를 하시는 어르신들을 보면 공통되는 모습이 있다. 서로를 존중하며 당신은 나의 소유라고 생각하지 않는 것이다. 적당한 거리를 유지함은 매우 중요한 태도이며 미덕이다. 서로의 마음이 너무 멀지 않아야 서로를 이해해 주고 상대의 불편과 고통을 알아챌 수 있을 것이다. 너무 가깝지 않아야 상대를 함부로 하는 마음을 경계하고 서로를 존중할 수 있을 것이다.

결혼 생활은 서로를 발전시켜 나가는 태도를 가질 때 행복해질 수 있다고 한다. 상대가 개인적인 발전을 이루고 영적인 성장을 이루도록 도와주는 것이 배우자의 현명한 태도라는 것이다. 서로 성장함에 따라 독립된 소중한 존재라는 점을 깨달음으로써 부부간의 결합은 풍요로워진다.

2장

사랑과 이별

1

늘어나는 이혼,
자신의 수레바퀴를 고치자

얼마 전 신문에 높은 이혼율에 대한 기고문을 실은 적이 있는데, 실제로 요즈음 이혼 가정이 많음은 진료실에서 피부로 느끼고 있다.

37세 여성분, 불안한 모습으로 꺼내시는 말은 남편의 달라진 모습에 대한 이야기이다. 그렇게 자상하던 남편이 작년부터 차가워지고 대화를 기피한다. 가끔 언쟁을 할 때 아주 극단적인 표현까지 서슴지 않는데 이는 마치 헤어짐을 암시하는 것 같다고 한다. 같은 직장의 아가씨로부터 오는 휴대 전화 문자 메시지가 심상치 않다는 말과 남편이 휴대 전화를 항상 옆에 끼고 있는 등 수상함을 장황하게 이야기한다.

이런 경우의 주부는 아주 혼란스러운 상태로서 의사가 어떤 명쾌한 판단을 내려 주기를 기대하고 내원한 것이다. 현 상황이 고통스럽지만 일을 크게 벌려 남편이 영영 돌아오지 못할 곳으로 가버릴 것에 대한 불안이 더욱 크다. 그래서 우울하지만 오히려 남편의 눈치를 보고 있다. 이런 경우 말씀은 "제 남편이 바람을 피우는 것이 맞지요? 이혼까지 가더라도 참으면 안 되겠지요?"라고 묻지만 실제 이분의 마음은 다를 수도 있다. "심한 권태기라 그럴 수 있으니 속단하여 포기하지 말고 남편과 꾸준히 대화를 시도하세요"라는 말을 정신과 의사로부터 듣고 싶은 내심이 있을 수 있다.

부부 상담에서 이혼에 대한 판단은 조심스러울 수밖에 없다. 본인이 화해를 원한다면 위기를 넘기도록 현재의 불안과 우울의 정도를 줄여 주는 다소 수동적인 태도가 최선일 수 있다. 이분께 "남편이 권태기에 처해 있는 것이라면 제자리로 돌아올 수 있으니 여러 방법으로 대화를 시도하시라"고 말씀드렸더니 바로 받아들이셨다. 그리고 과거 자신이 자상한 남편에게 얼마나 퉁명스럽게 대했는지 자책하고 이제 그 벌을 받는 것이라고 했다. 이제 남편을 궁지에 몰아가기보다 솔직하고 지혜롭게 대화를 노력할 것이다.

많은 부부들은 회복 불능의 상태라 하더라도 아이들 때문에 가정을 깨지 않는다. 하지만 과거보다 자신의 개인적 행복에 대한 가치관이 달라지고 여성들이 용감해지면서 이혼은 늘어났다.

43세의 여성이 두통과 불안 증세로 내원했다. 1년 전부터 밤늦게 갑자기 발생한 심한 공포감이 고통스러웠다. 최근 많이 알려진 공황장애가 아닌지 걱정했다. 오랫동안 남편으로 인해 무척 힘들었다. 결혼을 왜 했는지 이해할 수 없었다. 대화하는 법을 모르는 사람처럼 혼자서 결정하고 독선적이며 술이 들어가면 난폭해졌다. 여성은 기대와 상처를 반복하면서 잿빛 마음에는 엄마로서의 책임감만 남아 있게 되었다. 우울증이 없어진 것은 1년 전 이혼하면서였다. 막내가 고등학생으로 성장한 후 미련 없이 아이들을 데리고 나왔다. 자유로운 현재이지만 과거의 상처들이 생생한 악몽으로 잊히지 않아 괴롭다. 세상에 홀로서기가 두렵지만 아이들을 위하여 나아가야한다. 그즈음 공황장애가 나타난 것이다. 힘들어도 이혼한 것을 후회하지 않는다며, 씩씩하게 완치해서 아이들에게 걱정을 끼치지 않겠다고 한다. 이런 분들은 대개 치료가 잘되며 예후도 좋은 편이다.

남자의 문제적 패턴이 심각하고 변화나 치료받고자 하는 마음도 없다면 필자는 여성의 이혼 결정에 반대하지 않는다. 그가 스스로 인지하지 못하는 패턴은 이기적이고 가족들에게 치명적이다. 이제 그 남자를 보지 않게 되어 상처를 받지 않게 된 전업주부였던 중년 여성들은 생활 전선에 나선다. 양육의 부담과 외로움과 아이들에 대한 그리움의 고통이 기다리고 있다. 홀로 된 많은 중년 남성들도 피폐한 생활을 한다. 재혼하는 이들은 새

자녀들, 양가 부모 등의 새 관계들에 적응하며 이제는 행복해지기 위하여 또 실패하지 않으려 애쓴다.

그런데 문제가 되었던 패턴을 바꾸지 않으면 갈등과 파국을 피하기 어렵다. 결혼 생활에 절대적 가해자나 피해자는 없기 때문이다. 그래서 두 사람의 갈등이 법정으로 가기 전에 전문적인 부부 상담을 꼭 권해 드리고 싶다. 가족 치유는 매개 중재자, 협조 조언자, 상담 치유자가 필요하다. 사랑이 가족 행복의 만병통치약이 아니기 때문이다.

각자가 반복하는 문제 패턴은 유전적 기질과 성장 환경이 만든다. 누구든 부모 중 한쪽의 기질을 많이 닮는다. 장점이든 단점이든 부모의 패턴은 아이들에게 전해진다. 여기에다 부모 두 사람이 사랑하고 소통하며 갈등하는 모습들을 아이들은 고스란히 닮아서 습관과 패턴으로 고착된다. 어릴 적부터 부모로부터 상처받고 적응하기 위해 그 환경에서 각인된 마음 습관들이 심리 패턴이 된다.

이처럼 유전과 환경이 만든 우리의 바퀴, 즉 패턴을 발견하지 못한다면 그 어떤 노력도 효과가 없다. 이제 마지막 기회라고 여기고 절실하게 변화하자. 다 잘될 것이라는 막연한 기대보다 또 같은 자국을 남길 그대의 수레바퀴를 돌아보는 것이 필요하다. 조금 틀어진 것을 고치기만 해도 이전과 다른 삶이 되는 것을 발견할 것이다.

2

가슴이 저릿했던 정환과 택의 사랑
드라마 '응답하라 1988'

드라마 '응답하라 1988'에서 아주 안타깝고 시청자들의 가슴을 저릿하게 만든 명장면들 중에서 젊은이들의 로맨스가 훈훈했던 스토리가 생각난다.

'털팔이' 덕선이가 사귀기 시작한 남자로부터 바람을 맞아 '이승환 콘서트'에 혼자 가게 되었다. 그것도 친구들로부터 자존심을 지키려고 호기롭게 슬리퍼를 신고 얇은 옷 하나 걸친 채 말이다. 덕선이 혼자 간다는 사실을 알게 된 정환은 동룡과 영화를 보다가 고민과 망설임 끝에 극장을 뛰쳐나간다. 액셀을 밟으며 바람같이 달려 나가는 그를 보며, 드디어 오랜 기다림 끝에 우정과 사랑 사이의 마음 고통이 끝나고 둘의 사랑이 이루어지는 듯했다. 신호등들에 걸리며 안절부절 못하던 정환이 콘서트장에 도착했지만 그는 바로 등을 돌려 돌아올 수밖에 없었다. 친구 최택이 숨을 헐떡이며 놀란 덕선의 앞에 도착했기 때문이다.

정환은 이번에 가슴이 더 크게 무너지며 마음 깊은 곳에 눈물이 흘렀다. 5년 전과 달리 오늘의 이 사건은 큰 의미가 있음을 알기에. 숨겨둔 사랑을 고백한 친구에게 그녀를 양보해야 하기에. 만약 택이 자신의 입장이라도 분명 양보했을 것이기에. 차의 윈도 브러시가 하염없이 내리는 빗물을 닦아도 계속되는 마음속의 비로 슬픈 하루이다. 차 안의 라디오에선 최택 9단이 오늘 열린 대국에 처음으로 불참하여 기권 패를 당했다는 보도가 나온다. 정

환은 가슴을 치고 싶다. 자신은 신호등에 한 번이라도 걸리지 않았다면 택이보다 일찍 도착했을 것이라며 인생의 가장 뼈아픈 타이밍의 문제라고 생각했는데 아닌 것이다. 타이밍이 아니라 친구에게 물러설 수밖에 없는 마음의 문제라고 깨닫는다. 택이는 프로 바둑 기사로서 가장 중요한 것을 버리고 달려왔는데 자신은 망설이며 저울질하며 온 마음을 던지지 못한 것이다.

기회의 신 카이로스의 모습은 앞머리가 무성하여 눈에 잘 띄고 손에 잡기 쉽지만 뒷머리가 대머리이고 날개가 달려 놓치기 쉽다. 아마추어들은 그 짧은 시간에 바람같이 기회를 낚아채는 것은 아주 어렵다. 그저 온몸을 던져 불사르는 것이 솔직하며 평생 후회 없는 선택이 되는 것이다. 정환은 가만히 그렇게 오랫동안 돌처럼 앉아 있었다.

친구들이 사천 공군 부대로 떠나는 자신의 환송회 파티를 위해 모였을 때 동룡은 정환이 아직도 졸업 반지를 가지고 있는 것을 보며 아마 그 반지로 여자에게 프러포즈를 평생 못 할 것이라고 놀렸다. 그러자 정환은 반지를 꺼내 덕선 앞에 놓는다. 그리고 오래전부터 덕선이 너를 좋아했다고, 선물을 받았을 때 세상을 얻은 것처럼 얼마나 좋았었는지 모른다고, 독서실에서 늦게까지 오지 않을 때 너무 염려되었고 덕선의 방에 불이 꺼질 때까지 잠을 이룬 적이 없었음을, 정말 사랑했노라고 고백한다.

순간 선우와 동룡은 어리둥절해하며 이게 무슨 시추에이션이냐는 표정이었다. 더 놀란 것은 시청자들이었다. 뒤늦게 자신의 사랑의 마음을 주체하지 못하여 프러포즈를 하는 것인가, 정환이답지 않다고 생각했을 것이다. 그 순간 정환은 동룡에게 이제 되었냐고, 나 이렇게 프러포즈를 할 수도 있다며 장난이었다는 듯이 말한다. 모두 폭소를 터뜨리고 멋있고 재미있는 에 피소드로 끝난다. 정환이가 절절이 말할 때 덕선의 표정은 참 의미심장했다. 정환이 장난의 해프닝으로 연출했지만 그 속마음을 아는 듯한 진지한 감동의 눈빛으로 정환을 바라볼 때, 우린 다시 가슴이 저릿했다. 정환은 그렇게 첫사랑과 '아듀' 했다. 가슴에 묻어둔 말을 그녀에게 다 하고. 참 멋있는 친구들이라는 생각이 들었다. 예쁘고 성숙한 마음들이다.

남녀의 관계에서 사랑의 정도를 비교할 수 있을까? 참 어려운 문제이다. "내가 더 사랑해. 더 잘해 주고 그녀를 행복하게 해 줄 수 있으니 당신이 양보해"라고 하는 대사를 우린 듣곤 한다. 사랑의 절대 비교는 안 되는 것이니 판정은 불가능하고, 그녀가 손들어 주는 승자와 패자만 있을 뿐이다. 인생에는 항상 두 갈래 길이 있고 그녀의 선택은 시간이 지난 뒤 후회하는 경우도 많다.

대개의 경우 여성들이 좋은 남자를 알아보는 안목은 부족하다. 여성의 마음을 울려 남자의 가슴에 쓰러지게 만든 것은 그가 자신을 '억수로' 사랑한다는 증거들에 감동하기 때문이다. 그런데 그 증거들은 여성들이 대개 감동하는 공식이어서 바람둥이들에게 유리하다. 그리고 열정으로 죽자 살자 돌진하는 모습에 혹할 수 있는 것이 청춘들의 로망이지만 좋은 남자를 판단하는 것은 아주 어렵다. 여성 자신의 심리적 성향과 성장 환경에 따라 더 끌리는 남자가 있게 마련인데, 그 남자가 좋은 남자일 확률은 높지 않은 게 문제이다.

하고 싶은 말은 '남녀의 사랑에서 사랑의 정도를 가늠하기는 힘들지만, 그 사랑을 정신의 레벨과 견주어 평가할 수는 있다'는 것이다. 이성을 사랑할 때 페로몬과 열정만이 작용하는 것은 아니다. 이해, 공감과 배려, 관용과 포용, 자비심 등이 필요하다. 남자가 하는 프러포즈가 진실일지라도, 그 사랑에는 정신의 레벨이란 것이 항상 있다는 것을 처자들이 명심하면 평생 후회할 일은 피할 수도 있다. 똑같이 "사랑해!" 해도, 그 정이 소유욕과 페로몬과 지배욕으로 사랑에 들떠 있는 것일 수도 있고, 배려심과 자비심으로 충만한 프러포즈일 수도 있다는 것이다.

이것은 서로 좋아 콩깍지가 씌어 있을 때는 모르지만 갈등이 있고 미움이 싹틀 때 드러난다. '그 사람이, 사랑이 변했어'가 아니라, 당신 남자의 '사랑의 수준'이 그것밖에 안 되기에 그런 것이다. 열정만 있던 사랑은 고갈되면 바닥이 드러나 질투와 분노가 쏟아져 나간다. 마른 바닥이기에 인정머리 없고 잔인할 수도 있다. 최근에 많아지는 연인들 간의 폭력 사건들과 헤어진 뒤 일어난 잔인한 사건들이 이 때문이다. 열정의 베이스에 포용심과 자비심이 있다면 열정이 마르고 좌절감으로 휘청거리더라도 그 남자의 인격의 바닥은 메마르지 않는다.

아름다운 사랑은 열정의 교합이 아니라, 두 인격이 교류하고 발전되는 것이다. 지적인 자극과 상대에 대한 존경심, 온 마음이 울리는 소리, 비록 나와 맺어지지 않더라도 그 사람이 행복해졌으면 하는 간절함이 아름다운 사랑에서는 볼 수 있다. 필자의 졸작 『가족행복처방전』에서 좋은 남자는 그 가정과 부모에서 나오며 특히 '부자유친'이 의미심장하다고 말씀드렸다. 정환과 택은 아름다운 청년들이다. 덕선과는 택이 맺어졌고 선우와 보라가 부부가 되었지만, 정환과 동룡도 그들의 짝을 찾아 잘 살아갈 것이다.

젊은이들아, 불타는 사랑에도 사랑의 수준이 있다. 그 수준은 '뜨거운 정도'가 아니라 '정신의 레벨'이며, 이것은 그대들의 사랑과 더불어 삶에 큰 영향을 주지 않을까 생각한다.

사랑에 대한
발칙한 상상을 다룬 두 영화

1. 뷰티 인사이드

사랑해, 오늘 당신이 어떤 모습이든

당신이 자고 나면 얼굴이 매일 바뀌는 사람이 되어 버린다면? 미치고 팔짝 뛰다가 우울해져 살아야 할지 고민까지 할 수도 있을 것이다. 이건 정체성의 문제이기에 심각하다. 나는 나인데 내가 아니다. 핸섬 가이로서 클럽에서 원 나잇 데이트하며 여자들에 인기가 있었는데, 자고 일어나면 늙은이로 변해 버린 자신을 보는 것은 끔찍할 것이다.

영화 '뷰티 인사이드'에서 우진은 18세의 어느 날 형벌을 받듯이 이렇게 되어 버린다. 친구들을 마주 대할 수 없어 학교를 포기하며 은둔자로 외로운 삶을 살아간다. 그 옆에는 어머니와 유일한 친구 상백(이동휘 분)이 있을 뿐이다. 친구 상백과 가구 공장을 하는데 재능이 뛰어나다. 어느 날 들른 가구점에서 판매원인 이수(한효주 분)를 만나 그녀에게서 눈을 떼지 못한다. 매일 그녀에게 달려가 가구보다 그녀를 보는 게 낙이 되었다. 이수는 우진을 매일 보지만, 매일 달라지는 모습들이기에 알아보지 못한다.

가슴이 터질 듯해진 우진은 어느 날 핸섬 가이가 되었을 때 내일을 생각하지 않고 그녀에게 데이트를 청한다. 그의 작업실에서 같이 도시락을 먹고 노래 'Amapola'를 듣는 두 사람은 달콤한 교감을 한다. "아름다운 나의 양

귀비꽃, 당신을 알게 된 후부터 내 마음은 당신을 계속 생각하며 사랑하고 있어요. 당신을 사랑합니다라는 말을 들을 때까지 얼마나 기다려야 하나요." 노래가사처럼 서로에게 빠진다. 매일 만나며 우진은 3일 동안 자지 않고 버텼지만, 지하철에서 졸다 깨어나니 머리가 벗겨진 아저씨가 되어버린 게 아닌가.

우여곡절 끝에 이 기막힌 사실을 알게 된 이수는 직접 확인하는데, 그를 안아 주고 연인으로 옆에 있어 준다. 하지만 여성으로도 바뀌는 그에게 적응하는 것은 무척 힘든 일이다. 결국 이수는 약을 먹으며 잠을 겨우 잘 정도로 내면은 피폐해진다. 누구에게 내 애인이라고 소개할 수도 없고, 결혼할 수도 없다. 이런 이수의 정신적 고통을 알게 된 우진은 잡고 있던 그녀의 손을 놓아 준다. 그 순간 이수는 마음이 아렸지만 이럴 수밖에 없다는 생각도 들었다. 우진은 외국으로 떠난다. 그가 없이 그녀는 이전의 생활로 돌아와 잠을 자지만 고통스럽고 그가 그립다. 그런데 같이 데이트하던 곳들을 다니며 그리워해도, 그의 얼굴이 기억나지 않아 더 슬프다.

그녀는 깨닫는다. 우린 같은 얼굴로 살아도 매일 변하는 마음으로 살아가고 있지 않는가. 얼굴이 매일 변해도 마음이 변치 않는 사랑이 더 의미있는 것이 아닐까. 그와 같이 살면 고통스럽겠지만 그와 같이하지 않는 시간들이 더 고통스럽다. 이수는 우진이 있는 곳으로 달려간다.

우리가 사랑하는 그 사람의 정체성은? 내가 사랑한 것은 어떤 모습인가? 그의 외모가 손상되어도 그를 계속 사랑할 수 있을까? 사랑의 대상, 정체성에 대한 극단적인 스토리를 아름답고 잔잔하게 풀어나간 좋은 영화였다. 뷰티 인사이드. 진정 내면의 아름다움을 사랑하게 된다면 사랑의 유효 기간은 늘어나게 될 것 같다.

이수를 연기한 배우 한효주, 그녀의 소곤소곤 속삭이는 말이 내 귀를 간지럽히는 것처럼 느꼈고, 그 모습은 영민하고 우아하고 귀여웠다. 멍 때리는 모습까지 매력적인 그녀는 이 영화에서 보석처럼 빛났다. 우진의 역할로는 약 100여 명이 연기했다. 한 영화에서 여주인공의 남자 파트너 숫자로는 기네스 급이다.

2. 아델라인: 멈춰진 시간

그대와 함께 늙어갈 수 있는 행복

'아델라인: 멈춰진 시간(2015)'은 우연한 사고로 100년 동안 29세로 살게 된 아델라인의 비밀스러운 삶과 사랑을 그린 판타지 로맨스다. 늙지 않게 된 여성의 사랑을 통해 시간과 사랑의 소중함을 잔잔히 그려냈다.

1908년에 태어난 아델라인(블레이크 라이블리 분)은 멋진 남편과 사랑스런 딸을 가진 평범한 여자이다. 하지만 불의의 사고로 남편을 잃는다. 그리고 29세가 되던 1937년에 그녀가 겪은 자동차 사고로 번개를 맞은 후 더 이상 늙지 않게 된다. 나이가 들지 않는 외모로 인해 그녀는 10년마다 주거지를 옮겨야 했다. 나이 들어가는 딸과도 자주 보지 못하게 되는 불행한 삶, 자신에게만 멈춘 시간을 살아낸다. 함께 늙어갈 수 없다면 사랑은 가슴이 찢어지는 일인 것을 절감하며 사랑하는 남자들을 떠나간다. 이제는 더 이상 사랑에 빠지지 않으려 결심하고 많은 세월이 지나간다.

그녀가 107세가 된 2015년에 한 새해 파티장에서 만난 앨리스(미치엘 휘즈먼 분)에게 오래 잊고 있던 설렘을 느낀다. 그에게 상처 주기 싫어 주저하지만 그의 진심어린 애정과 배려로 마음을 열어간다. 그의 집에서 앨리스의 아버지를 본 그녀는 얼어붙는다. 오래 전 사랑했지만 같이 늙어갈 수 없기에

도망쳐야 했던 그 남자 윌리엄(해리슨 포드 분)이었다. 엇갈린 운명과 비밀 속에서 윌리엄의 설득에도 그녀는 다시 도망친다. 그러다 또 자동차 사고를 당하고 달빛이 요상한 그 밤에 저체온증으로 심장이 멎었다가 구조대원의 제세동기에 의해 살아난다. 그리고 기적적으로 그녀의 노화는 다시 시작된다. 깨어나 자신을 지키는 엘리스를 보며 이제는 사랑을 놓치지 않고 운명에 부딪치는 용기를 내어 그의 옆에서 모든 것을 겪기로 결심한다. 그리고 어느 날 거울에 비친 자신의 머리에서 새치를 발견하고 너무나 기뻐한다. 그녀는 축복이 아니라 저주였던 영생의 운명에서 벗어나 이제 사랑하는 사람들과 같이 늙어 죽을 수 있는 평범한 여인이 되어 너무 행복하다. 이제 외롭지 않기에.

늙지 않으며 사랑을 한다는 것은 발칙한 상상이다. 나이 들면 퍼져 버린 내 옆의 여자보다 더 젊고 매혹적인 이성에 끌릴 수도 있다. 하지만 시들해지면 또 다른 대상을 찾을 것인가. 사랑을 하며 깊은 울림을 같이 느껴본 사람들이라면 고혹적인 매력은 일시적임을 안다. 같이 늙어 가는 것이 얼마나 행복한가. 내 옆에서 파뿌리가 되어가는 그녀의 주름들 속에서 우리는 무엇을 느끼는가. 그 속에 깃든 추억들과 애환, 고마움, 미안함, 끝까지 건강하게 있어 주기를 바라는 소원, 이 모든 세월을 함께한 그 충만감이다.

100년간의 시대의 사건들과 스타일링, 패션을 보는 재미와 아름다운 영상미가 훌륭하다. 여기에 '위대한 개츠비' 제작진이 완성한 화려한 미장센과 아카데미 수상에 빛나는 '물랑루즈' 의상 팀이 참여한 눈부신 스타일링도 볼거리다.

여주인공 블레이크 라이블리는 거의 한 세기 동안 여러 시대를 살아간 아델라인의 다양한 매력들을 보여 준다. 아름답다.

사랑의 3번째 방법
영화 '제3의 사랑'

영화 '제3의 사랑'에서 한 여성이 비행기의 비즈니스 석에서 하염없이 눈물을 흘린다. 그녀에게 한 남자가 휴지를 건넨다. 상하이에 도착한 비행기에서 내린 그녀가 깔깔거리며 통화를 한다. 그 뒤에서 가만히 앞을 보는 남자의 눈빛이 황당하다. 공항을 떠나면서 아쉬워하는 그는 재벌의 후계자인 임기정(송승헌 분)이다. 이 남자는 자신이 행복하다고 느껴 본 기억이 없다. 정략결혼 이후 불행하던 엄마는 그가 열 살 되던 해 그의 앞에서 강물에 투신하여 곁을 떠났다. 웃지 않게 되고 사랑하는 것에 서툰 이 남자는 잘생긴 부자이기에 상하이의 뭇 여성들에게 백마 탄 왕자였다. 오로지 회사 경영에 헌신하며 배다른 형제들과 경쟁하고 기업을 반석 위에 올려놓은, 사랑빼고는 다 가진 남자이다.

비행기에서 실컷 울었던 그 여자, 추우(유역비 분)는 돈과 명예보다 정의를 중시하는 강단 있는 변호사이다. 애인이 생겼다며 자신을 놓아 달라는 남편에게 울 가치가 없다며 이혼 도장을 바로 찍고 짧은 결혼 생활을 청산한, 사랑 앞에서 냉철한 여자이다. 집에 돌아오니 그녀의 유일한 혈육인 여동생은 직장의 사장을 짝사랑해 오다 우울증에 빠져 자살을 시도한 모습이었다. 사랑하는 동생을 농락했다고 생각한 그녀는 그 회사의 사장실로 찾아갔다. 하지만 그는 플레이보이가 아니고 잘못한 것이 없으며 당돌한 여성의 말을 차분히 들어주고 합리적인 제안을 하는 임기정이었다. 기정은 그녀를 기억하지만 추우는 그를 알아보지 못했다. 두 사람은 한 노동자의 자살 시위 현장에서 기업의 책임자와 노동자의 변호사로 다시 만나게 되어 빌딩의 꼭대기에서 사건을 해결한다. 기정은 추우가 소속된 회사를 고문 변호사로 정하고 일로 만나게 된다.

영화의 초반에 추우의 내레이션이 있다. 사랑에는 세 종류가 있다고, 동화 같은 사랑, 일상적인 사랑, 그리고……. 말을 하지 않았으나 3번째는

출처: http://www.cine21.com/

무척 힘든 사랑임을 짐작하게 했다. 임기정은 그녀를 향하는 마음을 걷잡을 수가 없다. 그의 구애에 추우는 감당할 수 없다고, 자신은 이혼녀이고 기정을 죽도록 사랑하는 여동생이 있기에 안 된다며 기정을 밀어낸다. 뜨거운 감정은 차가운 이성에 부딪혀도 꺼지지 않았다. 모두가 흠모하는 그 남자가 자신을 매일 보기 위해 30분을 달려와 출근길의 거리 카페에서 자신을 몰래 훔쳐보고 있었음을 알게 된다. 들켜서 쑥스러워하는 그의 귀여운 모습에 추우는 감정이 북받치지만 얼굴이 굳어지며 뛰쳐나간다. 기정은 그녀의 뒷모습을 보며 전화하여 일주일 출장을 가는데 제발 기다려달라고 하고, 그녀는 참았던 간절한 사랑의 봇물이 터지며 꼭 기다리겠다고 한다. 드디어 둘의 첫 데이트에서 그녀가 묻는다, 사랑의 3종류가 뭔지. '눈물을 흘리는 여자, 그 눈물을 닦아 주는 남자, 그리고…….'

바로 제3의 사랑, 즉 사랑의 세 번째 방법일 것이다. 사랑이 어디 세 종류뿐이랴. 누구나 자기 삶의 방식대로 살아가며 자기 방식대로 사랑한다. 자신의 트라우마가 어루만져지고 치유될 것 같은 느낌에 사로잡힐 때 우리는 사랑의 포로가 된다. 기정은 엄마의 눈물을 보며 자랐고, 그 눈물을 닦아

주지 못하고 떠나보내야 했다. 그리고 이제 그 눈물을 훔쳐 주고 싶은 여자와 사랑에 빠진다. 그래서 회사도 모두 다 던져 버리고 그녀에게 달려가고 싶다. 하지만 기정의 형의 투자 실패로 회사는 부도나기 직전이고, 그 옆에는 어릴 적부터 기정을 따르고 사랑하는 재벌의 딸이 있다. 그녀는 추우를 찾아가 기정과 회사가 기사회생하기 위해서는 자신이 필요하다며 그를 포기하라고 하고, 정략결혼임을 알면서도 기정과 기꺼이 결혼하려 한다. 추우는 여동생이 자신과 기정의 사랑을 알고 뛰어내리자 봇물 터지던 사랑을 덮으려 한다. 차가운 현실은 기정을 밀어내며 추우가 닫는 문을 다시 열고 그녀를 안아 주지 못한다. 두 사람은 가슴으로 피눈물만 흘릴 뿐이다.

: 영혼의 심지를 태우는 사랑은 위대하다

사랑의 종류가 무슨 의미가 있을까. 사랑은 서로에게 의미가 있는 존재가 되었다는 것, 상대에게 내가 가장 빛나는 존재라는 것, 감동을 주고 싶고 가슴이 떨리기에 나의 존재를 강하게 느끼는 것, 나의 상처들이 마치 치유를 받는 것 같은 강렬한 위로감에 전율하는 것이다. 그렇다, 사랑한다는 것은 자신의 존재감을 강하게 느끼게 하는 엑스터시이다. 그러기에 사랑은 현재 진행형의 의미가 있을 뿐이다. 만약 그 열정이 식어 눈빛과 행동이 달라지고 단지 계약과 소유로서 우리는 사랑하는 사이라고 구속해 버리면 유효기간은 끝이 난다.

"우리 영혼은 양초의 심지처럼 인간적인 속성에 감싸여 있고, 영혼이 감동을 받으면 심지 주위의 모든 것이 녹으며 환하게 불을 밝힌다"라고 철학자 마크 네포는 말했다. 어떤 대상과 합일하는 경험이 사랑이다. 사랑으로 인해 영혼의 심지의 불꽃이 강할수록 우리를 감싸는 신분과 관념, 지위들은 녹아 버린다. 뜨거운 사랑이다. 이럴 때 우리는 노래가 된다. 가수가 노래와 하나가 되는 합일의 경험이다. 이런 사랑은 평생에 한 번이지 않을까. 사랑이란 자신의 존재 가치가 상대로부터 깊은 사랑을 받으면 어떤 수련도 쉽게 이르지 못하는 합일의 경지에 이르게 한다. 사랑하는 이와 함께 하는 사랑의 행위, 그 시간은 두 사람의 현존을 빛나게 한다. 우리가 어떤 경험으로 이런 광휘를 느껴볼 수 있을까.

하지만 사랑의 그 강렬한 빛은 초가 타 버리면 꺼지게 되어 있다. 대개는 꺼지기 전에 평생을 같이하게 되는 의식을 치르며 자신의 감정이 의지처럼 영원하기를 기대한다. 불꽃이 스러지기 전, 가장 신성하게 타오를 때 멈춰야 하는 사랑은 애절하다. 기정과 추우의 책임감은 태워 버리기 힘든 굴레이다. 기정이 그녀가 사 준 스카프로 복받치는 눈물을 누르는 것, 추우가 기정이 만들어 준 '추우교'라는 육교 위에서 그가 자신을 지켜보던 카페의 빈자리를 보며 오열하는 것, 이렇게 서로를 다시 보지 못하고 평생 그리워하며 살아가는 것은 사랑의 세 번째 방법이 아닐까.

영화 '메디슨 카운티의 다리'에서 로버트 킨케이드(크린트 이스트우드 분)와 프란체스카(메릴 스트립 분)가 나누었던 4일간의 교감은 평생 한 번밖에 없을 영혼의 심지를 태우는 사랑이었을 것이다. 그 뒤 다시 보지 못하고 가슴속에서 평생을 유지했던 그 타는 그리움은 사랑의 다른 방법이었다. 나흘간의 사랑 이후 다시는 보지 못한 채 30년 가까이 죽을 때까지 서로를 그리워하며 서로의 마음속에서만 같이 매일을 살았던 이 두 사람의 사랑은 텅 비어 있는 가득함이었다. 결국 죽을 때 가져갈 수 있는 영혼의 사랑만을 가지고 세상을 뜨는 두 사람은 메마른 세상에서 일체가 되어 제3의 존재가 되는 춤을 추었다.

'제3의 사랑' 주제곡인 'Angel eyes'는 애절한 내용이다. 우리는 연인을 안을 때, 안녕이라고 어떻게 말해야 할지 모를 때, 그녀의 천사 같은 눈이 그리워질 때, 헤어질 것을 염려하지만 내 안에서 타오르는 영혼의 불꽃을 거부할 수가 없다고……. 사랑은 그 순간에 몰입하며 최선을 다하여 상대를 위하는 기쁨일 것이다. 애절하든 식어 버리든, 우리는 그때의 순간을 후회하지 않아야 할 것이다. 내 존재가 빛이 나고 누구를 위하여 다 줄 수 있었던 그 합일은 소중하다.

이 영화에서 유역비와 송승헌의 매력은 최고로 발산되었다. 그녀가 이 영화만큼 아름답고 영민하며 처연하게 빛난 작품이 있을까. 송승헌은 추우의 마음을 알기에 더욱 괴로워하는 임기정을 잘 표현하였다. 그는 영화 '인간중독'에서는 부하의 아내 종가흔(임지연 분)과 사랑에 빠져 그 불꽃으로 자신을 불사르며 재로 되어 버리는 김진평 대령이었다. 자기 파괴에 이르는 치명적인 열정에 배우 송승헌은 잘 어울린다. 그녀를 떠나 베트남에서 전쟁 병기로서 자신을 스스로 학대하다 죽어갔다. 그의 품 안에 끝까지 간직하던 자신의 사진을 전해 받고 오열하던 종가흔, 그녀의 모습이 떠오른다. 불륜이기에 감동이 차단되지는 않았던 파멸의 아름다운 사랑이었다.

임기정과 추우, 종가흔은 심지가 다 타 버린 영혼으로 살아갈 것이다. 김진평은 사랑에 모든 것을 태우고 산화해 버린 남자이다. 사랑은 위험하고 대단하다. 신이 인간에게 준 것 중에 사랑만큼 아름다운 것은 없다고 한다. 또한 신이 인간을 지배할 수 있는 가장 효과적인 수단이 사랑인 것도 맞다. 우리는 우리 안의 뜨거운 그것 때문에 스스로를 구속하고 사랑과 신의 노예가 된다. 하지만 어쩌랴. 누군가를 사랑하지 않는 것은 삶의 종말일 것이다. 신이 심어준 본능 속의 달콤한 고통, 메마른 땅에 소중한 단비, 모든 것을 쓸어버리는 잔인한 폭풍, 사랑은 위대하다.

5

나쁜 남자 구별법

　젊은이들의 사랑과 이별에는 기쁨과 상처가 있을 것이다. 진료실에도 사랑의 상처, 배신의 증거로 우울증으로 상담 치유가 필요한 청춘들이 온다. 10년을 사귀며 괜찮은 남자라고 믿어 왔는데 카톡 한 문장으로 이별을 통보받았다. 헤어짐의 슬픔보다 더 큰 것은 최소한의 인간적 예우도 받지 못했다는 배신감의 상처였다. 더 흔한 경우들은 '그 남자가 변했어요' 같은 사연들이다. 목숨 바쳐 사랑한다며 헌신하던 남자가 깊은 관계가 되자 달라진다. 입안의 혀처럼 정성을 기울이던 남자가 기념일도 잊어 버리는 등 무심해진다. 약속을 지키지 않아 따지면 험한 말이 날아오고 폭력까지 행사한다. 같이 있으면서 다른 여자와 비교하여 모욕감을 준다. 자신의 욕구 충족에 급급하고 상대의 기분을 배려하지 않아 성폭력을 당한 것 같은 수치감을 준다.

　이렇게 가슴의 상처들을 토로하며 이제 남자를 다시 사귈 용기가 나지 않는다고 한다. 나쁜 남자임을 미리 알 수 있는 방법이 있을까? 분별법을 알면 어느 정도 예방할 수 있다. 좋은 남자들은 공부하고 미래를 위한 준비를 하느라 연애를 할 여유가 없기에 여성에 서투르고 어려워한다. 이에 비해 힘든 공부보다 당장의 즐거움을 좇는 남자들은 일찍부터 연애를 시작한다. 그러기에 여자의 마음을 파악하고 쉽게 친밀감을 형성할 줄 안다. 여자를 쉽게 대한다. 많은 연애 경험이 있다는 것은 많이 헤어져 보았다는 것이다. 아마 차인 것보다 찬 것이 많을 것이다. 이러면서 나쁜 남자가 되어 간다.

첫째, 좋지 않은 남자들은 만족 지연 능력이 떨어지는 특징이 있다. 어릴 적부터 맛있는 것을 먼저 먹고, 갖고 싶으면 미루지 못하고, 즐거운 놀이를 먼저 해야 하는 아이들이 있다. 이런 아이들은 사춘기가 되어서도 아동기에 있는 '쾌락 원칙'이 욕구를 지배한다. 쾌락을 박탈하면 못 견디고 분노한다. 자기중심적인 성격이 되어 공감과 배려심이 부족해진다.

둘째, 전두엽의 기능이 떨어져서 편도체를 제어하지 못한다. 쉽게 풀이해 보자. 전두엽은 감정 조절, 충동 억제, 계획과 단계적인 행동, 멀티 태스킹을 지휘하는 고위 기능 뇌이다. 편도체는 감정 뇌인 변연계 중에서 정서 학습 기능을 담당하는데, 특히 공포와 분노 감정을 일으킨다. 절제력과 갈등 해결이 미숙한 전두엽은 분노에 휩싸이는 편도체를 다스리지 못하여 나쁜 남자가 되어 버린다. 이처럼 만족 지연 능력과 전두엽, 편도체의 문제가 있는 남자인지 어떻게 알 수 있을까? 다음 이야기에 귀를 기울이자.

셋째, 이 문제들은 이미 발현되어 계속 나타났을 것이다. 과거력 조사, 가족 환경 조사를 해 보면 나쁜 남자는 부모의 불화, 결손, 폭력과 학대에 노출되었던 경우들이 많다. 전두엽과 편도체가 건강하지 못하게 발달한다. 학창 시절에 품행 장애의 과거력이 있을 가능성이 높다. 원하는 것은 당장 가지려 하고, 가지면 지루해서 다른 새로운 것에 눈을 돌리며, 성실과 책임감이 낮다. 세 번째 항목은 결국 가정과 인격의 문제를 말한다.

젊은이들은 그 사람의 가정 환경을 중시하는 어른들의 생각이 고루하고 편협하다고 생각한다. 필자 역시도 그렇게 생각했었다. 하지만 오랜 시간 가족 치료를 해 보니 콩 심은 곳에서는 팥이 날 수가 없음을 확인하게 되었다. '우리 사랑하게 해 주세요' 하며 보이는 사랑의 순교자 모습은 열정이 시키는 것일 뿐이다. 모두가 반대하는 사랑과 결혼은 하지 않는 것이 좋다. 결국엔 가슴을 치며 후회하게 된다. 그러기에 남자를 보는 안목을 길러 시행착오를 줄이는 것이 가장 현명한 태도이다.

문제아가 나쁜 남자가 되는 것은 누구나 생각해 볼 수 있는 평범한 진리이다. 하지만 남자의 달달한 모습과 자신의 설렘에 빠져 이 남자의 패턴을 알아낼 생각을 잊기 쉽다. 문제아가 아닌 모범생 엄친아도 나쁜 남자 그룹에서 볼 수 있다. 이들의 특징은 개인주의, 이기주의적인 성격이다. 강한 성격이면 자뻑의 '유아독존' 유형이고 약한 성격이라면 '마마보이' 유형이다. 유아독존형은 모든 것이 나를 중심으로 돌아가야 한다. 이런 남자도 차지하고 싶은 여자 앞에서는 일시적으로 순종적이거나 배려하는 모습을 보이기도 한다.

유아독존형은 과거를 탐문하면 이기적인 모습이 일관되게 나타나는데 '나에게는 예외이고 헌신하니 괜찮아'라고 생각하면 큰코다친다. 유아독존형이든 마마보이든 가정에서 과보호하고 떠받들며 자랐을 것이다. 특히 엄마와 밀착되어 있다. 이런 왕자들은 엄마의 등불이기에 그 모자 사이를 비집고 들어가기 엄청 괴롭다고 보면 된다. 아들에 집착하고 삶을 바치는 엄마들은 대개 배우자의 사랑을 받지 못해 그렇다. 그 결핍은 아들에 대한 집착으로 이어져 거의 모자 캡슐이라 부를 정도로 일체형이 된다.

엄친아로서 다 갖춰진 조건과 착하여 결혼 상대로 최고인데 마마보이인 것이 마음에 걸린다고 하자. 이 문제를 여자 하기 나름이라고 쉽게 생각하면 오산이다. 마마보이는 의도적이지 않지만 여자의 일생을 불행하게 만든다. 고부 갈등에 나약하게 줏대 없이 대응하는데 '엄마의 남자'를 벗어나기 어렵다. 본인도 괴로워하다 술에 의존하며 부인을 폭행하는 경우들을 많이 보았다.

첫째와 둘째 항목은 나쁜 남자의 내면적인 문제이다. 여성들이 한 남자를 예측할 수 있는 방법은 셋째 항목이다. 그 가족을 보는 것이 가장 정확하다. 아주 중요한 사항 하나는, 좋은 남자는 아버지와 사이가 좋다는 것이다. '부자유친'한 남자는 분명히 마음이 건강하다. 아버지와 엄마를 두고 경쟁하지만 거칠어지는 것이 아니라 온유하게 아버지를 극복하는 외유내강의 남자이다. 문제적 남자는 그의 아버지가 나쁜 남자였을 가능성이 높다. 아들을 자신의 방식대로 양육했을 것이다. 어려서 약할 때는 대들 수 없지만 사춘기 이상이 되면 분노가 최고의 수위가 된다. 엄친아적 나쁜 남자들은 엄마가 있기에 아버지는 저 멀리 떨어져 있는 존재이다. 사람의 패턴은 반복하기 때문에 '나에게만은 그 패턴이 반복되지 않을 거야'라고 믿지 않는 것이 불행해지지 않을 수 있는 길이다.

'정환과 택의 사랑'에서 언급했지만 '사랑의 수준'은 열정의 정도가 아니라 '정신 건강의 수준'이다. 프러포즈의 화려하고 뜨거운 정도에 현혹되지 말고 그 얼굴 밑에 자리한, 그 남자 자신도 모르고 있는 패턴의 모습을 파악해내기 바란다. 부디 관용적이고 성실하며 배려심이 깊은 남자를 찾아서 그가 프러포즈를 하도록 지혜롭게 사랑하라. 아주 중요한 것은 선택을 받지 말고 여성 그대가 좋은 남자를 선택하라는 것이다. 그래서 결혼이라는 출발선에서 같은 목표를 향해 서로 발전을 도와 가며, 아름답지만 엄청난 노력이 필요한 그 '부부살이'를 건강하게 잘해 나가기를 바란다.

6

남자와 여자는
다른 종족

무슨 말이냐고 하겠지만, 남자와 여자는 생각하는 방식이 너무나도 다르다는 것이다. 심리적으로 너무 다르고 두뇌도 다른 특징을 보인다. 우선 언어 기능에서 여자가 남자보다 훨씬 뛰어나므로 남자는 여자를 말로 이길 수 없다. 그 이유는 남자가 말을 할 때는 뇌의 언어 중추만을 주로 사용하지만, 여자는 뇌 전체를 다 사용하기 때문이다. 남성은 특히 정서의 발달 수준이 미흡하므로, 자신의 생각을 논리적으로 말할 수는 있어도 감정을 표현하는 것은 미숙할 수밖에 없다. 남자는 이러한 결점 때문에 여성보다 공감의 능력이 훨씬 떨어진다.

이에 비해 여성이 남성보다 유달리 떨어지는 능력으로 입체 지각 능력이 있다. 이는 두뇌 신경 생리, 네트워크의 차이이다. 조종사들 중에는 여성이 아주 드물다. 남편이 아내에게 운전을 가르쳐 줄 때 답답하고 짜증이 나서 힘들다. 주차하는 데에 서투른 분들을 보면 대체로 여성들이 많다. 여성들을 비하하려는 뜻이 아니라, 두뇌의 네트워크의 생리적 차이를 말하려는 것이다. 운전 중에 지도를 보며 위치 파악을 하며 찾아가는 것을 여성에게 부탁할 때는 인내심을 가져야 한다.

스트레스를 푸는 방법도 남성과 여성은 크게 다르다. 여성들에게 중요한 것들은 서로의 관계에서의 공감과 사랑의 표현이다. 상대방과 정서적 소통을 이루고 공감을 받는다고 느낄 때 마음의 위안을 받는다. 즉 대화가 중요하며 스트레스 해소 방법이기에 여성들은 차 한 잔을 두고서도 몇 시간씩 서로 이야기를 할 수 있는 것이다. 이에 비해 남성들은 스트레스 사건으로부터 멀찌감치 벗어나는 휴식을 가장 즐긴다. 벗어나지 못하면 잠시라도 잊어버리려고 애쓴다. 즉 퇴근하면 신문 보고, TV 보고, 술 마시고, 운동하는 등의 방법들이다. 이런 방법들은 5%의 신경만으로도 충분히 즐길 수 있는 활동이기 때문이다. 95%의 신경은 무심하게 쉬고 있거나 아니면 그 일을 고민하고 해결책을 모색하고 있는 것이다.

그렇기 때문에 남편들은 아내들이 계속 뭐라고 이야기를 하고 싶어 한다면 이 사람이 어떤 일로 스트레스를 받았고 이제 나름대로 풀려고 나에게 도움을 요청하는 것이라고 이해하는 것이 서로 상처를 주지 않으면서 잘 살아가는 방법일 것이다. 그렇기에 경청하고 공감만 표현해 주어도 평균 점수 이상의 남편은 될 수 있다. 이는『화성에서 온 남자, 금성에서 온 여자』의 저자 존 그레이 박사도 역설했다. 또한 아내들은 남편의 휴식 방법을 이해하고 바꾸려 하지 말고 기다려주는 인내가 필요하다. 남자들은 고무줄과 같이 멀어지는 듯하다가 다시 돌아오니까.

남성과 여성의 심리가 이렇게 다른 이유에는 본태적인 것과 진화론적인 오랜 역사가 있다. 인류가 가족을 이루며 살게 된 원시 시대부터 남자는 사냥을 하고 밖의 위험으로부터 가정을 지키는 역할을 해 왔다. 여성은 안에서 자식을 낳고 기르며 따뜻한 젖의 역할을 해 왔다. 남성은 투쟁과 문제해결에 자신의 전력을 다해야 했기에 중재와 사랑, 즉 공감에 필요한 덕목은 갖출 여력이 없었다.

이는 집단 무의식으로 전승되어 내려와서 21세기의 남자들도 여전히 여성들과 생각의 방향이 다르다. 공격적이고 단순하며 자신의 바깥일만 마치고 나면 다른 일은 사소하게 여긴다. 그런데 집에 돌아와서 여성들이 힘든 일을 호소하면 여전히 바깥일을 대하듯이 문제해결 중심 사고를 한다. 왜 저럴까? 나는 노는 게 아닌데 어쩌란 말인가? 귀찮아서 귀를 닫게 된다. 여성들은 공감을 원하는데 남성들은 노력하는 방법을 모른다고 할 수 있다.

여성의 감정 컬러, 즉 감정을 표현하는 용어들이 100개라면 남성은 20개도 채 안 되어 서투르다. 그러므로 노력해야 오해가 쌓이지 않는다. 두뇌의 신경 생리 측면에서도 전두엽이 발달한 남성들은 측두엽이 발달한 여성들에 비해 언어와 감정에서 취약하다. 그런데 두뇌의 기능은 학습하면 발달하므로 배우자의 감정에 안테나를 기울이도록 애쓰자. 전두엽의 기능만으로도 얼마든지 공감의 표현은 가능하다. 이혼으로 가는 길에서 멀어질 수 있다.

여성들이 공감을 못 받으면 최근 특히 많아지는 우울증이 올 수 있다. 여성의 대인관계에서의 좌절은 우울증으로 이어진다. 감정은 여성에게 삶의 에너지원이지만 족쇄로 작용할 수도 있기에, 공감을 받지 못하면 자신의 가치와 삶의 질은 바닥으로 떨어진다고 표현한다. 여성에서 우울증이 남성보다 현저히 많은 이유이다. 남편들은 부인의 우울증의 원인 제공자이기도 하지만 치료자도 될 수 있다. 바로 '이심전심'을 피하면 되는 것이다. 아내의 마음을 지레짐작하여 혼자 놔두지 말기를. 당신의 든든한 팔로 가까이 끌어당겨 경청하고 공감하면 여성은 감격할 것이다.

남성은 스트레스를 해소하는 방법이 잊는 것이라고 했듯이 힘들수록 잊을 수 있는 행위에 몰두한다. 바로 술, 담배, 게임, 도박, 운동, 섹스 등이다. 그래서 중독증은 남성들에게 현저히 많다. 이렇기에 남성은 스트레스 해소 방법으로 중독보다 다른 것을 생각해 봐야 한다. 잊어버리고 딴 데 몰두하는 것보다 직접 자신의 감정에 직면하는 것을 권해 드린다. 그런데 사실 너무 서투르다. 그래서 감정 다루기의 달인, 즉 여성들에게 도움을 요청하자. 아주 좋아하며 적극 협조할 것이다. 감정 표현에 서투른 가족은 전문가의 도움을 받아 감정 다루기를 애쓰면 소통에 도움이 된다. 감정 문제를 인식하고 올바른 감정 발산법과 표현법을 연습하고 스스로 문제를 해결해 나갈 수 있게 도와주는 과정이다.

수다를 떨어야 하는 여자, 동굴이 필요한 남자, 그리고 공감에 서투른 남자, 지도를 잘 읽지 못하는 여자이다. 이러한 차이는 남녀가 서로 다른 종족이어서 강하게 서로 끌리는 차이가 된다. 하지만 평생을 같이할 경우에 서로 이해와 공감이 안 되는 갈등의 원인이 되기도 하여 파국을 초래할 수도 있다. '나의 사랑스러운 반쪽'과 '진절머리 나는 원수'는 동전의 양면임을 우리는 알게 된다. 서로의 반쪽으로 파뿌리가 될 때까지 동행하려면 사랑만으로는 어림도 없다. 자석의 양극처럼 끌리는 내 편이었는데 오해하고 미워져 갈라서기도 하는 것이 부부이다. 매일같이 갈등과 오해를 풀고 나서 같은 이불에 눕는 성실한 노력만이 가족을 유지하는 비결인 것 같다. 아이들의 가슴에 못을 박지 않아야 하겠다.

최고의 혁명, 사랑

새해의 첫 달도 채워져 가며 설날이 다가온다. 새해의 소망과 계획을 품기 전에 지난해를 돌이켜 본다. 지난해의 봄, 여름, 가을, 겨울 각 시즌마다 즐겁고 소중한 일들이 있었고 아쉽고 힘든 일들이 있었다.

지난해는 달력보다 주력을 사용했다. 12장의 달력보다 52장의 주력은 좀 더 시간이 많이 주어진 듯 느껴졌고, 매달의 계획과 평가보다 한 주씩 넘겼던 52주의 시간들은 좀 더 풍성했다. 올해도 10번째, 20번째 주력들을 보며 계획들을 메모하고 성취들을 평가하며 다시는 오지 않을 이 시간들을 별표 가득한 매일로 채워 보려고 한다. 여러분들도 같이 해 보는 게 어떨까.

지금 이 시간은 '○○하기에 좋은 날'이다. 산책하기에, 여행하기에, 편지 쓰기에, 그리워하기에, 돈을 벌기에, 사랑한다고 말하기에, 그리고 나의 성취를 위해 땀방울을 흘리기에 좋은 날이기도 하다. 우리의 하루하루는 뭘 하든 지금 이 시간을 열심히 살기에 너무나 좋은 날들이다.

그중 최고는 사랑하며 살아가는 것이다. 나를 사랑하기에 스스로를 단련하는 것, 상대를 사랑하기에 그 사람을 아름답게 보는 노력을 하며 살아가는 것이다.

"사랑을 만들어낸다는 것은 혁명입니다. 왜냐하면 사랑할 만한 것을 만들어 내기 위해서는 그 대상을 날마다 깎고 다듬어 더욱 아름답게 만들어 내야 하기 때문입니다. 그러니 사랑은 놀랍고 힘들 수밖에 없습니다. 그러나 사랑은 이 세상에서 가장 빛나는 것입니다. 만일 이 세상에서 해야 할 단 한 가지 혁명을 꼽으라면 그것은 사랑하는 것입니다."

구본형

사랑한다는 것이 쉬운 것이라면 이렇게 말하지 않았을 것 같다. 쉽게 사랑에 빠지는 것은 일생에 짧은 순간들이다. 그 외의 많은 시간들은 사랑에 빠져서 만들어진 많은 '관계들'을 지키고, 매일 더하고, 매일 가꾸는 것이 아닌가 생각한다. 이것을 의무가 아닌 즐겁고 행복한 순간들로 느끼기 위해서 나를 단련해야 하겠다고 생각해본다. 모두들 그대 앞에 흘러가는 시간들을 눈부신 보석 같은 의미로 보낼 수 있기를 기도한다.

3장

괜찮아요,
내 손을 잡아요
(상처와 소통)

1

미움 받을 용기

그 아이가 온 것은 멈출 것 같지 않던 삭풍이 잦아지며 차가운 땅 위에서 노란색 개나리 꽃무더기가 언덕을 감싸 안기 시작하는 이른 봄이었다. 햇살은 따스하지만 아직도 냉기를 머금은 바람은 옷깃을 여미게 만들었다. 그 소녀는 큰 눈망울을 가진 귀여운 외모였다. 자리에 앉은 후에도 고개를 숙이고 눈을 마주치지 않았다.

"가끔씩 그런 충동이 들면 억제하지 못해요. 그래서 제 몸을 그어 버리는데, 피가 나는 것을 보면 마음이 진정되고 몸이 따뜻해져요. 내가 살아 있다는 느낌이 들어요. 물론 다시 허전하고 우울해지지만요."

17세의 이 소녀는 10여 회의 자해를 해 왔으며 온몸에는 베고 긋고 찌른 상처가 있었다. 부모가 아무리 야단을 치고 달래도 그치지 않아서 담임선생님의 권유로 나에게 데리고 온 것이다. 소녀의 어머니는 너무 놀라고 안쓰러워했다. 하지만 이제는 괴물처럼 보인다고 했다. 이해가 가지 않고 진절머리가 나기 때문이었다.

자해를 하는 이들이 크게 늘어나고 있다. 그중 소아 청소년들이 가장 많다. 자해는 자살로 이어지기도 한다. OECD 국가들 중 우리나라의 자살률이 가장 높아진 지가 꽤 되었다. 우울증의 이환률은 정신과 치료의 조기 개입이 늘어나면서 조금 줄어드는 추세이나, 자해 시도율은 줄어들지 않고 요지부동이다. 왜 이런 극단적인 행동을 하냐고 오늘 나도 물었다. 아이는 이런 질문을 숱하게 받았으나 자신도 이유를 모르겠다고 했다.

"네가 피를 보면 마음이 진정된다고 했는데, 그럼 어떤 감정들이 진정이 되는 건지 같이 생각해 보자."

"제 자신에게 화가 나는 감정들이 진정돼요. 친구들이 내 말을 무시하고 따돌리면 나 자신이 너무 한심스럽고 미워요."

이 아이는 거절과 비판에 아주 민감했다. 상대에게 제대로 화를 내지 못했다. 그러면서 가장 만만한 자신에게 분노를 터뜨리곤 했다. 자신의 몸을 해치면서 말이다. 참 자존감이 낮은 아이라고 여겨졌다. 친구들과 갈등이 생길 때 자기변명과 주장을 하지 못해 왔다. 상대에 대한 분노를 억누르거나 부정했다. 돌아서서 자신이 바보 같다고 여겨지고 미워 죽겠다고 느꼈다. 이러한 자신은 절대 바뀌지 않을 것이라고 했다. 그러니 의사 아저씨도 공연히 헛수고하시지 말라고 했다, 친절하게도.

자신은 절대 바뀌지 않을 것 같다고 했던 분들이 생각났다. 아들을 잃고 가슴을 치며 자신을 원망하고 아무 낙이 없이 피폐하게 살아가던 한 어머니와 2년을 상담했다. 그녀는 이혼하면서 자식들을 남편에게 뺏겼고 매일 아이들을 그리워했다. 일용직으로 전전하며 하루하루 힘겹게 살아가던 그 여성은 참 위태로워 보였다. 다른 분은 20대 여성으로 우울증이 심했다. 그녀의 어머니는 이기적인 성격에 정신병을 오랫동안 앓아 왔다. 그래서 그녀는 사랑과 보살핌을 받지 못하며 자랐다. 이제 어머니와 지능이 낮은 두 동생을 책임져야 하는 가장으로 살아가느라 세상이 무섭고 가슴에는 외로움이 차오른다고 했다.

내 앞에 앉아 있는 이 아이는 자존감이 바닥까지 추락해 있는데, 과거에 상처가 많기 때문이다. 유아기 시절에 자신과 타인에 대한 기본적인 애정과 신뢰가 충분히 형성되지 않았을 것이다. 자신이 충분히 사랑받을 만한 존재라는 것이 가슴속 깊은 토양에 심어지지 못했을 수도 있다. 어머니는 큰딸인 이 아이에게 애증이 많아 보였다. 첫 애로서 사랑을 많이 주었는데, 3살 터울의 여동생이 미숙아로 태어나면서 관심은 둘째에게로 쏠렸다. 그뿐 아니라 언니로서 심신이 허약한 동생에게 배려와 양보를 하도록 훈육했다. 둘째가 체격이 작지만 발달은 정상적이었고 건강했음에도 불구하고 어머니는 둘째에게 애가 쓰였다. 둘에게 똑같이 대하려고 노력했지만 자매가 다툴 때 혼나는 것은 언니였다. 그럴 때 어머니의 사나운 말투와 표정을 대하며 맏이는 상처를 받아 주눅이 들었다.

가슴에 맺히는 억울함으로 인한 분노는 동생을 괴롭히는 것으로 발산되었고, 이는 더욱 아이를 문제아로 고착시키는 악순환이 계속되었다. 아이가 선택한 것은 투쟁보다 말문과 방문을 닫는 것이었다. 가족에게 마음을 닫은 아이한테 친구들은 마지막으로 남은 소중한 존재였기에 화를 낼 수가 없었다. 친구들이 자신을 싫어할까봐 쩔쩔매면서 만만한 자신을 체벌했다. 갈등이 생기고 자신이 한심할수록 몸에 새기는 상처가 늘어났다. 이 세상에서 사라지고 싶은 마음은 수도 없이 들었지만 너무 무서워 아파트 옥상에서 차마 뛰어내리지 못했다.

: 자기애의 나무로 이룬 숲

잡초보다 자신을 더 하찮게 여기던 위태로운 소녀가 조금씩 밝아졌다. 그동안 끊어질 듯 아슬아슬하게 치료를 이어가던 아이는 짙어지던 신록이 더위에 익숙해질 무렵 병원에 오는 것이 자연스럽게 되었다. 예전보다 자존감도 높아졌다.

"어렸을 때 억울해도 가만히 있었던 제 자신이 미웠어요. 그래서 상처 입고 아파도 된다고 생각했어요. 자해하면 나를 혼낼 수 있고 미운 사람에 대한 화도 풀려요."

자신의 몸을 공격하여 강렬한 감정을 발산할 뿐, 소녀는 갈등을 해결할 줄 모르고 회피하기만 했었다. 인지의 오류들이 굳게 자리 잡고 있었기 때문이다. 어떻게 하더라도 결국에는 더 안 좋아질 것이라는 생각의 오류는 '파국적인 생각'이다. '좁은 시야'라는 오류는 상황 판단력이 왜곡되게 만든다. 또한 감정 표현 불능증이 있어서 자신의 절절한 감정을 상대가 공감하도록 표현하지 못했다. 갈등 해결에 꼭 필요한 자기 효능감이 너무 낮아 상황을 개선하지 못했다.

자신만의 구급상자를 만들기로 했다. 도움을 요청하고 싶은 사람들의 전화번호, 좋아하는 사진과 음악 CD, 아끼는 편지와 책, 자신이 자랑스러웠던 증거들, 용기를 주는 추억의 물건 등 '보물들'을 선택하여 상자에 넣었다. "자해하고 싶을 때 이 상자를 열어서 너 자신을 구원하자"고 했다. "상자 안에 있는 물건들이 너의 마음 구석에 움츠리고 있던 자산들이니 여기에 생명을 불어넣자. 그렇게 하면 파국적인 생각들이 부서진다"고 했다. 자기에게 처음으로 소중한 것이 생기고 허전한 마음이 빛나는 자산으로 채워질 때, 아이는 가슴이 벅차오른다고 했다.

아이는 나처럼 영화를 좋아했다. '죽은 시인의 사회' 키팅 선생님에 대한 이야기도 같이 했다. 아이들과 함께 책상 위에 올라 새로운 시야를 가지라고 했던 '오 캡틴, 마이 캡틴' 키팅 선생님. "너의 목소리를 내어라, 너를 짓누르는 것들에 괴롭다고 저항을 해라, 네 삶을 살아라!"라며 그의 열정에 함께 빠졌을 때 그 아이의 눈빛이 뜨거워졌다.

매순간 올라오던 그 자괴감에 아이가 휘둘리지 않게 되면서 자기 몸을 해치지 않았다. 마음이 황량한 들판일 때 감정은 폭우가 되어 홍수가 났다. 내면에 자기애의 나무로 숲을 이룬 지금은 위태로운 감정이 휘몰아치고 넘쳐도 무너지지 않았다. 의연해진 아이의 얼굴은 빛이 나며 반짝거렸다. 이런 변화를 성취하면 가족과 소통이 나아지고 친구들도 더 많이 모여든다. 이러한 선순환의 흐름을 타본 아이는 앞으로 자신의 몸이 미워 보이지 않으리라. 이제는 미움을 받아도 견딜 수 있는 용기를 가졌기에 그렇다. 누가 자신을 미워해도 덩달아 자신을 미워하지 않을 것이다. 그렇게 의연히 살아나가면 그 미움도 눈 녹듯이 사라진다고 믿을 것이다.

약하고 귀여운 아이들이 쉽게 잘 자라는 것처럼 보였는데 그 속내를 보면 상상하기 힘든 고통이 있음을 알게 되었다. 마치 쉽게 피어오른 듯이 보이는 산야의 야생화가 언 땅 밑에서 치열하게 가녀린 몸을 일으켜 세우며 그 자리를 지켜내는 것처럼. 어쩌면 이들은 화려한 꽃과 부드러운 잎들을 보여 주는 것에는 관심이 없는지도 모른다. 그저 자신의 존재를 지켜내는 것이 최고의 아름다운 가치이니까.

2

장애 아이들의
천사

보통 환자분들은 자신의 차트 하나만 들고 오는 데 비하여 이분은 10여 개의 차트들과 함께 나타난다. 아동 치료 시설에 근무하는 선생님이자 아이들을 24시간 돌보아 주는 보모인데, 참으로 맑고 순한 눈빛을 가진 분이다. 정신박약아, 뇌성마비, 간질 등의 심한 선천성 질환이 있어 부모로부터 시설로 맡겨진 아이들을 돌본다. 간질 발작이 나타나면 온몸의 경련이 그치지 않는 아이, 사지의 마비성 변형으로 제대로 움직이지 못하기에 먹는 것부터 엄마 손이 필요한 아이, 덩치는 크지만 지능이 낮아 본능대로 행동하는 아이들이다.

이들의 엄마 역할을 하는 이분들은 출퇴근을 하는 것이 아니라 아예 아이들과 숙식을 같이 하며 살고 있다. 그렇기에 누구보다 아이들의 몸과 마음의 상태를 가장 잘 알고 있는 것이다. 자기 아이들을 세상 사람들이 이상하게 보지 않을까, 내 아이들이 무시당하지 않을까 염려하는 친부모의 마음을 가지고 있음을 볼 때마다 느끼게 되었다. 이분은 아이의 진료를 옆에서 지켜보면서 아이의 손을 놓지 않는다. 정신박약자 아이, 뇌성마비이며 간질성 경련이 심한 환자의 침과 콧물을 닦아 주며 귀여운 자식을 대하는 모습이다. 아직 시집도 안 간 미혼 여성의 이런 모습에서 너무 자연스러운 분위기가 풍기는 것이다. 아마 집에서는 결혼을 독촉하는 것 같은데 이분은 그런 마음이 없는 것 같다.

"아니에요. 다른 선생님들도 이렇게 대해요."

내가 대단하다고 하자 이렇게 말을 받으며 부끄러워한다. 아이들에게는 자신을 여기에 맡긴 부모보다 더 부모 같은 소중한 사람들이다. 그렇기에 각 방의 아이들을 전담하여 돌보는 선생님이 혹시 바뀌면 그 방의 아이들이 상태가 안 좋아진다. 장애 아이들의 심리적 불안정이 그대로 몸의 표현으로 나타나는 것을 보고 엄마 손이 약손이라는 마음의 힘을 확인하게 된다. 힘든 환경과 열악한 근무 조건임에도 불구하고 장애 아이들을 돌보고 거두는 모든 천사들에게 부끄러운 마음으로 칭찬을 해 드리고 싶다.

3

우리의 간절한 순간
만화 '당신의 모든 순간'

어제 오늘은 모든 것을 촉촉이 적셔 주는 얌전한 여름비가 내리고 있다. 문득 스트라토바리우스(Stratovarius)의 'Forever'를 듣고 싶어졌다. 아름다운 음률이 지금의 고즈넉이 비오는 고요한 아침과 어울린다. '영원(Forever)', 우리가 영원히 살 수 없는데도 간절한 무언가를 표현할 때는 이 단어를 사용하게 된다. '영원히 사랑할 거야'처럼.

이룰 수 없는 '영원'이지만 우리의 기억 속에 이 행복한 순간을 영원히 담아두겠다는 소망으로는 가능할 것 같다. '순간에서 영원으로'는 내가 좋아하는 문장이다. 이 순간이 나의 현재 마음속에서 영원한 느낌으로 연장될 수 있다. 시간에 주관적인 측면이 있다는 것은 인간이 스스로 구원될 수 있는 유일한 방법인 것 같다.

아, 또 한 가지가 있다. 바로 좀비가 되는 것이다. 강풀의 히트 만화 '당신의 모든 순간'은 사람들이 전염병으로 좀비가 되어가고 살아남은 두 남녀의 이야기이다. 만화는 '우리는 사랑을 제대로 해본 적이 있는가'라고 묻는다. 좀비에게 물려서 좀비가 되어 뇌가 녹으면 마지막 순간의 기억만으로 살며 비참하게 거리를 배회한다.

좀비가 된 엄마와 어린 딸. 엄마의 손을 놓지 말라는 엄마의 마지막 말이 뇌리에 새겨진 어린 공주 좀비는 항상 오른팔을 들고 헤매고 있다. 주인공 정욱이 그 손을 잡아 주었을 때 어린 좀비의 눈에서는 눈물이 흘렀다.

출처: http://www.yes24.com/

평생 소시민으로 살아온 중년 부부
는 여행 갈 형편이 못 되었고, 홈쇼핑
의 바다 여행 상품을 보며 상상으로
달래며 살아간다. 딸을 대신하여 좀비
가 되어 버린 부부는 같은 말을 반복
하고 피부에 반점이 나타나는 증상들
을 겪으며 더 심해진다. 하나뿐인 딸을
해칠까 두려워서 딸을 이웃집 총각 정
욱에게 부탁하고 떠난다. 이들은 소원
하던 바다로 가서 부패해진 육신들을
물에 담그고 편안해진다.

좀비들은 주택가로 몰려들고 빛을 향해 가고, 어두워져 보이지 않으면 우
두커니 서서 "우……." 하며 슬픈 울음소리를 낸다, 죽지도 못하고. 그 이유
는 이들이 감염되기 전 온전한 정신이었을 때의 마지막 기억이 집으로 돌아
가는 것이었기 때문이다. 바로 소중한 사람들이 있는 곳. 사랑하던 가족을
만나면 좀비는 비로소 편안히 영원한 잠을 잘 수 있게 될 것이다.

좀비들이 사랑했던 가족들을 찾아 영원한 안식을 도와주다 좀비가 되어
머리에 총을 맞는 정욱. 그 순간 떠오르는 생각은 무엇일까. 이제 마지막이
될 기억은 사랑하는 여자와의 행복했던 시간들로 채우고 싶다. 정욱의 희
미해져 가는 눈은 아파트 옥상에 걸려 있는 그녀의 노란 옷을 보며 웃는다.
이제 정욱은 영원히 행복해지게 되었다.

뇌가 녹아 없어져도 소중한 사람들에게로 향하는 좀비의 귀소 본능은 없
어지지 않았다. 뇌가 아니라 영혼에 각인되어 있는 사랑의 방향 감각 본능
인 것 같다. 인간성을 잃어버린 좀비를 보고 애잔한 슬픔과 먹먹함을 느끼
며 사랑에 대해서 생각해 본다. 강풀 님도 좀비 공포 만화가 아니라 사랑
만화라고 한 것에 공감한다. 우리는 사랑을 제대로 해 보아야 하지 않는가.

많은 시간이 지나가버려 허탈하고 후회될 때에 바로 지금이 우리 앞에 아직 선물로 준비되어 있음을 깨닫는다면 다행이다. 지금 이 시간들이 너무 빛살처럼 빠르다면 시간이 주관적임을 이용하자. 그럼 찰나가 영원의 느낌으로 다가올 수 있기에. 그래도 아직 남은 시간들도 많고 살아가기 위한 일에 바쁘다고 하며 사랑의 표현과 소통을 뒤로 미루려 한다면 강풀의 좀비를 떠올려 보자. 마지막 기억의 순간으로 계속 서성거리며 살아가는 그들의 안타까운 모습을. 그저 소중한 사람들에게 가려 하는 간절한 마음을 이루지 못하고 멈춰 버린 그들의 눈물과 울부짖음을 말이다.

4

소중한 것을 잃고 얻게 된 소통
영화 '퍼펙트 센스'

우린 감각들을 잃어버린다면 어떤 영혼으로 살아갈 수 있을까? 영화 '퍼펙트 센스(2011, 마이클 멧킨지 감독)'에서는 어느 날 시작된 후각, 미각을 잃는 전염병이 온 지구에 퍼져 나가게 된다. 후각을 잃으며 사람들은 일상이 흑백 필름처럼 단조롭게 느껴진다. 향기가 없는 일상들은 이제 더 이상 추억이 되지 않는다. 그리고 미각을 잃게 된다. 분위기 좋은 곳에서의 와인과 식사를 이제 하지 않는다. 메마른 시간들이 그들을 둘러싼다. 그냥 살기 위해 밀가루와 지방이 필요할 뿐이다. 이 전염병은 인류를 후각과 미각을 잃게 하고 슬픔과 우울감에 젖게 만든다. 울다가 무기력해지고 공포에 떤다.

자유주의 국가를 공격하는 공산 국가의 소행이라고 정부는 발표하고 언론은 공포를 확산한다. 저마다 보고 싶은 대로 해석한다. 세상의 종말이 도래했다며 구원을 받아야 한다는 세기말적인 불안이 지배한다. 그 다음으로 청각을 잃으면서 아무것도 들리지 않고, 이제는 모두 철저히 혼자가 되고 피해의식에 사로잡힌다. 사람들은 분노와 증오에 휩싸여 난폭해지고 서로를 공격한다. 그러다 측두엽의 이상이 오면서 갑자기 감사와 행복함이 밀려들고 서로를 얼마나 사랑하는지 느끼고 소중하여 얼싸안는다. 미워했던 사람을 미친 듯이 찾아 용서하고 자신들이 얼마나 어리석었는지 참회한다.

마이클(이안 맥그리거 분)과 수잔(에바 그린 분), 두 사람은 이렇게 이웃들과 이런 전염병을 겪으며 사랑하고 미워하게 된다. 마이클은 사랑으로 인한 죄책감 때문에 사랑을 하지 않으려 한다. 연인이 암에 걸려 제 모습을 잃어갈 때 두려워 도망간 죄책감으로, 하룻밤 사랑으로 살아가고 가슴에 사랑을 들이지 않는 남자가 되었다. 수잔은 사랑 후에 남겨지는 엄청난 상실감과 그 깊은 슬픔 때문에 사랑을 피하려고만 하는 여자이다. 나쁜 남자들만 만나면서 이제는 사랑보다 그 뒤의 고통을 먼저 보게 되며 사랑을 믿지 않는다.

출처: http://cine21.com/

이들은 서로에게 빠져들지만 서로의 상처로 인해 두려워하고 밀어낸다. 그러나 사랑에 필요한 감각들이 상실되면서 남은 감각으로 더 애절하게 현재의 소중한 느낌과 감각과 사랑을 탐한다. 영화는 인간과 연인의 처절한 생존을 보여 주며 실존의 시간은 7할의 고통과 3할의 환희임을 잔인하게 말한다. 마지막에 찾아온 시각의 상실, 세상은 컴컴해지며 아무것도 보이지 않는다. 그러나 두 연인은 서로의 체온을 느끼고 두 눈에 흐르는 눈물을 느끼며 진정 중요한 것들을 그동안 놓치고 살았음을 깨닫는다. 그리고 삶은 계속된다.

감각은 우리가 살아 있음을 증거로 하는 소중한 것, 하나를 잃어도 얼마나 치명적인지를 깨닫는다. 감각들을 다 잃게 된다면 어떻게 될지. 이게 과연 살아 있는 것인지. 무저갱 같은 삶이니 자살할 것인가. 헬렌 켈러처럼 된다면 그녀처럼 훌륭하게 살아갈 수 있을지. 세상의 종말처럼 감각을 잃고 미쳐가는 전염병이 퍼져갈 때 흉포해지고 날뛰는 이들이 있었지만, 어떤 이들은 자신의 일터로 돌아가 묵묵히 현재를 열심히 산다. 최악을 준비하고 최선을 기대하면서, 삶은 계속될 것이라고 믿으면서 말이다.

소중한 것들을 다 잃었다고 절망했는데 감각들은 오히려 우리의 진심과 소통을 방해하는 것들이었음을 알게 된다. 우리는 눈에 보이는 것만 믿었고, 들리는 것에 미혹하며 너무 쉽게 이기적으로 판단하며 살아왔다. 달콤한 미각에 즉물적으로 향락을 추구했고, 옆 사람의 진심을 느껴보는 것을 게을리했다. 한 사람의 깨달음으로 이 세상은 바뀌지 않는다. 그런데 지구란 별의 수많은 이들의 각성들이 이어진다면 변혁은 일어난다. 퍼펙트 센스를 느끼는 사람들만이 진정한 소통을 하며 이제 다른 차원으로 살아갈 것이다. 느끼지 못하는 이들은 절망의 구렁텅이에 빠졌다고 절망하며 삶을 포기할지도 모른다. 극적인 반전이나 해피엔딩으로 만들지 않은 것이 오히려 여운이 깊은 영화로 기억되는 것 같다.

5

하얀 눈과
하얀 붕대

아침 일찍 일어나 글을 쓰다 보니 날이 밝아졌다. 창밖의 앙상한 겨울 나뭇가지들이 하얗게 옷을 입은 모습에 깜짝 놀랐다. 창문을 열어 보니 온 세상이 하얗게 뒤덮였고 눈발이 계속 뿌려지고 있었다. 순백의 색은 그냥 아무 걱정 없이 동심으로 돌아가게 만들어 주는 순수한 아름다움이다. 울산 대공원에 하얗게 깔린 솜사탕 위를 뽀드득 소리를 들으며 걸어서 출근했다. 2월의 중순 겨울에 맞는 첫눈은 감회가 남달랐다. 지난해의 후회와 상처들을 이 눈이 덮어 준다는 마음으로 눈을 맞아 보았다. 감상에 그치는 것이 아니라 실제로 그러한 마음의 과정이 진행되는 상징적 의식(Ritual)이 되는 것이다.

'붕대 클럽(2007, 츠츠미 유키히코 감독)'이라는 영화가 있다. 내용은 마음의 상처를 당한 사람에게 달려가서 그 상처가 빨리 치유되도록 하얀 붕대를 감아 준다는 것이다. 자살골을 넣어 자책하는 아이에게는 골대에 붕대를 감아 준다. 시험 시간을 잘못 알아 시험을 치르지 못하여 울고 있는 학생에게 달려가 시계에 붕대를 감아 준다. 실연 당한 여성에게는 그 장소의 그네에 붕대를 감아준다. 우리들은, 당신은 어디에 붕대를 감아야 할까? 상처가 없는 사람은 없다. 하지만 그 상처를 마음 깊은 곳에 쑤셔 넣으며 보지 않으려 애쓰고 살아간다. 누가 어루만져 주지 않고, 자신도 그 상처가 너무 괴로우니 외면하려고만 한다.

마음속 상처는 이런다고 없어지는 것이 아니라 내 몸을 힘들게 만들고, 삶의 곳곳에서 대인관계에 엄청난 영향을 주며, 중요한 결정들에도 영향을 준다. 내 마음을 할퀸 그 한마디는 체하게 하고 역류성 식도염, 심장 증세, 두통을 일으킨다. 직장에서 스트레스를 받은 남편은 집에 돌아와 사소한 일로 아내에게 화를 낸다. 상처 받은 아내는 아이에게 화를 내고, 그 아이는 강아지를 걷어찬다. 가정 폭력을 당해 왔거나 부모의 이혼, 가정 해체를 겪은 아이는 자신이 사랑받을 자격이 없다 생각하고, 항상 저 사람이 나를 떠나지 않을까 불안해하여 상대를 의심하고 확인하여 결국 지친 상대가 떠나가게 만든다.

이러한 마음의 상처를 치료하기 위해서는 외면하지 말고 직면하여 '내 삶에 이러한 일이 있었지만 이것이 나를 불행하게 만들지는 못한다'는 자기 긍정을 잃지 않도록 해야 한다. 그 상처를 상징하는 물건이나 몸을 어루만져 주고 말을 건네는 치유 과정이 아주 큰 도움이 되는 것이다. 그래서 골대와 시계와 그네에 하얀 붕대를 붙이는 것이 마음 치유에 분명 도움이 된다.

이 영화의 영향인지 '붕대 클럽'이라는 봉사 단체가 결성되었다. 여러분도 가까운 사람들의 상처를 목격하면 위로하고 다독거려 주시는 게 어떨지? 그럴 때에 붕대를 감아 주는 의식적 행위도 해 보시기 바란다. 상처가 없는 삶은 없기 때문에 지금 내가 붙여 준다면 어느 순간 내 상처를 다독거려 주는 이가 내 옆에 있게 될 것이다.

가정 폭력과
'외상 후 스트레스 장애'

정신과 질환 중에 '외상 후 스트레스 장애'라는 것이 있다. 의학적 정의로는 심각한 심리적 충격 이후에 그 상처가 집요하게 떠오르고, 불안하고 우울하며 생활에 장애를 초래하는 증후군이다. 이 장애는 현대 사회에서 재난 발생이 증가하면서 생겨났고, 재난정신의학과 함께 주목을 받고 있다.

우리나라에서는 삼풍백화점 붕괴, 성수대교 붕괴, 대구 지하철 참사, 화성 씨랜드 화재 사건, 세월호 참사, 그리고 우리 현대사의 아픈 상처인 광주 항쟁까지, 얼핏 떠오르는 사건들만 꼽아도 꽤 많다. 당시 현장에 있었던 사람들 가운데는 재난으로 인한 '외상 후 스트레스 장애'를 겪는 사람들이 있다. 아비규환의 생생한 기억들이 수시로 떠오르면서 남모를 고통을 겪고 있는 것이다.

또한 재난으로 인한 것은 아닌데도 그 못지않은 심리적 후유증을 앓는 환자들을 종종 볼 수 있다. 방어할 힘이 없는 어린 시절 가정의 울타리 안팎에서 끔찍한 경험을 가진 경우다. 술에 취해 욕설을 하고 가스통과 라이터를 들고 같이 죽자고 하는 등의 폭력적인 아버지 밑에서 어린 시절을 보낸 사람의 고통은 어떤 면에서는 대형 참사 현장에 있었던 사람보다 더 심각하다.

재난에서의 생존자는 누구나 안타까이 여기고 위로해 주며 사회적으로도 그 고통에 공감해 준다. 또한 피해 보상을 받을 수도 있다. 그런데 성폭력이나 가정에서의 아동학대로 인한 외상 후 스트레스 장애는 개인의 문제일 뿐, 사회적 공감을 일으키는 희생자가 아니기 때문에 도움과 치료를 받기 어렵다. 그러한 상처들이 지금의 자신에게 어떤 영향을 끼쳤는지 모를 수도 있기에 더 심각하다.

가정환경에서 발생한 외상 후 스트레스 장애의 핵심 심리는 '분노'다. 당할 때 저항을 못 했을수록 분노는 오랫동안 더 심하게 마음속에서 널뛴다. 그런데 이들은 자신의 마음속에 왜 이런 분노가 있는지, 대인관계가 왜 이렇게 힘든지를 모르고 그저 자신의 성격으로만 여긴다. 때론 우울증의 모습을 하고 있을 수 있다. 하지만 그 밑바닥의 분노는 사회생활에서 곧잘 상대를 향해 쏘아진다. 그리고는 후회와 자학을 하면서 스스로 억제하거나 위축되기도 한다. 괴로운 마음으로 술에 의존하고, 술이 억제를 풀어 주면서 분노가 튀어나와 아이와 배우자에 대한 폭력으로 표출되는 악순환을 거듭하는 경우도 있다. 결국 폭력의 대물림이 되는 것이다. 가정에서의 심리적 외상으로 인한 외상 후 스트레스 장애가 심각한 사회 문제라는 이유가 바로 여기에 있다. 사회의 기본 단위인 가정의 행복은 그 지역사회 정신건강의 바로미터다. 외상 후 스트레스 장애가 많은 도시는 그 지역이 건강하지 못하다는 의미가 될 수도 있다.

따라서 이런 문제를 각 가정의 문제로만 인식하지 않고 건강한 도시 만들기를 위해 해결해야 하는 숙제로 받아들이고 보다 적극적인 지원을 해야 한다. 현재 거의 모든 지역에 여성과 아이를 위한 상담과 치료를 위한 도우미들이 있다. 청소년 상담 센터, 건강가정 지원 센터, 여성의 전화 및 성폭력 상담소, 생명의 전화 및 가정 폭력 상담소, 여성 쉼터, 청소년 쉼터, 성폭력·가정 폭력 방지를 위한 원스톱 지원 센터 등이 있다. 이들은 적은 인력으로 많은 일들을 하고 있다. 여전히 인프라는 부족하며, 보다 다양한 시설을 갖추는 것이 필요하다. 특히 자살 예방 센터와 가정 폭력 방지 센터 등의 확충이 절실하다. 또한 이런 기관들을 연결하여 일원화를 이룰 수 있는 중추 센터와 시스템도 시급한 일이다.

중요한 것은 가족 구성원 스스로 가족 관계에 대해 평가를 해 볼 필요가 있다는 것이다. 가족 모두 서로에게 이어진 소통의 길이 잘 닦여져 있는지, 다른 가족원을 통해야 의사 전달이 되는 것은 아닌지, 양 방향이 아니라 일 방적이지는 않는지, 내 가족의 마음의 소리를 잘 듣고 있는지를 점검해 볼 때이다.

톨스토이는 "모든 행복한 가정들은 서로 닮은 데가 많다. 그러나 모든 불행한 가족은 그 자신의 독특한 방법으로 불행하다"라고 했다.

4장

마음의 힘

1

절규와 평화
공황장애

죽음의 공포를 느끼는 극도의 불안 증상이 갑자기 밀려오는 현상을 공황 발작(Panic attack)이라고 한다. 예측할 수 없이 언제 어디서 나타날지 모르기에, 나타났던 장소나 상황과 비슷한 곳을 아예 회피하는 광장공포증까지 동반한다. 점점 더 늘어나고 있는 현대의 대표적 불안증이다.

공황장애의 상징적인 그림이 있다. 바로 노르웨이의 표현주의 작가인 에드바르 뭉크의 '절규'라는 유화이다. 너무나 유명하여 많이 인용이 되었고 패러디도 되었다. 이 그림을 보면 정말 공포에 사로잡힌 사람의 절규의 소리가 들리는 듯하다. 바로 뭉크 자신이라고 하는데, 친구들과 해질 무렵 다리를 건너다 공황장애를 겪게 된 것으로 짐작해 본다. 스산한 밤공기는 불타는 해와 만나 새빨간 구름을 만들어 하늘을 덮고, 아름답던 피요르드 해안의 도시가 핏빛으로 물드는 모습은 공포의 극단을 표현한다. 하지만 정작 뭉크를 해골 같은 얼굴로 절규하게 한 것은 그의 내면에서 솟구치는 공포의 비명소리였을 것이다. 뭉크의 작품은 대부분 공포, 광기, 죽음, 슬픔, 의심, 분노 같은 감정적 요소로 어두운 분위기가 많다. 바로 그의 내면의 표현이다. 어렸을 때부터 극심한 가난, 어머니와 누이, 동생들의 죽음과 정신병을 겪으며 살아왔고 사랑의 배신까지 당한 그의 내면은 온통 상처투성이일 것이다. 성장 과정에서 어느 정도의 안정감이 형성되어 본 사람은 고난과 고통을 겪어도 결국 지나가고 평화가 올 것이라고 믿는다. 항상 가정이 불안정하고 분노와 다툼, 학대를 오래 경험했던 분들은 삶의 길목에서 스트레스에 더 취약해져 불안과 우울증이 잘 나타난다. 절규하게 되는 것이다.

공황불안이 나타나 꼼짝없이 죽음의 공포를 직면했던 분들은 심해져서 아예 밖에 나가지 못하고 은둔한다. 최근 공황장애를 앓았음을 고백한 이경규 씨, 김장훈 씨, 김구라 씨 외에도 천하장사 이만기 씨도 공황장애를 심하게 앓았었다. 그가 진행하는 울산 MBC '팔팔한 인생'에서 직접 그 고통스러웠던 사연을 밝혔고, 저자가 출연하여 의학적 상담과 설명을 해드린 적이 있다.

치료는 불안발작에 대한 예방적 약물 치료를 통하여 우선 다시 겪지 않는 것이다. 원인은 우리 뇌의 정서와 학습을 담당하는 편도체라는 부위가 위기 상황이 아닌데 부적절하게 사이렌을 울린 것임을 이해하는 것이 출발이다. 편도체를 달래고, 이 심장이 멈출 것 같은 공포불안이 결국 지나가고, 자신을 어떻게 하지 않을 것임을 믿고 마음가짐을 굳건히 하는 것이 중요하다.

나에게 치료를 받았던 젊은 주부에게 불안이 따르겠지만 도망가지 말고 부딪치라고 주문했다. 절대 쓰러지거나 죽지는 않으니 걱정 마라, 치료를 받고 있으니 불안이 나타나더라도 정도가 덜할 것이다, 의사를 믿고 직면해라, 절대 회피하면 안 된다고 했다. 이런 상담을 한 후 어느 날 아이가 갑자기 아파 병원에 급히 가야 하는 응급 사건이 생겼다. 운전은커녕 잘 나오지도 못하던 이분은 아이를 태우고 혼자 운전을 해 버렸다. 아이를 치료해야 한다는 것이 중요했고, 불안했지만 죽기 아니면 까무러치기라고 생각했다고 했다. 길이 트인 것이다. 물론 한 번씩 불안 증상이 나타나더라도 이제는 밀어붙이면 된다. 이런 상황에서 공황이 나타났기 때문에 또 나타날 것이라는 경험적 학습으로 불안이 형성되었다면, 부딪쳐보니 까짓것 별거 아니라는 경험적 학습으로 용기를 가져 극복해 나가면 되는 것이다.

2

몸과 마음의 신비한 연결
심신 상관관계

당신의 몸은 당신의 마음의 상태를 말해주는 바로미터이다. 실제로 정신의학에 신체형 장애라는 질환명이 있다. 정신적 원인이 신체 증상 형태로 발병하게 된 경우를 의미한다. 내적인 불만이나 갈등이 일상적인 정신방어작용으로 해소되지 않을 때 생긴다. 누적된 정신적 갈등이 신체적 증상으로 전환되어 표현되는 것으로 이해할 수 있다. 실제로 우리 주위에 이 병에 해당하는 분들이 아주 흔하다.

이들은 겉으로 드러난 신체 증상에만 신경을 쓰므로 정신과 진료보다는 내과의원 등에 먼저 내원한다. 장애의 원인을 신체적인 문제로만 보므로 불필요한 검사를 많이 하는 경향이 있다. 환자분들은 검사에 이상이 없다는 말을 듣거나 치료에 만족하지 못하여 여러 병원들을 순례(Doctor shopping)하게 되는 경우들이 적지 않다. 원인적(정신적) 치료에 접근하지 못하므로 완치에서 더 멀어지게 된다.

이렇게 마음의 갈등이 몸에 증상을 만드는 신체형 장애들의 종류를 본다면, 두통, 흉통, 복통, 요통 같은 통증이나 가슴의 답답함, 호흡곤란, 실신(기절), 전신마비 느낌, 설사 등이 있다. 성격이나 심리적 상태와 신체 질환(증상)과 인과관계를 9가지의 경우들을 통해 설명하려 한다.

1. 분노, 공격성을 잘 느끼고 급한 성격의 소유자는 심장혈관 질환, 고혈압이 생기고 흉통을 호소한다.

2. 항상 참아오며 삭이고 살아오셨던 분들은 화병이 생겨서 가슴에 열이 나고 답답해진다.

3. 자주 긴장하며 무거운 책임감을 느끼는 강박적인 분들은 목과 어깨가 뻣뻣하고 두통이 생긴다.

4. 신경이 예민하여 주위를 항상 경계하게 되는 분들은 복부에 경직이 잘 오며 설사, 변비 증세가 온다.

5. 소화 불량은 우리가 소화해야 하는 현실이 너무 괴롭거나 견디기 힘든 일을 경험할 때 발생한다.

6. 현실을 받아들이지 못하면 삼키기 힘들거나 목에 이물질감으로 불편하고 아플 수 있다.

7. 죄책감이나 자기 비하가 많고 책임을 회피하는 사람들에 건강 염려증의 증세가 흔하다.

8. 어린아이가 이를 가는 것은 부모에 대한 억압된 분노이거나 불안, 두려움 때문일 수도 있다.

9. 일이 너무 힘들고 책임감으로 등골이 휠 정도라고 힘들게 느끼면 실제로 골관절(허리, 무릎)의 문제가 발생한다.

이러한 것들을 검토해 보시기를 권한다. 증상과 병은 자신의 마음에 균형이 깨졌음을 알려 주는 것이기 때문이다. 즉 병(아프고 괴롭다는 것)은 무조건 진통제를 쓰거나 즉각적인 치료를 하여 고통에서 벗어나는 것만이 최선이 아니라는 것이다. 자신의 마음을 관찰하고 자각하며 솔직히 느껴 보는 것만으로도, 많은 경우 이러한 증상들이 사라지며 병의 의미를 깨달을 수 있다.

마음의 불균형, 막힘, 갈등, 얽힘, 화(火), 자책감, 분노, 미움, 과도한 책임감 등이 몸에 영향을 미쳐서 몸의 문제를 초래한다는 것을 느끼고 깨닫는 것이 중요하다. 이럴 때 뇌의 모르핀이 분비되어 마음과 몸의 치유에 도움이 된다. 마음으로 몸을 치료하고자 하는 과정에서 병과 고통의 의미를 알수 있다면 더더욱 좋을 것이다.

3

내 안의 행복 물질
영화 '꾸뻬 씨의 행복 여행'

오래된 피로감이 최고조로 느껴지는 연말에 충전이 필요하던 차에 여행을 갈 더없는 기회가 생겼다. 동료 의사 헥터가 '행복이란 무엇일까'에 대한 답을 찾기 위해 출발한 여행을 따라 나선 것이다. 그는 매일같이 불행하다고 외치는 사람들을 만나는 런던의 정신과 의사이다. 과연 진정한 행복이란 무엇일까 궁금해진 그는 모든 걸 제쳐두고 지구를 한 바퀴 도는 여행을 훌쩍 떠났다. 그와 같이 하는 여정은 별로 준비할 것 없이 주말 밤에 영화 티켓을 구매하여 영화관으로 입장하여 관람하면 되는 것이었다. 평범한 내 나이 또래의 정신과 의사가 저지르는 돌발 여행이었다. 자리를 지키고 있어야 하는 4평 반의 진료실에서 매일같이 불행하다고 외치는 사람들을 행복하게 해 줘야 하는 정신과 의사는 지칠 때면 충전받고 싶은 갈망이 있다. 자유로운 여행을 절실히 꿈꾸기도 한다. 그러기에 이 영화는 나를 위한 영화라고 받아들였다. 더구나 행복의 정의를 모색하는 의미 있는 투어이다. 그 과정에서 아름다운 풍광과 다양한 사람들을 만나고 수많은 에피소드들을 겪을 것이 기대되어 두근거리는 마음으로 영화의 시작을 같이했다.

사실 헥터는 치료자로서 환자들을 위해서만 행복 찾기 여행을 떠난 것이 아니었다. 지치고 메마른 자신에게 '나는 행복한가?' 아니다, 그럼 행복이란 어떤 것인가?'라는 절박한 질문을 자신에게 수없이 반복하다 떠난 것이다. 나는 그의 심정이 충분히 이해가 간다. 새로 출시할 약의 이름 짓는 일

출처: http://cine21.com/

을 하는 동거녀 클라라에게 당신을 사랑하지만 떠나는 자신을 이해하고 기다려 달라고 한다. 그녀는 헥터를 사랑하지만 둘 사이의 아이를 원하지 않고, 그를 마치 어머니가 아이를 돌보듯 양육적 사랑을 유지하고 일을 즐기며 산다. 헥터의 여행을 이해 못하지만, 그가 자신의 일과 친구들을 사랑해 주기 때문에 이별보다는 그를 기다리기로 한다.

헥터의 여행은 런던-상하이-티베트-아프리카-LA를 거쳐 다시 돌아오는 여정이다. 런던을 출발한 헥터는 여행의 경험을 메모지에 스케치로 그리고 사람들이 말하는 행복의 정의를 순서대로 적어 나간다.

상하이로 가는 비행기에서 만난 한 남자는 편안한 미래를 위하여 열심히 돈을 벌며 가정을 등한시하다 이혼한 은행가이다. 그가 은퇴를 무서워하는 이유는 자신의 노년의 삶이 끔찍할 것이라고 생각하기 때문이다. 헥터는 돈으로 행복을 살 수 없음을 깨닫는다. 젊은 중국 여성과 잠깐의 사랑을 하며, 행복은 어쩌면 두 여자를 동시에 사랑하는 것이 아닐까라는 발칙한 생각을 한다. 티베트에서 수도승이 바람에 묻혀오는 향기를 맡으며 행복한 춤을 추는 것을 보며 그 의미를 이해 못하는 헥터는 친구가 있는 아프리카로 간다. 내전과 전염병이 있는 곳에서 생명을 무릅쓰고 현지인들을 돕는 친구를 보며 '행복은 자신의 소명을 다하는 것'이라고 느낀다. 정작 친구 마이클은 '행복은 있는 그대로의 자신을 누군가 사랑해 주는 것'이라고 한다. 그의 옆에는 그를 도와주는 까만 얼굴의 현지인이 그를 사랑하는 눈으로 보고 있었다. 친구는 게이인 것이다.

비행기에서 만난 아프리카 여인은 '행복은 가족과 함께 고구마 스튜를 먹는 것'이라며 헥터를 집에 초대했다. 그 파티에서 아무 조건도 필요 없이 있는 그대로의 사람을 사랑하는 순박한 이들을 보며 감동하고 더불어 춤을 춘다. 그러다 돌아가는 길에 반군들에게 납치되어 죽음을 기다려야 하는 절망과 두려움에 빠진다. '두려움은 행복을 방해한다'는 지극히 당연한 사실을 깨닫는다. 구사일생으로 살아나는데, 기쁨에 덩실덩실 춤을 추며 온몸이 느끼는 행복감에 전율하고, '행복은 살아 있음을 온 마음으로 느끼는 것'이라고 소리친다.

헥터는 미국으로 건너가 첫사랑이었던 심리학자 아그네스를 만나고, 그녀에게서 '자신은 현실에서 사랑하는 가족들과 행복하고 미래에 어떤 불행이 닥쳐올지 불안하지만 현재에 감사하며 산다'는 말을 듣는다. 헥터가 미국에 온 목적 중 하나인 행복학의 권위자 코먼 박사를 만난다. 박사는 행복은 추구해서는 안 되고, 자신이 몰입하고 열중하는 어떤 목표를 행하다가 얻는 부수적인 것이라고 한다. 그리고 뇌 촬영술로 행복, 공포, 슬픔을 측정하는 방법을 개발했다며 헥터를 촬영실로 밀어 넣는다. 헥터는 두려웠고 행복했던 순간들을 떠올리지만 뇌 영상은 미미할 뿐이다. 마음속의 어린아이가 감정을 억제하고 가두고 있기 때문이었다. 그 순간 클라라의 전화가 온다. 그녀가 엄마가 되고 싶다는 말을 듣고 헥터는 행복감이 솟구침을 느낀다. 헥터는 평생 당신 옆에 있는 것이 나의 행복임을 이 순간 깨달았다고 클라라에게 고백하며 억제되었던 감정이 분출된다. 그리고 자신이 여행 동안 만났던 이들의 말들과 겪었던 일들의 의미가 가슴으로 깨달아지면서, 모든 감정들을 다 함께 느끼는 전율의 엑스터시를 경험한다. 이것을 본 코먼 박사는 처음 보는 오로라 같은 뇌 현상으로서 인생 그 자체라며 감탄한다. 헥터에게 "당신은 전사(戰士)"라며 엄지를 치켜세운다. 행복이란 가까운 곳에 있음을 깨달은 헥터는 클라라에게로 달려와 프러포즈를 한다. 결혼이라는 의미 있는 의례를 치르며 상처받아 성장하지 못했던 마음속의 어린 헥터는 성숙한 어른이 된다. 그는 이전과 다르게 획일적인 일상에서 벗어나 자유롭고 창의적인 삶을 살기 시작한다. 스스로에게 경직되지 않고 환자들에게도 유쾌하며 좋은 의사가 된다.

: 취(醉)해야 취(取)한다

이 영화는 '월터의 상상은 현실이 된다'가 연상될 정도로 기발하고 유쾌하며 인생에 대한 잠언을 속삭여 주는 것 같았다. 행복에 대한 몇 가지의 메모들은 새로운 것들이 아니지만 그가 겪은 생생한 경험과 함께 잠언들이 완성되니 고개를 끄덕이게 된다. 행복은 멀리 있는 것이 아니라 내 옆에 있는 소중한 사람이라는 진리를 체득하기 위해서 먼 길을 돌아왔지만 그만큼 가치가 있는 여행이었다.

여행을 다녀온 뒤 헥터와 그녀는 이제 떠나기 전의 그들이 아니다. 헥터의 자아가 알을 깨듯 성장했고 클라라도 헥터를 기다리며 갈등하며 성숙한 변화를 겪었기 때문이다. 그럼 앞으로 자신들이 깨달아 성취한 행복을 잘 지켜낼 수 있을까? 행복이란 미래에 있는 게 아니라 있는 그대로의 상대를 사랑하고 지금 살아 있음에 환희하며, 삶과 죽음을 두려워 말고 지금 여기 내 옆의 사람들에 답이 있음을 깨달은 것을 말이다. 다시는 잊어버리지 않고 살아가길 바라는 심정이다. 그것을 잊어버린다면 사랑하는 사람과 그 행복까지 다 잃어버리게 될 수도 있다.

잊어버리지 않으려면 어떻게 해야 할까? 모두에게 숙제 같은 일이다. 우리 모두 살아가며 매너리즘에 빠지지 않는다는 보장이 없으니까. 그럴 때마다 여행을 통해 자각해야 하나? 사랑이 다 해결해 줄 것인가? 사랑이란 것은 항상 변해 왔고 변할 것이기에 다른 노력이 필요하다. 사랑은 유효 기간이 길지 않다. 와인은 오래 묵을수록 아로마와 풍미가 좋아지지만 오래 묵은 사랑이 길게 가는 것은 아주 어렵다. 두 사람 모두가 각자가 너무 가까우면 의지하고 기대하게 되고, 결국 상처받고 실망한다. 둘의 관계가 오래

가기 위해서는 둘이 서로 다름을 존중하는 마음을 유지하며 적당히 떨어진 거리로 살아가야 하리라. 마치 2개의 철로가 평행선을 그으며 이탈하지 않고 대륙을 횡단하듯이.

이처럼 가까이의 소중한 사람을 소중하게 대해서 부수적으로 얻는 게 '해피니스(Happiness)'라고 이 영화는 웅변한다. 현재를 소중하게 여기는 태도와 더불어 추가해야 할 좋은 삶의 태도가 하나 더 있다. 바로 코먼 박사가 말했던 '전사(戰士)'의 태도이다. 오늘이 마지막인 것처럼 온 감각을 열고 온 마음을 다해 사는 마음가짐이다. 지금 여기에 자신을 바치고 피하지 말자, 바로 전사처럼!

감정을 억제하여 형편없는 뇌 영상을 보이던 헥터의 뇌는 클라라와의 소중한 사랑과 여행의 정수로 인해 신경세포가 오로라처럼 회오리치며 전사의 뇌로 진화했다. 행복한 감정은 아무리 충만해도 뇌의 한 부분만 반짝였다. 기쁨과 슬픔뿐 아니라 인생의 백화점에서 취급하는 모든 감정들을 다 느꼈을 때 온 뇌에 오로라가 휘몰아쳤다. 행복이 물밀듯 밀려오면 슬픔도 따라올지니 고통도 피할 수 없다. 이는 진리이니까. 행복을 추구하는 것보다 자신에게 의미 있는 일에 몰입하다가 부수적으로 행복이 온다면 감사한 것이다. 죽음의 두려움이 날 덮칠까 봐 전전긍긍하지 말고, 전사처럼 지금 현재에 온 마음을 던지라고 헥터의 여행은 나에게도 깨달음의 기회를 주었다. 티벳의 그 수도승이 바람에 덩실 춤을 추었던 경지까지는 아니겠지만, 가슴이 벅차오르는 것도 느꼈다. 내가 좋아하는 보들레르의 시 '취하라'가 생각난다. "취하라. 항상 취해 있어야 한다. 그것이 전부다"라고 시작하는 이 시를 음미하다 보면 삶에 대한 열정적인 태도에 내가 취하곤 했었다. '전사처럼 살다'를 보들레르 식으로 말한다면 '취하라'이다. 훨씬 아름다운 말이다. 삶의 현재에 취하면 지복을 얻는다. 취(醉)해야 취(取)한다!

4

달콤 씁쓰레한 인생
영화 '달콤한 인생'

어느 깊은 가을밤, 잠에서 깨어난 제자가 울고 있었다. 그 모습을 본 스승이 기이하게 여겨 제자에게 물었다.

"무서운 꿈을 꾸었느냐?"

"아닙니다."

"슬픈 꿈을 꾸었느냐?"

"아닙니다. 달콤한 꿈을 꾸었습니다."

"그런데 왜 그리 슬피 우느냐?"

제자는 흐르는 눈물을 닦아내며 나지막이 말했다.

"그 꿈은 이루어질 수 없기 때문입니다."

이런 선문답이 주인공의 내레이션으로 나오는 영화가 있는데, 의외로 흔히 일컬어지는 '조폭' 영화이다. 바로 우리나라 느와르의 효시라고 하는 김지운 감독, 이병헌 주연의 '달콤한 인생'이다. 조직의 밑바닥에서 시작하여 과묵한 의리와 빈틈없는 일처리로 보스 강 사장(김영철 분)의 절대적 신임을 얻고 오른팔로 올라온 선우(이병헌 분)는 보스의 은밀한 명령을 받는다. 보스의 젊은 애인인 여대생 희수가 몰래 사귀는 애인이 있다면 알아서 제거하라는 것이다. 두 애송이 연인의 밀회를 잡았지만, 선우는 어쩐 이유에선지 모두에게 좋은 일이라고 판단하고 처음으로 보스의 명령을 어기며 그들을 놓아 준다. 이로 인해 보스는 선우를 제거하라는 명령을 내리고 그를 땅 속에 파묻는다. 하지만 선우는 너무 억울하고 분하기에 개죽음을 당하지 않는다. 보스를 만나 담판을 짓기 위해 그 혼자와 조직과의 핏빛 전투가 시작된다.

말해봐요,
정말 날 죽이려고 했어요?

출처: http://cine21.com/

김지운 감독이 보여 주고자 했던 것이 달콤한 인생이 아니었음은 잔인한 장면들이 말해준다. 총격신은 스타일리스트인 그답게 아름답고 비장하게 그려냈다. 용의주도한 연출과 복선들, 비장미가 깃든 강렬한 영상, 보스로 나온 김영철의 자제되고 묵직한 연기 등 웰 메이드(Well made) 영화이다. 특히 고개를 끄덕이게 하는 것은 이병헌의 무게 있고 농도 짙은 호연이었다. 완벽주의자로서 냉정하던 선우가 주인을 명령을 어긴 것이 이 비극의 시작이었는데, 왜 그랬을까? 자신의 목숨이 위태로울 줄 몰랐을까? 두 젊은 연인들에 연민을 가졌는지, 긍휼의 발로였을까. 선우가 보스의 애인인 희수를 마음에 두게 되었다는 것은 짐작할 수 있다. 그녀의 연주에 빠져들었고, 마지막이 될 수 있는 결전을 앞두고 그녀에게 선물을 준비했다. 내연의 애인과 헤어지는 조건으로 살려 준 선우에게 "생명의 은인으로 고마워할 줄 알았나요? 사랑이 끝내라 한다고 간단하게 되는 게 아니잖아요?"라는 그녀의 말에 선우의 눈빛은 크게 흔들리며 아무 말도 못 했다.

엔딩 신에서 붉은 피가 심장에서 터져 나오며 숨을 거두는 그 평온한 표정과 슬픈 눈을 우리가 보고 있을 때 이병헌의 내레이션 "어느 깊은 가을 밤, 잠에서 깨어난 제자가 울고 있었다"가 시작된다. 이룰 수 없는 달콤한 꿈이 그녀와의 사랑이라면, 주인공은 평생 전쟁처럼 주먹질하며 누군가를 위해서 개처럼 살아오다 처음으로 누군가를 위해서 사랑을 주었던 것일 수 있다.

인생은 약육강식의 대결장이지만 공감과 긍휼의 마음으로 자신의 생명을 주어 버릴 수 있다는 사랑의 수업 교실이기도 한 것일까. 그래서 달콤하지 않은 비극적인 엔딩을 보면서도 감독의 의중에서 한 가닥 희망을 읽어야 하는 것일까. 영화의 장면 중 압권은 처절하게 당하다가 영화 '다이하드'처럼 모두를 쓰러뜨린 선우가 보스 강 사장의 이마에 뜨거워진 총구를 들이대고 핏빛 선 눈에서 분하고 슬프고 회한 서린 눈물을 흘리며 "왜, 왜 그랬어요? 왜!"라고 절규하는 장면이다.

"그냥 눈감았으면 이렇게 다 죽지 않아도 되잖아요, 이게 뭐예요." 하지만 이는 보스도 마찬가지. "내 명령을 따라 두 사람을 처리했으면 이런 일이 생기지 않았을 텐데." '왜'라고 묻는 선우에게 "넌 나를 모욕했어"라는 강 사장의 대답은 보스로서 '가오(체면)'가 상했고, 칼을 빼 들었으면 갈 데까지 가야 하는 심정임을 짐작케 한다. 진짜 이유를 대라는 선우에게 대답 않는 보스의 내심은 질투인지도 모를 일이다.

: 피할 수 없는 맛

엔딩 크레디트가 올라가면서 각자 피할 수 없는 일, 입장, 길을 생각했다. 그 행동의 결과를 고스란히 받아들일 수밖에 없는 불쌍한 인간의 달콤하지 않은 인생을 생각했다. 빛나는 조연인 황정민의 대사 "인생은 고통이야, 몰랐어?"와 김뢰하의 대사 "우습다. 정말로 세상이라는 게, 가만히 보면 인간이라는 게 아무것도 아니야. 한치 앞을 내다볼 수 없잖아?"도 인생이 결코 달콤하지 않다는 것에 그들의 경험을 보탠다.

영화 초반에 이병헌이 쓴 커피에 각설탕을 넣고 평온하게 마시는 장면이 있다. 이 영화의 내용을 암시하는 복선이다. 나도 아메리카노가 쓸 때 달콤한 시럽을 넣어 마신다. 하지만 제법 넣었는데도 커피는 결코 단맛이 되지 않더라. 그냥 달콤 쌉쓰레한 맛이다. 그래, 커피는 쓰고 쌉싸래한 맛으로 먹어야지. 여기서 다디단 음료수 맛을 바라선 안 되지. 쓴맛 속에서 부드럽고 달콤한 아로마, 깊은 신맛, 풍부한 여운을 느낄 수 있도록 훈련을 해야겠지. 난 커피에서 느끼려고 애쓰는 것처럼 삶 속에서도 그 깊은 맛들을 느껴볼 수 있을지 모르겠다. 그 과정에 고통을 피할 수는 없다는 것은 분명하게 알고 있다.

제3의 존재의 기적
책 『왓칭』

남들 앞에 서면 너무 떨러서 실수를 연발하는 대인공포증, 심한 스트레스나 힘든 상황 등으로 인해 우울한 사람들, 술과 담배를 끊지 못하는 분들이 많다. 대개 혼자의 힘으로 변화가 힘들다. 이럴 때 자신의 입장에서 벗어나 제삼자의 눈으로 이렇게 힘들어하는 자신을 관찰하는 이미지 요법을 사용하면 아주 큰 도움이 될 수 있다. 이를 관찰자 효과라고 하는데, 많은 실험들을 통해 그 효험이 증명되었다.

캐나다 대학의 베스케스 교수는 청중 앞에서 발표하며 너무 떠는 사람들에게 3분간 자유연설의 연습을 시켰다.

A그룹은 자신의 입장에서 많은 청중들 앞에서 말하는 상상을 하게 두고, B그룹은 자신을 청중과 함께 남으로 바라보는 3인칭의 시점으로 상상하면서 연설을 하게 둔다.

끝난 후 향후 진짜 연설에 대한 자신감을 1~10으로 매겼다. A그룹은 평균 5점, B그룹은 평균 9점이 넘었다. 이 결과는 2008년 베이징 올림픽에 참가했던 미국 선수들의 심상화 훈련에도 그대로 활용되었다.

우울증에 걸린 사람들은 자존감이 낮고 안 좋은 기억들이 많다. 이분들에게 자신이 가장 힘들었던 순간들을 기억해 보도록 했을 때 그 비참함과 우울감의 지수는 높았다. 하지만 3인칭의 시점으로 바라보게 했을 때 우울감의 정도는 훨씬 낮았다. 자신을 남으로 객관화시켜 바라보면 그 고통은

인생의 큰 바다에서 작은 파도에 불과
하다는 긍정적 변화가 유도된다는 것
이 중요하다.

더욱 극적인 사례는 71세 하이벨 할
머니의 경우이다. 그녀는 암이 온몸으
로 퍼진 말기암으로 판정받아 6개월을
넘기지 못할 상태였다. 이때 그녀는 포
기하지 않고 19세기 성자로 추앙받은
미국의 실로스 신부를 떠올리며 9일간
의 기도에 몰입했다. 신부님의 영혼과
함께 자기 몸의 암 덩어리들을 깨끗이
씻어내는 장면을 생생하게 반복 상상

출처: http://www.yes24.com/

했다. 암세포들이 자연의 질서를 회복해서 정상 세포가 되도록 기도한 것이
다. 결과는 암이 모두 사라졌고, 의사들은 이 결과에 대해 불가능한 기적이
라고 말만 할 뿐이었다.

이 같은 관찰자 효과는 의지력, 객관성 효과 등으로 설명이 안 된다. 우리
의 의식을 바깥, 즉 우주에서 받아서 증폭시켜 도와주는 제3의 존재가 있
어야 한다. 한 실험 이야기가 꼭 필요하다.

과학사에 가장 아름다운 사례로 유명한 '이중 슬릿 실험'(일명 '관찰자 효과')이
라는 것이 있다. 미립자를 자동 발사기에 대고 발사하면, 슬릿을 직선으로
통과해 벽면에 알갱이 자국을 남긴다. 별 신기하지도 않은 현상이지만, 기
절초풍할 일은 실험자가 밖에 나갔다 돌아오는 사이 생겼다. 그 사이 날아
간 미립자가 벽면에 물결 자국을 만들어낸 것이다. 즉 직선으로 날아간 것
이 아니라 파동으로 슬릿을 통과한 것이다. 다시 실험자가 지켜보면 직선
주행을 하여 알갱이를 만들어냈다. 이유는 실험자가 미립자를 고체 알갱이
로 생각해왔기 때문이다. 미립자가 부리는 요술의 해답은, 이 녀석은 관찰

자의 마음을 읽고 동조한 것이다.

만물을 구성하는 미립자가 의식이 있어 우리의 마음과 동조한다는 사실은 과학자들을 충격으로 들뜨게 했다. 아인슈타인 이후로 최고의 물리학자로 불리는 리차드 파인만은 "이 실험은 우리의 마음이 어떤 원리로 만물을 변화시키고 운명을 창조해내는지 한눈에 알 수 있게 해요."라고 했다. 이 실험은 구글 동영상 사이트에 '관찰자 효과(Observer effect)'로 검색하면 볼 수 있다. 양자 물리학자 울프 박사는 관찰자 효과를 '신이 부리는 요술'이라 부르고 미립자들이 가득한 우주 공간을 '신의 마음(Mind of God)'이라 일컫는다.

관찰자 효과는 우리의 의식과 영혼이 우리 안에 국한되어 있는 것이 아니라 우주와 연결되어 있고, 그 신성(神性)의 힘을 빌리면 영성은 엄청난 치유를 일으킬 수가 있다는 확실한 증거가 아닐까?

6

마음의 힘

·················

마인드, 즉 정신의 역할에 대해서 이야기를 해 보려고 한다. 플라시보 효과, 정신신체 관계, 암, 마취와 수면 중의 잠재의식, 꿈, 최면에 대한 사례들을 보며 마음의 힘이 얼마나 대단한지 같이 생각해 보는 기회가 되었으면 한다.

1) 플라시보 효과(Placebo effect)

먼저 플라시보 효과이다. 위약 효과라고도 하는데, 실제로 아무 성분도 들어 있지 않은 약이지만 복용하는 사람으로 하여금 진짜 약이라고 믿게 함으로써 진짜 약과 똑같은 효능을 보는 것을 말한다.

미국에서 있었던 일이다. 생존율이 낮은 한 악성 임파선 암 환자가 새로 개발되어 항암치료가 탁월하다며 소문난 항암제를 복용하기를 강력히 희망했다. 호흡도 어렵고 흉수를 매일 빼내야 할 정도로 암이 상당히 진행된 상태여서 담당 의사는 기대를 하지 않았지만 시판이 아직 안 된 신약을 구하여 투약하게 되었다. 그런데 환자는 이 약을 복용하면서 급격히 나아지기 시작하여, 얼마 후 검사에서 암 조직이 없어졌다는 판정까지 받고 퇴원하여 비행사 직업에 복귀했다.

그러나 후일 의사협회와 식약 관리청에서 이 약의 효과를 부정하는 보고가 잇따라 나오자 다시 재발되어 악화되어 입원했다. 의사는 이런 심리적 효과를 고려하여 이전의 약보다 2배의 효과가 있는 약이라고 하여 증류수를 주사했다. 이러면서 환자는 종양이 위축되고 흉수가 없어져 퇴원했다. 많은 사람들이 환자의 신념과 치료 효과가 연결된 이 기적 같은 사례에 놀랐다. 하지만 이후 이 기적의 신약제가 결국 항암 효과가 없어 항암제로 인가가 취소되었다는 의학협회의 결정이 기사화되었고, 환자는 이를 본 후 크게 충격을 받아 낙담하여 다시 재발되어 결국 사망하고 말았다.

극적인 이 사례는 우리가 플라시보 효과를 생각해 보는 아주 좋은 기회가 될 수 있다. 우리가 그 약을 믿는다면 밀가루라 하더라도 치료 효과가 어느 정도 있을 수 있다는 것이다. 이 믿는다는 것이 신체에 대한 정신의 치료 효과인 것이다. 옛말에 '일체유심조(一切唯心造)'라는 경구가 있다. 유학 길에 오른 원효대사가 잠결에 해골에 고인 물을 정말 맛있게 먹고 다음날 해골 물임을 알고 속이 뒤틀려 구토를 한 후 깨달았다는 진리이다. 모든 것은 마음먹기에 달렸다.

2) 정신신체 관계

이렇게 마음이 몸에 작용하면 신체의 병을 일으키고 낫게 한다. 정신과에는 정신신체상관이라는 개념이 있다. 신경성 두통, 신경성 심통, 신경성 위염, 신경성 대장염의 경우들은 스트레스로 인해 실제로 조직이 염증을 일으킨 것이다. 스트레스성 궤양 같은 경우는 극심한 한 번의 스트레스가 바로 위조직의 심한 궤양을 일으켜 출혈을 유발한 경우들이 적지 않다.

암

심지어 암의 원인으로 스트레스 등의 심리적 요인이 작용한다는 최근 연구 결과들이 나오고 있다. 심리적 요인을 단지 암의 한 원인으로만 보는 것이 아니라 치료적 힘으로 확신하는 의학 사례들이 있다. 미국의 방사선 종양 치료 의사인 칼 사이몬튼은 비슷한 예후의 암 환자들이 생존 기간에서 크게 차이가 나는 경우들을 보며 의문에 사로잡혔다. 이를 조사해 보니 6개월 정도라고 진단받은 환자들 중 2개월도 못 넘기고 사망한 경우가 있는 반면에 몇 년간이나 생존한 사람들도 있음을 발견했다. 이렇게 큰 차이를 보이는 두 경우를 연구하면서 짧게 생존한 사람들은 암 선고를 받은 후 말로는 살고 싶다고 하나 생에 대한 의지가 꺾이며 모든 의욕을 상실했음을 알게 되었다. 그에 비해 오래 생존한 사람들은 받아들이는 태도가 달랐다. 아들이 대학교를 마칠 때까지는 절대 죽을 수 없기에, 딸의 문제가 해결이 안 되면 눈을 감을 수 없기에 등 삶에 대한 강한 의지와 신념이 있었다. 즉 환자 자신의 마음이 병의 경과에 어떤 영향을 주었던 것이다. 신념을 적극적으로 바꾸면 병의 경과에 큰 영향을 줄 수 있다는 것이 아니겠는가.

그래서 칼 사이몬튼과 정신과 의사인 부인은 의뢰받은 환자들을 대상으로 방사선 치료를 시행하면서 심리요법을 병행했다. 그러자 방사선 치료만 받는 환자들보다 훌륭한 효과를 보게 되었다. 예를 들면 명상을 하게 하며, 방사선이 전자총이 되어 암 조직을 박멸하는 연상을 하게 했다. 그룹 상담을 하며 암 조직은 무서운 것이 아니고 실상은 비정상적으로 자라난 부실한 조직 덩어리에 불과하다는 신념을 심어 주었다. 여러 방법으로 자신의 신념과 마음이 암 치료에 분명한 영향을 준다는 것을 환자들이 실감하게 했다. 그들의 이런 노력으로 기적과 같은 완치를 보인 사례들도 많아 큰 반향을 일으키고 있다. 또한 암 환자들의 병력을 자세히 조사하여 심리적 갈등과 스트레스가 주요한 발병 요인으로 작용했음을 환자가 깨닫도록 도왔다. 치료에는 반대로 이 요인들에 대한 심리요법을 병행했다. 그랬더니 항암 치료만 시행한 경우들보다 월등한 치료 결과를 얻어냈다.

마취 중의 잠재의식

우리가 알고 있는 것 이상으로 우리 의식이 확장될 수 있음을 다른 사례들을 통해 알아보자.

수술을 위해 입원한 어느 산부인과 환자는 담당 의사와 신뢰 관계가 잘 형성되어 그를 친절하고 실력 있는 의사로 믿으며 친해졌다. 수술이 아주 잘 되었으나 이상하게도 수술 후 환자는 담당 의사를 피하며 불신하는 태도를 보이며 경과가 안 좋아져 갔다. 이에 의사는 이해가 안 되어 혼란스러웠고, 환자 또한 자신의 이러한 마음이 이해가 되지 않았으나 그렇게 되는 것을 어쩔 수 없었다.

심리 상담을 위해 정신과에 의뢰하고 최면 치료를 했는데, 환자가 수술실에 들어가서 전신마취가 되어 의식을 잃은 뒤에도 세세한 수술실 상황들을 기억하는 양상이 벌어졌다. 의사와 간호사들이 수술하며 농담을 하고 자신의 몸을 두고 마치 물건 취급하는 느낌을 기억했다. 이로써 환자의 돌변한 태도를 모두 이해하게 되었다.

마취 중에도 환자의 의식이 실제로는 깨어 있고, 오히려 잠재의식이 증폭하여 신체에 초월적인 작용을 했다는 사례도 있다. 수술 중 지혈이 잘 안되어 위험한 지경에 빠지게 된 경우, 인간 의식의 힘을 믿었던 한 의사는 환자의 귀에 대고 속삭였다. "지금 출혈이 잘 멈추지 않아 당신의 도움이 필요해요. 뇌에다 부탁하여 당신 복부의 혈관이 출혈을 멈추도록 명령하게 하세요." 곧 출혈은 거짓말처럼 멈추었다.

3) 수면과 꿈에서의 잠재의식

수면 중에도 우리의 의식은 깨어 있다. 단순히 감각만 열려 있는 것이 아니라, 정신이 활동하고 있으며 착하고 고요한 상태이다. 최면 상태처럼 의식의 신비한 변형 상태이다. 뇌파 상 깊은 명상 상태에서 방출되는 알파, 세타, 델타 리듬이 활동하는 잠재의식의 상태이다. 아이들이 잠들어 있을 때 가서 아이들의 귀에 대고 사랑이 가득 담긴 마음으로 칭찬과 격려를 해 주고 당신들이 원하는 아이의 모습이 되도록 부탁해 보라. 계속 그렇게 해 준다면 아이들은 점차로 변한다. 아주 산만하던 악동이 차분해지고 의젓해지듯이 말이다.

꿈은 일반인들 사이에서도 길몽, 흉몽, 해몽법을 말하며 관심이 크다. 분명히 많은 심리적 의미가 있어 학자들이 연구를 해 왔고, 아직 다 밝혀지지 않은 신비한 영역이다. 꿈의 기능은 스트레스 여과 기능과 망각 등이 있어 정신건강에 큰 도움을 주는 게 사실이다. 만약 당신이 자신의 무의식을 알아보고 싶다면, 꿈 내용을 일기처럼 적고 꿈 분석 이론을 배워 분석하는 것이 도움이 된다. 우리 의식은 빙산의 일각에 불과하며 잠겨 있는 빙산의 대부분이 무의식이다. 이런 무의식을 알 수 있는 왕도가 꿈이라고 프로이드는 말했다.

꿈은 예시 능력이 있다. 꿈을 통해서 자신의 불행을 피한 신기한 경우들을 우리는 보아왔다. "어젯밤 꿈이 정말 이상해 오늘 이 일을 좀 미뤄야겠어."라며 미루었는데 그것이 자신의 생명을 구했던 사례들이 많다. 숫자 몇 개를 암시하는 선명한 꿈을 꾼 사람이 로또를 구입하여 횡재한 에피소드들도 있다. 또한 어떤 텔레파시를 받았던 꿈의 사례도 있다. 꿈에서 누가 아프거나 다쳐서 미심쩍어 전화를 하면 실제로 그 사람이 아픈 것을 알게 된 경우들이다. 예지몽의 내용대로 자신이 며칠 뒤에 그대로 경험한 생생한 사례들도 우리 주위에 많다.

이렇듯 미래에 일어날 일을 미리 보여 주거나 텔레파시처럼 서로를 연결해 주는 꿈의 기능은 처음에 이야기한 무의식 기능의 확장이다. 또한 어떤 초월적인 존재와 연결되는 길이 아닌지 생각해 보게 한다. 꿈의 예시 기능을 실제 경험한 사람들은 신기하다는 생각과 함께 뭔가 알 수 없는 힘이 자신에게 작용했다는 느낌을 가졌다고 말한다. 인류의 발전을 가져온 여러 발명이나 발견이 직관적인 꿈이나 명상 상태의 찰나에서 얻어진 경우가 많다.

이런 꿈을 창조적으로 이용하는 방법이 있다. 자기 전에 자신의 문제를 해결하거나 큰 도움을 주는 꿈을 꾸게 해 달라고 기도하거나 자기 암시를 한다. 이는 곤란한 문제에 해결책을 찾거나 어떤 결단이 필요할 때일수록 더 좋다. 그리고 꾼 꿈의 내용을 잘 분석해서 이용한다.

4) 동시성 이론

사람의 의식이 초월적인 존재를 통해 서로 연결되어 있지 않나 생각해 보는 다른 예로 동시성론(同時性論, Synchronicity)이란 개념이 있다. 정신의학자 융(C.G. Jung)이 확립한 개념으로 '의미 있는 비인과적 일치'라는 의미이다. 갑자기 어떤 사람이 오랫만에 생각나서 보고 싶어 연락을 할까 하는데, 그 사람으로부터 전화가 온다. 평소 연락이 없던 경우어서 더욱 놀랐다. 길을 걷다가 과거에 같이 걷던 누군가 떠올라서 미소를 짓고 있는데 저쪽에서 바로 그 사람이 걸어오고 있는 게 아닌가.

새벽에 한 정신과 의사가 후두부에 육중한 통증을 느껴 잠에서 깼다. 이유를 알 수 없었는데, 다음 날 자신이 오랫동안 치료해 오던 환자가 권총으로 후두부를 쏘아 자살했다는 소식을 들었다. 바로 자신이 깨었던 그 시간에 말이다. 시간과 공간이 일치할 수도 있고 일치하지 않을 수도 있다. 이러한 일치에서 중요한 것은 그 의미라고 한다. 그 의미를 받아들일 수 있다면 초월적 존재의 은총을 받는 것이 아닐까.

5) 언어가 우리 마음과 몸에 주는 위력

다음으로 우리가 일상적으로 하는 말이 우리의 마음과 몸에 어떤 영향을 주는지 말씀드리고 싶다. 우리가 무심코 하는 말이 미래에 큰 영향을 끼칠 수 있다. 예를 들어 인사말로 "요즘 어떠십니까?" 하고 인사를 받는다면 뭐라 하시는가? 으레 "뭐 그저 그렇지요." 또는 "아이고, 죽겠습니다"라거나 "그냥 죽지 못해 살지요"라고 대답하시지 않는지? 실제로는 잘나가는 사람도 겸손의 미덕으로 앓는 소리를 한다. 그런데 우리의 뇌는 신중한 해석자가 아닌 측면도 많다. 자신의 주인이 하는 말을 그대로 믿는 것이다.

실제로 '말이 씨가 되는' 경우가 많다. 날 버리고 떠나는 사람에게 '발병 난다'라고 노래 부르면, 그 사람이 발병 나거나 사고가 난다면? 슬픈 노래들도 너무 자주 부르면 안 좋다. 요절한 가수에게도 이런 측면이 있을 수 있다. "아이고, 속이 터지네요. 이번에도 안 될 것 같아요"라고 말하며 일을 한다면 성공할 가능성을 스스로 더 낮추는 것이다.

아이에게 부모 속을 썩이니 크면 망나니가 될 거라고 악담하면 안 될 것이다. 문제 행동을 지적하고 야단도 칠 수 있지만 아이 자체에 대한 악담은 저주와 같을 수 있다. 아이의 장래에 대해서는 분명 잘될 것으로 확신과 암시를 주는 것이 좋다. 암시 이야기가 나왔는데, 자신도 모르게 뇌에 반복 입력을 하면 뇌는 그렇게 믿어 버린다. 울보였던 평강 공주는 울 때마다 부왕으로부터 "바보 온달에게 시집보낸다"라고 들으며 성장했기 때문에 온달의 색시라고 생각해 온 것은 당연하지 않은가.

모든 것은 생각하기에 달렸다. 자신이 잘될 것을 확신하는 사람과 자신의 성공을 의심하는 사람의 결과는 다를 것이다. 단순히 긍정적 신념의 개념 이외에도 염체(念體)라는 개념도 있어서 더욱 그렇다. 우리가 생각한 내용은 하나의 생명력을 가지고 염체라는 존재로 사람들 사이를 날아다닌다. 우리는 항상 웃고 긍정적인 사람 옆에 있으면 왠지 기분이 좋다. 그것은 그 사람 주위에 좋은 기운과 염체가 항상 있기 때문이다. 사회에 부정적인 염체가 가득하면 어두운 사회가 된다. 그리고 그 염체는 발산한 사람에게 결국 가서 그대로 영향을 고스란히 돌려주니 자업자득인 셈이다.

6) 최면으로 알아보는 잠재의식

이번에는 잠재의식을 통해서 우리 삶을 다른 각도에서 생각해 보려고 한다. 잠재의식을 알아보는 방법 중에 최면 치료가 있다. 의식의 변형 상태인 깊은 최면 상태에 들어가서 치료를 해 보면, 우리 뇌에 기록되어 있는 내용에 깜짝 놀란다. 범죄 수사에도 이용되고 있지만 잠깐 스쳐간 모든 것들이 우리 뇌에 기록되어 있으며, 생후 1년도 되기 전의 갓난아기 적의 기억을 재생하는 경우도 보았다. 엄마의 배 속에 태아로 있을 때의 기억을 하면서, 밖에서 엄마가 시어머니로부터 어떠한 스트레스를 받고 어떤 감정적 고초를 느끼는지도 태아는 다 알고 같이 느낌을 확인했다. 임신 직후부터 태교는 시작되는 것이다.

저자의 치료 사례

- **자아강화 사례**: 공황장애와 대인공포가 심한 29세 여성이 중요한 모임에 참석해야 하는데 불안이 너무 심해 힘들어했다. 최면 상태 하에서 타인의 시선을 차단해주는 투명 막을 자신의 몸 위에 씌우는 이미지 심상화 치료를 했다. 또한 이 막은 자신의 잠재 에너지를 증폭시켜 자아를 강화하여 용기를 내게 도와줌을 암시하여, 환자는 성공적으로 불안장애가 치료되었다.

- **빛을 통한 화병 치료 사례**: 심리적 트라우마로 인한 우울증과 흉통이 오랜 치료에도 불구하고 낫지 않던 43세 여성. 최면 상태에서 밝은 빛을 연상하도록 유도했다. 이 빛은 따뜻하고 선하여 치료적 기능이 있는데, 빛으로 자신의 몸 전체를 스캔하면 아픈 곳이 드러난다. 가슴에 까만색의 울퉁불퉁한 점이 보인다고 했다. 빛을 강하게 쬐어 없앴다. 몇 번의 스캔을 한 후 증세가 현저히 좋아졌다.

- **연령 퇴행 치료**: 원인을 알 수 없고 치료가 되지 않던 심한 물 공포증 환자. 최면 상태 유도 후 시간의 동굴을 이용한 연령 퇴행법으로 그 증세의 원인이 된 시점으로 가 보자고 했을 때 그녀가 간 곳은 조선 시대

였다. 물에 빠져 사망한 자신의 전생을 연상했고, 당시 애증의 관계였던 사람들이 지금의 삶에서도 얽혀 있음을 보게 되었다. 빛의 존재에 현재 삶의 목표를 물어보니, 사랑과 관용으로 은원을 풀고 베푸는 삶임을 듣고 깨달은 환자는 가슴이 벅차 울었고, 삶에 대한 태도가 달라져 평온해졌다. 물 공포증이 치료가 된 것은 물론이었다.

이런 현상의 과학적 검증이 이뤄져야 하지만 당장 규명이 안 되어도 치료적 성과를 먼저 얻는 치료 방법들이 있다. 환자들의 감회는 항상 아등바등 살아오던 현재의 삶의 지평이 넓어지면서 고통의 의미를 알게 되는 통찰을 했고, 증상의 치료를 넘어서 삶의 긍정적 변화가 온다는 것이다.

7) 정리하며

뉴에이지 운동은 서양에서 그동안 도외시되어 왔던 마인드, 즉 정신을 찾는 운동이다. 이는 합리적이고 분석적이던 서양의 사상과 과학이 이제 그 한계를 드러내면서, 전체적이고 직관적인 동양의 사상과 정신을 배우는 운동이라고도 할 수 있다. 최고의 물리학자들이 동양적 우주관을 연구하고 있고, 음양오행 같은 『주역』의 사상을 공부해 온 것도 벌써 오래된 일이다.

여러 가지 말씀들을 드렸지만, 공통되는 주제는 '마인드'이다. 정신·신체 질환, 꿈, 잠재의식, 최면, 뉴에이지 운동이 모두 마인드의 중요성이 발휘되는 장(Field)인 것이다. 단순히 정신력, 의지를 말함이 아니다. 신과학, 우주물리학, 뉴에이지 학문, 파동의학, 양자의학, 초개아 정신의학 등에서 많은 의학자들과 물리학자들이 마음에 대한 새로운 발견들을 말하고 있다. 이들은 검증과 논의를 통해 걸러져야 함은 물론이다. 이렇게 되면 마음은 막연한 추상성에서 보다 구체적인 모습과 방향성을 가지게 될 것이다. 또한 마음 치료에서 정신과 의사들은 마음의 전일적인 모습을 항상 생각하며 환자에게 다가가야 하지 않을까 생각한다.

괜찮아요

병원의 대기실 한쪽 벽에 걸려 있는 액자, "괜찮아요, 넘어지면 다시 일어나면 되니까"라는 글귀가 파랑새와 함께 있다. 희망을 상징하는 파랑새는 그 사람의 마음이 포기하지 않는 한 언제든 날아오르며 도와줄 것이다. 외롭고 우울하더라도 이 순간을 포기하지 않는다면 그의 어깨 위에 내려앉아 희망의 온기를 전해 준다. 이 새는 높이 날아 저 너머에 있는 즐거움을 보았기에 늪에 빠진 사람에게 포기하지 말자고 한다. 파랑새는 영민하여 행복을 구하는 우리들에게 지혜를 전해 주기도 한다.

그런데 파랑새는 우리가 잡으면 색깔이 변해버리거나 날아가 버린다. 파랑새를 가질 수 없다. 이 사실은 사람들이 추구하는 행복이란 그것을 손에 넣으면 곧 변질되어버린다는 것을 의미한다. 따라서 진정한 행복이란 파랑새처럼 우리가 꿈꿀 때, 소망할 때만 존재한다고 볼 수 있다. 우리는 이 꿈을 이루기 위해 하루하루를 살아가고 있는 것이다. 이런 의미에서 꿈꾸는 것 자체가 바로 행복이라는 말도 있다.

파랑새가 우리 어깨 위에서 날아가 버리지 않고 오래 있도록 하는 비결이 있을까? 이루었다고 덥석 잡아 버리고 이 순간이 달아나지 않을까 전전긍긍해하면 행복과 파랑새는 없어져 버린다. 희망을 버리지 않고 소망하며 꿈을 꾸는 시간도 소중하게 여기고 감사하는 마음을 잃어버리지 않으면 파랑새는 우리의 어깨 위에서 노래 부를 것이다. 성취하고 행복한 순간을 주위 사람들과 같이하고 감사하기. 이 순간이 오래가지 않음을 받아들이고 다시 기다리며, 지루하고 힘든 시간들도 삶의 소중한 일부라고 여기기. 이렇게 하는 사람은 삶의 고통에 크게 흔들리지 않고 요동치지 않기에 파랑새는 어깨에서 달아나지 않을 것이다.

그러나 요철 같은 삶의 길목들에서 우리는 흔들거리고 주저앉을 수밖에 없지 않는가. 욕심을 부려 더 많이 잡으려다 내 손에 들어온 것마저 잃어버리기도 했다. 제일 만만한 것이 자신이니까 가슴을 치고 자책을 한다. 하지만 괜찮다고, 정말 괜찮다고 말해주고 싶다. 이젠 가족만 생각하지 말고 자신을 위해서, 고생하고 애쓴 자기를 위해서 다시 일어나시라고 부탁드리고 싶다. 자신의 몸과 마음을 들여다보고, 상처가 많을 것이기에 치유를 해 주시기를.

파랑새는 결코 우리를 떠나지 않았다. 저 높은 곳에서 우리가 못 보는 저 너머의 희망을 보아 주고 있다. 우리가 어깨에 힘을 좀 빼면 언제든 날아와 앉을 것이리라.

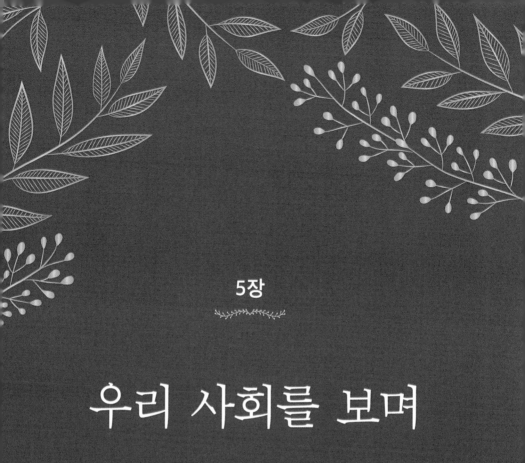

5장

우리 사회를 보며

① 태완아, 잘 가거라

대구 아동 황산 테러 사건은 1999년 학원에 가던 김태완 군(당시 6세)이 정체 불명의 남성에게 황산 테러를 당했던 일이다. 태완 군은 이 사건으로 두 눈을 실명하고 전신 피부의 약 40%에 화상을 입어 병원에서 치료를 받았지만, 결국 사건 발생 49일 만인 7월 8일 사망하게 된다. 50여 일간 중환자실에서 너무나 힘든 고통을 당하며 신음하다 결국 저 세상으로 떠났다. 태완이는 안구가 타 버리고 각막의 손상으로 시력을 상실해 버렸다. 두경부의 피부는 타 버려 새까맣고, 입으로도 황산이 들어가 내장이 타 버려 먹지도 못하는 상태였다. 중화상의 치료는 환자에게 너무 고통스럽다는 것을 나는 인턴 시절의 경험으로 잘 알고 있다. 매일같이 피부가 없어져 버린 몸에 들러붙은 화상 거즈를 떼고 붙이는 드레싱을 할 때 화상 환자는 너무 고통스러워한다. 태완이는 이외에도 매일같이 찔러대는 주사 등의 검사와 치료 과정이 무서워, 치료진들이 들어오면 엄마에게 저 사람들 나가게 해 달라고 힘없이 졸랐었다.

: 백주 대낮에 당한 너무나 황망하고 참담한 테러 사건

학원에 가는 태완이를 누군가 골목에서 갑자기 머리를 뒤로 젖히며 아이의 눈과 입에 집중적으로 황산을 들이부었다. 아이는 몇 차례에 걸쳐 너무 심한 고통으로 절규와 비명을 질렀지만, 범인은 아주 많은 양을 계속 부은 것으로 추정된다. 비명소리를 멀리서 들은 이모와 엄마가 달려가니 집 쪽으로 기어서 오는 아이를 발견했다고 한다. 많은 국민들이 아이에게 관심과 격려를 쏟았지만 아이의 상태는 악화만 되었고 범인에 대한 수사는 오리무중이었다. 결국 사람의 짓이라고는 볼 수 없는 범인은 검거되지 못했다.

김태완 군 어머니가 쓴 49일간의 병상일지

2000년 11월 24일

눈을 감는다. 그 애의 모습이 눈에 박힌다. 너무나 의연했던 내 아이 태완이. 아이 흔적이 조금씩 사라져 간다. 5백 원짜리 조립품으로 열 손가락을 꼼지락꼼지락 움직여 로봇을 만들곤 씨익 웃어 보이던 아이, 길을 걸을 때도 잠을 잘 때도 항상 묻어나던 그 아이의 냄새…… 어제의 그 길은 그냥 그 자리에 있는데 그 아이만 없다. 태완이의 해맑은 꿈을 훔쳐간 그는 이 세상에서 아무렇지 않은 웃음을 흘리며 살아가고 있는데 이 세상엔 진실로 죄에 대한 하늘의 징벌은 없는 건가? 죄에 대한 벌은 어떤 형식으로든 받는다고 믿어 왔었다. 하지만 꼭 그런 것은 아닌가 보다. 억울함보다는 어린 내 아이, 그 영혼에 대한 죄스러움이 밀려온다. 나쁜 사람 잡아 꼭 사과하게 해 주겠다던 마지막 그 약속을 지켜 주지 못한 무능력한 부모의 마음에 고개를 들 수가 없다.

길을 걸으며 언제나 웃음을 띤다. 하늘 저편에서 태완이가 엄마를 보고 있을 것만 같아 우울한 얼굴을 할 수가 없다. 그 애는 웃고 있는데 엄마인 나는 바보처럼 울고 있다면 얼마나 외로울까. 혼자 있는 것만도 두려울 텐데. 마지막 죽음을 향해 가던 태완이는 너무나 고요했다. 남은 가족의 슬픔을 가벼이 덜어 주기라도 하려는 것처럼. 그 깜깜한 어둠속에서 아빠의 손을 꼭 잡아 자식을 눈앞에서 보내야 하는 우리의 두려움을 없애 주었다.

아빠가 말했다.

"태완아, 아빠가 나쁜 사람 잡아서 꼭 혼내 줄게."

엄마가 말했다.

"태완아, 나쁜 그 사람, 꼭 태완이한테 사과하게 해 줄게."

태완이가 고개를 끄덕였다. 힘겨운 숨 쉬기가 끝나려 할 때, 의사들의 심장 소생술이 몇 차례 이어졌다. 가여운 그 조그만 가슴이 사정없이 짓눌렸다. 숨이 막힐 것만 같았다. 아이의 몸이 무너질 것만 같았다.

아이의 얼굴과 몸은 점점 붉은빛으로 물들어 간다. 혈액이 응고되지 않아 마치 분수처럼 솟구쳤다. 심장을 누를 때마다 기다린 듯 피는 아이를 물들게 하고……. 그 붉은빛은 무서우리만큼 고왔다. 아빠는 힘겹게 의사분의 손을 당기며 고개를 가로저었다. 더 이상의 고통은 주고 싶지 않았다. 아빠의 두 눈엔 빗줄기 같은 굵은 눈물이 소리 없이 뚝뚝 흐른다. 엄마는 태완이의 귓가에 작게, 아주 작게 속삭인다.

"태완아, 마음 편히 잘 가. 엄마도, 아빠도, 형아도 조금 있다 네가 간 곳으로 갈게."

"……"

"태완아, 그곳은 마음의 눈으로 보면 된단다. 무서워하지 마, 무서워하지 마. 우리 태완이 먼저 가 있어. 나중에 다시 만나자. 잘 가, 잘 가, 잘 가……."

짧은 작별 인사를 나눴다. 아이는 그 말을 마치자 기다린 듯 고르게 숨을 거두어 갔다. 살아 있음이 그 아이에게도 고통일 것 같았던 엄마, 아빠의 마음을 그 애는 알까? 고통에서 벗어나게 해 주기를 간절히 기도한 마음을 그 애는 알까? 마지막 가는 길. 태완이는 그렇게 사랑하는 아빠, 엄마, 형아 얼굴 한 번 보지 못한 채 공포와 두려움 속에서 49일을 그렇게 있다 홀연히 떠나갔다. 누구의 잘못이든 그 아이가 견디기엔 너무나 힘겨운 고통이었다. 세월이 가면 모두들 잊히겠지. 그런 아이가 있었는지, 그렇게 힘겨운 시간을 보냈는지……. 이 세상 다하는 그날 아이를 만나면 무슨 말을 할까? 태완인 그냥 잊힌 아이가 되고 마는 걸까? 억울한 죽음만을 간직한 채.

: 태완이를 그렇게 만든 사람이 너무 밉다

같은 부모 입장으로서 태완이 아버지와 어머니의 마음을 짐작할 수 있다. 아이의 고통을 자신이 짊어질 수 있다면 10배의 고통이라도 대신했으리라. 아이를 그렇게 만든 범인을 찾아서 한을 풀어 주고 싶은 피맺힌 눈은 충분히 상상할 수 있으며, 어떤 복수를 하더라도 어찌 탓할 수 있을까. 이전에 자신의 아이를 살해한 범인을 용서해 달라고 법에 탄원서를 올린 한 아버지에 대한 기사를 보았다. 그 흉악범을 사랑으로 용서하기까지 그 아버지가 겪었던 참으로 거룩한 마음의 변화에 감동했었다. 원수를 사랑하라는 경구는 말처럼 쉬운 것이 아니다. 내 자신보다 사랑했던 아이를 아무 이유도 없이 살해한 자에 대한 원한의 감정과 가슴 찢기는 슬픔을 딛고 초월한 경지가 아닐까. 하지만 태완이 부모에 이런 말을 하지는 못하겠다. 17년이 지난 이제 태완이 부모는 어떤 마음으로 살아가고 있을까? 범인을 찾아다니고 있을까, 피폐한 마음으로 겨우 살아가고 있을까?

신을 믿든지 믿지 않든지 우리는 삶의 의미를 생각해 볼 수 있다. 인간의 근본적인 조건들 중 호전성, 이기성과 욕심, 결국 죽고 마는 유한성 등에 대해 느껴지고 부딪칠 때마다 우리 인간들이 불쌍하고 삶이 무상하다는 것을 새삼 깨닫곤 한다. 갑자기 날아온 포탄에 사지가 찢기는 중동의 어린이들, 열악한 환경에서 거친 손으로 갖고 놀지도 못하는 축구공만 만들어야 하는 파키스탄의 어린이들, 암 병동에서 파르르 깎인 머리와 창백한 모습으로 아픈 주사를 맞기 싫다고 울며, 이를 달래며 울음을 삼키는 부모들, 선천적 장애자들이 생각난다.

그리고 2003년 부천의 3남매 화재 사건이 떠오른다. 맞벌이하러 나간 부모가 잠그고 간 차가운 지하 조각방에서 엄마, 아빠가 돌아와 문 열어 줄 때까지 매일 열 몇 시간 동안 있어야 하는 3남매가 있었다. 정민, 정훈, 경철은 이불과 밥상만 있는 조각방에서 성냥으로 불놀이하다 화염과 함께 저세상으로 떠났다. 신이 이 세상으로 이 아이들을 내보낸 의미는 무엇인가. 왜 3남매와 태완이는 이렇게밖에 살지 못하고 가야 했을까? 시간이 지나면 그 상처는 조금 아물 수는 있어도, 조금만 눈을 돌려 보면 우리 주변에는 항상 이러한 비극이 항상 일어나고 있다.

태완이 부모님이 2015년 7월 대법원에 낸 재정 신청이 기각되면서 태완이 사건은 공소 시효가 만료되었다. 하지만 이 사건을 계기로 공소 시효가 폐지되어야 한다는 여론이 일었고 '태완이법'이 만들어졌다. 살인죄를 저질러 법정 최고형이 사형인 경우, 현행 25년으로 돼 있는 공소 시효를 폐지하는 내용의 법안이다. 법안은 사형에 해당하는 살인죄의 공소 시효를 폐지하고, 아직 공소 시효가 만료되지 않은 범죄에 대해서도 적용토록 했다. 태완이법에 정작 태완이는 적용되지 못했다.

태완이를 그렇게 만든 사람이 너무 밉다. 3남매를 그렇게 만든 우리 사회의 차가운 현실이 원망스럽다. 여전히 이 아이들의 죽음은 도대체 이해가 안 된다. 너희들은 어른들이 지금의 어리석은 이기심을 버리고 살아가라고 깨우쳐 주기 위해서 잠깐 왔다 간 천사들이니? 태완아, 그리고 정민, 정훈, 경철아, 지금 너희들이 있는 곳은 여기보다 더 평화스러운 곳이겠지?

2

우울증, 자살로 이어지는
'악플'을 염려하며

영국의 철학자 제레미 벤담이 만들어낸 판옵티콘이란 용어가 있다. 완벽한 감시와 통제가 가능한 상상의 원형 감옥을 말한다. 이러한 판옵티콘은 현대에서도 의미가 있다. 정보와 인터넷이 발달한 현대에는 이 정보를 통제하고 관리하는 자가 감시자인 것이다. 우리의 상거래, 개인 정보, 전자 메일 등이 유출될 수 있다.

또한 시놉티콘이라는 용어도 있는데 판옵티콘의 역개념으로 볼 수 있다. 감시자의 감시와 통제를 없애는 방법에 그치는 것이 아니라 반대로 일반 시민들이 감시자를 감시하고 통제하는 행위인데, 시놉티콘을 보장하기 위해서는 인터넷의 익명성이 반드시 전제되어야 한다. 시놉티콘은 현재에 의미가 있고 실제로 나타나고 있다. 인터넷이 최고의 소통 방법으로 부각되면서 일반 네티즌들이 자신의 정보와 생각을 순식간에 퍼지게 할 수 있는 것이다. 즉 개인들도 정부나 기관들을 상대로 감시를 할 수 있는 것이다. 보이지 않는 누리꾼들이 거대담론의 눈이고 귀 역할을 하는 것이다. 촛불집회 등에서도 보듯이 빠른 정보와 전달력으로 그 많은 시민들이 일사불란하게 움직일 수 있는 것이다.

이러한 감시는 우리를 통제하던 대상이 아니라 공인들에게 가해질 수도 있다. 모두에게 알려져 있는 사람들은 관찰의 대상이 될 수 있는데 부정적인 측면은 악플이다. 악플은 쌍방이 아닌 일방적 소통이라는 인터넷의 부정적 측면으로 오는 폐해인데 특히 연예인들이 대상이 되고 있다. 번뜩이는 누군가의 눈에 의해 한 가지 단서가 포착되면 바로 인터넷에 떠돌게 된다. 그러면 여기에 댓글들이 올라오며 그중에는 테러라고 할 수도 있는 악성 내용들이 있다. 검색어 순위에 오르고 근거 없는 루머가 그 사실 여부에 관계없이 떠돌게 된다.

인터넷에서의 정보가 문제가 되는 것은 이를 거르고 관리하는 역할이 어렵다는 것이다. 실제 공간에서는 누군가를 비판하는 소문이 있다면 이것이 음해인지 실제인지 조사하면 진실이 규명된다. 하지만 인터넷에서는 그 진원지를 알기가 어렵다. 인터넷 중독의 원인들 중에 하나가 익명성이다. 내가 누군지 밝히지 않아도 얼마든지 말을 뱉을 수 있기 때문이다. 시놉티콘에 필요한 익명성이 이번에는 수많은 잠정적인 피해자들을 만들어 낼 수 있게 된 것이다.

악플의 치명적인 공격성으로 인한 피해를 생각하면 만인의 연인이었던 스타 탤런트가 떠오르는데 이 여인은 자살로 생을 마감했다. 고인은 자살한 동료 남자 탤런트에게 돈을 빌려준 악덕 사채업자라는 인터넷 루머로 상당한 심리적 고통을 겪었다고 지인들은 말한다. 평소에도 약간의 우울증으로 치료를 받아 왔고, 마음이 약한 이 사람은 자신이 제일 좋아했던 친구의 남편의 죽음에 자신이 가해자라는 루머에 얼마나 마음이 아팠을까. 자살에 이른 다른 원인들도 있겠으나 이 루머가 영향을 끼친 것은 사실인 것 같다.

이전과 이후에도 연예인들의 우울증과 자살에 이러한 인터넷 소문과 악플들이 있었다고 한다. 사실 여부를 떠나 자신이 다시 주워 담을 수도 없는 인터넷에 상대의 치명적일 수 있는 내용을 올린다는 것은 사이버 테러이다. 익명성이 보장되지 않는다고 해도 이런 끔찍한 내용들을 올릴 수 있을까? 이러한 인터넷의 폐해 때문에 '선플' 달기 운동이 조용히 일어나고 있다. 정말 바람직한 움직임이며, 인터넷의 익명성에 대한 선별적인 제약의 고민도 꼭 필요한 것이라고 생각한다.

3

우울증은 늘어나는데
보험 회사의 불응은 계속되고

　우리나라가 세계에서 1, 2위를 다투는 사항이 여럿 있지만 부끄러운 부문도 있다. 자살률이 OECD 국가 중 1위라는 것이다. 통계청 자료에 따르면, 국내 총 사망 원인 중 암, 뇌혈관 질환, 심장 질환에 이어 4번째가 자살이다. 그렇다면 자살의 원인은 무엇일까? 자살 원인의 80%가 우울증이라는 의학계의 자료가 있다. 우울증은 통계에서도 점점 늘어나고 있다.

　우울증이란 우울한 기분으로 인해 불면증과 대인기피증이 생기고, 의욕이 떨어지고, 생각의 내용마저 비관적이고 부정적으로 되고 마는 뇌질환이다. 원인으로는 생물학적 원인과 유전적 원인, 생활 및 환경적 스트레스를 들 수 있으며, 8주 내 치료율이 70~80%에 이르는 치료 가능한 질환이다. 치료를 받는 경우와 받지 못하는 경우가 너무나 큰 차이를 보이는 현대인의 '마음의 독감'인 것이다.

　그런데 우울증을 치료하기 위해 정신과에 오는 것을 많은 사람들이 꺼리고 있다. 정신과는 정신이 이상한 사람들이 가는 곳이라는 잘못된 인식 때문이고, 또 어떤 불이익이 있지 않을까 하는 우려 때문이라고 한다. 이러한 우려에는 정신과 치료 기록이 남으면 보험 가입이 곤란하다는 소문도 있다. 그런데 실제로 불이익을 당한 사례들이 있다. 필자도 진료실에서 정신과 진료 사실을 이유로 보험 가입이 힘들다는 환자들의 하소연들을 여러 번 들어 왔다.

현재 대다수의 보험 회사에서는 대외적으로는 정신질환자에게 특별한 차별을 두고 있지 않다고 내세우고 있지만, 내부적으로는 까다로운 인수 조건을 내세워 사실상 가입을 거부하고 있는 실정이다. 예를 들어 어떤 보험 회사의 경우 치매, 알코올 의존, 정신분열증의 경우 가입을 거절하며, 주요 우울증의 경우 1회 발병에 자살 시도 경력이 없고 완치 후 5년이 경과해야 한다는 까다로운 규정을 두고 있으며, 아주 경미한 질환인 불면증의 경우조차 치료 기간이 3개월 미만이어야 하고, 치료 종결 후 1년이 경과해야 한다고 규정하고 있다고 한다. 보험 회사에 이러한 내규 같은 것이 있다면 이는 법적인 근거나 통계적인 자료조차 없는 것이므로 향후 협의를 통해 개선되어야 할 것 같다.

　2008년 4월 통과된 장애인 차별 금지법 제17조에서는 보험 가입 차별의 금지를 명문화했다. 8월에는 이 법 조항을 근거로 한 2급 정신 장애인은 인권위에 진정을 했고, 인권위는 환자의 보험 가입을 거부한 것은 문제가 있다고 판단했다. 결국 이 장애인은 보험 가입을 했다. 가벼운 정신질환의 문제는 더더욱 보험 가입에 차별을 둘 근거가 없어 보인다. 정신질환이 신체질환의 발생을 높여 보험금 지급의 가능성이 높아지기 때문에 그러는 것이라면 이에 대한 의학적 근거가 필요할 것이다.

　'자살'은 보험금을 지급하지 않지만, 정신질환에 의한 자살은 다르게 취급해 보험금을 지급하라는 판결이 2005년과 2006년에 나왔다. 피보험자가 정신질환 등으로 자유로운 의사결정을 할 수 없는 상태에서 사망한 경우는 자살에 해당되지 않는다고 판결했다. 이후로 보험사가 정신질환자의 자살에는 보험금을 지급해야 했다. 보험사들이 이에 대한 대책으로 내놓은 게 '정신질환 면책 약관', 즉 '정신질환으로 인한 사고에 대해서는 보험사가 면책된다'는 내용이다. 2015년 대법원은 보험 회사의 '정신질환 면책 약관'을 인정하는 2번의 판결을 내렸다. 우울증이나 정신분열증으로 자살하고 약물 과다사용으로 사망한 경우였는데 보험금 지급의 면책을 인정한 것이다. 이렇게 면책이 되었는데도 정신과 치료 경력이 있는 사람들의 보험 가입을 거절하는 것은 횡포라고밖에 볼 수가 없다.

정신질환자라 함은 정신 증상으로 정신과 치료를 받고 있는 사람을 말한다. 불면증이나 스트레스로 우울해져서 상담을 받은 경우도 정신질환자라고 할 수 있다. 우리가 살면서 불면증이나 우울증에 걸릴 확률은 얼마나 될까? 평생 유병률은 한 사람이 평생 동안 그 병에 걸릴 확률이다. 우리가 살면서 우울증에 걸릴 가능성은 17%(여성 25%), 25개의 주요 정신질환에 걸릴 확률은 30.9%이다. 그러니 정신질환은 남의 일이 아니라 내가 가질 수도 있는 문제인 것이다.

다행인 것은 최근 들어 몇몇 보험회사에서 정신과 치료의 병력이 있어도 보험 가입에 제한을 두지 않기 시작하고 있다는 것이다. 또한 정신과 환자의 처우 개선을 위해 계속 노력해온 대한신경정신의학회의 제안을 받아들여 공청회를 열며 협의를 계속 해 오고 있는 것은 정말 다행스러운 일이다.

정신질환자들의 보험 가입 차별의 문제는 인권의 문제이기도 하려니와, 정신과에 대한 차별을 조장하고 아울러 정신과 진료를 회피하게 해 질병을 악화시키고 사회 비용을 더욱 증가시키는 심각한 사회적 문제라고 할 수 있다. 그렇기에 최근의 개선과 변화들은 반갑고, 보험 가입에 대한 모든 제약들이 없어지기를 기대한다.

4

학교 폭력으로 인한
학생들의 자살을 접하며

2011년 12월에 대전 여고생과 대구 중학생의 연이은 투신자살이 있었다. 두 경우 모두 따돌림과 괴롭힘 때문이었다. 대전 여고생이 아파트 옥상에 올라가는 엘리베이터 CCTV 동영상을 보았다. 집이 있는 4층과 14층을 같이 눌렀고, 잠깐 4층에 멈췄을 때 집을 보았다. 그리고 거울에 비친 자신을 가만히 들여다보는 모습. 이 순간에 이 아이는 무슨 생각을 했을까? 일상의 모습과 다를 것 없어 보이는 그 조용한 모습에서 지독한 외로움과 슬픔이 전해진다.

대구 중학생 아이의 유서를 보았다. 이제 14살 아이의 솔직하고 서투른 표현들이다. 얼마나 힘들고 괴로웠을까. 엄마, 아빠에게 사랑한다, 형아에게 그동안 짜증내서 미안했다고 쓰고 이 아이도 뛰어내릴 곳으로 가면서 얼마나 힘들었을까……. 그 속내가 얼마나 탔을지 정말 슬프고 답답하다. 벌써 이렇게 죽어 간 아이들이 얼마나 많았는지. 앞으로 또 얼마나 있을지…….

몇 년 전의 이 사건들은 정부가 학교 폭력 근절에 적극 나서게 된 계기가 되었다. 여성, 청소년 관련 부서에서 처리하며 웬만하면 훈방 조치했던 학교 폭력 사건을 반드시 근절해야 하는 민생 치안 현안으로 보고, 상습적인 교내외 폭력의 경우에는 구속 수사를 확대한다는 방침으로 세우기 시작한 것이다. 하지만 현재까지도 학교 폭력으로 인한 어린 학생들의 피해와 자살은 계속되고 있다.

: 피해 학생들과 학습된 무기력

정신과 의사를 하면서 진료실에서 학교에서의 따돌림과 폭력을 당해 부모와 함께 오는 아이들을 상담하게 된다. 마음의 상처가 심하고 심리적 상태가 심각하다. 학교 측의 적극적인 개입과 가해자들의 사과를 바라며 투쟁 중인 부모님들도 많다. 하지만 문제가 해결되지 않는 경우가 대부분이다. 아이는 상처가 아무는 것이 아니라, 친구들로부터 문제를 일으킨 유별난 아이처럼 취급받기도 한다. 문제를 확대하지 않고 조용히 덮으려는 강한 저항까지 받으면 엄마와 아이는 다시는 떠올리고 싶지 않은 악몽을 피해 멀리 전학 가기를 소원한다.

필자가 진료한 울산 S중학교의 L양의 경우, 자살 충동이 아주 심해 학교를 못 가고 엄마가 24시간 지켜야 했다. 이렇게 피해를 받는 아이들은 외상 후 스트레스 장애라는 질환의 상태에 있다. 과거의 트라우마를 의지와 관계없이 떠올리고, 기억에 동반되는 감정으로 소스라쳐 불안해하며, 우울하고 새로운 관계를 피하거나 경계하며 위축된 모습이다.

가해 아이들에게 교실에서 따돌림을 왜 했는지 물어보면 그렇게 미워할 만한 이유가 대개 없었다. "그냥 보기 싫어요, 왕재수예요"라고 한다. 이런 아이들은 공격하고 트집 잡을 누군가가 필요하기 때문이라고 보인다. 또한 갑갑하고 짜증나는 학교에서 재미와 장난의 희생양을 고르는 것 같다. 그럴 때 대개 착하고 마음이 약한 아이들은 괴롭힘에 소극적으로 반응하는데 이러면 가학적인 마음이 더 커지는 것 같다. 피해 학생들은 내성적이며 감정 표현이 충분하지 못하여 화를 잘 못 내고 억제하는 성격이 많았다.

외상 후 스트레스 장애의 심리적 상태는 아주 심각하다. 몇 개월 이상 또래로부터 잔인하게 상처를 받아 왔기 때문에 회복이 힘들다. 무기력에 관한 유명한 실험이 있다. 개들을 이용한 실험인데 2마리를 대상으로 모두 전기 자극을 계속 주었다. 한 마리에는 페달을 밟으면 그 전기가 끊겨 자극을 피할 수 있도록 했다. 파블로프 실험과 같이 학습이 곧 되므로 페달을 밟아 전기 자극을 피하는 행동을 보였다. 그러나 두 번째 개에게는 페달을 밟아도 전기 자극이 계속되도록 했다. 이랬더니 더 이상 페달을 밟지 않았다. 고스란히 전기 자극을 받으며 포기하는 모습이었다. 더욱 놀라운 것은 묶었던 끈을 풀어 주었을 때 뛰쳐나가는 첫 번째 개와 달리 이 녀석은 도망가지도 않는 무기력한 모습이었다는 것이다. 어떤 몸짓을 해도 고통을 피할 수 없으니까 어떤 희망도 갖지 않게 되는 무기력한 상태가 되는 것이다. 이를 '학습된 무기력'이라고 한다.

사람들도 오랜 기간 학대를 받으면 절망이 학습되어 낙담하여 포기할 수 있다. 인간은 다른 포유류와 달리 존엄성을 가진다. 가해 아이들의 폭력에 굴복하여 원치 않는 말과 행동을 하게 되는 아이들은 스스로에게는 어떤 감정을 가질까? 그 아이들 요구대로 해서 고통을 덜 받게 되었다는 안도감보다는, 그런 증오하는 친구들에게 썩은 미소를 보낸 자신에 대한 증오가 가슴을 파고든다. 그리고 절박한 손짓을 했는데 아무도 자신을 도와주지 않으면 고립무원의 절망이 퍼진다. 이런 비참한 자신과 가해자에 대한 분노는 자신을 죽이는 복수라는 극단적인 선택을 하게 될 것이다.

: 가해 학생들과 낮은 공감력

가해자들에게서 볼 수 있는 모습은 마음이 뒤틀려 있다는 것이다. 일진회 같은 폭력 서클에 속해 있어 복종하는 부하를 만들려는 깡패 같은 가해 아이도 있다. 또한 평범하게 학교생활을 잘하면서 지능적으로 반 아이들을 꼬드겨, 자신이 미워하는 아이를 공통의 적으로 만드는 가해 학생도 있다. 이런 아이들의 공통점은 마음속의 뒤틀린 분노이다. 그리고 자존감이 아주 낮다. 언뜻 보면 힘이 세거나 주위에 친구들이 둘러싸고 있어 자신감이 대단해 보인다. 하지만 이들은 성장 과정에서 관심과 사랑 부족으로 자신이 소중히 다뤄진 적이 없다. 충분한 공감을 받지 못하고 자랐기에 상대의 고통에 공감하는 능력이 낮다. 성장 과정에서 부모의 불화와 폭력에 노출되고 방임이나 학대를 받은 경우가 많았다. 학습된 폭력으로 쉽게 공격성이 나온다. 부모의 기분에 따라 일관성 없는 훈육을 받은 사례들이 많다. 감정의 기복이 커서 사소한 일에 짜증을 낸다. 마음속에는 상처받고 화난 아이가 있다. 자존감이 낮은 이유이다. 이 아이는 장난을 핑계로 수시로 튀어나와 잔인해진다.

가해자 아이들 중에는 집중력이 부족하니 수업 시간이 힘들어 학교 가는 것이 너무 싫은 아이들도 있다. 초등학생 때부터 집중력은 낮았으나 지능으로 그럭저럭 잘했는데, 어려운 중학교 공부에는 좌절감을 느끼게 된 것이다. 이를 ADHD, 즉 '주의력결핍과잉행동장애'라고 한다. 흥미로운 것이 우선이 되어 재미난 것을 찾아 두리번거리는데, 게임에 중독이 쉽게 된다. 산만하며 충동 조절도 잘되지 않는다. 이러니 선생님들로부터는 계속 지적을 받으며 눈 밖에 난다. 주위 친구들을 집적거리고 욱하는 감정으로 폭력을 행사한다. 집과 학교에서 미움을 받으니 자존감이 낮아져서 자신을 함부로 내던진다. 술, 담배, 가출을 하고 품행 장애가 반사회적 인격으로 성장할 수도 있다. 이런 자신을 받아주는 것은 비슷한 친구, 선배나 그룹밖에 없으니 애착은 상당하여 점점 돌아오지 못할 곳으로 가는 것이다.

이런 ADHD 아동이 치료를 받게 될 때 그 반응성은 상당히 높은 편이다. 실제로 P중학교에서 '짱'이었던 K라는 남자아이는 초등학생 때부터 산만했고, 중학교 때는 더욱 학습에서 멀어졌다. 축구 같은 운동만 좋아하고 충동적이어서 반 친구들에게 사소한 일로 폭력을 행사하며 싸움을 잘하니 짱 대접을 받아 왔다. 약물과 정신치료가 효과를 보이면서 K는 달라지기 시작했다. 수업 시간에 선생님과 눈을 마주치기 시작했고, 졸지 않고 듣기 시작한 것이다. 욱하는 충동성이 적어지며 관용적이 되어 조금 기분이 나빠도 그냥 웃고 넘기는, 너무나 달라진 모습이 된 것이다. 선생님으로부터 "눈빛이 달라졌고 사고를 치지 않으니 요즘 K가 너무 예쁘다"는 칭찬을 듣게 되었다. 학교에서 처음 듣는 이 칭찬에 아이는 너무 좋아했다. 뜻밖에 선도부

장을 맡게 된 아이는 괴롭힘을 당하는 아이들을 도와주고 구해 주었다. 무서워하던 친구들도 진심으로 박수를 보냈고 이런 따뜻한 조명을 받게 된 아이는 마음속의 분노가 녹았다. 그리고 그 빈자리에 관용성이 듬직하게 자리 잡게 되었다.

: 심각한 자기 증오에 대한 치유

우울증을 앓는 사람들은 여러 증상들이 있으나, 그 핵심은 '자존감 저하'와 '자기 증오'이다. 자신은 살 가치가 없고, 주위에 아무 도움도 안 되고 삶이 너무 힘드니 죽는 게 더 낫겠다는 확신이 있다. 학대를 받는 사람들은 가해자에 대한 분노가 치밀지만 표현을 못 하면 쌓인다. 피할 수 없게 되고 계속되는 일상이 되어 버리면 피해자의 마음은 그 분노가 우울, 불안과 뒤섞여 마치 도가니처럼 끓게 된다. 무기력하고 판단력도 떨어져 마치 자신이 당할 이유가 있어 이렇게 되었고, 벗어나지 못하는 것이 자기 탓이라는 자기 증오도 심각한 것을 보아 왔다.

피해 아동들에 대한 치료를 할 때, 우울을 치료하며 마음의 상처가 아무는 집중 치료를 한다. 이때 '자기 증오'를 확인하고 다뤄주는 정신 치료도 필요하다. 가해자에 대한 분노 표현은 필요한 과정이지만 대개 가해자의 진정한 사과는 이뤄지지 않는다. 가해자가 용서를 비는 절차는 꼭 필요하다. 학교에서는 정확한 사실을 개인 면담으로 알아내 부모에게 알리고, 반 아이들이 모두 보는 앞에서 자신이 피해를 준 친구에게 용서를 비는 절차를 준비할 책임이 있다. 심각한 경우는 경찰에 신고를 하고 법을 집행하는 일이 필요하다.

평소에 아이와 소통에 문제가 있는 부모는 내 아이가 학교 폭력의 가해자이거나 피해자라는 사실을 알고 대처하는 자세에도 문제가 있다. 대수롭지 않게 여기며 넘어가거나 너무 지나친 감정적 반응을 한다. 아이들이 부모에게 말하지 않았던 것도 이럴 것임을 알기 때문이다. 아이가 죄책감을 느끼거나 우울함이 심해지지 않도록 다독거려 주고 가능한 한 냉정하게 진행해야 한다. 심리적 상처에 대한 치료를 진행하면서 폭력의 증거들을 아이와 함께 준비하고 학교와 협의한다.

시간이 해결해 주지 않는다. 치유 없이 성인이 된 경우의 모습들이다. 감정의 기복이 커서 사소한 일에 짜증을 낸다. 새로운 관계를 두려워하고, 상대의 진의를 의심해서 경계하는 경직된 모습을 보인다. 친해져서 자신의 진면목을 보게 되면 누구든지 실망할 것이라고 믿어 친밀해지기를 두려워한다. 그 기억은 아직도 그들의 마음에서 진행되고 있는 것이다. 이 사건들을 보는 모든 부모들과 마찬가지 심정으로 부디 우리 어린 천사들이 더 이상 이러한 고통들을 받지 않았으면 하는 간절한 바람이다.

5

총기 난사 사건을 보고
학교의 문제가 연상되는데

그동안 우리 군대에서 여러 차례의 총기난사 사건들이 발생했다. 2005년도의 김 일병 사건, 2011년 인천 강화도 해병대 해안 소초에서 김 상병의 총기 난사 사건, 2014년 6월의 임 병장 사건 등이다. 특히 임 병장 사건은 사상자들이 많고 잔혹하여 세간을 떠들썩하게 만들었다. 임 병장은 육군 22사단 소속으로 2014년 6월 21일 오후 8시 15분경 GOP(일반 전초)에서 동료 병사들을 향해 수류탄을 던진 뒤 도망가는 동료를 향해 총기를 난사해 5명을 살해하고 7명을 다치게 했다. 이후 사고 K2 소총과 수류탄을 지닌 채 무장 탈영했으나 군 병력에 포위돼 체포됐다. 임 병장은 2916년 2월의 판결에서 사형으로 최종 확정되었다.

일부 사건은 군의 진상 조사가 미흡했고 유족들이 인정하지 않아 은폐와 조작이 제기되기도 했다. 그동안 군에서의 의문사 사건들이 적지 않았다. 인권 문제로 인한 사고가 많은 게 군대인데, 폐쇄적이기에 묻히고 감춰진 것들이 있을 것이다. 그동안 민주적인 군대로 거듭나고 있다고 해도 명령 규율의 특징상 달라지기 어려울 것 같다. 군기 확립을 핑계로 하는 폭력과 구타가 줄어든 것은 분명하다. 하지만 문제는 내무반 생활이다. 핵심은 구세대와 다른 가치관과 환경에서 자란 신세대들의 의식 구조이다.

내무반은 교실과 비슷하지 않은가. 집을 떠나 머무는 그곳은 긴장과 규율이 있는 단체 생활이다. 군대의 계급처럼 학교에도 서열이 있다. 교실에는 짱이라는 아이가 있고 추종하는 그룹이 있다. 이 아이들이 찍어서 괴롭히며 장난감처럼 취급받는 몇몇의 피카추 같은 아이들은 서열의 바닥이다. 대부분의 아이들은 그런 서열에 들어가지 않는다고 말하겠지만 언제든 피해자나 가해자가 될 수 있다. 이들은 방관자들인데, 갈등이 생기면 따돌림을 받거나 은따, 왕따를 받아 언제든 지옥 같은 날이 시작될 수 있다.

교실을 졸업한 아이들이 군대의 내무반에서 이러한 학교 폭력을 반복하고 있다. 군대 폭력 가해자의 학교생활 기록을 보면 알 수 있다. 학교 폭력 피해자들의 특징적인 모습이 군대폭력 피해자들과 비슷하다는 것은 놀랄 일이 아니다. 왜소하거나 평범하지 않은 외모, 시선을 잘 맞추지 못하고 의사 표현력, 감정 표현력이 떨어지며, 거절을 잘 못하고 화를 잘 내지 못한다. 사회성이 떨어지거나 눈치가 없고, 상황 파악이 늦고 소통이 잘 안 된다. 말이 없거나 너무 많거나 너무 순응적이거나 너무 이기적이어서 튀는 아이들일 수 있다.

요즘의 아이들은 구세대에 비하여 개인주의나 이기주의적인 성향이 있다. 그러니 상대의 입장을 배려하는 게 서툴고 공감 능력이 떨어지며, 왜 그 애 입장에서 생각해야 하는지 이해를 못하는 아이들도 있다. 무리를 이루며 연대감이 강하지만 다른 아이들에게는 배타적이다. 갈등이 생기면 해결해보려고 애를 쓰고 어쩔 수 없다면 참고 기다리는 무던한 마음이 부족하다. 잘 안 되면 아예 차갑게 대하는데 SNS로 음해하며 따돌림을 하는 등 공격적인 아이들이 늘어난다. 질풍노도의 시기라고 하지만, 적응의 방식이 극단적이어서 걱정이다.

10대와 학교의 문제들이 군대에서 아래와 같이 비슷하게 재현된다고 생각한다.

1. **왕따:** 갑갑한 교실에서 적응하지 못하는 아이들은 장난의 대상이 될 아이들을 찾아 타깃으로 만들며 집중적인 공격을 일삼는다. 자신이 타깃이

되지 않기 위해서 방관자 역할을 계속한다. 괴롭힘을 당할 경우 도움을 요청할 가정의 지지 기반이 부족하다.

- 군대에서: 얼차려와 폭력은 금지되었지만 선임들은 적응이 다소 느린 신병들을 은근하고 비열하게 괴롭히는 경우들이 늘어나고 있다. 재미 삼아 가해자 무리에 들어가거나 타깃이 되지 않기 위해 방관자 역할을 한다. 피해 병사는 분노가 쌓이고 선임병이 되어 신병을 똑같이 괴롭히기도 하고, 때로는 절제력이 무너져 총을 들기도 한다. 게임에 많이 노출되어온 신세대들은 가상에서 해 오던 폭력처럼 자신이 들고 있는 무기에 대한 절제력이 낮아진다.

2. 사제 간의 관계 실종: 교사들은 아이들을 가르치다가 이러한 아이들의 모습과 별난 부모들을 겪으며 무력감을 느끼고 의욕을 잃는다. 그러니 적지 않은 수의 교사들이 적극적으로 소신 있게 아이들을 지도하기보다는 자신의 안위만 생각하는 경향이 높아진다. 아이들은 교사의 떨어진 권위에 길들여지고 지시에 순응하지 않는다.

- 군대에서: 갈등을 겪고 괴롭힘을 당해도 내무반의 거의 모든 이들이 동조하거나 방관하는 것을 보며 지휘자에게 도움을 요청하지 않는다. 지휘자의 역할에 비관적이다.

3. 아이들의 극단적인 선택인 자살: 요즈음 아이들은 성적 등의 이유로 심리적 상처를 받으면 죽음으로의 도피를 쉽게 생각한다. 자살률이 높아지며 이러한 선택에 대한 저항이 낮아졌다. 10대와 20대의 자살률이 크게 증가한다.

- 군대에서: 자살이 너 죽고 나 죽자는 식의 극단적인 총기 난사로 이어지는 사례들이 늘어난다. 해체되는 가정들이 늘어나며, 아직 어린 청년들의 정신적인 지지 기반이 무너진다. 돌아갈 곳이 없으면 비관적이게 된다.

이 세 가지 요인과 관계있고 요즘 아이들에게 아주 크게 영향을 미치는 것으로 인터넷이 있다. 정보원이자 친구로서 가장 많은 시간을 보내며 아이의 내면 형성에 큰 영향을 주는 막강한 매체이다. 익명성으로 아이의 무분별한 분출구가 될 수 있어 사람 간의 관계에서 중요한 'Give & Take'를 학습하지 못한다. 내가 받기 위해서는 베풀어야 하고, 공격한 만큼 그 대가를 치를 수도 있음을 배울 기회가 부족하다. 인터넷에서는 자신의 정체성을 찾기가 어렵다. 복합적 인격 행동이 나올 수도 있는 것이다. 특히 PC 게임에서 아이들은 게임과 현실을 구분 못하는 현상이 일어나 사람의 생명을 경시하는 부작용이 나타날 수도 있다.

: 소통의 군대를 위한 제안

요즘에는 오히려 더 힘든 해병대를 지원하는 현상이 나타나고 있다. 자신의 정체성을 찾기 원하는 현상일 수 있다. 경쟁률이 높아 재수, 삼수를 하는 경우가 많다고 한다. 이처럼 스스로 동기 부여하여 지원하는 신병들의 적응력이 더 뛰어나다. 자부심과 긍지를 가질 때 청년들의 정신력은 크게 늘어난다. 요즘은 친구와 동반 입대를 하여 적응력을 높여 주고 있는데 좋은 정책이다. 훈련소에서 심리 검사를 시행하여 적응의 문제 소지가 높은 경우, 가정으로 돌려보내 정신과 치료를 받고 다시 입대하도록 하고 있다. 우울증이나 불안증 등의 심리적 문제가 걸러질 수 있어 필요한 정책이라고 본다.

입대 시에 문제가 없어 보였으나 군 생활의 갈등 속에서 나타나는 사병들의 심리 상태를 잘 관찰해야겠다. 이를 모니터링하며 사고를 예방하는 시스템을 갖춰야겠다. 주기적인 심리 검사를 하여 모든 사병들의 프로파일링을 해 놓아야겠다. 관리가 필요한 사병들은 주기적으로 면담하여 고충 해결을 도와주고 문제의 소지를 키우지 않아야 한다. 격리나 입원은 최후의 수단이 되어야 하겠다. 필요하다면 적극적인 정신과 상담과 약물치료를 하여 불안증과 우울증이 개선될 때 적응력이 크게 개선될 수 있다.

상담과 심리학 전공이나 유경험자 사병들을 정신과 전문의 군의관이 교육하여 대대별로 상담 역할을 한다면 모니터링에 큰 도움이 될 수도 있을 것이다. 대대에 배치되어 있는 정훈 장교들도 이러한 업무에 일정한 역할을 할 수 있지 않을까 한다. 군에서 터를 잡고 오랜 경험을 가진 하사관이나 상사 등 직업 군인들이 있다. 장교는 사병과 멀지만 이들은 사병들과 같이 지내기에 어떤 일들이 벌어지고 있든 이들의 시야에 있다. 이들의 도움이 꼭 필요한데, 사병을 관리하는 가치관과 방법이 천차만별이므로 교육과 관리가 아주 중요하다고 강조하고 싶다.

다양한 환경과 성격의 젊은이들을 사고 없이 한곳에서 2년을 같이 지낼수 있게 잡아주는 것은 기강과 신뢰이다. 그 군기는 꾸준한 훈련과 정신 무장에서 나오는 것이지, 선임의 얼차려나 우격다짐의 군기 잡기에서 나오는 것이 아니다. 내무반이 왕따를 시키는 곳이 아니라 전우애로 뭉친 군기가 잡아줘서 신세대들이 믿고 따르며 자긍심을 가질 수 있게 해 주는 곳이라면 청년들이 진짜 사나이가 되어서 나올 것이다. 민주적인 군대란 비밀과 일방적인 명령만 있는 금기의 음지가 아닐 것이다. 모니터링이 가능하고 쌍방의 소통이 가능한 투명한 군대로 정착하길 간절하게 바란다.

6

세월호 참사가
우리에게 남긴 숙제

2014년, 봄의 기운이 느껴질 때 예년처럼 매화 등의 봄꽃을 기다리며 출근길에 발길을 자주 멈추었고, 사진기를 들고 김해와 순천에 출사도 갔다. 예년보다 먼저 꽃망울을 터뜨리는 성급한 봄꽃들로 인해 개화 순서가 바뀌는 더운 봄이었다.

그러던 봄날의 4월 16일, 수학여행 가던 단원고 학생들을 태운 세월호가 침몰하여 많은 어린 생명들이 바다에서 나오지 못한 참사가 벌어졌다. 아이들이 죽어 가는 것을 생생한 중계로 본 국민들은 트라우마를 입고 외상 후 스트레스 장애를 겪었다. 어이없는 미숙한 구조와 국민들의 정서와 괴리된 정부의 태도를 보면서 우리는 이 나라에 살고 있는 것이 참담했고 아이들에게 너무나 미안한 어른들이 되었다.

수많은 문제들은 우리나라가 안고 있는 고질적인 병폐들이었음이 드러났고, 대통령은 결국 국가 개조에 준하는 개혁을 하겠다는 약속을 하게 되었다. 사태가 그렇게 되었음에도 우리의 여론은 같은 목소리를 내지 못했고 분열의 상태를 보였다. 청문회를 통한 진상 조사를 제대로 한 후 책임자 처벌에 이르는 상식적인 절차만이 아이들의 죽음이 헛되지 않도록 어른들이 해야 하는 행동이었다. 다른 생각을 하는 이들은 압축 성장의 부작용으로 발생한 참사들이 많았는데, 이번엔 유가족과 이를 이용하려는 불순 세력들이 호들갑을 떨어 국가를 위기로 몰고 가고 있다고 비판하고 있다. 하지만 난 이번 참사가 이전의 사고들과는 그 성격이 다르다고 본다.

첫째, 어떻게 손써 볼 수 없었던 과거의 참사들과 달리 국민을 지켜 줘야 할 정부가 잘못된 대응을 하여 살릴 수 있는 사람들을 구하지 못하는 모습을 국민들이 다 지켜보았다. 언론의 비도덕적인 태도와 공권력의 횡포, 비윤리적인 기업의 이윤 추구, 일부 지도적 위치에 있는 사람들의 부적절한 언행들도 우린 기억한다.

둘째, 우리나라는 이제 과거와 달리 OECD 국가로서 경제적 역량이 낮지 않다. 그렇다면 그에 걸맞게 윤리적 수준과 갈등 해소 능력이 높아져야 한다. 약육강식의 세계에서 자원도 없고 힘도 없어 인적 자원의 경쟁력으로 살아나가야 하는 대한민국이다. 이러한 변혁을 이루지 못하면 도태되고 추락할 것이라고 생각된다. 그래서 우리 대한민국의 근현대 역사를 세월호 이전과 이후로 나누어야 할 정도로 큰 사건이라고 생각한다.

: 치유와 제례의 과정은 필요하다

사람의 마음을 치유하는 정신과 의사로서 나는 국가와 국민의 치유를 말하고 싶다. 치유가 개혁으로 이어질지는 미지수이다. 이는 내가 걱정할 문제가 아니고 능력도 안 된다. 치유는 꼭 필요하다. 그래서 세월호는 우리가 빨리 덮고 가야 할 하나의 참사에 불과한 게 아니다. 오히려 천천히 그 앞에 머무르며 바다에서 들려오는 아이들의 비명소리를 들어야 한다. 그리고 우리 안에서 끓어오르는 답답함과 혼란, 분노와 자괴감을 바라보아야 한다. 이는 빨리 지나가면 보지 못하는 우리의 문제이다.

마음 치료를 하면 내담자가 가지고 온 문제의 핵심이 되는 내면의 덩어리를 스스로 통찰하도록 도와주는 것이 정신과 의사의 역할이다. 그러려면 아프고 괴롭지만 돌이켜 되씹도록 해야 하고, 그 사람의 건강한 정신이 깨어나 꿈틀거리도록 도와야 한다. 그러면 그 마음의 병소는 고립되어 더 이상 그 사람을 불행하게 만들지 못하고 떨어져 나간다.

그리고 제례의 과정을 거쳐야 한다. 영령들의 혼을 달래야 한다. 제사를 지내면 제례에 참가하는 사람들은 귀신 따위라고 가볍게 여기지 않는다. 영령이 있어 존중하는 마음으로 정성을 다한다. 제문을 읽고 들으면서 자신들의 마음을 성결하고 정결하게 다진다. 삶이 좋은 방향으로 가도록 영령의 도움을 구하고 자신들의 잘못은 조상의 영령에 참회한다. 이런 제례의 시간은 죽음과 삶이 이어지고 하나가 되는 경험의 시간이 되는 것이다.

마음 치료와 제례의 과정을 말하는 이유는 우리가 겪은 세월호의 고통을 이렇게 정리해야 하지 않을까 생각해서이다. 마음 치유처럼 마음병의 원인이 되었던 병소를 건강해진 마음과 같이 둘 수 없기에 버리고 이별해야한다. 그 떼어지는 병소는 한때 자신의 마음이었다. 상처를 받아 두려워하고 억울하여 분노하기도 했던 마음, 잘살기 위하여 앞으로만 달려가며 가까운 이들의 상처와 내 안의 고통을 보지 않으려 했던 마음, 살아남고 성공하는 것이 절실한 것이라고 믿어 충분히 사랑하지 못했고 소통하지 못했던마음, 죽기 전에 꼭 후회할 수밖에 없는 그런 마음들이다.

모든 제례에는 제물이 있어야 한다. 인류의 역사는 양의 피를 바치는 대신 정성스런 음식으로 대체했지만 제물은 우리가 버려야 할 우리 안의 문제를 대체한 상징이다. 책임자의 적절한 처벌과 제례를 지내는 모든 어른들의 사죄가 제물이다. 이 국민적인 의식의 목표는 혼을 달래기 위한 것이었지만, 그 혜택은 살아 있는 우리들에게 돌아올 것이다. 정결한 의식은 우리를 정화시켜 주기 때문이다. 대통령이 제주로 주관하는 제례의 과정을 통하여 참가자들은 비록 그 마음이 각기 다르지만 같은 운명을 가진 혈육임을 깨닫는다. 서로 싸워온 문제들의 상위에 더욱 크고 같은 목적이 있음을 느끼고 우리의 갈등은 줄어들 수 있다고 생각한다.

잊지 못할 시간들을 보내며 결코 잊지 말아야 할 것들을 기억하고, 우리에게 올 남은 시간들을 가슴 두근거리며 기다리며, 우리가 겪었던 일들이 우리에게 어떤 의미의 고통인지 생각해 본다.

6장

분노와 용서

1

분노에 찬 우리 사회는
엘사의 겨울 왕국이다

우리가 살고 있는 이 사회가 언제부터인가 분노로 넘실대고 있다. 자신을 쳐다보았다며 노인을 폭행하고, 주차 문제로 이웃 간에 시비가 붙어 사람을 해쳤다는 뉴스들이 보도된다. 난 뉴스를 가급적 보지 않으려고 한다. 9시 땡 하면 우선 정치인들의 실망스런 행태가 나온다는 것과 살인과 폭력에 관한 사건이 대부분의 보도를 차지하기 때문이다. 과거에는 폭력 사건들의 원인이 대부분 원한에 의한 복수에 있었다. 그 뒤로 단돈 10만 원 때문에 살인 사건이 벌어지는 등의 생계형 범행들이었다. 지금은 특정 범죄자들이 아닌 일반 시민들의 충동 범행들이 일어나고 있어 충격적이다. 층간 소음, 보복 운전으로 인해 상상치 못했던 결과가 벌어지고 있다. 우리 이웃들은 왜 그러는 것일까?

전문가들은 사회 경제적 요인과 사회 구조적 요인을 말하기도 한다. 경제 성장이 둔화되며 국민들의 욕구가 좌절되어 왔다. 저성장 국면이 장기화되면서 과거 IMF의 공포가 심리적으로 생존을 위협하여 분노 유발이 되고 있다는 지적을 한다. 이러한 문제들이 개인이 잘못이 아니라 사회 구조에 원인이 있다는 인식이 퍼지면서, 좌절하는 개인들의 마음에 '투사'의 방어기제가 작동되어 사회에 대한 분노가 촉발된다는 것이다.

필자는 진료실에서 개인 상담을 하면서, 상처받은 사람 내면에서 널뛰는 분노와 좌절, 우울감을 매일 보고 있다. 이분들의 마음은 그림자가 어둡고 길게 드리워져 있다고 할 수 있다. 어둡고 부정적인 마음은 스트레스에 대한 대처로 부정적인 방어기제를 사용해왔다. 그중 '투사'는 특히 흔하고 분노의 주요인이 된다.

: 우리 인격의 빛과 그림자

먼저 '그림자' 이야기를 드리고 싶다. 우리의 인격에는 빛과 그림자가 있다. 빛으로 밝게 빛나 잘 보이는 부분은 '페르소나'이다. 말 그대로 '가면'으로서 김○○ 하면 떠오르는 직업과 성격 등 그 사람의 드러난 면모를 뜻한다. 면모가 '나은' 사람일수록 이 명예와 위상을 유지하려는 욕망이 있다. 그래서 좋고 밝은 모습만 받아들이고, 불쾌하고 초라한 부분을 숨기려 한다. 그러면 페르소나, 밝은 인격의 그림자는 길게 드리워진다. 이 그림자 안에는 질투, 성적인 욕망, 분노 등이 숨어 있다. 인간이라면 가질 수 있는 이것들을 숨기고 부정한다면, 이중인격자가 된다. 밝고 바람직한 모습만을 너무 강조하며 자신과 남을 속인다. 예를 들어 성적인 욕망을 억누르고 금욕주의자로 사는 종교인, 돈에 대한 갈증이 있지만 부정하며 청빈함을 너무 강조하는 사람 등이다. 그림자가 너무 길면 페르소나를 삼켜 버린다. 금욕적 종교인이 음란한 생활을 이중적으로 한 것이 드러나 이슈가 된다. 청렴하여 상까지 받았던 공무원이 뇌물 수수로 구속되는 경우이다. 화를 낼 줄 모르던 사람이 갑자기 엄청난 분노로 폭력을 휘두른다. 자기주장과 화를 너무 내지 못하면 억눌려 뒤틀린 긴 그림자 속의 분노가 어느 순간 그 사람을 지배해버리게 된다.

'투사'는 '그림자'의 결과이다. 저 인간은 잘난 체해서 싫어, 저 여자는 너무 천하고 더러워 보여, 저 후배는 쌀쌀맞아서 곁에 가기 싫어, 여하튼 그냥 마음에 안 들어 등의 말들에는 투사가 작용한 것이다. 우리들이 너무 자신을 억누르고 살아야 한다는 강박이 있다면 그림자에는 억압된 자긍심이 있을 것이다. 섹시하고 매혹적으로 보이고 싶은 마음을 너무 누르고 부정하면 그녀의 그림자는 성적 매력이 있는 다른 여성을 밉게 만들어 버린다. 누군가가 도도해 보여 싫으면 자만하는 그 인간이 문제라고 먼저 단정하지 말자. 나의 지나친 위축됨이 잘나고 싶고 인정받고 싶은 욕구를 무시해 오지 않았는지 자신을 들여다보자. 불쾌하여 인정하기 싫은 부분들도 자신의 일부라고 인정하고 받아들여야 건강하다.

: 직장인 따돌림 현상

최근 직장에서 '따돌림'으로 견디다 못해 퇴사하거나 심지어 자살을 선택하는 사건들이 잇따르고 있다. 28세의 직장 여성 A는 상사의 성희롱으로 고통 받다 계속하면 녹음하겠다고 했다. A는 대기 발령이 났고 업무에서 배제되었다. 부서 내의 차가운 분위기에 동료들은 A를 곱지 않은 시선으로 냉대했다. 30세의 직장 남성 B는 상사의 공금 횡령의 증거들을 확보하여 상부에 보고했다. 당신 돈도 아닌데 이렇게 분란을 일으키냐며 핀잔을 받았고, 동료들은 회사 분위기도 안 좋은데 웬 정의감이냐며 차가운 시선들을 보냈다. 이들이 가장 견디기 힘든 것은 동료들의 반응이었다고 한다. 정당한 방어이고 정의로운 내부 고발인데 왜 그럴까?

동료들의 의식적인 반응은 "부장이 결국 저럴 줄 알았어"라고 인과응보라 여기며 고발자에 공감하는 마음이 생긴다. 하지만 해결되지 않고 분위가 차가워지며 불편해지면, 마음이 뒤틀리며 투사를 앞세워 잠재의식이 올라온다. "당신 때문에 이게 무슨 꼴이야." "평소 반반하여 콧대가 높더니, 혹시 꼬리 치지 않았는지 몰라." "당신은 얼마나 깨끗하다고 이런 사단을 일으키는 거지?" 평소 부조리를 눈 감고 지내며 가지던 약간의 죄책감은 자신에 대한 분노를 일으키고, 이것은 부정, 투사, 합리화의 방어기제로서 그 피해자에게 쏘아진다. 이런 눈빛들은 엄청난 상처를 주어서 절망하고 우울하게 만든다. 이 지옥이 끝나지 않을 것 같은 극단적인 심정으로 자살을 선택한다. 이는 자신의 생명을 담보로 한 사회에 대한 원망과 복수이다. 이런 분노는 겉으로 화를 내지 않으면서 차갑게 쏘아져 나가고, 보이지 않지만 치명적인 상처를 준다.

집단이기주의를 키우는 직장 내의 줄타기 문화가 사라지지 않아도 변화는 가능하다. 방관자들의 의식 변화가 있으면 된다. 우리는 비겁해질 수 있다. 하지만 용기를 내는 소수를 응원하며 변혁을 이뤄내는 화끈한 기질이 분명 있다. 용기를 내어 솔직해지고 연대하여 불의에 제대로 분노하면 그림자는 밝아질 것이다.

: 자기 기준을 세운 정당한 분노

가족과 조직, 사회에도 그림자가 있다. 일본의 속성을 '국화와 칼'이라는 단어로 표현한다. 너무 친절하고 배려하며 속내를 드러내지 않는 내면에는 '칼'로 상징되는 공격성이 항상 숨어 있다는 의미이다. 우리 사회에는 급진적 개혁을 빨간색이라며 좌익으로 편 가르는 사람들이 있다. 체제에 순응하면 어용이라며 손가락질한다. 사회의 그림자는 권력자나 오피니언 리더들의 책임이 크다. 지금처럼 분노가 사회 저변에 깔려 있는 것은 건강하지 못한 사회라는 증거이다. 다양한 논의와 비판이 받아들여지는 사회는 건강하다. 집단과 집단 사이, 집단과 개인 사이, 개인과 개인 사이에 다양한 시선과 가치로 토론과 비판이 살아 숨 쉬어야 한다. 이런 사회는 시끄러워서 배가 산으로 가는 것이 아니라, 분노가 배설되고 정의가 구현되는 사회이다.

인문학자 정지우는 그의 저서 『분노 사회』에서 개인의 기준을 세우는 것이 중요하다고 했다. 자신의 기준이 없으면 자신의 소속을 통해 자존감을 가지려 하고, 자신의 소속이 곧 자신의 기준이 되어 버리는 문제가 발생하여 단체의 통념에 따라 휘둘리는 삶을 살게 된다고 한다. 그는 분노 사회에 대한 해결책으로 자신이 처한 상황에 마냥 분노하고 있기보다는 자신의 기준을 명확하게 세우고 이것에 따라 주체적으로 행동할 줄 아는 시민이 많아져야 한다고 제시한다. 국내 최초로 경제 민주화 시민운동을 벌인 장하성 고려대 교수는 "불평등한 현실에 분노하고 신념대로 행동하라"고 권했다. "자신을 힐링할 생각 말고 세상을 힐링해 보라"고 제언했다.

우리는 무엇에, 왜 분노하는지 모르고 있지는 않는지? 내가 분노하고 있다는 사실조차 모르고 있을 수 있다. 상대에게 분노한 것은 '저 사람이 잘 못했기 때문'이라고만 믿고 내 문제를 보려고 하지 않는다면 나 역시 부메랑의 칼을 맞을 수 있다. 우리 안의 '그림자'와 '투사'를 해소하면 나와 내 가족이, 사회가 건강해진다. 자기 기준을 세워서 부당함에 분노하고 부조리에 저항해야 한다. '개인의 소외는 개인주의의 횡행 때문이 아니라 개인이 진짜 개인이 되지 못한 데서 오는 현상'이라는 지적에 귀를 기울이자. '겨울 왕국'의 '엘사'가 모두를 얼어붙게 만든 마법은 바로 '분노'였다. 착한 아이로서 바람직한 모습만을 보여야 했던 엘사. 부모로부터 자신의 개성과 그 능력을 절대 드러내지 말도록 강요받으면서 스스로를 미워했고 그 감정은 엄청난 분노로 쌓여 갔다. 뛰쳐나가 얼음 궁전을 짓고 은둔형 외톨이로 혼자 있던 엘사. 그녀의 분노가 치유된 것은 포기하지 않는 사랑과 화해, 용서였다. 겨울 왕국에 드디어 봄이 찾아왔다.

2

우리 안의 천사와 마녀
영화 '말레피센트'

 영화 '말레피센트'가 제작되면서 말레피센트 역에 안젤리나 졸리가 캐스팅 되었다는 소식은 이 영화의 홍보에 큰 힘이 되었다. 할리우드의 액션 여전 사로, 연기력뿐 아니라 카리스마로 최고의 여배우가 된 졸리가 아닌가. 그 녀가 '잠자는 숲 속의 공주'를 재해석한 멋진 영화의 마녀 역할에 적임자임 을 다들 인정했기 때문이다. 졸리가 이 마녀 역할을 간절히 원했다고 한다. 어릴 적에 백설공주나 인어공주보다 마녀를 좋아했기 때문이라고 한다. 그 녀다운 선택이다.

 아름답고 지혜로운 숲의 요정은 실의에 빠져 있는 외로운 한 남자를 사랑 한다. 하지만 그 남자의 배신으로 날개가 잘린 채로 버림받는다. 날개가 없 는 요정은 슬픔의 늪에서 지옥을 겪으며 분노의 뿔이 돋아 마녀인 말레피 센트(나쁜 행동을 하는 자)가 되어버린다. 그리고 마녀는 부귀영화를 위해 그녀 의 날개를 빼앗아 왕이 된 남자에 대한 복수로서, 그의 딸 오로라 공주가 16세가 되는 날 영원한 잠에 빠질 것이라는 강력한 마법의 저주를 내린다.

 "16세가 되는 날, 날카로운 물레 바늘에 찔려 죽음과 같은 깊은 잠에 빠 지리라! 이 저주는 영원히 풀리지 않으리라! 진정한 사랑의 키스만이 이 저 주를 풀 수 있으리라!"

 이래서 우린 마녀가 심심하거나 질투로 저주를 내린 것이 아니라, 슬픔 뒤의 분노 때문이었음을 알게 된다. 이제 전설이 아니라 우리의 이야기가 된다. 왕은 인과응보의 업보를 받은 것이지만 반성하지 않고, 마녀의 횡포를 당한 선한 아버지의 가면을 유지하며 명령한다. 공주를 아무도 모르는 곳으로 보내 16살 생일이 지날 때까지 자라도록 하고, 성 안의 모든 물레를 부수어서 지하실에 넣어 버린 것이다. 깨닫지 못한 것뿐 아니라 딸에게 격리의 고통을 주는 아버지가 되기를 주저하지 않는다. 하지만 이러한 조치는 강력한 저주의 힘을 막지 못했고 오로라는 영원한 잠에 빠진다.

: 말레피센트에서 수호천사로

말레피센트는 그 아이를 지켜보고 있었는데, 자라는 모습을 곁에서 보호해 주는 형국이 된다. 자신이 어릴 적 순수했던(빌어먹을 사랑에 빠지지 않았던 그때) 그 모습처럼 예쁜 이 아이를 사랑하게 되고, 아이는 그녀를 수호천사로 여기게 된다. 저주를 거두려고 온갖 노력을 하지만 봉인된 저주는 풀리지 않고 실현되어 버린다. 얼마나 강력한지 공주를 사랑한 이웃나라 왕자의 키스도 저주를 풀지 못한다. 동화들에서는 지나가는 멋진 왕자이든 이웃 나라 왕자이든 잠자는 숲속의 공주를 키스로 깨웠다. 여기에도 어떤 상징과 은유가 있겠지만, 이들의 사랑이 그 깊은 잠을 깨우기에는 턱없이 부족하다고 생각한다. 지나가는 왕자는 말할 것도 없고 이웃 나라 왕자는 무도회에서 첫눈에 반했겠지만, 이러한 10대의 열병 같은 사랑이 잠든 공주를 깨우지는 못한다. 페로몬에 의해 이제 이성에 눈뜨는 에로스적 사랑보다 더 깊은 사랑이 필요하다.

자신이 한 행동에 대한 후회로 깊은 슬픔의 심연에 빠진 말레피센트는 눈물을 흘리며 오로라 공주에게 키스한다. 그 순간 공주가 깨어난다. 무의식에서 솟아나 떨어진 한 줄기 눈물은 자신에 대한 연민, 자기애에 그치는 것이 아니다. 원수를 용서한 다음에 오는 거칠 것 없고 막힘없는 긍휼의 마음이다. 이것은 전 우주적인 에너지이기에 이성의 키스보다 훨씬 더 큰 사랑의 에너지이다. 그렇게 깨어난 오로라 공주, 아니 숲 속의 요정 말레피센트, 졸리는 다른 차원의 세상을 다시 살게 될 것이다. 결국 분노의 마녀가 저주의 마법을 걸었고, 깊은 후회와 연민의 눈물을 흘려준 수호천사가 그 저주를 풀었다. 둘은 같은 존재이다. 한 존재가 보이는 선의 광휘와 악의 저주는 중의의 의미로서 천사와 악마가 따로 있는 이분법보다 심오하다. 이는 우리 인간에게 훌륭한 의미라고 본다. 어떤 존재이든 악이 되기도, 선이 되기도 한다. 그 심연에 무엇을 담고 있느냐에 따라서.

출처: http://cine21.com/

말레피센트는 오로라를 구했다. 그래서 자신을 스스로 구원했다. 마녀의 뿔과 천사의 날개를 같이 가진 그녀는 슬픔의 바닥에서 연민을 끌어올려서 수호천사가 되었다. 말레피센트(나쁜 짓을 하는 자)는 가디언 엔젤(수호천사)이 되어 다시 찾은 웅장하고 강력한 날개로 창공을 훨훨 날아오르게 되었다.

'잠자는 숲 속의 공주' 이야기들 중 최고의 버전(Version)이라고 본다. 안젤리나 졸리의 탁월한 선택이었다. 그녀가 말레피센트 역에 가장 잘 어울린다. 왜냐하면 그녀 자신이 뿔과 날개를 가져 보았기 때문이다. 그래서 공주보다 이 캐릭터를 더 좋아했던 것일까. 안젤리나 졸리의 개인사를 살펴보려고 한다.

3

안젤리나 졸리의 부녀 관계,
그리고 브란젤리나와 아이들

할리우드의 스타 안젤리나 졸리의 아버지는 영화배우 존 보이트이고, 어머니는 배우 마르셀린 버트란트이다. 존 보이트는 외도를 일삼으며 가정에 충실하지 않았다. 두 사람은 아이가 태어나자 곧 이혼하여 졸리는 아버지의 부재로 자랐다. 그녀가 아버지의 성을 따르지 않고 졸리라고 한 것을 보면 아버지에 대한 미움이 컸음을 알 수 있고 그 부재의 크기도 짐작할 수 있다. 졸리는 타인과 유대감을 잘 느낄 수 없었다고 한다. 칼이나 날카로운 것을 모으며 잦은 자해를 하면서 밝고 귀여운 공주의 모습과는 동떨어진 어두운 10대로 성장한다.

부모의 피를 물려받아 영화배우가 되었다. 하지만 반항적인 턱과 불만 가득한 입에 항상 검은색 옷만 입는 기괴해 보이는 이 여배우는 줄리아 로버트처럼 귀여운 여인을 선호하는 할리우드에선 외면당했다. 하지만 자기다움을 버리지 않고 혼신을 다한 졸리는 결국 성공했고, 이제는 가장 존재감이 뚜렷하고 흥행성이 뛰어난 여배우가 되었다. 그녀는 어두운 터널에서 빠져나오기를 간절히 원했지만 할리우드에서의 성공을 위해서 웃음을 파는 예쁜 꽃이 되기를 거부했다. 자신의 정체성과 잘 맞는 스타일인 액션 여전사로서 어떠한 역경에도 굴하지 않는 강인한 여성의 롤 모델이 되었다.

아버지의 사랑과 든든한 후원이 없어도 이렇게 훌륭한 여성으로 거듭날수 있음을 졸리는 보여 준다. 졸리 하면 연상되는 것은 입양과 브레드 피트와의 결혼, 그리고 엄청난 기부이다. 세계를 날아다니면서 난민 구호 활동을 하고 학교를 세우고 인권 운동을 했다. 그랬기에 '세계시민 상', '인도주의 상', '글로벌 인권 상'을 받은 것은 당연한 일이다. 가난에 시달리고 심리적 박탈감으로 바닥까지 가 본 사람이 타인을 더 돕는다고 한다. 이를 '승화'라고 한다.

영화 '말레피센트'에서 요정이 항상 내 곁에 있어 줄 것이라 약속했던 남자로부터 버림을 받았듯이, 졸리도 무조건적인 사랑을 받아야 하는 아버지로부터 버림을 받았다. 삶이 흔들리는 큰 상처를 받으면 내면과 외면의 엄청난 변화를 겪는다. 날개가 잘리고, 사람을 쉽게 못 믿고, 받아들이지 못하는 뿔이 돋아나며, 밝음보다 그늘의 시간을 산다. 마녀가 되어 복수를 하지만 그 남자(왕)가 아니라 그의 딸에게 한다. 응? 그(존 보이트)의 딸이면 바로 졸리 자신이 아닌가? 자신에게 영원히 잠에 빠지는 저주를 내린다? 요정으로서 남자에 대한 보복이든 딸로서 아버지에 대한 복수이든, 복수는 일차원적인 것으로서 자신의 성장에 도움이 되지 않는다고 생각했기 때문일 것이다. 고통으로 치를 떨면서도 생명을 흔드는 상처가 자신을 성장시키는 거름임을 알고 있었다고 해석하고 싶다.

: 여전사에서 기부 천사로

아버지의 부재로 불안하고 우울했던 졸리는 캄보디아, 베트남, 에티오피아에서 입양한 아이들을 친자식으로 여기며 많은 애정을 쏟고 있고, 수많은 역경에 처한 지구인들을 위해 남은 생을 바치겠다고 한다. 아버지가 베풀어 주지 못한 사랑으로 인한 상처와 분노의 뿔이 불행한 아이들에 대한 긍휼의 사랑 덕분에 잘려 버렸다. 버려진 아이들을 입양하여 친자식처럼 양육하고 수입의 1/3을 기부하며, 자신을 필요로 하는 세계의 어떤 어두운 곳이라도 달려가는 그녀에게 수호천사의 날개가 보이는 듯하다. 입양한 아이들을 포함하여 6명의 아이들을 안고 창공을 훨훨 날아가는 그녀를 연상하면 흐뭇해진다. 아버지가 없었던 딸이라 하더라도 지나친 의존도 중독증에도 빠지지 않았다. 버림받기 두려워 남자에 지나치게 의존하고 집착하여 자신을 떠나지 않을까 전전긍긍하지 않았다. 마음의 공허와 불안을 견디기어려워 술과 마약에 중독되지도 않았다.

영국의 정신과 의사 위니코트(Donald Winnicott)는 '혼자 있을 수 있는 능력'이란 개념을 강조했다. 이 능력이 없으면 허전하여 혼자 있기 힘들어한다. 개성의 발달도, 타인에 대한 헌신도 기대하지 못한다. 이 능력은 어머니의품과 사랑에서 자라난다. 그녀가 졸리를 참 잘 키운 것 같다. 안젤리나 졸리는 아버지가 없어도, 그 부재가 어두운 그늘을 드리웠어도, 자기애보다더 성숙한 이타적인 사랑으로 거듭나는 여인이 될 수 있음을 보여 주는 훌륭한 사례이다.

4

정당한 분노
영화 '천 번의 굿 나잇'

천 번의 굿 나잇, 제목이 끌렸다. 뭔가 아련하고 슬픈 느낌이 들며 포스터를 보니 가족과 전쟁이 교차하는 내용인 것 같다.

영화는 적막하고 엄숙한 장례식 장면에서 시작한다. 사진작가는 두건을 둘러쓰고 망자를 위해 절실히 기도하는 이슬람 여인들을 향해 서터를 누르고, 깊은 구덩이에 누워 있는 사자인 여인을 향해 열심히 앵글을 잡는다. 아직 젊고 고운 여인이어서 안타깝다. 그런데 그 여인의 눈이 번쩍 뜨인다. 죽지 않은 사람을 이렇게 하는 이유는 그녀가 곧 죽을 사람이기 때문이다. 주인공 레베카(줄리엣 비노쉬 분)는 분쟁 지역의 현장에 밀착하여 특종을 만들어내는 최고의 종군 기자이다. 레베카는 조금 전 구덩이에서 나온 그 여성을 따라가며 계속 사진을 찍는다. 그녀는 폭탄을 몸에 두르며 결연하고 처연한 표정이고, 주위의 가족은 슬피 울지만 어찌할 수 없는 것에 따르는 절망과 순응의 모습이다. 곧 산화할 딸과 형제를 위해 기도만 한다. 중동에서 이런 전사를 '자살 특공대'라고 한다. 레베카는 긴장되고 안타깝지만 내색 않는 얼굴로, 몸이 조각날 이 여성을 좀 더 찍겠다며 차에 같이 탄다. 목적지 직전에 차에서 내리며 그녀를 찍기 위해 마지막으로 서터를 누른 순간 경찰의 눈에 띄어 거리 심문을 받는다. 레베카는 기자 신분이라 풀려나지만, 그녀는 잡히고 그 순간 자살 폭탄이 터진다. 주위에 사상자들이 생기고 레베카도 몸이 날아가며 정신을 잃는다. 고국 노르웨이에서 병원으로 달려온 남

출처: http://cine21.com/

편의 간호를 받고 집으로 돌아온다.

아내, 엄마의 역할과 전쟁의 참상을 고발하는 종군 기자 사이에서 갈등하는 그녀는 어떤 선택을 할 것인가. 그녀는 엄마가 또 떠날 것임에 마음 주지 않는 고등학생 큰딸을 보며 깊은 고민을 한다. 영화는 폭탄이 터지는 분쟁 지역의 잔인한 현실을 잔잔하고 실감나게 보여 준다. 노르웨이의 평온하고 아름다운 자연을, 연출하지 않는 아름다운 영상미로 그려냈다.

가족과 취재의 갈림길 순간에서 한 그녀의 결정에 엄마로서의 책임감보다 큰 것은 무엇일까? 그녀에게 엄청난 분노를 일으킨 트라우마는 분쟁과 전쟁 이면의 약탈이었을 것이다. 종군 기자로서 사진에 담는 것은 반동 형성(Reaction formation)이었고 그녀가 할 수 있는 최고의 공감과 행동화였다. 사진들은 어떠한 설명보다 분명하게 진실을 보여 주었다. 엄마 레베카는 딸에게 사과하며 사랑한다고 한다. 하지만 자신이 그 속으로 뛰어드는 것은 본능이라고 한다. 자신이 종군 기자가 된 이유는 '분노' 때문이라고 가만히 딸의 눈을 쳐다보며 토로한다. 무섭고 고통스러워 가지 않으려고 몇 번 다짐해도, 엄청난 분노 때문에 전쟁의 참상을 겪는 불쌍하고 억울한 사람들에게로 결국 가게 된다고. 너도 자아를 가지게 되면 어쩔 수 없는 것이 있음을 알게 될 것이라고. 딸은 엄마를 이해하고 레베카는 다시 터키의 분쟁 지역으로 가게 된다. 그곳에도 자살 인간 폭탄을 준비하는 이슬람인 어린 소녀가 있었다. 레베카는 떨리고 맥이 풀려 사진을 찍지 못하고 어린 소녀의 엄마와 함께 주저앉는다. 막아야 한다고 탄식하지만 테러를 위한 차는 떠나간다.

이 영화는 시작 장면과 끝 장면이 고요하면서 강렬한 내용들이라 오래도록 기억에 남을 것 같다. 우선 외신 보도에서 보던 이슬람 테러 집단에 대한 묘사가 색다르고 조심스럽다. 성전 지하드를 주창하는 흥분한 전사들은 나오지 않는다. 레베카가 엄마의 자리로 돌아가느냐, 카메라를 들고 아비규환의 장소를 찾아가느냐를 주시하게 된다. 결국 그녀는 잠자리에 누운 아이들과 '굿 나잇' 인사를 하고 사랑한다고 속삭이며, 내일 다시 볼 수 있을 거라는 약속을 못 해주며 밤에 떠나는 길을 선택한다. 레베카가 집을 떠나지 않고 다시는 분쟁의 지옥으로 가지 않는다 할지라도, 지구 어디선가 전쟁은 일어나게 되어 있다. 인간의 탐욕과 잔인함이 없어지지 않는 한.

: 연민에서 시작하는 분노, 정의 구현 에너지

그녀의 본능이라고 한 분노는 연민 때문에 시작되었다. 타인들의 불행을 지나가지 않고 그들 속으로 들어간다. 정의가 구현되지 않는 그 척박함에 분노한다. 우리나라에 제대로 정의가 구현된 적이 얼마나 있었나. 일제 강점기의 매국노들도 청산하지 못하고 공화국을 시작했다. 우리는 민족을 배반하고 이웃을 해치고 국민을 속인 사람들이 그 죗값을 치르게 심판한 적이 거의 없어 왔다.

마이클 샌델의 말처럼 정의는 단순한 선악의 개념이 아니라 여러 가지 개념과 가치관들이 섞여 있다. 수많은 상황들 속에서 최선의 정의를 구현해 내기 어렵다. 하지만 덮으려 하지 말고 '공동의 선'을 찾고 이를 구현해 내는 정의 실현을 해야 한다. 우리나라의 공동체의 선을 실천하는 것에는 건강한 비판과 심판이 필요하다. 사회 정의가 실현되지 않는다면 사회의 그림자는 길게 드리운다. 사회의 그림자가 개인들의 그림자를 덮어 모두 어두워진다. 그래서 투사가 많아지고 분노가 많아진다. 이 분노는 잔인한 모습을 하며 정의롭지 않다.

우리나라도 이럴진대 아프리카 국가들은 참상의 수준이다. 서구 열강들의 지배가 근세까지 계속된 나라들이 많았다. 독립했어도 굶주림과 질병으로 많은 사람들이 죽어나간다. 독재자와 부패 정권, 내전이 많은 이유는 미국과 영국 등 탐욕스런 강대국들이 천연 자원 등을 차지하기 위해 이들을 조종하기 때문이다. '더 건 맨'을 주연한 숀 팬은 콩고에서 자행되고 있는 다국적 기업의 자원 약탈을 호위해 주며 테러하는 외인 부대원 역할이었다. '호텔 르완다'는 아프리카의 조그만 나라 르완다의 이야기이다. 벨기에가 1962년까지 지배하다 독립한 이후, 외세가 조종하는 두 부족의 내전으로 100만 명 이상이 희생된 비극적인 실화를 다룬 영화였다.

레베카처럼 그 현장에서 귀와 입술이 잘린 소녀, 윤간을 당하고 총에 맞은 아이 엄마, 아사한 어린 아이들, 광산에 동원되어 일하다 학살당한 소년들, 유엔에서 지원받은 식료품과 의약품을 빼돌리는 권력자들 등을 보면 분노가 치밀지 않는 사람이 없을 것이다. 분노가 너무 크면 집에 돌아와도 잊을 수 없을 것이다. 이미 먼 나라의 일이 아니라 같이 심장이 떨리게 된 것이다. 사진으로 세상에 고발하고 치료와 봉사로 난민들을 돕게 되면 떠나기가 어려울 것 같다. 그녀의 말을 듣고 분노는 본능이 될 수 있고 정의를 구현하는 에너지가 될 수 있음을 깨닫는다.

5

마음에 피드백 센서를
부착하자

베르베르는 소설 『천사의 제국』에서 라울의 대사를 통해 이런 말들을 한다.

"사람들은 의식이 진화해가는 단계에 따라 각각 다른 파트너가 필요하지. 사실 하나의 커플이 이뤄지려면 4가지 요소가 필요해. 한 남자와 그가 지니고 있는 여성성, 그리고 한 여자와 그녀가 지니고 있는 남성성이 바로 그거야. 완전한 두 존재라면 자기에게 없는 것을 상대에게서 구하려 하지 않아. 그런 사람들은 어떤 이상적인 여자, 이상적인 남자에 대한 환상을 품지 않지."

분석심리학에서는 남성과 여성의 의식적 태도의 차이점이 분명히 있다고 인정하면서 무의식 속에 있는 의식과 다른 내적 인격을 중요시한다. 남성의 무의식에 있는 여성적 요소를 '아니마'라고 하고, 여성의 무의식에 있는 남성적 요소를 '아니무스'라고 한다. 즉 능동적이며 힘과 권위, 합리적 사고, 사회와 국가에 큰 의미를 두는 남성의 의식적 태도의 무의식에는 반대의 여성적 요소인 수동성, 느낌과 직관, 가정과 개인에 무게를 두는 여성적 내면인 '아니마'가 있는 것이다.

누가 보아도 진취적이고 정력적인 남성이 어느 때에는 여자 앞에서 유약하고 소심하며 신경질적이고 감상적인 모습을 보일 수 있다. 그런가 하면 아주 여성적인 분이 결정적인 순간에 대범해져 중요한 결단을 내리고 거친 모습도 보일 수 있는 것이다. 남녀의 이중적인 모습이라고 생각할 수 있으나, 사실은 우리 인간에 내재해 있는 원초적인 모습인 '원형(Archetype)'인 것이다.

그래서 남녀의 관계는 2명이 아니라 4명과의(네 개의 성격) 관계라고 할 수 있다는 뜻이다. 그 사람이 보이는 행동과 모습이 너무 한 쪽으로 치우쳐 있거나 균형을 잃어버린 모습일 경우, 그 사람은 자신의 반대 측 생각을 너무 무시하고 한쪽으로 치우친 것은 아닌지 성찰해볼 필요가 꼭 있다. 왜냐하면 반대의 마음을 무시하고 억압하면 없어지는 것이 아니라, 무의식 속에 억눌려 있다가 언젠가는 건강하지 못한 모습으로 분출되어 나오기 때문이다.

분석심리학자이며 정신과 의사인 시노다 진 볼렌은 그의 저서 『우리 속에 있는 남신들』과 『우리 속에 있는 여신들』에서 8명의 남신과 7명의 여신의 특징들을 재미있게 설명하면서 우리 성격 유형의 특징들로서 우리 마음 안에서 이 신들이 움직인다고 했다. 예들 들어 가부장적인 남성은 그 안에 제우스적인 기질이 많은 것이고 모성적인 여성은 데메테르의 기질을 듬뿍 가지고 있다고 할 수 있다고 한다. '그대는 제우스만으로서는 이 세상을 살 수 없다. 그렇게 살면 당신의 파트너는 질투와 분노로 가득 찬 헤라 여신의 모습을 가질 것이다'라고 신화적 메타포로 경고하는 것이라고 받아들이고 싶다.

이렇듯 두 사람은 의식의 수준에서뿐 아니라 무의식의 수준에서 더 중요하고 강한 영향을 주고받는 것이 아닌가? 그렇다면 우리는 어떤 마음과 태도로 사람들과(배우자뿐 아니라) 어울려 살아야 하는 것일까?

: 독불장군에게 센서를 부착하자

건강한 사람이란 피드백을 잘 이용하는 사람이지 않을까라고 말하고 싶다. 피드백이란 되먹임 시스템에서 적용되는 원리이다. '출력의 일부를 다시 입력 쪽으로 되돌려 보내서 그 성능을 개선하려고 하는 시스템'이라는 사전적 의미가 있다. 자신의 모습에 대해서 주위로부터 많은 피드백을 받는 것은(칭찬이든 비판이든) 아주 좋은 기회인 것이다.

우리가 비판을 무시하고 보지 않으려 할 때 되먹임 시스템은 순환하지 않게 된다. 잘되는 회사는 이 시스템이 잘 돌아간다. 상부에서 추진한 일의 결과는 위로 올라가서 되먹임이 되는 것이다. 개인도 마찬가지이다. 사람은 사회와 가정생활에서 끊임없이 자신의 말과 행동에 대한 되먹임을 받고 있다. 세상을 독불장군처럼 사시는 분들은 이런 되먹임을 받으려 하지 않는 분들이다. 반대로 어떤 피드백도 받아들일 마음을 가진 사람은 다르다. 내가 보아온 이런 분들은 솔직담백하고, 자신의 실수를 인정할 줄 알며, 무엇보다 사람에 대한 애정이 많은 분들이었다. 자신에 대한 신뢰와 애정이 있기 때문에 타인들도 그렇게 볼 수 있는 것이다.

어떻게 하면 이런 사람들처럼 될 수 있을 것인가? 방법은 자신의 마음에 센서를 부착하는 것이다. 내 생각과 감정의 변화를 감지하고, 또한 내가 대하는 상대방의 모습의 변화를 감지하는 것이다. 훌륭한 시스템으로 만들기 위해서는 솔직해야 한다. '저 사람은 분명 그 일 때문에 화가 난 게 틀림없어' 같은 투사(Projection)가 내 마음속에서 자라지 않게 하기 위해서는 문제가 발생하는 그 순간에 용기 있게 시도하는 솔직 투명한 대화만큼 좋은 것이 없다.

그리고 내가 아는 자신과 상대방에게 받아들여지는 나의 모습에는 어떤 차이가 있을 거라고 생각해 보신 적이 없는지? 차이가 없다고 생각하시는가? 피드백 시스템을 통해서 확인해보시라. 자신이 그동안 얼마나 획일적인 모습이었는지 깨달을 수도 있다.

그 다음에는 스스로 변화를 주려고 노력하는 단계이다. 일부러 자신의 다양한 모습을 연출해 보기도 하자. 어색하기도 하겠으나 애써 보면 나에게 이런 점도 있음을 알게 될 것이다. 그리고 그 피드백을 느껴 본다. 독불장군으로 불리는 분들, 내 안에 있는 신들의 위세가 대단하여 균형을 잃고 있다고 느끼는 분들은 피드백의 센서를 자신의 마음에 빨리 붙이는 것이

어떨까? 그래서 센서들을 통해 매일 거울을 보는 심정으로 타인의 반응을 통해서 나를 보는 것이다.

거울을 잘 닦는다면 나의 가면 뒤에서 일렁이는 그림자도 볼 수 있을 것이다. 상대의 마음에 들기 위한 처세가 아니다. 해 보면 평소 자신이 얼마나 경직되어 있었는지, 얼마나 열린 마음이 부족했는지 느낄 수 있게 된다. 자신이라고 알고 있었던 게 사실은 진실한 '나'가 아님을 온 마음으로 느끼게 되는 것이다.

'세상은 다 그래'일까요?

출근길에 최근 즐겨듣는 라디오 채널에서 아름다운 이야기를 들었기에 올려 본다. 여성 스님께서 방송국에 나와 직접 들려주신…….

일기 예보에도 없던 소나기가 쏟아진 어느 거리, 한 청년이 비를 피해 어느 건물의 좁은 처마 밑으로 급히 들어갔다. 곧이어 연세 지긋한 영감님도 억수 같은 비를 피해 처마 밑으로 뛰어들고, 곧 아주머니 한 분도 "어머, 웬일이야?"를 연발하며 쬐끔 남은 틈으로 비집고 들어섰다.

작은 공간에 처음 보는 사람들이 서로 몸을 붙여 나란히 있으니 어색하다. 내리는 빗줄기만 하염없이 쳐다보고 있는 것이다. 그때였다. 철퍽하며 빗길을 뛰어오는 한 여성. 뚱뚱한 몸집의 그녀는 주저하지 않고 빈틈이 없는 처마 밑으로 파고들어 밀어붙였다. 굴러온 돌이 박힌 돌을 빼내듯 가장 먼저 이곳에 자리 잡았던 청년이 통 하고 튕겨나갔다.

어이없어 하는 청년에게 사람들은 눈을 마주치지 않고 또 빗줄기만 본다. 황당해하는 청년에게 제일 연장자인 노인이 "세상이 다 그런 거야……"라며 위로 같지 않은 한마디를 던졌다. 가만히 사람들을 보던 청년은 뛰어 길을 건너가는 것이었다. 가 버린 줄 알았던 청년은 곧 다시 돌아왔다, 비닐우산 4개를 가지고. 한 사람씩 우산을 주고 그는 가던 길을 갔다. "세상은 절대 다 그런 것이 아니랍니다"라는 말을 남기고서.

7장

욕망과 구원

1

건강한 도파민과
의미 있는 성취

어떻게 하면 우리 아이 게임 중독이 치료될까요? 이번에는 금연을 꼭 성공하고 싶은데 좋은 방법이 있을까요? 이런 질문들을 진료실에서 듣게 된다. 우리 사회에는 여러 가지 중독들이 있다. 게임이나 인터넷 중독은 우리나라 인터넷의 엄청난 증가 속도에 비례해 크게 늘어나고 있다. 많은 청소년들이 인터넷 중독의 위험에 놓여 있다는 보고가 있다.

마라톤을 하는 사람들은 매번 심장이 터질 듯한 고통을 겪으면서도 계속 달린다. 배구 여제 김연경은 수도 없이 점프와 스파이크를 하고, 피겨 여왕 김연아는 수없이 넘어지면서도 점프를 연습한다. 김연아는 이 다음에 자신의 아이에게는 피겨를 시키지 않겠다고 한다. 자신이 너무 고통스럽고 힘들었기 때문이다. 이들이 이렇게 고통을 참는 힘은 어디에서 오는가?

사실 중독과 스포츠에서의 두뇌 생리적 동기는 같은데, 바로 우리 두뇌의 보상(補償) 시스템이다. 이 시스템의 주인공은 도파민(Dopamine)으로, 뇌에서 정보 전달 역할을 하는 신경 전달 물질이다. 도파민은 사람에게서 특히 많이 만들어져 고도의 정신 기능과 창조 기능을 하게 해 준다. 도파민이 분비되었을 때 우리는 쾌감과 기쁨을 느끼게 된다. 그런데 이 도파민은 중독성이 있다.

니코틴에 중독되어 있는 사람이 아침 담배가 맛있는 것은 니코틴으로 인해 분비된 도파민이 밤새 굶주려 있던 도파민 수용체들을 불붙였을 때의 쾌감 때문이다. 이것은 도박 중독에 빠진 사람이 환상의 패를 잡아 돈을 땄을 때의 흥분된 뇌와 같다. 이 쾌감은 너무나 강렬하여 몸에 해로움을 알면서도 멈추기가 참으로 어렵다. 컴퓨터 게임은 너무나 다양한 자극과 재미의 장치로 인해 도파민이 널뛰며 뇌가 흥분하는 것이 뇌파에도 나타난다. 이 재미에 중독된 뇌는 게임을 해야만 그 기분을 느낀다. 하지만 게임에 중독될수록 공부나 일상생활에서는 두뇌가 너무나 무력한 상태로서 집중력이 떨어지게 되는 것이다.

: 중독과 마니아

중독은 부정적이고 병적인 개념이다. 그에 비해 어느 한 분야에 몰두하는 것은 마니아(Mania)라고 부른다. 보디빌딩 마니아, 음악 마니아, 청바지 마니아, 마라톤 마니아 등. 마니아와 중독은 시간이 지나 익숙해질수록 도파민의 감도가 떨어지므로, 행복감을 처음처럼 느끼기 위해서는 좀 더 강한 자극이 필요하다. 중독은 양과 시간이 늘어나고 마라토너는 하프코스에서 풀코스에 도전한다.

중독과 마니아가 두뇌의 보상 시스템은 같지만 아주 다르다는 것은 모두 알고 있다. 하나는 자신을 파괴하는 행동이고, 하나는 자신을 더 가치 있게 하는 행동이라는 것이다. 중요한 차이는 또 하나 있다. 하나는 너무 접근하기에 쉽다는 것이고, 하나는 너무 수고롭다는 것이다. 모든 중독은 우리 주변에 널려 있고 큰 노력 없이 쾌감을 느낄 수 있어 쉽다. 하지만 달려서 완주한 후에 물결치는 도파민이 만들어 주는 감동을 느끼기 위해서는 힘든 호흡과 근육의 고통을 몇 시간 참아야 한다. 세계 최고가 되기 위한 수고로움은 그 감동이 클지라도 너무나 힘들 것이다. 그래서 김연경의 땀방울은 아름답고, 김연아의 눈물이 더욱 감동스러운 것이다. 그 과정이 힘들수록 성취감은 더욱 크고 우리의 뇌는 더욱 강력한 행복 도파민으로 보상한다.

아이의 게임 중독을 걱정하는 부모님들께 한 가지 말씀을 드린다. 만족 지연 능력은 큰 만족을 위하여 작은 만족은 포기하는 능력이다. 작은 즐거움은 뒤로 미루며 노력을 하여 성취를 느껴 본 아이는 이 수고로움을 자처한다. 그때의 행복감을 잊지 못해서. 이 능력을 갖게 해 주는 것이 부모의 역할이다. 어쩌면 이것은 많은 중독들에 노출되어 있는 모든 이들에게도 해당될 것 같다.

: 의미 있는 성취감과 의식의 레벨

중요한 것은 '의미 있는 성취감'이다. 칭찬은 고래도 춤추게 하고 상품은 동기를 부여하게 하지만 작은 만족이다. 큰 만족은 자신의 뇌에 감동의 도파민이 물결치는 뿌듯한 충만감이다. 개인의 성취보다 그룹으로 같이 노력하여 이룬 성공은 그 감동이 더 크다. 또한 그 작업이 사회를 위해 의미 있는 것이라면 그 행복감은 배가된다. 나 혼자의 성취감보다 모듬살이를 위해 같이 성공을 이루었을 때 뿜어져 나오는 도파민은 최고의 가치와 최상의 의식 레벨이다.

『의식 혁명』의 저자인 데이비드 호킨스 박사는 인간의 의식 레벨을 많은 실험들을 통하여 1부터 1,000까지 수치화했는데, 영성과 의식 레벨의 획기적인 시도였다. 가장 낮은 단계인 수치심(20)부터 슬픔(75), 두려움(100), 욕망(125), 분노(150), 자존심(175) 그리고 용기(200), 이성(400), 사랑(500), 기쁨(540), 평화(600)들이다. 300 이상의 삶은 인류를 위해 이타적인 인생을 살아가는 경지로서 이순신, 안중근, 마더 테레사 등의 위인들이다.

이처럼 똑같은 두뇌 속의 도파민이지만 그 수준의 차이는 엄청나다. 즉각적인 만족을 추구하는 게임, 도박 등에 대한 중독과 술, 담배 등의 물질 의존은 금단 증상과 후회, 수치심, 두려움을 낳을 뿐이다. 성취를 위한 개인적인 욕망에도 부작용과 후유증이 있다. 브레이크 없는 벤츠처럼 위를 향해 달려갈 때, 가족과 소통할 수가 없고 소중한 것을 놓치며 쳇바퀴 위에서 내려오지 못한다.

자신의 욕망에 가족에의 사랑을 고려하여 절충하는 것. 여기에 이웃과 사회의 안녕과 평화까지 아우르는 삶을 실천하는 것. 이렇게 하려면 개인이 욕망을 조율해야 한다. 진정한 자존심이 어떤 것인지, 자신을 진정 기쁘게 하는 것이 무엇인지, 마음의 평화가 자신의 삶에서 얼마나 중요한지, 이번 생의 목적이 무엇인지, 이런 성찰이 필요하다. 평범한 우리는 위인과 성인의 삶으로 건너뛰지는 못할 것이다. 하지만 자신이 어디로 가고 있는 것인지 항상 고민하는 삶의 태도는 노력하면 가능하다. 즉각적인 만족보다 의미 있는 성취가 더 큰 행복임을 확신하는 지혜가 더해져야 한다. 이기적인 욕심을 줄이는 것에는 용기가 필요하다. 이렇게 노력하는 이들이 늘어난다면 욕망의 도파민이 들끓는 사회가 달라질 것이다. 사회의 영적 의식 레벨이 올라갈 것이다. 그 사회는 범죄와 학교 폭력이 없는, 어른들의 탐욕으로 인해 희생당하는 아이들이 없는 평화로운 곳일 것이다.

2

욕망과 구원의 탑
드라마 '하얀 거탑'

우리나라 의학 드라마의 정점은 2007년 많은 골수팬들을 양산한 '하얀 거탑'이 찍었다. 일본 소설이 원작이고 일본의 드라마로서도 성공했던 그 스토리를 약간 각색하여 20부작으로 만들어 최종회는 시청률이 20%를 넘었다. 의학 드라마에서 드물게 주인공(장준혁)이 천재 외과 의사이면서 권력을 지향하며 지탄받는 인간성을 지닌 인물로 그려졌다. 히포크라테스의 선서를 지키는 양심적이고 훌륭한 롤 모델을 주인공으로 내세웠던 의학 드라마에서 다소 파격적인 일이었다. 의사 사회도 인간의 권력을 지향하는 탐욕과 암투가 치열한 곳일 수 있음을 말한다. 보통 사람 이상의 양심을 요구받는 의사들은 환자에 대한 헌신과 자신의 욕망 사이에서 어떤 직종보다 더 치열한 내면의 갈등이 있을 것이라고 작가는 확신한 것이다. 잘 꿰뚫어본 것 같다. 출세와 돈과 양심 사이에서 올곧게 가는 선량한 의사도 있지만, 돈을 벌기 위해 병을 치료하는 소의, 양심을 우선 젖혀놓는 악의도 있기 때문이다.

: 야망의 화신, 장준혁

이 드라마가 출발부터 절반의 성공을 거둘 수 있었던 것은 검증받은 스토리의 탄탄함뿐 아니라 연기자 '김명민'이 있었기에 가능했다고 생각한다. 김명민이 장준혁에 빙의되어 열연했던 그의 모습들은 이랬다. 자부심이 오만

에 가까운 천재 외과의, 의
대 시절부터 전공의와 부교
수가 되기까지 항상 최고가
되기 위해 한눈팔지 않고
달려온 지독한 완벽주의자,
과장을 10년간 모시며 의사
들을 카리스마로 리드하는
용의주도한 부교수, 믿고 충
성하던 과장으로부터 토사

출처: http://www.imbc.com/

구팽 당하며 사는 게 이런 건가 회의하지만 곧 목표를 위해 돌진하는, 실력
있는 의사의 꿈과 더불어 권력의 꼭대기에 서 보고 싶어 하는 야망의 전차
였다. 달려가던 그는 자신이 수술하던 그 암 덩어리가 자신의 배 속에도 손
쓸 수 없이 커져 있음을 알게 되었을 때 모든 것이 끝났음을 알게 된다.

드라마가 극적인 영웅을 창조하기 위해서는 주인공의 주변에 영웅(영웅 심
성)을 빛과 그림자로 만드는 보통 사람들이 필요하다. 그래서 이주완 외과
과장(이정길 분)과 우용길 부원장(김창완 분)의 존재는 중요한 현실이다. 이주완
은 의사 집안의 고매한 틀에 박힌 학자이면서도, 자존심이 상처받을 때 이
글거리는 질투심으로 10년 제자를 냉정히 버리고, 인격자의 페르소나를 벗
지 못하면서 탐욕도 버리지 못한다. 욕망을 드러내지 않는 이중인격자이다.
우용길은 권모술수가 능한 노회한 야심가이다. 이주완이 선비같이 우유부
단한 보통 사람이라면 이 사람은 웃는 얼굴 뒤로 비수 같은 마음을 가진 책
략가이다.

장준혁은 죽음을 받아들이면서 자신의 삶을 되돌아보고 깨달으며 최후
의 모습을 결정한다. 아무나 쉽게 하지 못하는 승화이다. 비록 배신당하고
미워했지만 존경하던 외과 과장에게 수술을 부탁하고, 자신을 벌레처럼 여
기던 해부학 교수에게 자신의 시신을 해부용으로 기증한다. 많은 이들을

울렸던 장준혁의 강렬한 삶은 또 하나의 영웅의 전형을 만들었다. 드라마가 종결된 뒤 그의 49제를 애청자들이 지냈다. 장준혁이란 캐릭터가 이 시대의 우리에게 깊은 인상을 주었고 긴 여운을 남겼다. 그는 욕망의 탑 꼭대기까지 올라가려는 야망의 화신이었다.

"'어떻게'라는 생각을 버려. 조건 없이 무조건이야. 그리고 끝까지 따라붙어, 쉬지 말고 놓지 말고. 그럼 결국 원하는 걸 얻을 수 있어."

최고의 외과 의사였지만 하얀 가운보다 정치와 검은 수트를 택했다. 과장이 되려는 그의 욕망은 한 가정의 가장이었던 환자를 죽음에 이르게 하며, 그는 재판정에서 거짓말을 하는 악인으로 떨어졌다. 죽음을 마주하고 자신을 돌아보며 참회한다.

"내 환자들은 나를 다 믿었을까?"

죽는 순간에 집도하는 장면을 상상하는 철저히 의사인 그는 절친 최도영이 자신을 용서하며 울부짖는 것을 들으며 눈을 감는다.

: 탐욕, 죽음과 조우하는 우리들

의학 드라마는 질병과 사고로 인해 고통 받는 모든 사람들과 이를 치료하는 의사들의 희로애락을 다룬다. 환자의 생명을 책임지기에 두세 시간 자고 스터디와 당직 근무를 하며 힘든 수련을 받는다. 자신의 안위나 이익보다 자신에게 건강을 맡긴 사람에의 헌신만 생각하는 최도영 내과 의사(이선균 분) 같은 이가 이상적인 의사이다. 그런데 어떤 의사이든 자신이 다 질병을 고칠 것 같은 열망에 도취할 때가 있다. 의사가 된다는 잠재의식에는 전지전능한 헤르메스가 되겠다는 환상이 있다. 그리고 자신은 의사여서 죽음을 피할 수 있을 것 같은 무의식적 환상이 있다. 사실 난 어릴 적부터 내가 의사가 되면 죽지 않는 의료 비법을 만들 수 있을 것 같았다. 의사는 환자를 치료하고 살리며, 그들의 고마운 인사를 받으며, 잠시 인간의 고통과 죽음에서 벗어나는 착각이 무의식에서 일어나는 것인지도 모른다.

하지만 그 치료자인 자신도 죽음과 마주하며 인간의 필연적 운명과 조우한다. 죽음이 두렵더라도 다 내던지며 희생하여 사회에 자신을 바치면 영웅이 된다, 장준혁처럼. 이렇게 의학 드라마가 의사의 탐욕과 죽음을 이야기하면 이는 직접 화법이다. 어떤 드라마도 의학 드라마만큼 인간의 고통을 직설적으로 말하지 못한다. 러브 라인 없어도 의학 드라마는 진지하며 재미있다. 주인공 의사가 죽으면 더욱 그렇다.

한 가지 더 있다. 어떤 스토리도 그 사람이 왜 그렇게 사는지 과거를 보면 된다. 장준혁은 홀어머니의 극진한 정성만큼 어머니를 기쁘게 해 드리기 위해 수재가 되었을 것이다. 근데 더 이상의 성취를 위한 욕망은 이것으로 설명이 부족하다. 더 큰 욕망을 향한 강한 에너지는 가난한 모자를 무시하고 핍박했던 사회의 권위와 힘에 대한 분노이다. 이는 죽음 본능(Death instinct)으로서 삶의 본능(Libido)보다 더 강한 에너지다. 야망의 전차가 끝없이 돌진하는 무서운 동력이 된다. 어머니의 힘이 장준혁의 선한 에너지였다면, 아버지의 힘 데스 인스팅트는 야망의 드라마에서 주인공들을 벼랑의 끝으로 몰고 간다. 그래서 준혁은 죽어서 재가 되어 어머니 곁으로 간다.

"엄마, 사는 게 너무 힘들었어요. 최고가 되고 싶었고, 이기고 싶어서 앞으로만 달려가다가 멈출 수가 없었어요. 제 죽음을 받아들이니 엄마가 가르쳐 준 대로 살지 못한 게 너무 후회가 되었어요. 그래서 엄마에게 죄송해요. 이제 나를 미워했던 모든 사람들을 이해하고 용서해요. 이제 정말 푹 쉬고 싶어요."

"그래, 준혁아. 사느라 힘들었지. 엄마는 네가 자랑스럽단다. 한 순간도 맘 편히 쉬지 못하며 허투루 살지 않고 열심히 산 우리 아들, 그들이 너를 밀어내려 하니 떨어지지 않으려고 가만 있지 않은 게지. 결국 네 몸과 마음을 다 내어 주고 엄마 품에 온 거야, 착한 내 새끼. 이제 엄마하고 같이 오래오래 쉬어라."

3

폭력과 복수의 악순환
영화 'In a Better World'

2010년, 수잔 비어가 감독한 스웨덴 영화이다. 두 아이와 두 가족의 이야기이다. 우리가 살아가는 어디서든 슬픔과 갈등이 생기고, 폭력은 또 사람들로부터 나오고, 상처를 받으며 어떻게 살아가야 하는지 고민하게 만드는 수작이다.

엘리어스는 아이들 위에 군림하는 한 아이와 무리들로부터 학교 폭력을 계속 당한다. 유순한 엘리어스(이하 엘)는 쥐새끼라는 말을 듣고 맞으며 수모를 겪으면서 겨우 학교생활을 유지한다. 그때 크리스티안(이하 크)이란 아이가 런던에서 전학을 온다. 그는 엄마를 암으로 잃고 아빠와 함께 할머니 집으로 온 것이다. 외로운 크와 불우한 엘은 금방 친구가 된다. 엘을 괴롭히는 가해자 반 아이를 크는 자전거 펌프로 두들겨 패고 칼로 위협하여 응징한다. 이 일로 경찰이 수사하며 큰 문제가 되나 둘은 한 마음으로 거짓말하며 위기를 넘겨 더욱 절친이 된다.

엘의 아버지, 닥터 안톤은 아내와 별거 중이며 아프리카와 덴마크를 오가며 의료 봉사를 한다. 내전 중인 아프리카의 그곳은 항상 인권이 짓밟히며 폭력의 희생자들이 그로부터 치료를 받는 열악한 작은 나라이다. 반군 지도자인 '빅맨'은 잔인한 독재자이다. 임산부의 애기가 남아인지 여아인지 내기를 하며 그 확인을 위해 임산부의 배를 가르는 악마로 불린다. 그 악마가 다리를 다쳐 안톤의 치료를 원하는데 모두의 반대를 무릅쓰고 그를 치료한다.

그 무렵 덴마크의 집에서는 엘이 크의 주장에 못 이겨 폭탄을 같이 만들게 된다. 그 이유는 안톤이 아들과 아들 친구가 보는 앞에서 한 남자로부터 뺨을 여러 차례 맞는 폭력을 당한 일이 있었기 때문이다. 안톤은 분노했지만 아프지 않다고 싸우지 않았다. 할 수 있는 것이 폭력인 멍청한 남자가 오히려 진 것이라며 아이들에게 폭력을 두려워하지 말도록 가르쳤다. 하지만 엘과 크는 이해하지도 받아들이지도

출처: http://cine21.com/

못했고 그 멍청이 남자에게 복수하기 위해 차를 폭파한다. 이 와중에 행인을 보호하려던 엘이 크게 다치고 크는 울부짖는다.

: 고통을 통한 성장, 그리고 용서

평범한 유럽의 두 가정이 갈등과 사랑, 분노를 안고 살아가는 모습을 지구에서 가장 열악한 아프리카 난민촌의 지옥 같은 모습들과 같이 보여 준다. 두 아이의 고통은 그 축이 된다. 엘의 내면에는 사실 문제가 있었다. 엘은 아버지와 친하며 소통하는 착한 아이지만, 아버지로부터 상처를 받아 우울해하는 엄마를 옆에서 지켜보는 장남이다. 이 장남은 소심하고 유약하며 용기가 부족하다. 부모의 갈등과 이혼 수속은 아이를 상처와 폭력에 대하여 혼란스럽고 유약하게 만들었다.

이에 비해 크는 분노를 억누르지 않고 표현하며 복수를 행동화한다. 그 출발은 엄마를 잃은 고통이었다. 이 고통은 정상적인 사별 과정으로 해결되지 않았고 큰 응어리가 있었다. 크는 아빠가 엄마의 치료에 적극적이지 않았고 고통을 방치했으며 빨리 죽기를 바랐다며 아버지를 증오한다. 사랑하

는 엄마와의 사별을 온전히 혼자 견뎌내면서 크는 두려움과 분노가 마음에 자리한다. 엄마를 잃은 크와 아내를 잃은 클라우스는 각자의 상처에 아파했고, 서로의 마음에 크게 자리한 그녀의 상실감을 서로 같이 위로하며 어루만져 주질 못했다. 가족의 사별 후에 남은 이들이 소통이 부족하면 사랑이 깨지고 위태로워질 가능성이 항상 있다.

한편 안톤은 난민촌에서 반군 지도자를 치료하다 그의 비인간적인 모습을 눈앞에서 확인하면서 분노가 폭발한다. 아이들에게 폭력에 굴하지 말라고 뺨을 맞으면서도 참았던 그는 빅맨에 대한 걷잡을 수 없는 분노가 의사로서의 박애심을 무너지게 만들어 그를 의료 천막에서 쫓아낸다. 그 순간 빅맨으로부터 가족들을 잃었던 난민들이 그에게 달려들며 비참하게 죽인다. 안톤은 번민하고 지쳐 유럽의 집으로 돌아왔는데, 아들 엘이 다쳐서 수술을 받고 병원에서 회복하고 있었다. 크는 엘이 죽은 줄 알고 자살하려다가 자신을 찾아낸 안톤과 함께 돌아오고, 아들을 찾아 미친 듯 걱정하던 아버지의 품에 안긴다. 다시는 떨어지지 않을 것처럼. 안톤은 뛰어내리려던 크를 잡으며 아이가 엄마가 보고 싶다고 했을 때 이렇게 말했다. 삶과 죽음 사이에는 장막이 있는데 사랑하는 사람이 죽으면 장막이 잠시 걷히며 죽음을 바라보게 된다. 하지만 곧 그 장막은 닫히며 우리는 생활로 돌아오고, 각자 따로 그대로 반복하여 살아간다고.

수잔 비어는 잔잔하게 스토리를 전개시키며 평화롭게 보이는 가정과 지구 저쪽의 난민촌을 번갈아서 보여 준다. 자연스럽고 생생하며, 직접 화법보다는 간접 화법으로 말을 걸어 온다. 이런 접근은 관객이 가지는 생각만큼 느끼게 만드는 것 같다. 아프리카의 평원과 스웨텐의 잔잔한 호수, 그 밑에는 너무나 심각하고 생생한 것들이 너울거린다. 바로 분노, 폭력, 죽음이다. 이러한 악순환들을 과장하지 않고 실제적으로 보여 주는 힘이 있는 영화였다. 두 소년과 아버지들, 우리들의 성장 드라마라고도 할 수 있겠다. 폭력과 복수의 악순환이 흥미 위주가 아니고, 교훈적으로 설득하지도 않는 것이 수잔 비어 감독의 역량인 것 같다. 그냥 우리에게 자근하게 묻는다. '용서'란 것이 정말 힘든 것이지만 우리를 구원할 수 있는 마지막 방법이 아닌지를.

4

우리를 구원하는 사랑
영화 'A.I.'

2001년에 개봉된 스필버그의 화제작으로, 1969년에 동명 소설이 있었다. 그의 오랜 벗이었던 스탠리 큐브릭이 생전에 영화화를 소원하다 이루지 못한 것을 스필버그가 오랜 준비 끝에 완성한 것이다. 선배를 경애하는 마음으로 큐브릭의 차갑게 절제된 구상 위에 자신의 휴머니티 가득한 상상력으로 만들었다고 한다. 스필버그는 큐브릭으로부터 이 영화에 대한 이야기를 들었을 때, '과학과 휴머니티의 결합'을 떠올렸다고 한다. 스필버그의 이 영화에 대한 애정은 자신이 직접 각본을 쓴 것으로 알 수 있다. 스필버그 사단이 총력을 기울여 촬영에 칼만스키, 음악에 존 윌리엄스, 편집에 마이클 칸, 특수 효과에 루카스 사단이 공을 들인 이 작품은 제작비가 1억 달러인 대작이다.

영화의 배경은 북극의 빙하가 녹아 도시들이 물에 잠기고 모든 자원이 부족하지만 과학의 진보만은 엄청난 속도로 이루어진 가까운 미래이다. 물자의 부족 때문에 음식, 환경 등 모든 것이 인공 제조물로 배급되고, 가구당 출산이 1명으로 제한된 사회이다.

로봇 회사인 사이버트로닉스 사에서 야심작으로 개발한 소년 로봇 데이빗(할리 조엘 오스몬트 분)은 인간처럼 감정이 있는 인공지능 로봇 A.I.이다. 데이빗은 불치병에 걸린 외아들 마틴을 냉동 수면시키고 완치약이 개발될 때를 기다리고 있는 모니카 부부에게 실험용으로 기증된다.

처음에 모니카는 아들과 똑같이 생긴 데이빗을 보고 거부감이 생긴다. 그런데 그녀가 사랑을 주기 시작하자 데이빗은 기계로부터 사랑을 느끼는 소년으로 변모한다. 마치 태어날 때부터 어머니에 대해 깊은 애착이 있어 온 듯 데이빗은 오로지 엄마 모니카를 향해 사랑을 갈구한다. 하지만 A.I. 데이빗은 인간 마틴의 대용품이었다. 마틴이 퇴원해 가족 품에 돌아온 것이다. 모니

출처: http://www.visualdive.com/

카는 아들 아닌 로봇에게 주었던 사랑이 불편했는지 데이빗의 절규에도 불구하고 서둘러 그를 곰 인형 '테디 베어'와 함께 숲에 버린다. 버려진 데이빗은 큰 상실감에 세상이 무너지는 것 같아 엄마에게 돌아갈 방법만 생각한다. 엄마로부터 들은 '피노키오' 동화를 떠올리며, 자신이 마법의 힘으로 진짜 인간이 되면 잃어버린 엄마의 사랑을 되찾을 수 있을 것이라 믿고 여정을 시작한다.

길에서 데이빗은 남창 로봇 지골로 조(주드 로 분)를 만난다. 살인 누명을 쓴 조와 함께 로봇 처형장까지 끌려가지만 가까스로 탈출하는 등 로봇들과 그들을 혐오하는 인간들 사이에서 지옥 같은 현실을 경험하게 된다. 결국 수몰된 뉴욕까지 찾아가지만 자신에 대한 해결책은 찾지 못한다. 그리고 빙하기를 맞으며 지구는 멸망하고 데이빗은 물속에 잠긴다. 2천 년이 지난 후 지구를 방문한 외계 생명체에 의해 재생된 데이빗은 마침내 오랫동안 소망하던 사랑을 찾게 된다. 그런데……

영화에 대한 감상평을 4가지 주제로 정리하고자 한다.

: 쌍방향의 관계를 원하는 로봇

'과학과 휴머니티의 결합'이라는 스필버그의 표현에서 이 영화의 주제는 분명히 드러난다. 사랑의 본질에 대해서 로봇을 통하여 이야기하고 있다. 먼 미래에 인간들은 물자가 부족해지자 인구 증가를 인위적으로 막는다. 자신들이 부릴 로봇을 만드는 기술이 발달했고, 모든 분야에서 로봇들이 맡은 바 제 역할을 잘하고 있다.

입력한 프로그램대로만 움직이고 용도가 다하면 폐기되는 로봇에서 인간들은 뭔가 부족한 것을 느낀다. 차가운 시대의 외로운 인간들은 로봇에게서 감정적 반응을 바라게 된다. 이러한 인간의 요구에 부응하는 로봇들이 개발되어 가던 중 정말 사람과 비슷한 로봇인 데이빗이 만들어진다. 스스로 생각을 하고 감정을 느끼고 표현하는 대상이다. 이제는 일방향이 아닌 쌍방향의 관계가 된 것이다. 사람과 A.I. 사이에 대인관계(Inter Personal Relation)가 형성되는 것이다. 쌍방향의 관계는 서로의 노력이 필요한데, 인간이 로봇에게 이러한 노력을 할 의향이 있는가. 그저 높은 지능의 장난감이나 잃어버린 사랑의 대체물을 원하는데, 이 감정이 있는 로봇이 주제넘게 더 많은 것을 소원한다면 어떻게 되는가?

: 사랑은 대상관계가 아닌가?

엄마 모니카는 냉동실에 있는 아들을 대신하여 배달되어 온 로봇 데이빗을 보고 너무나 똑같은 모습에 전율을 느끼고 거부한다. 기계 부속품으로 만들어진 로봇임을 알기 때문이다. 또한 소중한 자신의 사랑을 대체된 기계에게 주어야 하는 상황에 분노와 슬픔을 느꼈을 것이다. 어쩌면 불쌍한 아들에게 계속 가야 할 사랑이 이 로봇 아이에게 가지 않을까 불안해졌을 수도 있다.

시간이 지나면서 모니카는 데이빗에게 사랑을 느끼고 표현하며 모자 관계가 된다. 모니카는 데이빗이 로봇임을 알면서도 사랑하게 되는데, 자신의 아들에 대한 사랑이 그대로 전이된 것이다. 실제를 사랑하는 것이 아니라 자신이 기억하고 생각하는 그 대상을 사랑하고 있는 것이다. 사실 우리는 내가 사랑하는 이의 전체를 알 수는 없다. 일부분만 알고 있다. 어쩌면 나에게 인식되어 있는 그 일부도 실제나 진실이 아닐 수 있다.

연인과 부부 관계를 생각해 보자. 사랑에 빠졌을 때 우리는 그이의 보고 싶은 모습만 본다. 그래서 사랑의 늪에서 나오는 신혼의 시기가 지나면 자신이 보지 않았던 다른 부분들도 이제야 자꾸 보이는 것이다. 내가 사랑하던 그 사람이 아니라며 당황하겠지만 그 사람이 맞다. 콩깍지가 씌어서 당신이 몰랐던 것뿐이다. 이제 다른 부분들도 보면서 그 사람의 전부를 사랑하려는 성숙한 노력을 하는 것이 사랑의 정답일 것이다. 다 안다고 자신하며 배우자의 마음을 지레짐작하기 시작하면 부부 관계의 균열은 시작된다. 이심전심은 경계해야 할 태도인 것이다.

아들이 기적적으로 회복되어 오게 되었을 때 모니카의 사랑은 다시 친아들에게로 가게 되지만 데이빗을 사랑하는 마음이 없어진 것은 아니다. 그런데 이는 데이빗에 부착되었던 사랑을 바로 거둬들이지 못했던 것이지, 로봇인 데이빗의 존재 자체를 사랑해서 그런 것은 아니라고 보인다. 데이빗을 숲에 버릴 때 모니카가 슬펐던 것도 자신이 사랑한 추억을 잊어야 하는 슬픔인가, 동정심인가, 혹시나 조금이라도 데이빗을 사랑한 것에 대한 상실감과 연민이 있었을까 궁금하다.

: 당신에게 하루의 시간이 최후로 주어진다면 무엇을 하겠는가?

데이빗이 바다에 빠진 후 2천 년이 지나고 외계인들이 데이빗을 재생시키는 영화의 후반부는 많은 것을 생각하게 했다. 데이빗이 2천 년을 기다린 사랑은 불완전했다. 외계인은 데이빗에 묻어 있던 어머니 모니카의 머리카

락 한 올에 있는 유전자로 모니카를 재생시켰으나 그 수명이 단 하루이다. 데이빗이 어머니를 매일 보기 위해서는 모니카가 매일 아침 만들어져야 한다. 어머니와 행복한 하루를 보내고 잠이 들 때 데이빗은 어머니와 이별해야 한다. 내일 볼 수 있으나 어머니는 오늘을 기억하지 못할 것이다. 어머니 자신이 이 사실을 알게 된다면 재생을 원할 것인가? 어머니가 원치 않을 것으로 데이빗이 믿는다면, 어머니와 함께 다시는 깨지 않을 영원한 잠을 바랄 것이다. 어머니 옆에 누워 행복한 표정으로 어머니의 잠드는 모습을 바라보는 데이빗의 슬픈 눈은 그렇게 말하는 것 같다.

당신에게 하루만의 시간이 주어진다면? 그럴 것이다. 사랑하는 사람들과 같이 있는 것 이외에 다른 의미 있는 것은 없을 것이다. 우리는 모두 죽는다는 것을, 주어진 삶의 시간은 한정되어 있음을 알고 있다. 하지만 우리는 마치 시간이 우리에게 무한정 자비롭게 주어질 것처럼 살고 있다. 우리에게 주어진 나머지 삶은 딱 하루뿐이다. 지금 현재의 하루하루가 연속되는 것이 삶이기 때문이다. 과거와 내일은 없다. 보다 나은 내일을 위하여 현재를 희생하는 일은 있어서 안 된다. 삶은 지금(Now), 여기(Here)이기 때문이다. 더 늦기 전에 버킷 리스트들 중 하나씩을 해 나가고 싶다.

: 인류를 구원할 수 있는 간절한 사랑

스탠리 큐브릭이 많은 애정을 가졌지만 자신이 만들지 않고 스필버그에게 감독을 부탁한 이유를 짐작하는 것은 어렵지 않다. 사랑의 본질에 대한 탐구를 미래의 로봇을 소재로 하여 휴머니즘이 짙은 스필버그 특유의 칼라를 기대했을 것이 틀림없다. 영화가 개봉된 후 호평과 혹평으로 양극단적인 평가를 받으며 흥행에서 기대에 미치지 못했다. 하지만 감독이 데이빗 역으로 할리 조엘 오스몬트를 캐스팅했다는 것만으로 부족한 부분이 다 채워졌다고 한다면 지나친 평가일까? 어린 명배우 할리의 징그럽도록 너무 훌륭한 연기가 이 영화의 압권이다. '피노키오' 동화처럼 마법으로 사람이 되면 엄마가 다시 자신을 사랑해 줄 것이라고 믿는 순진하고 간절한 눈빛과 엄마와 같이 잠드는 행복한 슬픈 눈빛은 잊히지가 않는다.

터미네이터는 사랑에 대한 영웅적인 자기희생적 실천으로 인류를 구원했고, 데이빗은 2천 년을 포기하지 않는 사랑에 대한 갈구와 실천으로 자신을 구원했다. 자신만 구원했을까? 지구가 멸망한 뒤 나타난 존재는 데이빗의 간절한 사랑을 알고, 이 사랑이야말로 인간이 다시 구원받을 수 있는 유일한 이유라고 인정하는 것 같다. 마치 신처럼 데이빗의 소망을 이뤄 준다. 빙하기를 초래하여 지구를 멸망에 이르게 한 것은 인간들의 책임이다. 이 존재들이 다시 인류를 소생시켜 준다면 인류에 대한 새로운 가능성을 확신해야 하는 것이다. 그것은 사랑이다. 그렇다면 그 공은 데이빗에게 돌아간다. 감정이 있는 로봇이 인류를 구원한 것이다. 인간들의 이기적인 사랑이 다시 지구에 멸망의 그림자를 드리울 때까지라는 유효 기간이 있지만 말이다.

5

욕망과 공포,
그리고 구원

아이들을 태웠던 배가 차가운 바다에 넘어져 가라앉은 지 오래되었다. 세월호 침몰 사고는 우리나라의 복합적이고 고질적인 병폐를 모조리 다 보여주는 인재(人災)라고들 한다. 적자를 메우기 위한 무리한 운영, 주먹구구식 행정, 공무원들의 엉터리 같은 감독 체계, 미숙하고 주먹구구식의 재난 대처 등 많은 문제들이 밝혀졌다. 아이들에게 가슴이 무너질 정도로 미안하고, 이를 보며 혀를 찰 외국인들에게 너무 부끄럽다. 생명을 싣는 선박 운전에서 터무니없는 실수와 무책임한 태도에 분노했다. 그리고 사람의 인격과 심성에 대해서 심각하게 생각해 보았다.

생명의 위기에 처하면 그 사람의 인격과 심성이 드러난다. 말이 없어 속을 알 수 없어 보이던 사람이 백척간두의 위기에 처하자 강한 리더십과 책임감을 보이며 타인들을 밀어 올리다 생명을 잃는다. 정이 많고 인기 많던 리더가 위기에 처하자 공포에 떨며 평정심을 잃고 자기 살 길만 도모하다 많은 희생을 초래하기도 한다. 이런 사례들을 보며 중요한 위치에 있는 리더들은 채용할 때 꼭 인성 검사를 해야 한다고 생각한다.

인성 검사 항목에는 도덕과 양심의 레벨, 책임감, 공감력과 관용성, 추진력 등의 항목들이 있다. 타인의 감정과 고통에 마음을 쓸 줄 아는 공감력과 관용성이 부족한 사람은 위기에 빠진 사람들의 손을 잡아 주겠다는 휴머니티가 없다. 여기에 도덕과 양심의 점수마저 부족하게 나온 사람은 제

아무리 경험과 기술이 뛰어나도 선장이나 항해사의 직책을 맡게 하면 안될 것이다. 가슴의 울림이 적은 사람이라도 책임감이 아주 강한 원칙주의자들이 있다. 이들은 위기에 처해도 자기의 역할에 대한 책임감 때문에 제가 살고자 자리를 이탈하지는 않는다. 검사에서 문제가 있는 사람들은 채용에서 탈락되어야 한다.

세월호의 선장이 어떤 사람이고 어떤 삶을 살아왔는지 모르겠다. 어쩌면 벌레 한 마리도 죽이지 못하는 착한 사람일 수도 있다. 폭력을 사용한 적도 없고, 더더욱 살인을 할 사람은 전혀 아닐 것이다. 하지만 지금 이 결과를 보라. 내가 죽을 수 있다고 무서워 자기 역할을 버린 이 사람은 일급 살인자보다 더한 너무나 엄청난 살인을 한 셈이다. 무책임함과 그 자리를 감당하지 못하는 인성이 300여 명의 어이없는 참사를 초래한 것이다.

: 공포와 욕망을 이겨내고 인간답게 죽게 해 주소서

공포심과 욕망을 생각해 본다. 죽음에 대한 공포가 덜했다면 인성이 부족해도 침착하게 조치를 취했을까 생각해 본다. 우리는 자신이 언제 어떻게 죽을지 알 수 없고 평소 생각해 보지도 않을 것이다. 죽음 앞에서 초연할 수는 없지만 오로지 제 생명만 탐한다면 짐승과 다를 바 없다고 생각한다. 정말 두렵지만, 깊은 고민을 하고 발이 떨어지지 않아야 했다.

재난뿐 아니라 우리 사회의 구조적 문제의 한 축은 욕망이다. 재벌이 경제의 핵이 되어 있는 우리나라는 천민자본주의라고도 한다. 정치 수준은 공공연한 놀림감이 될 정도이다. 경제와 정치의 카르텔들은 혈연과 지연의 끈적끈적한 거미줄들에 욕망의 덩어리로 붙어 있다. 그 피라미드의 꼭대기에 올라가고 떨어지는 아비규환의 정글이 보이는 듯하다. 그 높은 곳에서 아래를 보면 민중들이 개, 돼지로 보이는 것일까. 욕망으로 가득 채운 마음에는 관용과 인의가 들어갈 여유가 없다. 욕망에도 수용체가 있는 것 같다. 마치 알코올이나 니코틴에 반응하는 뇌의 수용체처럼. 매일 만족시켜 주던 담배 연기와 술 방울이 들어오지 않으면 이 수용체들은 광란한다. 욕망의 수용체들도 끝없이 욕심이 커지며 채워지기를 갈중한다. 이 수용체 벌레들은 주인의 생존이 위협받으면 공포로 미쳐 날뛴다. 욕망이 큰 숙주일수록 공포가 그를 지배하면 생존을 위하여 인면수심의 짐승이 될 수도 있다. 인류의 역사에서 탐욕이 지나쳤던 시대에는 항상 공포의 불길이 타올랐었다.

이런 점에서 짐승의 레벨에 있는 인간들과 숭고한 희생을 하는 사람들까지, 사람의 심성과 영혼의 스펙트럼은 정말 넓은 것 같다. 우리는 그들이 개, 돼지라고 하는 민초들에서 의인들을 볼 수 있다. 가난하고 평범한 그들은 모르는 사람을 위해 자기도 모르게 생명을 무릅쓰는 영웅의 행동을 한다. 이들과 대극에 있는 탐욕이 지배하는 사람들은 달라질 수 있을까? 자신들의 죽음의 시간을 알게 된다면 달라진다고 생각한다. 생을 포기해야 할 분명한 죽음의 시간. 누구나 알지만 실감하지 못하는 진실. 죽음을 받아들이면, 자신의 삶을 돌아본다. 벌레들이 없어진 그 마음에는 참회와 사랑의 빛이 스며든다.

우리가 언제 어떻게 죽음에 처하게 될까 생각해 보는 것은 잘살기 위해 꼭 필요한 고민이다. 자신의 결정이 타인들을 구할 수 있을 때, 죽음의 공포를 이기고 인간다운 선택을 할 수 있을까. 짐승 같은 결정을 해 버린다면 상상만 해도 모골이 송연하다. 제발 인간답게 죽게 해 주소서, 기도하고 싶다. 부끄러운 욕망을 이겨내고 올바른 선택을 하는 것이 우리 스스로 할 수 있는 구원일 것이다. 우리의 삶의 수업이 사랑을 배우는 수업이 되고, 제대로 죽을 수 있도록 깨우치는 시간이 되길 정말 간절히 결심하고 소망해 본다.

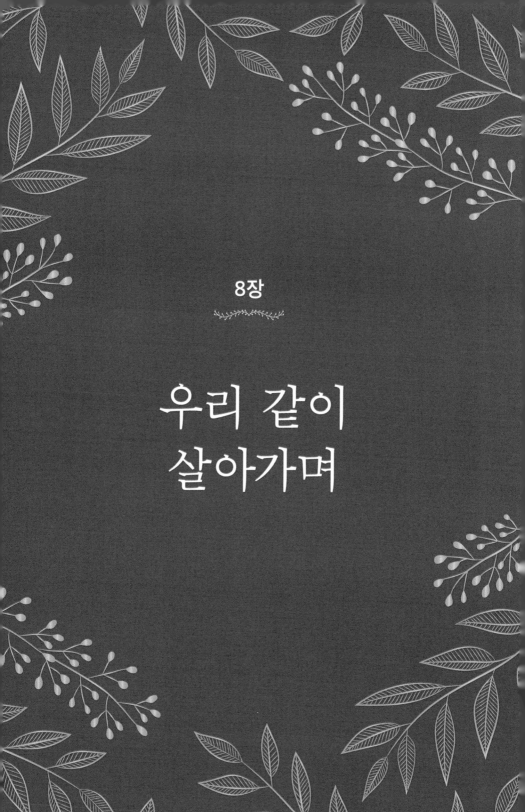

8장

우리 같이
살아가며

1

고개 숙인 아이

．．．．．．．．．．．．．．．．．．．．

얼마 전 TV 프로그램에서 '고개 숙인 아이'를 보았다. 24시간 머리를 90도 이상 꺾어서 아래만 내려다보며 살아가는 열일곱 살 '민기'의 이야기였다. 민기는 책을 무릎 위에 올려놓고 공부했다. 친구들의 얼굴을 바라보지 못하고 목소리를 듣기만 했다. 질문에도 작은 목소리로 짧은 대답을 하거나 공책에 적어서 표현하는 말수 적고 내성적인 아이였다.

민기는 서너 살 때부터 조금씩 고개를 숙이기 시작했는데 검사를 해 봐도 원인을 알 수 없었다. 부모님의 불화가 심한 가정에서 자랐고, 아버지에게 폭력을 당하는 엄마를 보며 방구석에서 무서워 떨어야했다. 아이에게 있어 부모는 처음 만나는 세상이다. 그런데 술 취한 아버지의 야차(夜叉) 같은 모습과 엄마의 무기력한 모습을 보며 민기는 세상이 무서웠을 것이다. 제대로 쳐다보기도 힘들었을 것이다. 고개를 들지 못하는 것은 결국 정신적인 문제였다. 그 뒤 부모는 이혼을 했으나 우울한 엄마와 살면서 더욱 사람을 피하며 위축되었던 것이다.

신체의 장애가 심리적 원인일 경우 최면 치료가 큰 도움이 될 수도 있다. 민기의 경우도 최면 치료를 받았다. TV를 보신 분들은 딱딱하게 굳어 있던 목이 서서히 펴지는 드라마틱한 모습을 보면서 놀라고 기뻤을 것이다. 최면 치료는 상대와의 교감과 라포(치료적 관계)가 중요한, 어려운 치료 중의 하나이다. 하지만 트랜스(Trans)라는 최면 상태에 들어가게 된다면 잠재의식에 암시를 심어 주며 극적인 효과를 기대할 수 있다. 완전하지는 않지만 많이 퍼진

민기는 앞으로 치료를 꾸준히 받는다면 정상적인 모습을 기대할 수 있을 것 같다.

그러나 더욱 중요한 것은 민기의 마음 건강이다. 상대의 눈을 쳐다보지 못하면서 성장한 아이의 내면은 어떨까? 인격 형성에 필요한 자존감, 정체성, 의사 표현 능력, 자신감, 상대(세상)를 파악하고 이해하며 공감하는 능력 등이 어떠할지 우려된다. 상대의 눈을 제대로 쳐다보지 못하는 사람은 대개 내성적이고 소극적이며 낯선 사람들과의 관계에서 많이 긴장한다. 우울증이든 대인기피증이든 이분들의 공통점은 감정 표현을 제대로 할 수 없다는 것이다. 특히 분노, 비판 등의 부정적 감정들을 표현 못한다. 즉, 화를 내지 못한다. 겉으로는 순종적이고 사람 좋고 착하다는 말을 듣는다. 사교에 서투르거나 아예 피해 버리기도 하고 까칠한 사람이 되기도 하는데 역시 감정 표현이 극도로 억제된 모습이다.

왜 이럴까? 대부분 어릴 적 성장 과정에서 심리적 트라우마(상처)가 있었음을 볼 수 있었다. 부모의 불화와 폭력, 친척의 성폭행, 가족 내의 편 가르기, 편애와 학대, 학교에서의 폭력과 따돌림 등을 겪은 경우였다. 이것을 '외상 후 스트레스 증후군'이라고 한다. 전쟁이나 천재지변을 당하여 살아남은 사람들에서 볼 수 있는 극심한 후유증이다. 성장 과정에서의 심리적 트라우마는 평생 진행형처럼 스스로 상처를 들추고 마음의 감옥에서 살게 만든다. 과거의 깊은 상처 때문에 세상과 사람을 보는 시선이 불안하고 비관적으로 과거를 재생산한다면 살아가는 내내 불행할 것이다.

민기도 비슷한 경우이다. 고개를 들어 당당히 앞을 바라보며 건강하게 살아가길 바란다. 앞만 바라보는 것이 아니라 사람들의 선의와 악의를 받아들이고 물리치는 건강한 마음을 가졌으면 좋겠다. 그러려면 먼저 불안과 우울을 치료하면서 그동안 쌓인 두려움을 해소하도록 도와줘야 한다. 그래야 자신 안의 부정적인 감정들에 잠기지 않을 것이다.

가족의 갈등과 불안한 감정이 너울거리며 홍수가 나면 제일 먼저 잠기는 것이 아이들이다. 가정의 가장 낮은 곳에 있기 때문이다. 그렇기에 아이들이 무엇을 느끼며 어떤 생각을 하는지 확인을 해야 한다. 어떤 건강한 마음이 침수되고 오염이 되었는지 모르고 지나간다면 이 문제는 다시 부메랑이 되어서 부모에게 돌아올 것이다.

2

다문화 가정과
더불어 살기

다문화 가정들이 갈수록 증가하고 있다. 대부분 한국 남성과 외국인 여성 사이에 태어난 혼혈인 자녀로 이루어진 가족 형태이다. 낯선 곳에서 남자 하나만을 믿고 살아야 하는 여인의 입장에서 많은 사연들이 있을 것이다. 여느 새댁처럼 시집살이를 하고 넉넉하지 못한 가정을 꾸려가기도 한다. 이러한 상황에서 언어 소통이 어렵고 문화 차이까지 극복해야 하니 곱절로 힘들 것이다.

필자가 진료한 베트남 출신 여성은 경제적 형편이 어려운 농가에 시집을 온 후 식당 일과 가사를 병행하며 열심히 살았다. 남편은 어머니의 그늘에서 사는 무뚝뚝한 남자였다. 시어머니는 아들을 끼고 돌며 이 이국 여성이 그들 사이에 들어갈 틈을 주지 않았다. 민며느리처럼 며느리와 식구로 인정을 못 받는 이 여성은 향수병과 우울증으로 힘들어했다.

시어머니와 외국인 며느리의 좌충우돌 갈등과 화해를 보여주는 TV의 '다문화 고부 열전'에 관심이 많은 것은 이제 다문화 가정이 적지 않기 때문일 것이다. 최근에 한국 남성들과 결혼하는 중국 여성들은 우리의 유교적인 남성 위주의 문화에 놀라고 힘들어한다. 서구에서 온 여성들은 아이들을 교육시키면서 겪어야 하는 '학부형 문화'에 적응하지 못하는 경우가 많다. 자신들의 자유롭고 개별적인 문화와 다르게 한국 어머니들의 교육열과 결속력이 지나친 것에 부담스러워한다. 그녀들의 호기심과 간섭이 지나치고 자주 나가지 않으면 따돌림과 불이익을 당한다고 호소한다. 무엇보다 언어 소통이 모국어처럼 능숙해져야 육아와 갈등 해결 능력이 나아질 수가 있다.

이런 경우, 치료를 통해 마음이 좀 나아질 수는 있겠으나 이주 여성에 대한 지역사회의 체계적인 도움이 필요하다고 느꼈다. 실제로 수년 전부터 이러한 다문화 가정에 대한 자치단체의 지원과 시민들의 도움이 각 지역의 다문화 가족 지원 센터를 중심으로 늘어가고 있다. 사랑의 김장 나누기, 의료 지원, 문화 적응 프로그램, 취업 지원 등의 행사와 프로그램이 그 사례이다.

가정에 대한 지원은 가족 관계 향상 프로그램이 눈에 띄는데 행복한 가정을 위한 시부모의 역할과 의사소통 문제, 배우자에 대한 교육 및 부부 관계 향상을 위한 상담이다. 그리고 결혼 이민자 가족의 고국 방문 사업, 다문화 가정의 사회 통합을 돕는 민간 우수 프로그램을 공모하고 수립하는 정책들이 세워지고 행해지고 있다.

그리고 다문화 가정 2세들에 대한 지원 사업도 여러 지역들에서 실행되고 있다. 이것은 지원 대상을 결혼 이주 여성 위주에서 자녀 중심으로 전환하는 것이다. 결혼 이주 여성과 자녀, 남편을 모두 만족시키는 정책들을 모범적으로 펼치고 있는 자치 단체에서는 다문화 가정 지원 조례와 다문화 가정 지원 협의회를 만들고 예산을 책정해 다양한 지원을 하고 있다. 다른 지역들에서 보고 배울 일이다.

다문화 가정에 대한 인식과 지원이 늘어나면서 다문화 가족 지원 센터와 병원 간의 상호지원을 위한 협약이나 자매결연이 체결되고 있다. 병원에서 안정적인 정착을 돕기 위해 진료 정보와 진료 편의를 제공하기로 한 것이다. 다문화 가정은 병원에서 제공하는 의료 지원을 받고, 이 병원에 무료 통·번역, 다문화 사회에 대한 이해 교육, 원어민 강사 파견 등의 서비스를 제공하는 것이라고 한다. 즉, 일방적인 수혜가 아니라 상호 보완적인 협력 체결이라는 점에서 의미가 크다고 하겠다.

얼마 전 신문에서 한 필리핀 여성이 새하얀 빛깔의 아름다운 전통 의상

'바롱'을 입고 한국과 필리핀의 문화에 대해 한국 고등학생들에게 강의하던 사진을 보았다. 이 여성은 '내조의 여왕'으로 지역 신문에 소개된 적이 있었다. 이 기사를 접한 어느 고등학교 교장 선생님의 초청으로 특별 영어 강사를 맡게 된 것이었다.

이렇게 이주 여성들이 특기를 발휘하여 지역사회 속에서 훌륭하게 정착할 수 있도록 도와주는 것은 어떤 도움보다 바람직하다. 그리고 외국 태생인 부모 밑에서 성장하는 아이들의 언어 발달과 교육 문제는 무엇보다 중요하다. 언어와 교육 지원 프로그램들은 아이들의 학교 및 사회 부적응을 해소하고 예방할 수 있다. 보육 및 교육 사업은 정체성의 혼란을 겪을 수 있는 다문화 가정의 아이들이 건강한 사회인으로 성장하기 위해 꼭 필요한 것이므로 건강한 지역사회를 위해서도 중요한 일이다.

3

우리 사회의 괴물들, 우리의 본능
영화 '내부자들'

　우리 사회는 욕망이 넘실거리는 곳이다. 욕망은 아무리 먹어도 허기가 채워지지 않는다. 그 배설물은 악취가 지독하다. 정치, 검찰, 언론의 커넥션이 풍기는 악취에 대해서는 많은 영화들이 다루었다. 제대로 고발하려면 아주 강한 카리스마가 있는 연기자로 하드코어적인 영화를 만들어야 하는데 아주 어려운 작업이다. 그런데 영화 '내부자들'이 해낸 것 같다.

　이 영화는 개봉 전부터 많은 이들의 관심을 받았다. 웹툰 스타 작가인 '미생' 김태호 씨의 원작, 이병헌(정치깡패 안상구 역)과 조승우(검사 우장훈 역)의 출연으로 개봉이 기다려지는 일 순위 영화였다. 더구나 백윤식(언론사 주필 이강희 역)과 이경영(정치인 장필우 역)이 나오지 않는가. 냉정하고 음험하면서 꿈틀거리는 욕망을 향해 잔인해질 수 있는 캐릭터에는 배우 백윤식이 최고인 것 같다. 이경영은 유약하고 인간적인 가면을 쓴 채 비열한 마음을 숨기는 이중 인격자를 훌륭히 연기한다.

　이병헌은 '달콤한 인생'에서 달콤해 보이지만 씁쓸레한, 이루어질 수 없는 꿈처럼 슬펐던 인생을 보여 주었었다. 깊은 눈빛에서 강렬한 에너지를 보았었다. 그는 '내부자들'에서 또 한 번 깡패 역을 맡았다.

　권력자들의 개 노릇을 하며 잔머리를 굴리다가 폐인이 되어 버린 후 절치부심하여 갈 데까지 가 보자며 복수를 진행한다. 그와는 대척점에서 정의를 구현하려는 검사로서 치열하게 나쁜 놈들을 처넣어 온 우장훈 검사가 있다. 배우 조승우는 영화보다 여러 뮤지컬에서 대박을 터뜨려 왔다. 어쩌면 이 영화의 주연들 중 연기의 스펙트럼이 가장 넓고 팬 층도 두꺼운 연기자인 것 같다.

출처: http://cine21.com/

개봉을 기다리면서 이병헌과 조승우의 '케미'에 가슴이 두근거렸다. 좋은 포스를 가진 두 배우가 깡패와 검사의 길을 가다 같은 목표를 향해 의기투합하며 서로 등을 기대고 적들을 향해 한방 크게 터뜨리는 장면을 어떻게 보여 줄까 상상했었다. 실제로 보니 세상을 행해 투척하는 메가톤급 폭탄으로 시원했다. 걸어온 길은 달랐지만 성공과 권력을 위해 개처럼 충성을 다했던 두 사람이 자신을 낭떠러지로 밀어내려는 권력에 대한 복수. 이 극적인 스토리는 국민들과 함께 하는 응징으로 승화가 된다. 극우 언론사 주필인 이강희가 개, 돼지라고 부르는 대중과 여론이 그들을 단죄한 것이다. 여기서 우리는 카타르시스를 느낀다. 하지만 영화가 끝나고 일어서며 한두 명의 더럽고 무서운 권력자를 끌어내린다 해도 그 시스템은 무너지지 않을 것이라는 생각을 한다.

우리는 재벌가의 지나친 욕심과 이중인격적인 위정자의 시대극을 많이 봐 왔고 그것이 실제임을 알고 있다. 영화의 디테일한 묘사는 현실에서 따온 것이다. '조국일보', '미래 자동차'로 실제 회사 이름을 연상시켜 실제 사건으로 추측하게도 한다. 우리나라의 정치와 경제는 왜 이 모양일까? 특혜를 통해 짧은 기간에 경제 성장을 이룬 대기업 오너들의 지배 구조, 혈연과 지연을 중시하는 문화, 친일 세력이 최상위 기득권을 가지게 된 근대역사, 조직과 국가를 위한 개인의 희생이 어려운 국민성, 대의를 위해 연대하는 것이 아니라 각자의 이익을 위해 상대를 이용하는 사회 현상 등이 그 원인이 아닐까 생각해 본다.

이러한 요인은 인간의 공격성을 자극한다. 그것은 사나운 맹수보다 더 무섭다. 아무리 노력해도 성공하기 힘든 학벌과 빽이 판치는 사회라면 삶의 긍정적 에너지인 리비도는 말라버린다. 의식의 갈라져 버린 땅, 그 밑의 무의식에서 엄청난 에너지의 공격성과 욕망이 봇물 터지듯 나온다. 이 괴물은 의젓한 가면을 쓰고는 자비심과 관용을 마비시키고 온갖 탐욕을 채운다. '억울해? 억울하면 출세를 해!'라고 비아냥거리는 얼굴을 보며 젊은이들은 출세 가도의 브레이크 없는 기관차를 타려고 한다. 거대한 피라미드일수록 그 꼭대기는 빛나 보인다. 기를 쓰고 그 자리에 오르려 하는 것을 남자의 야망이라고, 어쩔 수 없는 삶이라고 말한다. 착각이다.

행복한 삶이란 억압된 것으로부터 자유로워지는 일이다. 타인과 나를 비교하여 상대적 박탈감을 느끼지 않을 자유를 추구해야 한다. 좀 더 누리기 위해 비겁해지지 않을 용기, 높은 자리에 가야 인간답게 살 수 있다는 착각에서 깨어날 지혜, 조직과 사람들로부터 소외를 당할지언정 자신의 양심을 구속하지 않을 의지. 그것이 인간을 자유롭게 할 것이고 삶을 행복하게 할 것이다.

요리와 소통
영화 '아메리칸 셰프'

맛있는 음식은 사람들을 모이게 만들고 소통하게 한다. 요즘 '먹방'이 대세인 것은 소통에 대한 갈증이 크기 때문이다. 시청자는 달콤하고 짜고 매운 맛을 통해 불안을 해소하여 소통하려는 마음으로 방송을 본다.

요리와 소통에 대한 영화 중에 2014년 존 파브로 감독의 '아메리칸 셰프'가 있다. 더스틴 호프만, 로버트 다우니 주니어, 스칼렛 요한슨의 좋은 연기로 적절히 양념된 영화. 무엇보다 쉐프인 칼 캐스퍼 역을 훌륭하게 연기한 존 파브로와 그의 어린 아들 퍼시 역인 엠제이 안소니는 이 영화에 깊고 그윽한 풍미를 더해 주었다.

칼 캐스퍼는 요리에 대한 열정과 남편, 아버지의 역할을 적절히 버무리지 못해 이혼을 당했고 아들에게 아슬아슬하게 아버지 노릇을 하고 있다. 파워 블로거인 요리 평론가로부터 악평을 받고 서로 인신공격을 하다 드디어 만인이 보는 앞에서 그에게 폭언을 한다. 이를 찍은 동영상이 인터넷에 퍼지면서 '아메리칸 악동'이 된 칼은 이제 어느 레스토랑에서도 받아주지 않는 백수 셰프가 된다.

푸드 트럭을 하게 되기까지 주위의 많은 도움이 있었지만 가장 큰 힘이 된 것은 초등학생 아들이었다. 아빠와 함께하는 즐거움을 이제야 느끼게 된 퍼시. 아빠의 푸드 드럭을 도우며 셰프의 아들이 되어갔다. 퍼시는 트위터를 통해 미국 전역에 아빠의 요리를 알리며 스타 셰프 만들기의 결정적

출처: http://cine21.com/

역할을 한다.

요리를 주제로 한 영화는 보는 즐거움도 크다. 탁월한 시각적 효과로 군침이 돌게 된다. 이 영화는 샐러드처럼 경쾌하고 팝콘처럼 고소하다. 육즙 가득한 스테이크처럼 묵직한 맛이 있고. 쿠바 샌드위치처럼 가족들과 산책하며 먹는 기발한 맛도 있다. 군침이 돈다면 이 영화를 맛보시기를 권한다.

요리는 식탐이 아니라 삶의 즐거운 상징적 행위이다. 그대는 살기 위하여 먹는가? 물론 나도 그렇다. 하지만 가끔 먹기 위하여 산다. 달구어진 팬에 기름을 두르고 고기와 야채를 넣는다. 그 뜨거워진 오일과 재료가 만나는 소리, 싱싱한 시뻘건 소의 안심살이 노릇하게 변신하며 잘 구워지는 것을 지켜본다. 적절한 타이밍에 누들을 끓는 물에 넣는다. 이런 것은 일이 아니라 창의적 재미인데 각 행위와 연출은 자신이 마음대로 하는 것이다. 살면서 자기 마음대로 되는 것이 별로 없지 않는가.

요리와 소통이 비슷한 의미를 담고 있다는 생각을 한다. 매일 변화가 없는 식사라면 지겨워진다. 먹을 수 있음에 감사하지만 우리 몸에서 올라오는 야릇한 흥분은 없다. 소통에서 매일 우리는 같은 말을 반복하고 있지 않는지. 의무와 걱정으로 경직된 그 말에 상대는 귀를 닫고 있는지도 모른다. 준비하고 기다리며 창의적인 연출을 하였을 때 우리 앞에 음식은 맛깔나게 변신한다. 마찬가지로 우리 앞의 사람과 잘 소통하기 위하여 요리 방법과 연출을 고민해 보자. 성실한 관심과 유머는 훌륭한 재료와 양념이다. 여자는 따뜻하고 유쾌한 남자를 좋아하고 남자는 웃어주는 여자를 좋아한다. 그가 식사를 준비하고 그녀를 방긋하게 웃게 해 준다면 이미 소통한 것이다.

살아가는 게 아니라 살아져 가는 매너리즘에 빠져 무기력할 때, 요리는 보고 맡고 느끼는 몰입의 시공간이 된다. 맛있게 먹어 주는 이가 있으면 보람과 성취감도 있지만 혼자 먹어도 흐뭇한 것을 보면 요리는 그저 먹기 위한 행위가 아님이 분명하다. '아메리칸 셰프'를 맛보신 분이라면 요리하는 몰입의 시공간에 직접 들어서 보기를 권한다.

5

고향 골목
···············

골목이 점점 사라져 간다는 기사를 보았다. 추억이 잊히는 것 같아 안타깝다. 골목이라는 단어를 조우하면 항상 정겹다. 골목은 담장을 따라 여러 개로 갈라져 나아가며 동네의 속살을 보여 준다. 얼굴을 숨기려 하는 새색시처럼 은근하지만 골목은 마을의 사연을 꿰뚫고 있어 할머니처럼 구수하다. 천 개의 골목에는 천 개의 스토리가 있다. 나에게 그리운 골목, 정감이 가득한 내 고향의 골목을 그려 본다. 집이 다닥다닥 이어져 있고 대문은 그 집의 사연만큼이나 가지각색이었다. 오래된 굴뚝에서는 밥 짓는 연기가 무럭무럭 올라왔다. 골목으로 내어 있는 작은 창문을 통해서 연인들은 아쉬운 눈인사를 건네고 뜨거운 손을 잡았을 것이다. 많은 발걸음으로 다져진 길을 따라 가면 끝이 난 듯하다가 새로운 골목이 나타나며 궁금증을 자아냈다.

내 고향인 부산의 당감동은 변두리로 조용했다. 1·4 후퇴 때 네 아이를 데리고 내려온 과부는 거제도 피난민 수용소에서 나와 터를 잡았다. 억척스런 함경도 댁은 고생 끝에 손바닥만 한 마당에 방 두 칸의 작은 집을 마련했다. 할머니는 큰 아들인 내 아버지에 의지하고 집착했다. 서울에서 어렵게 구한 직장 생활을 하던 아버지는 '어머니 위독'이라는 급전을 받고 내려오다 낙동강 철교에서 뛰어내릴 생각도 했다. 와 보니 아들과 같이 있으려는 엄마의 계략이었고 두 모자는 다투었지만 다시 아등바등 살아냈다. 남쪽에서 학력이 없었던 아버지는 책을 달달 외워서 군의 문관 시험에 합격하여 공무원을 시작하였고 결혼했다. 시집 온 어머니는 이북에서 공산당 서기의 멱살을 쥐었던 강단 있는 홀어머니와 까다로운 시동생, 시누이들과 초라한 부엌을 마주해야 했다. 안방의 쪽문을 열고 앉아서 바람을 맞던 주름진 할머니의 얼굴은 지금도 기억이 선명하다. 학교 운동장의 키 큰 나무들의 싱그러운 향기는 바람을 타고 골목과 집으로 불어오곤 했다. 구수한 냄새는 어느 집에서 무슨 음식을 하는지 알게 했다.

골목과 공터에는 사연이 있었다. 학교가 파하면 책가방을 마루에 던지고 골목으로 달려 나갔다. 밥 짓는 연기가 솔솔 피어오르며 엄마가 '밥 먹어라!' 하고 소리치는 그 시간까지 골목들은 우리들의 세상이었다. 볼 일을 참다가 벌어지는 불상사가 골목에서 일어나곤 했다. 오동추 할아버지가 지키는 공중화장실이 동네에 유일하여 여기로 급한 마실을 가야 했다. 바지를 적시고 어기적거리며 걷는 나를 친구들은 따라오며 놀렸다. 화장실을 나와 집으로 터벅터벅 걸어오던 해질녘의 골목이 기억난다. 노을은 하늘과 빨래줄에서 너울거리는 옷들까지 붉게 물들였다. 푸르스름한 어스름의 그늘이 담장을 덮으며 달려오면 난 서늘해지며 무서워졌다. 집집에 노란 등불들이 켜지면서 마음이 따뜻해졌다. 소년의 그 골목은 아련하고 따스한 풍경화가 되었다. 낮은 담장 너머로 아이들이 밥 먹으며 재잘거리는 소리, 데이트 나가는 딸에게 치마를 너무 짧게 입었다며 타박하는 아주머니의 큰 목청, 초저녁 골목길의 연보라색 하늘로 울려 퍼지던 이웃 형님의 하모니카 소리는 그림의 배경 음악이 되었다.

나는 열한 살에 고향을 떠난 뒤로 대학 시절까지 몇 번 가 보았었다. 동네 어귀에 들어갈 때마다 무엇과 마주칠지 가슴이 두근거리곤 했다. 골목 입구에 오래도록 노점상을 하시는 친구의 엄마는 수줍은 소년이 청년이 되어도 바로 알아봐 주셨다. 오랜 시간이 지나도 잊혀 지지 않던 그 골목을 순례한다. 집들이 층을 더 올리며 골목은 작아 보이지만 거의 변하지 않는 모습에 안도하였다. 강아지가 한가롭게 노닐고 몽당치마 계집애들이 폴짝

뛰며 고무줄놀이를 하던 그곳이다. 행여 어릴 적 친구들이 '치호야' 하며 부를 것도 같아 괜히 두근거리고 쑥스러워진다. 그럴 때는 돌아가신 할머니와 소식을 못했던 친구들이 그 자리에 같이 있다는 것을 느낀다.

이들뿐 아니라 아버지의 넓은 등도 같이 있다. 술에 취해 들어오던 아버지는 골목의 어귀에서 벽을 짚고 고개를 숙이며 무슨 생각을 하였을까? 아들 이름을 호기롭게 부르며 집에 들어오시도록 골목은 근심을 떨쳐내게 해 주었을 것이다. 많은 아버지와 어머니들이 여기에서 한숨을 내쉬고 무거워지는 어깨를 자식새끼들을 생각하고 추스르며 얼굴을 폈을 것이다. 내가 태어났을 때 이 골목으로 할머니는 '고추'라며 신명나게 소리치며 다니셨다. 그리고 어느 비 오는 날 내 할머니를 뉘인 관은 그곳을 지나갔다. 많은 이들이 골목을 떠났고 돌아오지 않았다. 그들은 인생의 다른 골목에서 등을 기대거나 주저앉아 있지 않는지.

오래도록 가 보지 못한 고향 골목은 아직 그 자리에 있을까. 그 위로 신작로가 나며 사라져 버렸는지도 모른다. 하지만 떠올리면 설레는 고향의 골목, 할머니의 주름처럼 정겨운 골목은 아직 내 마음에 살아 있다. 꿈틀거리는 사연으로 남아 있다. 어린 내 마음에 새겨진 풍경화는 사는 게 팍팍할 때 굳은 어깨를 풀어 주는 위로가 된다. 내 할머니와 아버지, 어머니가 집으로 오는 골목에서 힘을 얻었듯이 어른인 것이 힘들고 싫어질 때 집으로 들어오는 삶의 골목은 잘 살아낼 것이라고 날 토닥거려 준다.

6

사는 것이 고통이라면

정신과 의사는 살아가는 게 너무 힘들다는 말을 많이 듣는 직업이다. 힘들고 우울한 사연들을 접하다 보니 우리의 삶이 고통이라는 말에 고개를 끄덕이게 된다. 고통을 안겨 주는 삶의 장치는 우리가 선택할 수가 없다. 어떤 환경에 태어나느냐, 어떤 부모를 만나느냐에 따라 결정적인 영향을 받지만 이것은 삼신할머니나 신의 영역이다. 그러니 살아가면서 겪는 우연과 필연의 일은 사람을 수동적이게 만드는 것 같다. 그저 운명으로 여기고 산다는 어느 여성분의 말씀에 공감이 간다.

인생의 3막 4장을 토로하는 것을 들으면 그들에게서 질투, 분노, 기쁨, 회한, 두려움 등의 감정들을 볼 수 있다. 이것은 사람이 불완전하고 허점투성이니 고통을 받을 수밖에 없다는 증거이다.

질투는 삶에 풍파를 일으키는 주범이었고 영원한 주제가 되어 왔다. 여성들은 모든 여자를 두고 질투를 하고 남자는 경쟁하는 남자들에게 질투를 느낀다고 한다. 한 여자가 아름다워 남자들의 눈길을 끈다면 그 주위의 모든 여성들의 눈빛은 그 여성에 대한 적의를 띠고 있을 것이 틀림없다. 남자들은 그들 앞에서 같은 동료나 경쟁자의 칭찬을 하지 않으면 되니 그나마 덜하다.

또 공포만큼 사람을 약하게 만드는 것도 없다. 삶의 매 순간마다 우리가 걱정을 하는 이유는 일이 잘못되는 것에 대한 두려움이 아닌가. 실패할 가능성이 낮은 경우에도 그 부정적인 상상에 대한 걱정으로 번민했었다. 그래서 걱정하느라 소중한 사람들과의 아까운 시간을 헛되이 보낸 것이 후회된다.

공포를 극복하는 사람들은 두려움을 대하는 태도를 바꾼 사람들이다. 회피하면 더 달라붙는 것이 공포니까 직면하고 친숙하려는 노력으로 치료적 변화를 가져온 것이다. 폐쇄 공포증의 경우 폐쇄된 공간이 무서워도 그곳에 아무도 자신의 마음을 가두지 못한다고 깨닫는다면 달라진다.

: 고통 속에서 삶의 광휘는 화해와 공감

나는 신화학자인 故 조지프 캠벨을 흠모한다. 그의 신화에 대한 설명을 듣고 있자면 인생에 대한 깊이 있는 통찰도 함께 들을 수 있었다. 신화는 전설에 불과하고 결국은 거짓말이 아니냐는 지적에, 그는 신화는 삶의 메타포이고 '살아 있음'을 경이롭게 만드는 인류의 정신적 유산이라고 넌지시 대답한다.

삶의 고통에 대한 그의 처방은 고통과 슬픔을 삶의 한 부분으로 받아들이는 것이다. 인간의 숙명적인 슬픔과 고통에 적극적으로 참여하라고 조언한다. 삶의 고통과 잔인함을 부정하는 것은 결국 삶을 부정하는 것이라고. 그 모든 것에 대해서 '예'라고 말할 수 있게 된 후에 우리는 비로소 존재하게 된다는 말이다. 죽음과도 화해해야 하는데 광활한 우주에서 인간의 유한성의 의미를 찰나라도 각성하는 것이 그 방법이 될 것이라고도 한다. 우리가 죽더라도 연결된 또 다른 우리인 후세들이 살아나가는 것이니까. 집단 무의식으로 우리들은 영적으로 연결되어 있다는 캠벨의 말은 공감의 또 다른 표현으로 이해가 된다. 공감은 타인의 슬픔이 그냥 나의 슬픔이 되는 연결됨이 아닌가.

오래전에 너무 안타까운 사고가 있었다. 물에 빠진 친구를 구하려던 울산 내황 초등학교 3학년 아이들 세 명이 강물에 휩쓸려 생명을 잃었다. 친구가 허우적거리며 물속에 잠기자 안타까운 마음에 앞뒤 재지 않고 바로 뛰어들었을 것이다. 또 다른 사고에서는 어린아이들을 발견한 청년이 두 명모두 구하고 자신은 힘이 빠져 끝내 나오지 못한 일이 있었다. 길거리와 지하철에서 전혀 모르는 타인의 위기에도 선선히 자기 목숨을 던지는 의사자들이 많다.

이런 공감적이고 이타적 희생에 대해 쇼펜하우어는 '정말 신비스러우며 이성조차도 아무런 설명을 해 줄 수 없으며 현실의 경험에서도 전혀 근거를 찾을 수 없다. 이런 행동은 자신과 타인이 사실은 하나라는 진리를 본능적으로 인식한 데에서 나온 행동'이라고 했다. 또한 '생존은 두 번째 법칙이다. 첫 번째 법칙은 우리는 모두 하나라는 것이다. 그리고 이 모든 삶의 여정의목적은 공감이다'라는 캠벨의 말은 공감에 대한 절절한 표현이다.

직면하여 슬픔과 화해하는 것은 우울의 나라에서 회복하는 분들의 공통적인 특징이다. 그리고 이들은 자신의 상처를 겨우 추스르면서 그동안 보지 못했던 주위 사람들의 고통에 눈을 뜨고 공감하려고 한다. 남편의 부도로 빚더미에 앉게 된 환자는 어린 딸아이 앞에서 아이처럼 눈물을 펑펑 쏟으며 죽고 싶다고 절망했었다. 아직 모든 상황은 그대로이지만 우울에서 벗어난 그녀는 그동안 의지했었던 사람들에게 감사의 마음을 표할 줄 안다. 자신을 도와주지 않았던 친척들의 고통까지도 함께 아파한다.

이런 분은 나에게 고통 속에서 삶의 광휘를 보게 해 주는 교사들이다. 나도 사는 게 고통이라고 느낄 때에는 그 슬픔과 화해해야겠다. 그 모든 것에 '예'라고 할 수 있는 것은 '살아 있음'에 대한 '공감'이라고 받아들이며.

행복의 조건

가끔 진료실에서 받는 질문들 중에 예측 못한 돌발 질문들이 있다. "원장님은 저처럼 와서 힘들다고 하소연하는 분들만 보실 텐데, 매일같이 그런 말을 들으면 힘들지 않으세요?" "원장님은 행복하신가요?" 이런 질문들이다. 자신들은 사는 게 고달프고 우울하여 정신과 의사에게 와서 털어 놓으며 치료를 받고 좋아지는데, 의사도 같은 인간인데 어떻게 스트레스를 처리하며 사는지, 행복하게 사는 비결이 있는지 넌지시 물어보는 것이다.

행복하냐는 질문에는 "제가 어떻게 항상 행복할 수 있겠어요, 가끔 행복하다고 느낄 뿐이고 그러도록 노력하는 거지요"라고 한다. 좀 쑥스럽고 우스운 이야기를 하나 고백하고 싶다. 진료를 하다가 생리 현상이 느껴지면 해결을 해야 한다. 그런데 병원의 남자 화장실은 병원 밖 복도에 있다. 대기하시는 분들이 많으면 참는다. 기다리시는 분들이 있는 대기실을 가로질러 화장실로 갈 용기가 없다. 아, 정신과 의사도 생리 현상은 어쩔 수가 없구나 하며 당연한 사실을 이해하실 텐데. 난 고상하게 보이고 싶어서 그런지 쑥스러워 그런지, 못 나가고 참아온 것이다. 그래서 이번에 병원의 내부 공사를 하는 참에 진료실 안에 작은 화장실을 만들었다. 밖의 화장실에서 조급한 마음으로 볼 일을 보아 오다 안에서 편안하게 해결할 때의 기분은 정말 행복하다는 느낌이었다. 아, 사람은 이렇게 사소한 것에서 행복을 느끼는 것임을 매일 깨닫고 있다. 한 평도 안 되는 공간에서 말이다. 어떤 동료 의사는 너무나 괴로울 때 원장 화장실에서 눈물도 쏟아 보았는데, 편안하게 울 수 있는 공간도 별로 없음이 씁쓸하게 느껴졌다는 것이다.

'내가 과연 행복한가'라는 질문에 대해 그 증거들을 생각해 보면 몇 가지가 나올 수 있을 것이다. 하지만 사소한 일에서 순간순간 느끼는 행복의 기분은 살아 있어 생생한 현재 진행형이고 생활의 활력소가 되는 것이어서 아주 좋다.

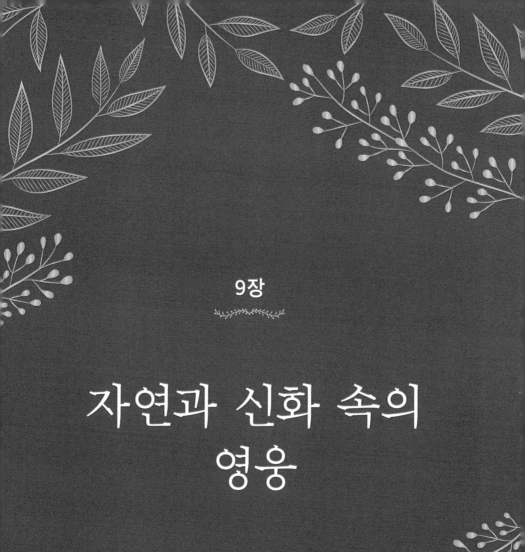

9장

자연과 신화 속의
영웅

1

엄마를 떠나는 딸 영웅

·······································

　요즘 TV에는 소통과 치유를 다루는 힐링 프로그램이 많아졌다. 시청자들이 출연하여 직접 그들의 사연을 털어 놓고 힐링에 참여한다. '용서', '다문화 고부 열전', '괜찮아' 등의 프로그램들에 문제를 가지고 나오는 부모와 자녀들을 볼 수 있다.

　'용서'에서 보았던 부녀가 생각난다. 이제 겨우 21살이지만 아빠로 인해 깊은 상처를 지닌 딸 '나비'와 자신에게서 점점 멀어지는 딸의 마음을 알 수 없어 답답하고 안타까운 아빠였다. 아버지는 돈을 벌기 위해 가족들의 곁에 있는 시간이 별로 없었다. 그러다 집에 오면 아내와 불화했고 아이들은 이런 모습을 보며 불안해했다. 아빠는 다혈질이고 권위적인 성향이었다. 딸 '나비'가 음악으로 대학 진학을 애쓰자 뮤지션인 아버지가 지도했다. 그런데 화를 내다 폭력으로 훈육한 아버지로부터 나비는 큰 상처를 받았고, 아버지를 보려 하지 않았다. 정신병원에 입원한 딸에게도 돈 번다며 가 보지 않고 "난 너희들을 위해서 살았을 뿐"이라고 소리치는 아버지가 딸과 과연 소통할 수 있을까.

　'괜찮아'에서는 엄마가 딸과 2년째 대화를 않고 카톡으로 소통한다는 사연으로 모녀가 같이 나왔다. 엄마는 아이를 훈육하다 보면 너무 말을 듣지 않는 것에 울화가 치밀어서 매일 싸우게 되었다. 아예 대화를 할 필요 없는 카톡이 나름의 대안이 된 것이다. 일을 하는 엄마는 일인 다역의 모습으로 고군분투하지만, 아이는 방을 치우지도 않고 엄마의 말에 건성으로 대답하며 친구와의 통화에 매달렸다. 너무 철없는 모습에 보는 사람들도 화가 날 정도였다. 곧이어 아이의 시선으로 본 영상이 나왔다. 자신을 쳐다봐 주지 않는 엄마는 항상 굳은 표정이었지만 동생과는 따뜻한 시선으로 다정하게 대화하고 깔깔거리며 놀아 주었다. 두 사람 사이에 끼려고 슬쩍 다가가도 자신을 투명 인간 취급하는 엄마의 냉담한 모습에 아이는 상처를 받고 그냥 휴대 전화를 들여다보는 것이었다. 시청자들은 "저럴 수가 있어?" 하며 이번에는 엄마에 대해 분개했다. 내가 보기엔 버거운 삶과 다정하지 못한 남편으로 인해 여유가 없는 엄마가 사춘기가 되어 까칠해 가는 큰딸을 밀어내고 있었다.

모녀의 전쟁은 그 역사가 길다. 설화 '콩쥐 팥쥐'는 엄마와 딸의 이야기이다. 콩쥐 엄마의 사망은 아낌없이 내어 주는 사랑이 이제 아니라는 은유적인 표현으로 볼 수 있다. 이후 등장하는 팥쥐 엄마는 까칠하고 감정적이며 표독한 엄마의 은유인 것이다. 콩쥐 엄마가 팥쥐 엄마로 변신하는 사연은 무엇일까? 어느 시대에서나 엄마들은 불행할 여건이 충분히 많았기에 이러한 변신은 많았다. '괜찮아'의 두 모녀는 서로의 아픈 마음을 알게 되어 뜨거운 눈물을 흘리며 시청자들의 박수 속에 포옹하며 화해한다. 하지만 모녀들의 용서와 화해는 이렇게 쉽지는 않다.

: 방패막이로 살아 온 그녀

25살이었던 그녀는 많이 지쳐 보이는 우울증이었다. 부모님의 불화 사이에서 어머니의 방패로 역할을 해 왔다. 어머니의 분노와 한숨을 옆에서 다 듣고 보며 힘들었다. 어릴 적에는 다정한 엄마였다. 몇 년 전부터 아버지의 외도로 시작된 엄마의 우울증은 엄마를 다른 엄마로 바꿔 버렸다. 사소한 일에 폭발하며 자신에게 상처를 주는 까칠한 엄마가 되었다. 대들며 화를 같이 내 보지만 울며 쓰러지는 엄마에게 끝내 자신이 용서를 빌게 된다. 알고 보니 이 어머니는 일 년 전 나에게 치료받던 우울증 여성이었다. 갈피를 못 잡고 절망으로 추락한 후 치료로 좋아지다 유방암이 생겨 대학 병원에 입원하며 헤어진 바로 그녀였다.

항암치료로 완치되었고 우울도 다소 나아졌지만 그녀는 여전히 딸을 붙잡고 의지하며 흔들고 있었다. 딸은 대학을 두 번 휴학하며 엄마를 간병했고, 이제 복학을 하고 싶지만 엄마의 말뚝에 매여 못 가는 것이다. 난 엄마를 떠나 독립하도록 설득했다. "어릴 적 뺨에 '뽀' 해 주고 머리를 빗겨 주던 그때의 아빠와 엄마가 아니다. 한 남자이고 한 여자인 두 사람의 삶을 이해하는 것은 이제 어른으로 살아 보며 많은 것을 겪으면 가능해질 것이다. 그리고 돌아와 엄마를 안아 주든 아빠를 용서해 주든 너에게 달려 있다"고한 것 같다. 한참을 울던 그녀는 엄마가 우울증으로 자신을 묶어 두며 아빠에 대한 방패막이로 삼는 것에서 벗어나 자유롭게 가고 싶은 길을 가겠다고 이야기했다.

이렇게 엄마와 딸들의 이야기를 하자니 마음이 안쓰러우면서 답답하여 슬며시 남자들에게 화가 난다. 무심하고 거칠고 어린아이 같은 남편들로 인해 이 땅의 모녀들이 얼마나 휘둘리는지를 보아 왔다. 남자들도 삶의 무게로 팍팍하기는 하다. 건강한 가정보다 어두운 터널을 지나는 가정들을 상담하다 보니 남편이고 아버지이며 가장으로 어깨가 무거운 남자들을 보는 내 눈이 편협해진 것 같다. 하지만 이 말은 타당하지 않은가. "엄마가 아이를 안는 팔 힘은 그녀를 안는 남편의 팔 힘에 좌우된다."

2

강호(江湖)와 무협(武俠)

　73회 오스카 영화제에서는 동양의 낯선 영화인 '와호장룡'이 과연 몇 개의 상을 차지하느냐가 초미의 관심사였다. 동양의 영화에 인색한 할리우드에서 이례적인 사건이었고, 이를 계기로 동양의 무협 영화에 큰 관심을 가지게 되었다. 이안 감독의 이 영화는 4개의 오스카상을 받는 쾌거를 이루어냈다. 대나무를 배경으로 한 대결 장면은 손꼽히는 명장면이다.

　대개의 무협 영화들은 소설, 바로 무협지(武俠志)를 원형으로 하여 만들어진다. 대중문화 중에서 강렬한 충격의 느낌을 받았던 적이 있었다. 오래 전 대학 시절 들었던 산울림과 한참 뒤인 서태지의 음악들이었다. 그런데 이보다 더 이전에 까까머리 중3 때 접한 무협지는 정말 충격적인 신세계였다. '강호무림'이라는, 실존이지만 눈에 보이지 않는 세상에서 펼쳐지는 인간들의 감동 스토리였다. 그것들은 무공대결, 신의와 배신, 애증, 음모와 복수, 역경을 딛고 영웅이 되는 신화 같은 성장 소설이었다. 10, 20대 남성이라면, 아니, 이제는 40, 50대까지 심취하게 만드는 참으로 흥미진진한 소설이다.

　중국 소설이니 그 시공간적 배경도

출처: http://blog.naver.com/

중국이다. 수십 년간 수많은 작품과 작가들이 있어왔는데 와룡생, 양우생이 대표적이다. 하지만 최근 20년간 공전의 히트를 친 무협지는 김용의 소설들이다. '공전절후 비교불허'라고 해서, 과거에도 비교할 것이 없고 앞으로도 마찬가지라고 할 정도로 최대의 찬사를 받는 작가이다. 그러니 김용의 작품들은 수십 번 영화화되어 왔다. 중국 역사에 대한 해박한 지식과 인간에 대한 깊이 있는 접근, 대단한 필력으로 가상이지만 가짜가 아닌 인간의 모습을 그려내는 내가 좋아하는 작가이다. 지금까지 팔린 부수만 해도 엄청나며 중국과 대만에서 국민적인 작가이다. 이렇게 많은 사람들을 경도시키는 무협이란 무엇일까?

: 무협과 영웅을 꿈꾸는 무사

'무협'이란 개념의 무사가 처음 나온 것은 춘추 전국 시대라고 한다. 계속되는 전란으로 나라들이 흥망성쇠하면서 둥지를 잃은 실력 있는 무사는 자신을 알아주는 주군을 찾는다. 자신을 진심으로 위해 주고 인정해 준 주군을 위해 목숨을 바치며 신의를 지키는 무사들이 대중의 칭송을 들으며 영웅으로 역사에 남게 되는 시대였다. 문사에 비해서 바람 앞의 촛불처럼 위태로운 존재인 무사들은 신의와 대의를 생명보다 중히 여기는 것이 자존심을 지키는 방법이었을 것이다. 이렇게 무협은 많은 영웅과 고사(故事)들로 백성들에게 각인되어왔다. 무협의 '협(俠)'은 '사람을 끼고 안는다'는 뜻이니 힘이 없는 약한 사람을 돕는 것이 무사의 영웅본색인 것이다. 중국의 역사에서(정사이든 야사이든) 무협이 일어나는 공간은 대중들이 모이는 주루(객잔)나 표국(화물을 운송하고 호위하는 직업)뿐 아니라 중국의 명산들도 있다. 무협의 뿌리가 되는 숭산의 소림사, 무당산의 무당파, 화산의 화산파, 아미산의 아미파, 곤륜산의 곤륜파, 청성산의 청성파 등이 나온다. 이 중 소림과 무당은 그역사와 실력에서 용과 호랑이라고 할 수 있다. 소림사 스님들의 강력한 외문기공과 무당파 도사들의 음유한 내문공력은 모든 무공의 근본이기 때문이다.

'와호장룡'의 주윤발이 분한 이모백은 무당의 수제자이고, 김용의 『소오강호』의 영호충은 화산파의 수제자이다. 소오강호란 강호를 비웃는다는 말이니 오만한 뜻도 되겠으나 강호, 즉 세상의 영화가 일장춘몽처럼 허망하다는 뜻도 있다. 김용의 작품들 중 영웅문 4부작인 『사조영웅문』, 『신조협려』, 『소오강호』, 『의천도룡기』가 수많은 영화나 드라마로 제작되어왔다. 주윤발, 장국영, 장만옥, 양조위, 장학우, 장민, 이연걸, 견자단 등 중국과 홍콩의 스타들이 거의 다 거쳐 가며 별이 되었던 것이다.

이 중 내가 가장 좋아하는 『소오강호』의 내용들을 떠올려 본다. 많은 고난과 역경을 이겨내야 영웅으로 거듭난다는 것, 이는 자신이 원하든 원치 않든 자신 앞에 놓인 운명의 실타래를 신의(信義)와 협의(俠義)의 마음으로 풀어야 한다는 것, 정(情)의 거미줄에 얽혀서 슬픔과 고난을 자초하지만 사랑만이 자신을 구원한다는 것, 어떤 일이 있어도 자신의 명예는 생명만큼 소중하게 지켜야 한다는 것, 정의는 결국에는 승리한다는 것 등이 있다. 이는 고래로 모든 무협지들에서 볼 수 있는 공통적인 내용들이다.

무협이 벌어지는 강호는 중국의 주요 지역인 강남과 강북뿐 아니라 신강, 운남, 대리국(베트남), 몽골까지 모든 지역을 아우른다. 그런데 강호는 사실 사람이 사는 모든 세상을 말하는 은유적인 표현이다. 그러니 무협지에서도 사람 사이의 일에서 벌어지는 인생의 모든 오욕칠정이 다 나온다. 내가 무협지를 좋아하는 이유는 배경이 되는 광활한 중국 대륙의 자연과 진기한 문화가 살아 숨 쉬듯 묘사되는 것, 거지 같은 외톨이가 갖은 고난을 겪으며 영웅으로 만들어지는 인간 승리의 주인공에 몰입되는 것(신화에서 영웅이 만들어지는 모든 장치들과 유사하다), 정의를 내세우는 세상의 보기 좋은 세력자들의 욕심과 흉심으로 가득 찬 위선이 벗겨지는 통쾌함, 삶과 죽음과 정(情)이 뜻대로 되지 않아도 호탕하게 웃으며 받아들이는 것들이다.

: 협이란 신의를 실천하여 완성되는 존재

"강호를 떠도는 것은 재미나겠지요?"

"강호를 떠돌면서 의지할 것은 사람들과의 사귐이야. 신의를 중히 여길 것. 그 렇게 하는 사람은 강호에서 살아갈 수 있지. 신의를 지키지 못하면 애들 장난일 뿐, 오래 가지 못해."

'와호장룡(2000)'

협(俠)으로 산다는 것은 실존적 존재가 아니라 특정한 행동 양식을 수행함으로써 완성되는 실천적 존재이다. 그 행위는 바로 신의이다. 즉 살벌한 세상에서 자신의 존엄은 스스로 자신의 말을 지키는 신의에서 나온다고 믿는 것이 무사인 것이다. 그래서 무협 소설이나 무협 영화에서 보면 허탈하거나 안타까운 장면이 나온다. 죄 없는 무사가 억울한 누명을 쓰고 궁지에 몰렸을 때 스스로 목숨을 끊는 것이다. 죽는다고 얽힌 상황이 풀리는 것은 아니지만 자신의 무죄를 증명하기 위한 최후의 결단으로 택한다. 이게 어떻게 결백의 증명이 되냐 하겠지만 강호인들은 이렇게 죽음으로 절규하는 것은 인정하고 없던 일로 받아들인다. 이처럼 협이란 어려운 사람을 도와주는 의로운 행위에서부터 신의를 지키기 위하여 목숨을 바치는 행동인 것이다. 그런데 협을 행하는 무사는 영웅이 되기를 바란다. 도를 깨친 무사는 세상의 허명을 가볍게 여기고 강호의 은원을 마음에서 버린다. 하지만 대개의 무사들은 자신의 영명을 드날리기를 갈망한다.

장예모의 '영웅'은 한 무사의 독백으로 시작한다.

"나는 어려서 이름이 없어 사람들은 나를 무명이라 불렀다. 사람이 이름조차 없다니. 곧 온 힘을 다해 검술을 연마했고, 십 년 만에 독특한 검법을 완성했다."

이 무명 고아가 세상에 이름을 떨쳤기에 진왕은 그를 보고자 했다. 왜냐하면 이 하찮은 무사가 진황제의 암살 미수범으로 이름이 높은 장천, 비설, 파검을 처치하고 그들의 무기를 가지고 왔기 때문이다. 황제는 너무 기뻐서

암살을 피하기 위해 누구든 백 보 이
내 접근 금지였던 불문율을 깨고 그를
가까이에서 알현하도록 혜택을 주었
다. 이것이 바로 무명이 소원하던 순간
이었다. 황제의 은공을 받고자 함이 아
니라 바로 진시황제를 죽여 세상을 구
원하겠다는 것이 큰 목적이었던 것이
다. 사생취의(捨生取義), 목숨을 버려 의
를 얻는다. 자신들의 힘으로 뜻을 이
루지 못할 것으로 판단했던 세 사람은
무명에게 자신들의 목숨과 무기를 내

출처: http://cine21.com/

어 준 것이다. 그런데 시황제를 죽일 수 있는 순간에 무명은 포기한다. 그리
고 화살 세례를 받고 역시 목숨을 스스로 버린다. 아마 패권자가 없어지면
세상은 다시 춘추 전국 시대처럼 어지러워지고 백성은 도탄에 빠질 것을
깨달아서일까. 실패했지만 세상은 이들의 의로움을 칭송한다. 의(義)를 이루
기 위해 목숨을 버리면 이름은 저절로 얻게 된다.

: 푸른 바다를 보고 한바탕 웃는 것

무협지의 무당파도 강호이고, 칼로써 의를 행하려는 사람들이 있는 곳도
강호이고, 비정한 도시도 강호이다. 사람이 있는 곳에 강호가 있다[人在有江
湖]. 지금 우리가 사는 곳도 강호가 아닌가. 선악, 권력과 계급, 부자와 빈자
가 있고, 약속, 신의, 영웅 그리고 협이 있어야 하는 강호이다. 그런데 신의
와 협이 존재하는지 의문이다. 세상을 바꾸기 위해서 힘 있는 사람이 되려
하고, 권력의 네트워크를 만들며 서로 득세하려 하는 곳이 지금의 강호인
것 같다. 칼만 안 들었지, 무섭고 비정한 곳이다.

우리 강호에도 몇 년 전 모든 문제의 책임을 지고 부엉이 바위에서 자진

한 사람이 있었다. 진위 여부를 차치하고, 죄인이 자신의 목숨을 끊었던 경우는 없다. 협과 정의에 대한 자의식의 수준이 높은 사람만이 자살할 정도로 자책할 수 있는 것이다. 그럼에도 다시 사자의 명예를 더럽힌 부덕하고 불의한 일이 있었다. 이렇게 죽은 자의 등에 칼을 꽂는 사람들을 보니 그럴 자격이 없는 것 같다. 무협지에도 이런 비겁한 자들은 꼭 나온다. 나쁜 소문을 내어 여론을 만드는 자, 적을 이롭게 한다는 긴장 모드를 만들어 세력의 확장을 꾀하는 자, 이들의 도움으로 지도자가 되지만 약속을 안 지키고 권위를 내려놓지 못하며 자신의 안위를 걱정하며 협이 없는 사람 말이다.

낭만적인 무협 영화를 떠올리다가, 무사와 협의의 재미를 만끽했던 무협지를 그리워하다가, 지금 우리의 강호를 생각하니 착잡한 심정이 된다. 소오강호(笑傲江湖)의 주제가인 '창해일성소(滄海一聲笑)'를 듣게 되면 그 음률만으로도 가슴이 시원해지고 짠해진다. 가사를 몰랐기 때문에 음률의 느낌으로 와 닿았는데, 실제 가사를 보니 신통하게도 그 느낌과 비슷하다. 그래서 적어 본다.

> 푸른 바다를 보고 한바탕 웃는다
> 도도한 파도는 해안에 물결을 만들고
> 물결 따라 떴다 잠기며 아침을 맞네
> 푸른 하늘을 보며 웃으며 어지러운 세상사 모두 잊는다
> 이긴 자는 누구이고 진 자는 누구인지 새벽 하늘은 알까
> 강산에서 웃음으로 물안개를 맞는다
> 파도와 풍랑이 다하고 인생은 늙어 가니 세상사 알려고 않네
> 맑은 바람 속에 속세의 찌든 먼지를 모두 털어 버리니
> 호걸의 마음에 다시 지는 노을이 머문다
> 만물은 웃기를 좋아하고 속세의 영예를 싫어하니
> 사나이도 그렇게 어리석고 싶어 껄껄껄 웃는다

3

로봇이 해 주는 구원
영화 '터미네이터'

"영화사에 새 장을 연 SF 액션 시리
즈로 손꼽히는 영화, 할리우드 액션 영
화사를 다시 쓴 영화, 특히 특수 효과
역사의 전환점이 되었다."

이렇게 묘사되는 영화는? 바로 '터미
네이터' 시리즈이다.

1984년 제임스 카메론 감독의 지휘
하에 만들어진 '터미네이터'가 개봉되
자 관객들과 평론가들의 격찬을 받으
며 영화사에 기념비적인 대작이 되었
다. 저예산 액션 영화가 SF 액션 영화

출처: http://cine21.com/

의 우뚝 선 전형이 될 줄 누구도 예상하지 못했었다. 위트 있고 흥미진진한
각본, 관객들의 손에 땀을 쥐게 한 스릴감 넘치는 진행, 특수 효과가 빚어낸
결과였다. 무엇보다 캐스팅이 절묘했다. 신인 아놀드 슈왈제네거는 원래 존
코너의 아버지인 카일 역으로 제안되었다. 그러나 제임스 카메론 감독은 그
를 터미네이터 T-101로 바꾸었는데, 절묘한 선택이었다. 우람한 덩치와 각진
얼굴, 호주식 억양은 새로운 기계 영웅에 기막히게 어울렸다.

: 터미네이터 1

1984년 5월, 미래(2029년)로부터 두 개의 개체가 LA에 뚝 떨어진다. '터미네이터'라 명명된 무자비한 살인 기계(T-101)와 터미네이터로부터 중요한 인물을 보호하는 임무를 띤 '카일 리즈'라는 인간이다. 터미네이터의 목표는 사라 코너인데 그녀는 2029년 기계에 대항하는 인류 저항군의 리더인 존 코너의 어머니다. 미래에 인간이 개발한 전략 방어 네트워크인 스카이넷이 자아를 획득하여 핵전쟁을 일으켜 인류를 전멸의 위기로 몰고 간다. 인류 말살을 하려는 컴퓨터에 당당히 맞서는 존 코너를 아예 태어나지 않도록 사라 코너를 없애려는 것이다. 사라는 카일의 도움으로 터미네이터를 피하며 그와 사랑에 빠지는데 카일이 존 코너의 아버지인 것이다. 사라는 끝까지 자신을 추격해 오는 터미네이터를 프레스기로 파괴하지만, 이 과정에서 카일을 잃고 만다. 이후 존 코너를 낳은 사라는 이곳저곳을 떠돌며 아들을 강한 리더로 키우려 한다. 하지만 컴퓨터 공장을 폭파하려다 붙잡혀 정신병원에 수감된다.

슈왈제네거는 입력된 명령만을 충실히 수행하며 인간들을 제거하고, 자신이 제거될 때도 고통을 느끼지 못하는 사이보그를 잘 연기했다. 가까운 미래인 2029년 인류 최후의 날들의 우울한 그림을 보여 준다. 인류가 심판의 날의 핵전쟁으로 30억의 인구가 소멸한 뒤 그나마 남아 있는 얼마 안 되는 인류이다. 그들이 만든 컴퓨터에 의해 처참히 도륙되고 있는 지구의 지옥이다. 지옥도를 보며 인류가 추구하고 있는 기술의 끝에 대하여 고민하고 회의하게 된다. 인류가 자신의 편의를 위해서 과학의 발전으로 자축한 그 컴퓨터, 로봇들에 의해 인류가 멸망할 수 있다는 메시지는 이 영화가 처음은 아니지만 제임스 카메론 감독의 기술과 연출력으로 당시까지의 어떤 영화보다도 관심을 받을 수 있었다. 단순한 재미와 액션에 그치는 황당무계한 활극이 아니라, 리얼리즘을 추구한 노력이 있었기에 가능해진 것이다. 우울한 미래가 던져주는 다크 판타지의 분위기를 잘 그려냈다.

1편은 인간 대 로봇의 대결 구도로서, 인류는 자신이 만든 기계에 의해서 멸망의 위기에 처하는 업보를 당했다. 약자인 인류는 선이고 강자인 로봇은 모조리 부숴 버리는 악이다. 하지만 심판의 날을 자초한 인류는 내면에 악을 안고 있지 않은가. 인간의 악한 투사물이 로봇이듯이 말이다.

: 터미네이터 2

1편에서 인류의 간담을 서늘하게 하던 그 막강한 전투력의 터미네이터는 "I'll be back"의 여운을 남기더니 2편에서 인류의 편으로 돌아온다. 존 코너가 어머니인 사라와 어린 자신을 지켜주기 위해 보낸 로봇(T-101)으로 자신보다 업그레이드된 액체 금속 로봇(T-1000)과 대결하는 것이다. 1편에서 모든 것을 부숴 버리던 카리스마적 제거자(터미네이터)였던 '그것'이 2편에서 보호와 수호신의 사려 깊은 '영웅'으로서 우리 편이 되니 영화의 재미가 더해진다. 기계의 성능은 만든 자가 입력한 대로 결과가 나타나는데 어떻게 더 진화한 액체 금속 로봇을 구형 사이보그가 제거할 수 있는가? 둘 다 명령과 프로그램이 입력된 것은 같은데 성능과 전투력의 월등한 차이를 극복한 것은 무엇일까?

금속으로 만들어진 기계에 의미 있는 목적이 빛으로 스며들었을 때, 이 기계는 단순한 기계를 뛰어넘는 존재가 될 수 있다. 인간을 구원하는 히어로의 심성, 좀 더 수준 높은 존재의 의미가 성능을 뛰어넘은 것이다. 터미네이터가 존 코너를 안으며 등으로 T-1000의 총알을 받아내는 모습에 우리는 감동했고, 이 순간 기계에서 '아버지 영웅'으로 진화했다. 사라 코너는 이런 대사를 한다. "그는 항상 존 곁에 있을 것이며, 존을 보호하기 위해 기꺼이 목숨도 바칠 것이다. 모든 아버지들 중 오직 이 기계만이 아버지의 자격을 가지고 있다." 마지막 장면에서 T-1000을 안고 용광로에 뛰어드는 모습으로도 충분한 증거가 될 것이다. 사랑의 가장 높은 단계인 이타적인 사랑, 희생이야말로 인류의 역사와 신화에서 보듯이 가장 영웅다운 행동인 것이다.

구형 기계에서의 가장 위대한 진화는 액체 금속이 아니라 사랑, 희생의 속성을 가지는 영웅이 되는 것이다. 이러한 휴머니즘적 장치, 즉 우리 신화의 패턴을 훌륭히 재현하였기 때문에 '터미네이터 1, 2'가 훌륭한 영화로 회자되고 있다.

: 영웅은 어떤 존재인가?

조지 루카스는 '스타워즈'에서 루크 스카이 워크라는 주인공을 내세워 영웅의 면모를 고대 신화의 모티브와 주제로 한 막강한 현대적 이미지로 보여주었다. 사실 루카스는 이 영화를 만들 때 위대한 신화학자인 조지프 캠벨의 저서에 큰 빚을 졌다고 인정하고, 캠벨을 초청하여 '스타워즈' 3부작을 틀어 준 일이 있다. 캠벨은 영웅의 옛 이야기인 이 영화를 보고 '테크놀로지는 우리를 구원할 수 없다'는 메시지라고 했다.

"우리의 컴퓨터, 우리의 연장, 우리의 기계만으로는 넉넉하지 못합니다. 우리는 우리의 직관, 참 존재에 기대서 살아야 합니다. 영웅의 역정에서 얻는 직관은 이성과 반대되는 개념이 아니랍니다. 부정적인 열정을 극복함으로써, 영웅은 우리에게도 우리 내부의 비합리적인 야만을 극복할 능력이 있다는 것을 상징적으로 보여 주고 있어요. 인류는 자기의 내부에 '식인종 같고 색정적인 열정'을 지니고 있는데도 이 점을 스스로 인정하지 않고 있지요. 영웅은 합리적이지 않지만, 자기 내부에 운명의 실을 풀어낼 힘이 있음을 발견하는 자입니다. 구도를 하는 사람은 자기만을 위한 해탈을 갈구하지만, 영웅은 남을 섬기는 동아리를 위한 지혜와 권능을 얻는 자라고 할 수 있습니다."

『신화의 힘』

캠벨의 표현을 빌면, 터미네이터가 용광로에 적을 안고 떨어지는 행동은 합리도 아니고 열정도 아닌 직관이 작용한 것이다. 자기 동아리(인류)를 위한 운명의 실을 풀어낼 역할과 기회가 자신에게 있음을 직관으로 느끼고 행동한 것이다.

기계인 터미네이터는 영웅으로 진화했다. 그렇다면 이 모든 선과 악이 같이 존재하며, 테크놀로지와 연장을 자신의 의식의 확장이라고 믿고 파국으로 치닫는 우리 인간들은 어떻게 진화할 것인가? 당신들에 있는 색정적 열정과 야만을 기어코 보지 않으려고 한단 말인가? 이렇게 터미네이터는 묻고 있다. 자기처럼 우리도 우리 내부의 운명의 실을 풀어낼 힘이 있음을 자각하라고 한다. 그것이 구원이라고.

4

자연주의 영화의 고전이 되다
영화 '아바타'

역대 흥행 1위의 영화는 '아바타(2009)'이고 2위는 '타이타닉(1997)'이다. 2012년에 '어벤져스'가 3위를 차지했으나 이들과 차이가 많이 난다. 최고의 흥행 감독은 탑 영화 두 개를 연출한 제임스 카메론이라고 할 수 있겠다. 그는 영감과 아이디어가 뛰어나고 비판 의식도 강한 사람으로 보인다. '터미네이터'에서 '아바타'에 이르기까지, 그가 구현해내는 스토리들은 인문학적 소양이 깊지 않으면 창조해 낼 수 없는 결과들이었다. 인류의 역사와 인간의 운명에 대한 깊은 사유를 한 지식인, 스티브 잡스처럼 경계들을 넘나드는 신지식인임에 틀림이 없다.

'아바타'는 행성 판도라와 지구의 피할 수 없는 전쟁 속에서 새로운 생명체 '아바타'로 거듭난 지구의 한 남자 제이크(샘 워딩튼 분)와 나비(Na'vi) 족의 네이티리(조 샐다나 분)가 선택해야 하는 운명을 그린 액션 어드벤처 영화다. 하반신 불구의 몸에서 자신의 의식으로 아바타를 원격 조종하며 새로운 세계를 자유롭게 누비는 제이크, 그와 판도라의 토착민인 네이티리와의 사랑, 자원을 채굴하려는 인간과 판도라를 지키려는 나비 족 사이의 갈등과 피할 수 없는 전쟁 등이 주요 내용이다. 전 우주를 넘나드는 대서사시적 스토리와 '이모션 캡처'라는 눈부신 CG 기술력이 탄생시킨 획기적인 영상미로 영화사에 기념비적인 대작이 되었다.

자연과의 교감, 전쟁과 평화, 생명과 사랑 등이 영화의 전반에 흐르는 테

마였던 것 같다. 일본의 미야자키 하야
오 감독의 자연주의 영화들('원령공주', '바
람 계곡의 나우시카', '센과 치히로의 행방불명')과
그 맥을 같이하는 것 같다. 지구에서 3
광년 떨어진 별, 판도라의 원주민인 나
비 족은 자원을 캐내려는 지구인 침략
자들에 대항해서 터전을 지키려고 한
다. 땅의 숲과 나무에는 조상의 영혼
들이 깃들어 있고 자신들의 생명의 기
원이라고 믿기 때문이다. 이는 이 영화
의 옛날 버전이라고 하는 '늑대와 춤을'

출처: http://cine21.com/

에서 인디언들의 신념과 비슷한 것이라는 생각이 들었다.

: '늑대와 춤을'의 우주 버전

'늑대와 춤을'에서 아메리카 인디언들은 자연, 동물, 숲과 나무에 정령이
있다고 믿고 존중하며 자신들의 소유라고 여기지 않았다. 1850년경 미국의
피어스 대통령이 인디언에게 땅을 팔라고 했을 때 시애틀이라는 대추장이
대통령에게 보낸 편지는 유명하다. "워싱턴에 있는 대통령이 우리 땅을 사
고 싶다는 말을 전해 왔다. 하지만 어떻게 땅과 하늘을 사고팔 수 있나? 우
리는 안다. 땅은 사람의 것이 아니라는 것을, 사람이 땅에 속한다는 것을.
우리는 안다, 우리의 신은 당신들의 신이기도 하다는 것을. 우리는 안다, 신
은 하나라는 것을. 빨간 사람이든 흰 사람이든 사람은 나뉠 수 없다. 우리
는 결국 모두 형제들이다." 자연 앞에 겸허했던 그들의 믿음을 볼 수 있는
증거이다.

'아바타'의 원주민들은 동물을 사냥할 때 단칼에 빨리 죽이는데 이는 고
통을 덜어주기 위함이다. 주문을 외며 동물의 영혼을 자연으로 보내기 위

해 명복을 빈다. 아메리카 인디언들도 동물을 사냥하러 가기 전에는 의례를 치른다. 이는 다른 생명을 취하는 것이 자신들의 생존을 위한 것이지, 다른 뜻은 없다는 것을 자연에 고하는 것이라고 한다. 그런데 백인들은 버펄로의 필요한 가죽만 취하고 나머지는 벌판에 썩게 버려두고 가는 잔인한 행위를 한다. 생존하기 위해 생명을 먹고 먹히는 순환에서 인디언과 아바타는 자신들이 먹는 생명에 대해 최소한의 예우를 한다. 그것을 보면서 많은 것을 생각하게 되었다.

: 역사의식을 가진 자연생태주의와 반제국주의 영화

'아바타'에서 땅 밑의 자원을 탐하는 우리 지구인들이 땅 위의 생명을 하찮게 여기는 것을 볼 때, 미국의 서부 개척 시대에 기병대들이 토착민인 인디언들을 어떻게 대했는지 연상된다. 적과 먹을 양식을 대하는 데 있어 인디언과 백인들의 큰 차이는 자연에 대한 경외감이 아닐까 생각해 본다. 자연에 대한 존중을 하려면 인디언처럼 자연에도 정령과 신이 있다는 생각이 있어야 할 것 같다. 자연 신앙, 만물에 정령이 있다는 신앙은 어느 시대부터인가 미신으로 치부되어 왔다.

수탈의 대상인 신대륙에 원주민들을 교화시키는 명분으로 파견된 신부들은 제국주의의 선발대 역할을 했다. 그들의 눈에 원주민들의 토템 신앙은 미개한 것이었고, 하느님을 받아들이지 않는 것은 사탄과의 결탁이었을 것이다. 이렇듯 인류의 역사에는 권력과 인격화된 하느님으로 무장한 제국의 집권자들이 자원과 황금을 빼앗기 위해 태양과 대지를 아버지와 어머니 신으로 하는 자연주의자들을 탄압했다.

영화 '아바타'는 우리 땅에서 일어났던 침략과 수탈의 역사를 고발한다. 우리가 지켜야 할 생태계를 위한 자연주의 영화이다. 판도라에 묻혀 있는 '언옵티늄'은 에너지의 혁명을 가져온다는 초전도 광물이다. 마치 연금술에서 말하는 현자의 돌을 연상하게 하는데 인간들이 탐욕에 눈이 멀게 하는 보물이다. 하지만 단어 그대로 '있을 수 없는 물질'이다. 영화 '아바타'는 이렇게 신화의 스토리를 차용하며 영웅도 만들어낸다. 제이크는 해병대원으로서 나비족을 감시하고, 자원 채굴에 있어 임무를 완수할 것인가, 도덕과 양심으로 네이트리와 그들을 도울 것인가 고뇌한다. 그녀를 사랑하며 나비 족의 몸을 한 아바타와 하반신 마비인 인간의 몸 사이에서 정체성에 대한 고뇌와 더불어 말이다. 영웅은 자신의 모듬살이에서 박해와 고난을 받고 그곳을 떠나 고행과 수련으로 거듭난 후, 돌아와 대중들을 억압하던 괴수를 없애거나 잘못된 권력을 깨부수는데, 이 과정에서 희생을 마다하지 않는다. 제이크는 미래 영웅의 면모를 보이며 결행할 것이다.

: 가이아의 심장 소리에 귀를 기울이고 싶다

발전제일주의로 인해 지구의 자연은 황폐해지고 병들고 있으며, 지구 최후의 자연이라는 아마존마저 눈물을 흘리고 있다. 지구는 고대부터 어머니 대지였고, 인류의 자궁이었으며, 우리가 가이아라고 부르는 모신이다. 모든 생명의 원천이며, 우리가 돌아가야 하는 곳은 하늘나라가 아니라 지구의 자연이 아닐까?

만약 인류가 멸망한다면 하늘에 계신 하느님 아버지의 심판 때문이 아니라 우리 어머니 신인 가이아, 즉 지구의 쇠멸 때문일 것이다. 몇 십억 년 전에 이 우주에서의 가스의 빅뱅과 우주 먼지의 결합으로 만들어진 귀한 태양과 생명의 신비인 지구이다. 인류의 역사는 지구 역사의 극히 일부분일 뿐이다. 사람들의 욕심으로 인해 가이아가 끝장나지 않았으면 좋겠다. 그러기 위해서는 정말 신앙과 같은 마음으로 어머니 대지의 목소리에 귀 기울여야 하지 않을까 생각해 본다.

우리들 사이의 우주
영화 '인터스텔라'

그동안 영화는 디지털과 4D 같은 기술적인 큰 도약을 했다. 우주를 다룬 영화에서 우리는 이러한 기술의 집약을 보며 화려한 영상을 즐길 수 있게 되었다. 그리고 우주의 이야기는 그 콘텐츠에서 기술 이상의 도약을 한다. 정신, 의식의 진화를 다루게 된 우주 영화의 진화인 것이다. 광대한 우주는 우리를 겸허하게 만들고, 우주 저편에 우리보다 앞선 의식 수준의 생명체가 있을 것이라는 확신이 갈수록 강해진다. 1968년에 스탠리 큐브릭의 '2001 스페이스 오디세이'처럼 우리 인류의 기원을 다루거나 심층적 내면을

출처: http://cine21.com/

들여다보는 영화가 있었다. 지구와 우리 생명의 근원이 우주임을 시간과 차원을 넘나들며 고민한 최초의 위대한 영화였다. 이후 외계인과의 전쟁을 그리는 영화가 주류이다가 '콘택트'(1997, 로버트 저메키스 감독, 조디 포스터 주연)처럼 접촉에 성공하며 그들의 앞선 문명과 교류하는 영화가 있었다. 그리고 2014년 '인터스텔라'가 나오며 진화의 결정체를 보여 주었다. 감독인 크리스토퍼 놀란은 '스페이스 오디세이'를 벤치마킹

하지 않았냐는 질문에 "무의식적인 오마주는 작용했을 것이다"라며 그 영화에 깊은 영감을 받았음을 고백했다. 자, 169분의 상영 시간이 반으로 느껴지는 시간 마술을 경험하게 한 이 영화 '인터스텔라'를 들여다보자. 여섯 가지의 관점에서 2014년 최고의 영화를 살펴보려고 한다.

1) 우주 시대의 방주에는 누구를 태울까?
2) '그들'
3) 다차원의 세계(과학과 의식의 만남)
4) 우주에서 찾는 우리의 성배
5) 사랑, 부성애
6) 인터스텔라, 그 공간(The Space)을 채우는 마법의 알갱이

1) 우주 시대의 방주에는 누구를 태울까?

영화는 병든 지구를 탈출하여 우주의 다른 공간에 둥지를 틀려고 하는 노아의 방주 류의 스토리이다. 특공대가 제2의 지구별을 찾고 방주가 뜰 수 있는 계수(노아 시대는 '물'이었지만 이 시대는 '숫자')를 얻어 전송한다. 비행과 이주에 성공하여 우주 정거장에서 평화롭게 머무는 아이들을 볼 수 있지만 그전에 감행했을 인류의 대탈출 스토리가 무척 궁금하다. 노아가 그랬듯이 한정된 방주(우주선)에 모두 다 태울 수는 없었을 것이다. 구약 시대에는 하느님이 선택한 노아와 그 가족, 동물 한 쌍들이었지만, 가이아를 버리는 시대에는 누가 선택하고 누가 살아남을 수 있을까. 영화 '엘리시움'(2013년, 닐 블롬캠프 감독, 맷 데이먼 주연)에서는 유토피아 같은 기지에 한정된 선민들만 살고, 오염된 지구에는 선택받지 못한 하류층의 사람들이 지하에서 벌레처럼 살아간다. 지구를 공장 굴뚝과 무기로 오염시킨 이들은 우주선을 만들 수 있는 힘 있는 나라의 힘 있는 사람들이다. 신이 '그들'을 통해 우리를 구원해

주는 손길을 뻗을 때, 우리는 과연 보편타당한 원칙들로 살아남을 이들을 고를 수 있을까?

2) '그들'

그들은 SF 영화에서 미지의 선지적 존재로 나온다. 웜홀을 토성 옆에 만들어 준 그들, 블랙홀에서 쿠퍼가 계수를 얻도록 유도한 그들은 신일지, 우리보다 앞선 문명의 외계인일지, 혹시 미래에서 온 우리의 후손들일지 알수 없다. 어떤 이들은 인류의 역사에 불가사의로 의문을 남긴 유적들이 그들의 작품이라고 확신하기도 한다. '스페이스 오디세이'에서도 그들의 돌기둥은 인류의 진화와 문명을 발전시킨 원동력이 되었다. 영화 '콘택트'에서 '그들'은 우리보다 훨씬 앞선 문명의 지적 생명체로 등장한다. 주인공 앨리(조디 포스터 분)는 '이 거대한 우주에 우리만 존재한다는 것은 공간의 낭비다'라는 신념으로, 진리 탐구의 영역을 우주로 넓혀 외계 생명체의 존재를 찾아내는 것을 궁극적 삶의 목표로 삼으며 끝없이 우주와 교신한다. 그러다 지구의 과학으로는 상상도 못했던 우주선 설계도가 있는 디지털 신호를 수신하게 된다. 이 우주선이 비행한 시간은 짧았지만 앨리는 그들이 말해 주는 지혜와 진리를 들을 시간은 충분했다. 우주는 그들, 초월적 존재, 신을 접촉하고 소통하기에 지구보다 더 없이 훌륭한 공간이다. 이러기에 우주 영화는 스펙터클한 재미에서 우리의 내면과 정신까지 확장했다. 그렇기에 영화의 진화라고 하고 싶다.

3) 다차원의 세계(과학과 의식의 만남)

어려운 우주 과학 용어들이 나온다. 웜홀, 블랙홀, 양자 역학 계수 등. 웜홀은 물리학자인 킵손이 구상한 이론으로, 영화에서 로밀리가 종이 한 장으로 간단히 설명해 준다. 수억 광년이 까마득한 거리를 이어주는 다차원적 지름길은 저 너머의 우주가 우리가 갈 수 있는 가능성의 공간으로 확 다가오게 만들어 준다. 블랙홀과 화이트홀은 우주의 기원에 대한 답이 될 수 있는 이론이다.

발명가이자 뉴에이지 학자인 이차크 벤토프는 『우주심과 정신물리학』에서 우주는 가운데에 좁다랗고 긴 구멍을 가진 길쭉한 도넛 같은 원환체의 형태를 하고 있다고 설명을 시작한다. 그 가운데에는 서로 등을 맞대고 있는 블랙홀과 화이트홀로 표현되는 초점, 곧 의식, 창조자가 있다. 창조자는 우주에 관한 모든 정보를 잠재된 형태로 담고 있는 씨앗과도 같다. 화이트홀에서 분사된 물질은 원환체의 표피인 우주를 따라 흘러가며 별이 만들어지고 은하를 이룬다. 수명이 다하면 폭발하여 우주먼지가 되어 블랙홀로 들어가 다시 생성되어 화이트홀로 분사된다. 우리의 몸을 포함한 우주의 모든 것은 동일한 우주적 질료로 빚어졌다.

다음은 까마득히 먼 곳이 우리 마당처럼 가까워질 수 있는 이론이다. 벤토크는 빛보다 빠른 물질은 공간을 극복한다며 쉽고 재미나게 설명한다. 빛보다 빠른 가상의 입자를 물리학자들은 '타키온'이라 한다. 타키온의 속도로 가면 공간의 구애를 받지 않는 것이다. 나중에 미립자 이야기를 하겠지만 우주를 구성하는 만물의 원소가 있다면 이 근원적 원소는 거리에 구애받지 않고 모든 정보를 이 끝에서 저 끝으로 전달할 수 있다. 전달이 되면 이동도 가능하다.

우주를 기존의 과학 이론으로 설명하는 데 한계에 부딪쳤을 때 우주 물리학은 '도(導)'를 만난다. 최고의 과학 이론이 동양 사상에서 근원적인 해답을 찾은 것이다. 오묘한 주역 사상이 다차원을 설명해 줄 수 있다는 것은 『주역』을 공부한 사람이라면 고개를 끄덕인다. 『주역』은 우주 만물의 변화를 음양의 원리로 설명한 우주 철학서이다. 빌헬름은 『주역』을 서양에 처음 소개했고, 니체는 『주역』을 탐독했고, 우주 물리학자들도 여기에서 해답을 찾고 있다.

고차원의 의식은 거리와 장소의 구애를 받지 않아 순식간에 우주의 저 끝으로 갈 수 있다. 이뿐인가. 하나의 의식이 여러 곳에 동시에 존재할 수 있다. 공간뿐 아니라 절대 불가였던 시간의 문제도 다차원의 세계에서는 과거와의 만남도 가능하다. 이제 우주는 시간과 공간의 구애를 받지 않는 가시적이고 가 볼 수 있고 예측 가능한 공간이 되는 것이다. 이러면 우주는 우리 마음에 들어온다.

4) 우주에서 찾는 우리의 성배

구원을 다루는 영화는 항상 우리를 구원해 줄 해답, 보물을 찾는다. '인디아나 존스'에서는 성배나 여러 보물들로 나타났다. '인터스텔라'에서는 인류를 태울 우주선 방주를 띄울 양자 역학 계수가 성배이다. 우주 과학 시대이니 찬란한 보물이 아니라 수학 이론인 것은 의미 있는 진화이다. 우리의 영웅이 성배를 찾을 때는 보편이 아닌 혁신적인 생각, 즉 깨달음이 빛이 되어 밝혀진다. 강철 같은 의지로 나아가서 자기희생으로 얻는다. 사회(인류)의 구원이다.

'인터스텔라'에서도 쿠퍼(매튜 맥커너히 분)는 신전이 아닌 우주의 블랙홀에서 인류 구원의 유일한 비방, 비의인 계수를 얻는다. '인디아나 존스'처럼 악당을 처치하고 불기둥을 피하는 게 아니라, 동료를 생지로 밀어 보내고 자신은 모든 존재가 으스러져 없어지는 검은 공간으로 뛰어든다. 자신이 이미 보내버린 시간을 대상으로 과거에 영향을 주고 계수를 전달한다. 그래서 영웅이 되었는데, 이 장면은 재미있고 의미심장하다. 과거의 성배 획득처럼 비밀의 공간이 아니라 시간을 초월한 다차원적 의미 안에 성배가 있는 것. 그래서 현재를 사는 우리는 쿠퍼가 우리들에게 보낸 신호가 들리지 않는지, 보이지 않는지 주의 깊게 살펴보며 살아야 하지 않을까. 왜냐하면 우리도 '인터스텔라'의 지구 오염과 말라버린 들판이 곧 도래할 것이기 때문이다. 또한 우리 삶이 품어야 하는 고통과 슬픔으로도 우리는 항상 구원의 비의가 필요하기에.

5) 사랑, 부성애

이 영화는 우리나라에서 유독 엄청난 흥행 성공을 거두었다. 제작한 나라인 미국에서조차 대한민국만큼 성공하지 못했다. 평론가들은 그 이유로 부성애를 꼽는다. 요즘 가족애가 화두이기에, 쿠퍼의 딸에 대한 지극한 사랑이 몇 백만 명이 보게 만들었다는 것이다. 영화에서 쿠퍼는 딸에게 "부모는 아이의 추억이고 유령이다"라고 말한다. 부모의 내리사랑과 헌신적인 희생을 말하는 것일 게다. 아버지는 특히 아들보다 딸에게 바보 유령이다. 어머니가 아들에게 향하는 모정은 삶이 험난할수록 더욱 강해서 삶의 의미가 된다. 아빠도 딸에게 향하는 사랑이 유난스러운 것은 딸을 길러 본 남자들은 안다. 문제는 감정 표현이 미숙한 남성들이기에 딸아이가 성장해 버리면 그 수준을 못 따라가서 사춘기 전후로 부녀 관계는 확 멀어지는 경우들이 많다. 그러기에 아버지들은 가정이라는 자동차를 운전하면서 승객들인 딸, 아내, 아들과 항상 소통하지 않으면 상처를 주는 독재자가 된다.

드라마 '내 딸 서영이(2013)'는 공전의 히트를 쳤다. 가족을 사랑하지만 노름으로 집안을 말아먹고 엄마를 돌아가시게 한 미숙한 아버지에 대한 분노로 서영이는 집을 나가 사람들을 심판하는 판사가 되고 아버지의 존재를 마음에서 지운다. 결국 아버지를 용서하게 한 것은 아버지의 희생적인 사랑이었다. 쿠퍼의 머피에 대한 사랑 이상으로 서영이 아버지나 소설 『아버지』(김정현 저)의 지원이 아버지 등 우리나라 아버지들도 부성애가 대단하다. 부녀 이야기는 심청이가 압권인데, 아버지의 눈을 뜨게 하기 위하여 인당수에 몸을 던지지 않는가. 좋은 아빠가 되기 위해 서영이 아빠와 심 봉사 같은 눈뜬장님이 되어서는 안 된다. 딸의 정신적인 성장을 도우며 이상적인 남성상을 심어줄 정도로 다정하고 지혜롭게 가족 옆을 지키는 역할이 좋은 아빠가 아닌가. 쿠퍼도 머피 옆에서 그렇게 나이 들어가고 싶어 했으나 극단의 상황에서 아이들과 인류를 구원하기 위하여 돌아오지 못할 길을 떠난다. 머피는 서영이나 지원이처럼 아버지의 사랑을 의심하다가 그 진심을 모스 부호로 알았고 부녀 관계가 구원되었다.

딸은 아버지가 다정하고 현명하게 살도록 해 주는 존재이다. 오이디푸스가 신탁의 예언대로 아버지를 죽이는 죄를 범한 후 자신의 운명에 울부짖으며 스스로 눈을 찌르고 정처 없는 방랑을 할 때 그 옆을 끝까지 지킨 이는 바로 그의 딸 안티고네였다.

6) 인터스텔라, 그 공간(The Space)을 채우는 마법의 알갱이

Inter-stellar. 별들 사이, 공간을 말한다. 우주에서 지구를 포함한 행성들은 각각 너무나 먼 거리로 떨어져 있다. 빅뱅 이론에 의하면, 우주는 확장되니까 그 거리는 점점 더 멀어지고 있다. 수많은 별들 사이의 검은 공간은 아무 소리도 들리지 않는 적막의 장소인가. 우주 공간에 물질은 30%이고 70%가 빈 공간이다. 이 공간은 전파와 빛들이 별들 사이의 거리를 메우려 교신하지만 너무나도 먼 거리이다.

우주의 이 공간은 우리 인간들에게도 존재한다. 우리 몸의 성분을 쪼개고 쪼개면 원자들이다. 그 원자들 사이의 거리는 그 질량에 비교하면 엄청나게 멀리 떨어져 있다. 즉 우리 몸도 차 있는 공간보다 비워져 있는 공간이 더 크다는 것이다. 꽉 채움이 아닌 비움, 공(空)이다. 왜 신은 우주와 우리 몸에 이토록 채움보다 더 큰 비움의 공간을 주었을까? 조물주는 우리에게 이 공간을 통하여 서로 이어져 통(通)하라고 만든 것이 아닐지. 어떻게 통하여 정보가 전달될 수 있을까. 그 해답은 '미립자'이다. 물질을 쪼개고 또 쪼개서 마지막으로 남는 근원적 물질이 미립자이다. 미립자가 사람의 마음을 읽는 의식의 알갱이란 증거는 가장 아름다운 과학 실험으로 알려진 '관찰자 효과'라는 실험 내용을 읽어 보시도록 권한다('마음의 힘' 장의 '관찰자 효과').

쿠퍼가 머피에게 공간과 시간의 차이를 극복하고 신호를 보낼 수 있었던 것은 신묘한 미립자 덕분이었다. 내 몸의 공간과 우주 공간에 가득한 미립자, 우주 창조의 근원적 존재일 수 있는 미립자들을 조정하는 것은 순수한 의식이다. 의식의 레벨이 높았던 성인들은 미립자와 최고의 수준으로 동조했던 분들일 것이다. 그노시스 학자들은 예수가 "누구든지 하느님의 말씀을 받는 자는 신"이라 했고, "네 안에 신성이 있다"고 했다. 제대로 바라보기만 한다면 말이다. 석가모니도 "생명이 있는 모든 중생에게는 깨달을 수 있는 불성이 있다"고 했다. 미립자를 제대로 바라보며 그 무한의 의식과 동조한다면 깨닫게 될 것이고 신성이 발휘될 것이며, 우주 반대편으로 속도의 개념을 초월하여 도달할 수 있지 않을까? 이 말을 너무 의심하지 말자. 사랑하는 사람은 서로를 닮는다, 홈그라운드나 익숙한 곳에서는 뭐든 잘하게 된다, 물통에 좋은 글자를 써 붙이고 마실 때마다 건강해지도록 기도하면 그 통의 물은 항상 맛이 있고 현미경으로 보면 육각수의 모양을 하고 있다, 등의 현상들은 모두 미립자의 동조 현상의 증거들이다.

아인슈타인은 "인생을 사는 방법은 두 가지이다. 하나는 아무 기적도 없는 것처럼 사는 것이요, 다른 하나는 모든 일이 기적인 것처럼 사는 것이다"라고 했다. 이는 인터스텔라처럼 우주선 방주로 지구를 탈출하여 우주의 저편으로 건너뛰는 기적에서부터, 아침에 눈을 뜨니 우리의 작은 소원이 이루어지는 일상의 작은 기적까지 유효하다.

: 서로 공명하고 의식의 수준을 높이는 노력들이 진화

이렇게 길게 '인터스텔라'를 보고 고민해 보는 시간들이었다. 하늘에 아름다운 별들이 떠 있다. 저 너머에 보이지 않는 별들과 은하게들이 있을 것이다. 우주의 끝은 어디일까. 우주를 만들어내는 존재의 중심에 있는 창조주의 정체는? 물질계 너머의 절대계는 어떻게 가늠이라도 할 수 있을지. 이러한 질문들을 하며 까만 하늘을 가리키는 손끝은 이제 나의 가슴으로 얹힌다. 저 우주를 구성하는 질료가 나의 몸과 의식의 질료와 같음을 느끼기 때문이다. 우리의 몸이 가루가 되면 별처럼 저 우주의 순환으로 돌아갈 것이다. 우리의 형상들은 미립자들이 뭉친 것이고 당신과 나 사이의 빈 공간도 이것으로 채워져 있으니 이 사실은 무엇을 의미하는가. 어느 하나의 의식이라도 파동으로 떨린다면 여기에 동조하는 다른 의식들은 이 파동에 공명할 것이 아닌가. 아무리 먼 거리라도, 낯선 타인일지라도 서로 같이 울린다면 의식은 하나가 되고, 이것이 진화가 아닐까.

하지만 선한 진화는 쉬운 게 아니다. 영화의 만 박사처럼 자신의 가치관을 지키기 위하여 어떤 짓이라도 하는 심성이 사람들에게 다 있는 것이니까. 우리의 진화가 역으로 가서 멸망의 파국으로 달려가지 않도록 인내(Endurance)하며 의식의 수준을 높이는 노력들(모험, 희생, 사랑, 용서)이 계속되어야 한다는 것을 '인터스텔라'는 말한다. 앤드류 행성에 홀로 도착하여 황량한 제2의 지구를 바라보는 아멜리아의 떨리는 희망의 파동은 쿠퍼에게 전해진 것 같다. 이 젊은 90세 노인이 관절염 다리를 이끌고 제2의 인듀어런스 호를 타고 웜홀 축지법으로 그녀에게로 날아가는 모습이 그려지며 흐뭇해진다. 영화에는 '순순히 어두운 밤을 받아들이지 말라'는 시가 나온다. 밥 딜런이 흠모해 예명을 따라한 시인 딜런 토마스는 아버지의 임종을 지키며 힘을 내시라고 썼다고 한다. 꺼져 가는 생명의 빛에 힘을 실어주기 위한 이 시가 꺼져 가는 지구인 가이아를 살리며 진화의 빛을 되살리는 데 잘 어울리는 것 같다.

6

산악의 영웅들
다큐멘터리 '아! 에베레스트'

우리는 휴머니즘에 쉽게 감동한다. 왜 그럴까? 갈수록 삭막하고 팍팍해지는 '살이'가 우리를 메마르게 한다. 여유가 없어지면 사소한 일에도 분노가 일어난다. 최근의 우리 사회는 관용이 줄어들고, 공격성과 분노를 조절 못 하는 사건들이 터지고 있다. 이런 와중에 자신을 희생하는 의인이나 아름다운 선행을 보면 가슴이 뭉클해지고 감격한다. 우리에게 베풀고 교감하려는 갈증이 항상 있다는 증거이다. 또한 타인과 모듬살이를 위해 희생하는 영웅의 심성이 있기에 그렇다.

: 얼어붙은 시신을 수습하기 위한 휴먼 원정대

2005년 TV에 '아! 에베레스트'란 다큐가 방영된 적이 있었다. 2004년 5월 18일 에베레스트 정상 등정에 성공한 계명대 등반대의 박무택은 자신이 설맹이 되자 탈진한 후배 장민을 먼저 내려 보내고 자신은 비바크(천막을 치지 않고 야영하는 것)를 결행한다. 구조에 나선 2차 공격조 백준호는 앞을 볼 수 없는 그를 데리고 필사의 하산을 하다가 그가 숨지자 홀로 내려오는 길에 실종되고 말았다. 박무택의 시신은 정상 100m 아래 해발 8,750m 지점에서 로프에 매달려 있었고, 나머지 두 대원의 시신은 8,400m 지점에서 외국 등반대에 의해 목격되었다.

엄홍길은 박무택과 8,000m급 4개봉을 사선을 넘나들며 함께 오른 피

출처: http://www.imbc.com/

를 나눈 형제 이상의 사이이다. 세계의 수많은 산악인이 오르내리는 등반 루트 한복판에 놓인 채 눈보라 속에 그대로 방치된 박무택의 시신을 수습하지 않고는 정상 등정의 의미를 찾을 수 없다는 것이 엄홍길의 의지였다. 인간의 한계를 넘어선 등정, 정상 등반보다 몇 배나 더 어려운 세계 산악사 초유의 '죽음의 지대' 8,000m급 고도에서의 시신 운구 작업이 이번 등정의 의미이다. '아! 에베레스트'는 이러한 휴먼 원정대의 원정 준비 과정부터 시신 수습까지 전 과정을 카메라에 담아낸 것이다. 한국 방송 사상 최초로 안나푸르나 (8,190m) 동반 등정에 성공한 카메라맨의 노력도 있었다. 혹독한 자연의 한계에 맞선 그들은 드디어 故 박무택의 얼어붙은 시신을 발견했다. 그때의 엄홍길 씨의 감격과 눈물이 잊히지 않는다. 영화 '히말라야'(2015, 이석훈 감독, 황정민 주연)는 이를 영화화하여 10년 전의 휴먼 원정대의 영웅들의 이야기를 더 많이 알리게 되었다.

박무택, 그는 로프에 매달려 의식을 잃어가며 어떤 생각들을 했을까. 정상에는 희열뿐 아니라 공포도 있음을 아는 그였지만, 사랑하는 아내와 찬민이 곁으로 돌아가지 못할 것을 생각하지 않았을 것이다. 백준호 그는 진정 의인이다. 악천후에 아무도 구조를 나서지 못하자 사지임을 알면서 홀로 산 친구를 구하러 올라간 그는 영웅이다. 그들은 하늘이 가까운 8,000m 산에서 세상을 떠나면서 날이 저무는 심연 속의 보라색 빙하 안개를 어떤 심정으로 보았을까. 자신은 굳어서 산의 일부가 되어도, 태양은 떠올라 푸른 초모랑마를 황금색으로 영원히 비출 것임을 알며 그 영혼이 평화롭게 떠났다면 좋겠다.

: 길 떠나는 데 익숙한 영웅

에베레스트 휴먼 원정대 다큐멘터리를 보면서 많은 사람들은 이들의 동료와 인간에 대한 깊은 휴머니티를 느꼈을 것이다. 또한 의문이 들었을 것이다. 가족들을 항상 조마조마하게 하고 설산에서 불귀의 객이 되어 안타까운 회한을 만들 수 있음을 알면서 왜 산을 타는 것인가 말이다.

故 박무택 씨의 부인이 저 세상으로 먼저 간 임에게 보내는 애절한 편지의 사연, 故 장민 씨의 어머니가 배냇저고리를 엄홍길 대장에게 주면서 아들을 발견하면 같이 묻어 달라고 절절히 부탁하는 내용을 보면서 이런 의문이 들었다. 이들을 가슴 치게 한 고인들이 원망스럽기까지 했다. 재해들로 이런 경우를 많이 당하는 현대지만, 이들은 자신의 산행이 항상 이럴 수 있음을 알면서 위험을 찾아가는 고행을 한다. 산악인들은 산을 생각하면 가슴이 두근거리고 산 생각만 난다고 한다.

부인들과 가족들은 매번 말릴 것이나 이들이 산행을 포기하지 않음을 알고 있다. 영웅은 항상 길 떠나는 것에 익숙하다. 휴식을 취하긴 하지만 안주하는 것은 이들의 덕목이 아니다. 고행으로 현실적 이득이 생기는 것도 아니며, 이들은 그냥 가야 하는 것으로 느껴지는 강한 당김이 있고, 그렇게 헤치고 나아갈 때 자신의 존재 의미를 느낄 수 있다. 이러한 의미를 느끼지 못하는 일상의 행동에서는 아무런 행복감을 느낄 수 없고, 깊은 곳에서 나오는 엔도르핀이 없다. 사랑하는 내 아이와 항상 같이 있고 싶지만 돌아오지 못할 수 있는 길을 혼자 떠나는 것은 이들이 냉정해서가 아니다. 오히려 가슴이 뜨겁기 때문이다.

: 자타의 경계가 없어지는 느낌

이들의 열정은 인류의 시작 때부터 집단 무의식으로 내려오는 우리 깊은 마음속의 본류와 연결되어 있다. 본래 삶은 고난의 역정이고, 어떤 고비에서 삶의 의미를 성찰하고 해탈하느냐에 삶의 가치가 있는 것이다. "아! 이대로 죽어도 좋아"라는 대사는 인생이란 연극에서 어떤 깨달음이든 느낌이든 꽤 괜찮은 것이지 않은가? 죽음은 삶의 일부분이고 완성이란 깨달음을 우리가 사는 중에 하루라도 빨리 깨달을 수 있다면 영웅의 역정에 들어설 수 있을 것이다. '언제 죽느냐'보다 '어떻게 죽음을 맞느냐'가 중요하다. 산에서 죽음을 맞이한 고인들은 자신이 걸어 들어간 험로에서 영웅의 열정이 자신을 태우고 산화한 것이므로 후회하지 않을 것이라고 생각한다. 옛날 우리의 모듬살이는 영웅을 발현하는 것이 충분히 가능했다. 현대는 신화적 삶의 구현이 어렵다. 그래서 영웅들은 산으로 들어가는지도 모른다.

그리고 이번의 휴먼 원정대처럼 영웅들은 남을 위해서 이타적인 행동을 많이 하는 것을 흔히 볼 수 있다. 신화나 역사에서 이들은 자신의 목숨을 타인이나 사회를 위해서 깊이 생각하지도 않고 선선히 내놓는다. 우리들은 일상에서 차에 치일 뻔한 아이를 볼 때 본능적으로 아이를 구하러 뛰어들지 않는가? 그러므로 우리의 무의식에 타인과 나를 구별하지 않는 본성이 있다는 것이다. 그리고 영웅의 자질이 있다. 이러한 '구별 없음', '자타의 경계가 없어지는 느낌'은 사랑이고 합일이며 도(道)에 이르는 것이라고도 한다. 영웅은 우리 깊은 무의식의 심성에 있는 이러한 덕목들이 의식의 언저리에 항상 올라와 있고, 이를 무시하거나 억압하지 않고 자기 구현의 길로 삼는 사람들임을 알 수 있다. 시신을 수습하고 돌아온 영웅들에게 수고 많았다고 따뜻한 위로의 박수를 보내고 싶다. 서로를 아끼고 보살피느라 미처 자신을 돌볼 틈이 없었던 박무택, 백준호, 장민 대원의 명복을 빈다.

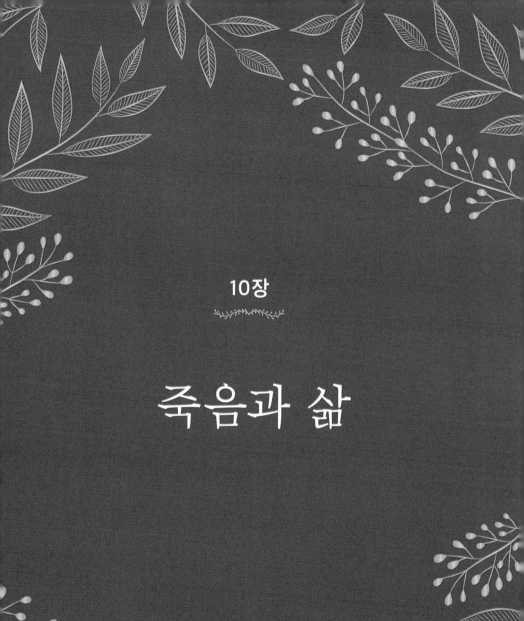

10장

죽음과 삶

①

마음에 화석이 아닌
등불로 남게 되는 사별

 상실 중에서도 가장 힘든 경우는 사별일 것이다. 부모가 돌아가신 경우를 천붕, 하늘이 무너지는 슬픔이라고 한다. 의지하고 비빌 언덕이 없어지는 상실감과 죄책감도 동반한다. 그러나 부모님을 여의고 세월이 지나면 다시 현실에서 잘 살아 낸다.

 그렇게 보면 사별 중 가장 괴로운 애도는 자식을 잃는 것이 아닐까 한다. 자식을 자신의 품 안에서 잃는 경우는 온 정신을 함께 잃어버리는 슬픔이다. 자식을 잃고 폐인이 되다시피 한 부모들이 많다. 예쁘고 천사 같은 아이들이 화마에 갇혀 부모 곁을 떠난 사건을 기억한다. 아이를 잃어버린 부모가 생업을 접고 평생 아이를 찾아다니는 일도 많았다. 고칠 수 없는 병에 걸려 죽어 가는 자식의 모습을 보게 된다면 어떤 부모든 대신 죽고 싶다는 절통한 심정이 될 것이다.

 33세 김 씨는 심장병을 앓던 15개월 된 둘째 아이를 얼마 전에 잃었다. 아이의 시신을 닦다가 이제 아프지 않으니까 차라리 괜찮다는 생각이 들었다고 한다. 태워져 없어질 아이의 얼굴이 너무 천사처럼 예뻐서 가슴을 쥐어뜯고 싶은 죄책감이 들었다고도 했다.

 자식을 잃고 나를 찾는 사람들은 몇 년이 지나도 마치 어제의 사별처럼 지극한 슬픔에 빠져 있고 피폐하다. 살아 있음이 무가치하고 뻔뻔스런 일이라고 느끼는 것 같다. 자신을 돌보지 않고 삶의 의욕을 놓아 버렸다. 남은 가족들은 슬프지만 엄마의 이런 모습에 박탈감을 느낀다. 죽은 아이를 가슴에 담고 혼이 빠진 것처럼 살아가는 여성은 남은 가족들을 위해서라도 심한 애도의 우울증에서 빠져나오는 치료가 필요하다.

애도 반응은 사랑하는 사람의 상실을 겪는 사람들의 심리적 변화이다. 애도 반응에서 보이는 심리적 곤란은 사랑의 상실, 의존 대상의 상실, 망자에 대한 죄책감에 의한 것이다. 또 자신을 두고 먼저 떠난 것에 대한 미움, 홀로 남겨진 것에 대한 두려움, 절망 등의 감정도 있다. 이러한 복합적인 감정으로 인해 정신적 공황 상태가 되었다고도 할 수 있다.

당연히 우울증 증세를 보이게 된다. 의욕의 저하, 무력감, 상실감, 식욕, 수면 등 기본적 삶의 에너지들이 바닥에 닿는 증상들이 우울증이다. 특히 자살로 생을 마감한 경우에 남은 가족들은 슬픔, 죄책감, 미움, 허탈감으로 힘들어 하게 된다. 가장 힘든 마음이 죄책감이다. 이것은 애도 반응에서 주요 우울증으로 진행된다고 진단할 때 참고하는 중요한 증상이다. 전형적인 정상 애도 반응이 아닌, 주요 우울증으로 보고 치료를 받아야 되는 여섯 가지 증상이 있다.

1) 사망 당시 생존자에 의해 취해지거나 취해지지 않은 행동에 대한 죄책감
2) 생존자가 차라리 죽어 버리는 것이 낫다고 느끼는 죽음에 대한 생각
3) 무가치감에 대한 집착
4) 현저한 정신운동 지체
5) 지속되고 현저한 기능 수행의 장애
6) 죽은 자의 소리를 듣거나 형체를 보는 등의 환각적 경험

이런 변화를 보인다면 애도 반응의 정도를 넘어 심한 우울증으로 진행하였다고 볼 수 있다. 적극적인 치료를 받도록 주위에서 도와주어야 한다.

피할 수 없는 것이 사별이다. 자식을 가슴에 묻고 그 전의 삶으로 돌아가

지 못하기도 한다. 삶이 달라진다. '살아 있다면 이제 저 정도 성장했을 텐데.' 또는 '결혼해서 아이를 가지는 평범한 행복을 누릴 텐데.' 하며 다른 아이들과 비교하면서 살아가기도 한다. 나는 꿈에 나타난 아들의 이야기를 하면서 웃고 우는 내담자를 보며 같이 웃다가 애잔해지기도 한다.

이제 사람들의 얼굴을 마주할 수 있기에 일을 해 보려 한다는 분들을 격려한다. 좋은 일을 할 때는 아이의 이름으로 하라고 말해 준다. 그들이 그 시간을 기도하는 마음으로 살아갈 것을 안다. 사별, 특히 자식을 잃은 부모들에게는 아이를 잊으라고 하는 것이 위로와 치유의 방법은 아니다. 얼마나 사랑스런 아이였는지를 서로 말하며 기억해 주는 것이 좋다.

사별은 잊어야 하는 것이 아니다. 잊을 수 없기에 생각나면 그 시간에 함께하는 것이다. 마음에 화석이 아니라 등불로 남아 있는 것이다. 자식을 잃고 매순간 살아 있음에 괴로워하고 무엇을 해야 하는지 치열하게 고민하는 부모들이 마음의 평화를 얻게 되기를 기원한다.

2

새로운 삶의 심지
영화 '그래비티'

삶의 바닥까지 내팽개쳐짐을 겪어본 사람은 죽음을 자주 생각한다. 남은 가족이나 신앙이 마음의 끄트머리를 잡아 그 유혹을 물리친다. 하지만 '아, 그냥 다 놓고 싶다'는 무기력한 심정이 수시로 들 정도로 우리 삶은 고통스럽다. 한 여인은 이혼하고 사랑하는 딸과 함께 살아간다. 어린 딸은 그녀에게 유일한 친구이고 의지하는 대상이다. 그런데 인생은 그 유일한 기둥마저 빼 버리는 잔인한 맹수와 같다. 딸을 잃고 그녀의 삶은 공허한 빈껍데기와 같다. 멘트가 없는 라디오에 채널을 맞추고 정처 없이 차를 몰고 달리는 것이 그녀의 일과가 되었다. 그녀가 지구를 떠나 우주로 간 것은 간절한 도피였을 것이다. 우주 그곳은 소리가 단절되고 중력이 없으며 사람들이 별로 없는 적막의 공간이기에. 그런데 우주에서 본 지구는 너무나 아름다웠다. 저렇게 아름다운 가이아 속에는 그렇게 슬프고 고통스러운 사연들이 웅크리고 있는 것이다. 영화 '그래비티'의 시작이다.

우주를 다룬 영화는 '그래비티' 이전과 '그래비티' 이후로 나뉠 것이라는 어느 평론가의 말은 이 영화에 대한 설렘을 극대화시켰다. 지구로부터 600㎞ 우주에서 허블 망원경을 수리하는 팀원들의 하얀 우주복은 까만 우주를 유영한다. 소리도 공기도 없는 영하 100도의 이 공간은 절대 고독을 느끼기에 최고의 장소이다. 영화 초입의 상당 부분은 이들의 교신 외에는 고요하다.

외계인도 우주전쟁도 없다

이것이.
누구도 경험하지 못한
진짜 재난이다

산드라 블록 조지 클루니

그래비티
GRAVITY

알폰소 쿠아론 감독

10월 대개봉

그런 곳에서 보는 지구는 일출의 여명, 대륙 위의 구름, 하얀 북극과 노란 사막이 같이 보이는 장엄한 우리 고향이다. 둥근 가이아를 아름다운 벽화처럼 감상하고, 컨츄리송을 들으며 작업하며 유영하는 우주인들을 본다. 우리는 우주의 일부분임을 느끼며 겸손해지고, 우리의 삶이 정지되는 풍경화를 보았다. 숙연해지고 우리 인생 수십 년이 찰나로 느껴지며 아련해졌다.

그 적막의 바다에 사고가 터진다. 유성에 부딪쳐 조각난 인공위성의 잔해들이 그들을 덮친다. 희생자들 속에 살아남은 조난자인 스톤 박사(산드라 블록 분)와 대장 매트(조지 크루니 분)는 살기 위해 최선이라고 생각한 결정들을 한다. 그 결정들 중엔 매트가 스톤을 살리기 위해 스스로 생명의 끈을 끊어 버리는 담담하고 처연한 행동도 있다. 매트(안전한 착지를 위한 바닥 매트)는 어쩌면 지구에서부터 살아 있는 게 아니었던 스톤(차가운 돌)에게 삶의 의욕이 되살아나도록 끊임없이 노력한다. 관계가 싫어 고요한 우주로 도피했던 스톤에게 말을 걸고 음악을 틀어 주며 소리를 채워 준 것이다. 자신은 죽어 가면서도 배려와 유머를 잃지 않는 매트의 삶의 태도는 그녀를 변화시킨다.

홀로 남은 스톤은 아무도 없는 절대 고독의 그곳에서 살려고 분투하다 불운이 잇따르며 삶의 의욕을 놓아 버린다. 죽은 어린 딸에게 가려는 스톤은 산소를 꺼 버린 그 레테의 강 입구에서 매트의 꿈을 꾸며 삶의 불을 다시 살리는 심지를 얻게 된다. 어쩌면 같은 곳에 있는 매트와 그녀의 딸이 도와준 것일 게다. 휴스톤과의 교신을 위해 계속 노력하고 혼잣말을 중얼거리며 노래도 흥얼거리는 스톤. 이제 적막의 우주에서 삶의 소리를 다시 내지르기 시작한 것이다.

삶이란 신화는 그 원형의 특징상 내어 주는 희생이 있으면 얻게 되는 새로운 삶도 있는 법. 내가 잡은 그 기회를 신성한 통찰로 이어나갈 수 있으면 다른 삶으로 건너뛰는 것이다. 아, 신세계 같던 우주가 아비규환과 무덤으로 바뀌었다. 우주선이 불에 타오르며 기적 같은 탈출에 성공하여 허공의 막막한 우주에서 지구로 내려와 살아난 스톤 박사의 삶은 그전과 달라질 것이다. 그토록 아름다웠던 녹색 지구는 그녀에게 상처를 주고, 사랑하는 사람을 떠나보냈던 지옥 세상이었다. 그런데 그 지구로 돌아가려고 그녀를 위해 희생하며 우주의 저편으로 사라져간 그 사람이 있는 우주로부터 밑으로, 밑으로 내려간다. 대기권에서 타버리지 않고 살아남은 육신은 새로운 의미로 다가온 이 땅을 밟아본다. 중력이 있는 지구란 곳은 다시 그녀에게 삶의 무게를 느끼게 한다. 잠시 비틀거리지만, 생의 환희가 깃든 웃음이 새어나오며 그녀는 일어선다.

지구 밖 우주에서의 스토리이지만 우리 인생의 삶과 죽음, 희생과 사랑의 스토리일 수밖에 없다. 그리고 오늘의 지구는 어제의 지구와는 차원이 다른 것임을 물속에서 새로 태어나듯 걸어 나온 이 여인은 깨닫는 게 아닐까. 지금도 이 영화에서 보았던 우리 지구 가이아의 성스러운 둥근 대지와 대양, 빛과 우주의 적막하고 아름다운 광경들이 잊히지 않는다.

3

죽기 전에 꼭 하고 싶은 것들
영화 '버킷 리스트'

롭 라이너 감독의 2007년 영화이다. 영화의 초입에 자동차 정비사 카터 (모건 프리먼 분)가 통화를 하더니 표정이 굳어지고 복잡한 눈빛이 된다. 악성 종양 판정을 받았던 것이고, 입원을 한다. 그의 병실에 시끄러운 늙은이가 입원하는데, 이 사람은 이 병원의 소유주이며 큰 의료 법인의 이사장인 에드워드(잭 니콜슨 분)이다. 살면서 서로 만날 일이 없는 너무 다른 삶을 살아온 두 사람이다. 이 둘은 70살의 노인이 되어 그들 앞에 죽음이라는 공통된 운명이 닥쳐서야 만난다. 그들은 자신들의 병이 말기 암으로 6개월에서 1년이 남지 않았음을 알게 되며, 각자의 방식으로 받아들이고 절망한다.

카터가 적은 버킷 리스트를 본 에드워드는 웃는다, 이게 뭐냐고. 흑인 대통령 되기, 모르는 사람 돕기, 눈물이 나게 웃기, 장엄한 것 보기. 대학 시절 철학 수업의 숙제로 써 본 이 리스트는 잃어버린 꿈이 남긴 씁쓸한 추억이다. 에드워드는 자신의 버킷 리스트를 즉석에서 써 보이는데 그다운 내용들이다. 아름다운 소녀와 키스하기, 스카이다이빙, 문신해 보기이다. 에드워드는 평생 남보다 더 성공하기 위해 열심히 투쟁하며 살아왔다. 공감이나 배려 등 따분한 것들에 질색하며 냉소적인 사람이다. 아집이 강한 그에게 전처와 가장 사랑하는 딸조차 등을 돌려 의절한 채 살고 있다.

에드워드는 카터에게 지금이라도 후회 없는 시간을 보내자며 당장 버킷 리스트를 실행하자고 꼬드긴다. 되지도 않을 실험적 치료에 몸을 맡길 것

인가, 곧 겪게 될 임종의 순간에 모두
가 빙 둘러서 고상한 유언이나 하고 있
을 것인가 하며 지금 아니면 안 된다고
장난스런 표정으로 말이다. 이 두 사람
이 마지막을 받아들이는 태도는 담담
하고 용감하다. 그래! 죽음의 사신이
암세포의 모습으로 쳐들어왔다면 까짓
것 갈 때가 되었단 말이지. 하지만 이
제 열심히 산다는 핑계로 놓쳤던 것들,
다음에 하자며 남은 시간이 아주 많은
것처럼 미루었던 것, 그래서 뼈저리

출처: http://cine21.com/

게 후회되는 내 인생의 버킷 리스트를 하겠다고 뛰어든다. 혼자보다는 의기
투합한 친구들이 보여주는 잔잔하고 위트 있고 감동적인 시간들 속으로.

　돈 걱정은 하지 말라던 에드워드의 말은 허풍이 아니었다. 카터가 꿈꾸었
던 빨간색 스포츠카로 카레이서가 되어 달려 보고, 스카이다이빙을 하고,
문신을 하고, 자가용 제트기로 아프리카로 날아간다. 북극 위를 날아가며
밤하늘을 보며 신의 존재에 대한 대화를 한다. 죽음과 신앙, 신에 대한 에
드워드의 생각은 역시 냉소적이다. 카터는 그냥 믿는다고 하는데 에드워드
는 가만히 밤하늘을 바라본다. 세렝게티의 초원에서 대자연을 호흡하고 어
린애처럼 노래를 부른다. 그리고 카터는 자신들이 죽고 나서 신을 뵈면 인
생에서 기쁨을 찾았는지 질문을 받는다면 뭐라고 대답할까 말한다. 에드워
드는 많은 여성들과 사랑했지만 정착하지는 못했고, 자신의 유일한 사랑의
기쁨은 딸이라고 한다. 딸의 연애와 결혼에 간섭하고 그들을 존중해 주지
못하여 큰 상처들을 준 뒤, 의절하여 보지 않은 지 꽤 되었다고 한다. 죽고
난 뒤 화장을 한다면 자신이 좋아하는 르왁 커피 깡통에 재를 넣어서 전망
좋은 곳에 놓아 달라며, 삶 이후의 버킷 리스트를 추가한다.

카터가 집으로 왔을 때 그의 조강지처는 다정하게 맞아 준다. 그는 떠날 때 낯선 남편이었지만 다정한 남자가 되어 돌아온 것이다. 두 사람은 생활에 쫓기며 아주 오랫동안 끌림이 없었음을 알게 된다. 이제 다시 두근거리며 두 연인의 눈빛은 뜨거워진다. 하지만 카터는 발작을 하고, 입원 후 암이 뇌로 전이되었음을 알고 마지막이 될 수도 있는 수술을 받기로 한다. 다시 병원으로 돌아온 두 사람은 에드워드의 농담에 눈물이 나도록 웃는다. 카터는 아직 끝난 것이 아니라며 버킷 리스트에서 하나를 지울 수 있게 된다. 카터는 수술을 받다 사망한다. 에드워드의 상심은 크고 그와 함께했던 짧지만 알차고 빛났던 시간들을 떠올리며 미소 짓는다. 그리고 딸을 찾아가고 부녀는 오랜만에 서로를 안아 준다. 그리고 그에게 아름다운 소녀가 와서 안기는데 외손녀였다. 벅찬 감동으로 소녀에 키스하는데, 이는 이루게 될지 의심했던 버킷 리스트 중 하나였다. 에드워드는 카터의 장례식에서 그를 애도하며 마지막 버킷 리스트의 항목을 지운다. 에드워드는 곧 카터를 따라가고, 어느 전망 좋은 설산의 정상에는 르와 커피 통이 하나 놓인다.

죽음이 있어 삶은 너무 애절해진다. 내일은 기약할 수 없는 막연한 시점이고, 오늘만이 우리가 현존하는 진짜 삶이다. 그런데 내일이 무한정 와 줄 것 같은 착각으로 오늘을 내일을 위한 준비로 보내 버린다. 이 영화 이후 한동안 저마다의 버킷 리스트를 작성하고 실천하려는 붐이 일었었다. 무엇이 가장 소중하고 이뤄야 하는 일인지 모두 알고 있다. 하고 싶은 소망이며 해야 하는 숙제이다. 카터와 에드워드는 신 앞에 가서 인생의 기쁨을 뭐라고 말했을까. 종이 치기 전에 해 보지 못한 것들이 아쉬워 이루었던 소망 성취의 기쁨이었을까. 두 사람의 버킷 리스트는 깨닫기 위한 목록들이었다. 삶은 행동하고 느끼고 깨닫는 그 이상이 아니라고 하는 것 같다. 그러려면 마음이 열려 있어야 한다. 넓은 스펙트럼을 가져야 사람들과의 인연이 감동과 깨달음으로 이어질 것이다. 그들은 인생의 마지막 3개월에 만나서 서로 삶을 완성하는 것을 돕는 친구가 되었다.

4

삶과 죽음의 무게
영화 '미 비포 유'

하니와 캔디 같은 여성은 무한 긍정의 밝은 모습을 보이기에 모두가 좋아한다. '미 비포 유'의 여주인공 루이자는 실직한 아버지를 대신하여 가족의 생계를 책임지면서도 밝다. 아들과 친정에 사는 여동생까지 돌보아야 한다. 심지어 여동생이 하고 싶은 공부가 있어 아이를 맡기고 런던으로 가겠다고 했을 때도 "그럼 내 인생은……?" 한마디 발끈하고는 공감하며 안아 준다. 이런 그녀가 젊은 남자 환자 윌의 간병인 도우미로 일하게 된다. 윌은 그 지역의 고성을 가진 오래된 귀족 가문의 왕자님이다. 훈남이고 똑똑하며 만능 스포츠맨이었던 그가 오토바이에 치여 목 이하의 전신마비 장애자가 된 것이다. 사랑하는 여인마저 떠난 그는 심사가 잔뜩 꼬여 버린 중증 우울증 환자이다. 우스꽝스러울 정도로 촌스러운 옷차림과 도대체 마음을 감추지 못하고 얼굴에 다 드러나는 루이자를 윌은 까칠하게 대한다.

자신의 노력에 조금씩 마음을 여는 윌을 보던 루이자는 윌의 어머니가 왜 자신과 6개월 계약을 했는지 알게 되며 충격을 받는다. 윌은 부모님에게 그 정도의 시간을 드리고 안락사를 선택했던 것이다. 루이자는 그럴 순 없다며 윌의 버킷 리스트를 같이 실현해 보려고 준비한다. 정장을 하고 같이 클래식 콘서트를 다녀온 날 윌은 집에 바로 들어가지 않으려 한다. "잠깐만요, 빨간 드레스 아가씨와 콘서트 보고 온 남자로 조금만 더 있겠소"라고 하며. 마치 이 순간을 영원히 간직하려는 듯한 윌의 감회 어린 표정은 차분하

출처: http://cine21.com/

기에 더 슬프다.

두 사람이 여행을 갈 때 윌의 부모도 제발 아들의 생각이 바뀌기를 기도하며 그녀에게 기대한다. 하지만 윌의 강한 죽음에의 의지는 꺾지 못한다. "이건 나의 인생이 아니에요. 내가 얼마나 나의 인생을 사랑했는지……. 내가 아침에 눈을 뜨고 싶은 유일한 이유가 당신 루이자 때문이오. 당신이 평생 내 옆에 있어 주겠다고 하지만 그건 내 인생이 아니라 미안하고 당신도 지치게 돼." 안락사를 결심하고 부모님을 설득하며 유언 집행자를 부르고 사랑하는 여자의 간절한 호소도 뿌리치는 윌이었다. 루이자에게 한 "대담하게 살아요, 끝까지 밀어붙여요, 안주하지 말아요"라는 말은 그의 삶에 대한 열정적인 태도를 보여 주는 것이리라. 죽음으로의 의지가 강한 만큼 내색하지 않았던 절망과 상처가 느껴진다. '존엄사'는 사랑한 자신의 삶에 대한 자존감이었고, 그는 끝까지 무너지지 않고 사랑하는 사람들을 위로하며 떠난다.

몇 주가 지나 루이자는 윌이 가장 사랑했던 파리의 광장에서 그의 편지를 읽고 눈물을 뿌린다. 노천카페에서 스테이크를 먹고 어디서 그녀에게 어울릴 향수를 사라고 한다. 계좌에 루이자가 집을 사고 공부를 할 만한 충분한 준비를 했다는 윌. "이 돈이 당신 인생을 아무리 바꿔 놓더라도 내 인생은 당신으로 인해 훨씬 더 많이 바뀌었다는 걸 잊지 말아요. 내 생각은 너무 자주 하지 말아요. 당신이 감성에 빠져 질질 짜는 건 생각하기 싫어요. 그냥 잘 살아요. 그냥 살아요. 사랑을 담아서, 윌." 이것은 그 자신이 옆에 살아서 얼마나 그녀에게 직접 해 주고 싶었을까. '그냥 살라'는 그의 유언은 간절하다. 영화를 보는 이들이 자신의 지금 삶에 감사하게 만드는 말이었다.

영화도 괜찮았지만 아마 조조 모예스의 책을 직접 읽는 게 더 깊은 감동을 줄 것 같다. 이 책을 읽고, 이 영화를 보고 난 사람들의 감동은 하나같이 자신의 삶을 돌아보고 감사하게 만들어줬다는 것이다. 안주하지 않고 도전하며 즐겼던 그의 삶이, 열정적이고 치열했던 그가 간절하지만 끝내야 했던 그의 삶이 우리에게 말한다. 아직 남은 자신의 삶에 감사하며 열심히 살라고. 영화의 감동을 더해 준 OST 노래들이 좋다.

: 동굴 뒤의 빛을 믿도록 도와주는 것

시한부 죽음을 선고받고 불치의 병이며 그 마지막 시간들에 고통이 기다리기에 안락사를 택하는 경우들이 있다. 존엄사이며 마지막을 선택하는 본인과 가족의 결정은 존중받아야 한다. 하지만 윌의 경우는 좀 고민의 여지가 있고, 루이자의 마음이 공감된다. 소설이 베스트셀러가 되며 윌의 존엄사를 두고 많은 논쟁이 있었다고 한다. 모든 자살은 허용될 수 없다는 신앙적인 관점은 빼더라도, 윌의 선택은 죽음과 삶의 질에 대한 깊은 고민이 될 수밖에 없다. 삶에 대한 집착이 지나치게 강한 사람들이 있다. 어떤 모습이든 살아 있기를 소망한다. 심지어 자신이 살기 위해 타인들의 생명과 재산을 침해하는 이들도 있다. 윌의 자존감은 이런 삶은 구차하다고 여긴 것이다. 윌의 전신마비의 삶은 타인의 노력과 희생이 필요하다. 구걸과 의존이 아니라 자신의 능력으로 삶을 이어 가려면 엄청난 노력이 필요할 것이다. 그것은 윌이 다치기 전 살아온 삶보다 너무 다른 삶일 것이다. 스포츠를 할 수 없고 하이 파이브는 미소로 대신해야 하며 사랑하는 사람을 안을 수 없는 것. 도저히 살아 있음의 증거와 환희가 없는 목석의 삶일 것이다.

물리학자 스티븐 호킹은 아인슈타인 다음으로 거론되는 위대한 과학자인데, 일반인들이 기억하는 그는 루게릭병으로 인한 전신마비로 휠체어를 탄 모습이다. 이 병을 진단받았을 때 그의 나이가 21살이었는데, 의사는 그가 앞으로 2년 정도의 시한부 삶을 살 것이라고 예견했다. 그렇지만 그는 좌절하기는커녕 삶에 더 적극적이 되었다. 그는 이때를 다음과 같이 회고했다.

"그 당시 내 꿈은 혼란스럽기만 했다. 내 상태에 대한 진단이 내려지기 전까지 나는 삶에 대해 지겨워하고 있었다. 가치 있는 어떤 것도 할 일이 없어 보였다. 그렇지만 내가 병원에서 나오자마자 나는 내가 처형당하는 꿈을 꿨다. 갑자기 나는 내 사형 집행이 연기된다면 내가 할 일이 너무 많으리라는 것을 인식하게 되었다. 나는 내 스스로가 놀랍게도 과거보다 지금의 나의 삶을 더 즐기게 되었다."

그의 증세는 의사가 예상했던 것보다 훨씬 더 서서히 진행되었고, 그는 상대론과 우주론을 본격적으로 공부하기 시작했다. 루게릭병을 진단받기 직전에 그는 여동생의 친구인 제인 와일드라는 문학도 여성을 파티에서 만나 사랑에 빠졌다. 이들은 호킹이 루게릭병을 진단받은 뒤인 1964년에 약혼했고 그 다음 해에 결혼을 했다. 그녀는 호킹을 병원이 아닌 집에서 치료해야 한다는 신념을 가지고 있었으며, 호킹의 증세가 점점 더 나빠질 때 옆에서 간호하면서 호킹을 격려했다.

자신의 삶이 지옥으로 떨어졌을 때 그 동굴을 통과하는 약간의 시간을 견딜 수 있다면, 자신에게 새로운 삶이 있음을 알게 될 것이다. 많은 것을 포기해야 하는 삶이겠지만, 그가 이전의 삶에서는 평생 깨닫지 못할 더 귀중하고 엄청난 것을 온 영혼으로 느끼게 될 수도 있다. 그 동굴 뒤의 빛이 있음을 믿도록 도와주는 것이 그를 사랑하는 사람들의 역할일 것이다. 아무도 그 어두운 동굴로 그를 밀어 넣을 수는 없다. 난 윌이 이 어두운 동굴에서 끝까지 기다려 보았다면 좋았을 것이라고 생각한다. 그가 지옥을 겪을 만큼 다 겪었다고 할 수도 있겠지만 윌이 빛의 바로 앞에서 포기했다고 생각한다. 영화를 보며 울었다. 루이자와 윌의 러브 스토리보다 윌의 삶이 나를 울렸다. 이게 끝이라고 확신하는 윌 같은 이들에게 조금만 더 버텨 볼 수 있는 힘이 전해지길 온 우주에 기도한다.

5

메멘토 모리,
죽음을 기억하라

우리는 죽음에 대한 기억을 쉽게 잊어버리고 산다. 철이 들며 사람은 누구나 죽는다는 것을 알게 되고 사춘기 우울의 주제가 되기도 한다. 지극한 슬픔을 겪으며 죽음의 무게에 짓눌리더라도 곧 잊어버리기에 살아갈 수 있다.

그런데 삶이 귀중해지려면 죽음을 기억해야 한다. 삶은 쉬이 늘어진다. 내일이 계속 올 것으로 여겨 오늘은 틀에 박힌 일상이 되었다. 내 앞의 시간이 소중함을 느끼지 못하며 살아왔다. 이러다 죽음이 구체적인 현실로 다가왔을 때 화들짝 놀라듯 반성한다. 사망 선고를 받았다는 분들의 참담한 경험을 들었다. 다시 삶으로 돌아왔을 때 그들은 삶에 대한 태도가 달라졌다. 살아 있다는 것이 귀중한 선물인지 이제야 깨달았다며 감사해할 때, 그들의 뇌에서 행복 물질이 펑펑 쏟아져 나오는 것이 눈에 보이는 듯했다.

『메멘토 모리, 죽음을 기억하라』라는 책이 있다. 민속학자인 故 김열규 씨가 쓴 죽음에 대한 주제 의식을 다룬 좋은 책이다. 우리나라에서는 죽음을 제목이나 주제로 하여 출판되는 책이 드물다. 한국인은 죽음에 대하여 생각하거나 말하기를 꺼려하기 때문이다. 죽음을 회피해 온 이유이기도 하다. 죽음은 두려워서 피해야 할 어떤 것으로 치부되어 왔다. 묘지는 영원한 안식처의 의미보다 귀신과 원혼이 떠도는 호러의 이미지가 되어 왔고 삶 속에서 가능한 한 멀리 떼어 내고 싶거나 보고 싶지 않은 터부가 되었다고 말한다.

죽음을 잊으면 삶이 덩달아서 잊혀진다. 메멘토 모리, 죽음을 기억하라. 이것은 삶이 그 자신의 숨결을, 그리고 피 기운을 다그치기 위해서 있는 말이라야 한다. 이 세상에 삶만이 있기를 바라는 것은 죽음만이 있기를 바라는 것과 다를 게 없다. 삶과 마주한 죽음에게 전한다. 죽음아, 이제 네가 말하라!

故 김열규 씨의 진중하고 간절한 말처럼 삶이 소중하려면 죽음을 더욱 직면해야 한다는 생각을 했다. 사실 죽음은 항상 우리 옆에 있지 않은가. 우리가 눈을 돌릴 뿐이다. 우리 옆에 죽음이 삶과 이중주처럼 같이 살고 있음을 받아들인다면 삶이 더욱 소중해지고 깊어질 것이다.

진료실은 살아가는 게 너무 힘들다며 가슴을 부여잡고 오는 사람들로 늘 분주하다. 우울증과 불안증, 그리고 갈등과 트라우마로 비틀거리는 사람들에게 삶이 소중하다고 말해 보았지만 사는 것이 너무 힘든 상태이기에 가슴에 와 닿지 않는 것 같았다. 이들은 삶의 리비도보다 죽음의 타나토스에 더 가깝게 있었기에 그랬을 것이다.

하지만 마음의 병이 치료되고 비관의 늪에서 빠져나오면 달라진다. 자신이 살아오던 자리가 소중해지고 자신과 이어진 사람들에게 감사하게 되는 것이다.

오늘을 사랑하려면 지금 이 순간이 소중하게 느껴져야 한다. 아인슈타인이 택한 오늘을 사는 방법은 모든 것이 기적이라고 믿는 것이었다. 매순간을 당연하게 오는 것으로 여기지 않고 감동과 감사로 받아들이는 것이 천재 과학자의 삶의 태도였다.

천재든 보통 사람이든 노력하지 않으면 매너리즘에 빠져 살게 된다. 이러다가 죽음이 우리에게 말을 건네는 날을 맞게 된다. "이봐, 숱하게 사람들의 죽음을 보여 주었는데 당신에게 이렇게 오게 될 줄 몰랐단 말이야?" 하고 뒤통수를 칠 것이다. 그때서야 깨닫는 것은 너무 늦다. 그래서 죽음에게 이렇게 말해 본다.

"죽음아, 네가 말할 때까지 기다리지 않겠다. 내 뒤에서 삶의 반면교사로 조용히 도사리고 있는 것을 알고 있다. 나는 보란 듯이 삶을 소중하게 일구어낼 것이다. 그리고 네가 나를 찾는 날에 의연히 널 맞을 것이다."

고래의 꿈

진료실의 책장을 옮기고 허전해진 벽 위에 액자를 걸고 싶었다. 의미 있고 참신한 것이 필요했다. 여기 저기 알아본 뒤 '고래'를 분양받기로 했다. 우람한 체구로 대양을 누비며 살짝 미소를 지어 주는 멋있는 녀석이었다.

우울증이 심한 데다 피해망상까지 진행하여 학업을 포기할 생각까지 했던 여고생 L이 왔다. 반 친구들과의 갈등과 따돌림 이후 우울증이 깊어져, 학교 아이들이 자신을 비웃는다는 망상과 환청까지 있어 자살을 시도한 아이였다. 치료받은 지 2년이 되어 간다. 이제는 많이 좋아져서 밝게 웃으며 들어오는데, 우스갯소리를 하면 깔깔거리며 잘 받아주는 순수하고 착한 아이이다. 고3인데 얼마 전 수능을 앞두고 무척 불안한 모습이었다. 그 나이로서는 견디기 힘든 정신적 고통을 잘 이겨냈다. "넌 어떤 아이보다 단단해져서 어떤 스트레스에도 면역력을 가지게 되었다"라고 격려해 왔다. 아이도 이제 의연한 모습이 되었다. 하지만 매년 수만 명을 떨게 하고 한파까지 몰고 오는 수능이 아닌가.

난 가만히 벽에서 유영하는 고래를 보라고 했다. 'LOVE THE SEA'라고 적혀 있는 액자의 향유고래는 우리를 웃으며 내려다보고 있었다. 외교관을 꿈꾸는 내 앞의 소녀에게 말했다.

"넌 곧 세계를 누비며 우리나라를 대표하는 사람이 될 거잖아, 대양을 누비는 저 고래처럼. 더 힘들고 더 긴장되는 시험과 시련들이 있을 거야. 하지만 저 고래처럼 웃으며 파도를 타고 넘어가며 네 삶을 즐기며 도전할 거잖아. 자, 너의 첫 번째 파도를 자신 있게 한 번 타 넘어 봐야지. 부정적인 예상은 물방울처럼 흩어지고 말 테니."

고래와 눈이 마주친 19살 수험생은 긴장이 풀어져 활짝 웃으며 진료실을 나갔다. 수능을 잘 쳤을 것이다. 고3 딸을 둔 내 친구는 아이를 시험장에 데려다 주고 들어가는 딸을 보며 울컥 하더란다. 학벌 사회, 좁은 취업의 문, 평생을 좌우한다는 시험을 치르러 들어가는 아이가 너무 안쓰러웠을 것이다. 나도 그랬다.

　대기업들이 선호한다는 이공계로 가든 사람을 삶을 제대로 알기 위한 인문학을 하든 삶의 바다로 뛰어드는 우리 아이들을 지켜보며 응원할 수밖에 없다. 안전한 밥벌이가 최고의 가치로 여겨지는 우리 사회이다. 그렇지만 자신이 평생 하고 싶은 일을 찾기 바란다. 은빛이 반짝이는 바다에서 물결을 박차고 뛰어오르는 물고기처럼 힘차게 자신의 열정을 퍼 올리는 청년이 되기를. 액자 그림의 제목은 '고래의 꿈'이다.

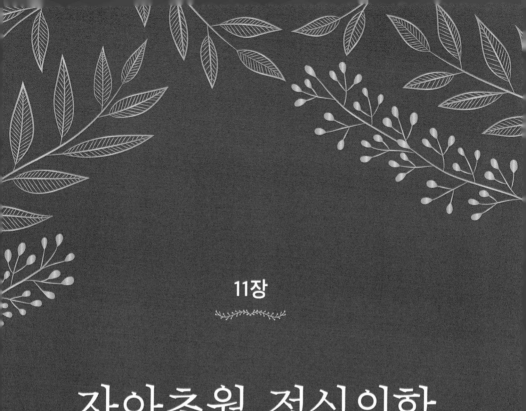

11장

자아초월 정신의학

1

자아초월(초개아) 정신의학과
연령 퇴행 최면 치료

　정신의학은 정신분석학에서 인본주의, 실존주의를 거쳐 제4의 조류로 일컬어지고 있는 초개아 정신의학(Transpersonal Psychiatry)까지 발전해 오고 있다. 초개아 정신의학은 일상적인 에고 중심의 자아의식을 초월하는 더 높은 상태의 의식 상태를 연구하며, 동서양의 문화와 철학, 정신을 통합하는 노력을 한다. 우리 인간이 자신의 본성을 더 깊고 폭넓게 체험하거나 타인, 자연, 영적 차원 등과 더 긴밀히 연결된 느낌을 갖게 되는 의식 상태나 과정에 대하여 연구한다. 또한 인간을 의식, 신체, 영성을 통합한 전인적 존재로 파악한다. 우주의 근원과 생명의 기원과 존재의 신비를 연구하면서, 과학과 종교의 상반된 입장이 아니라 영성과 과학의 통합을 추구한다. 초개아 정신의학의 교과서라 할 수 있는 Seymour Boorstein, M.D.의 『Transpersonal Pschotherapy』가 한글 번역되어 『자아초월 정신의학』(하나의학서, 정성덕, 김익창 공역)으로 나왔다.

　여기에 연령 퇴행 최면 치료가 한 분야로 자리 잡고 있다. 이 치료는 환자와 나에게 여러 의미를 생각하게 해 주었다. 현재의 증상과 고통의 의미, 현재 삶의 목표와 숙제, 살면서 이어지는 인연들에 대한 의미 등이었다. 과연 어떤 치료가 이렇게 넓고 깊은 경험과 통찰에 이르게 할까. 먼저 말하고 싶은 것은 자신에게 일어나는 모든 것을 전생의 결과로 해석하는 것은 잘못이라는 것이다. 이 치료는 전문적 최면 분석 능력과 경험을 가진 정신과 의사가 해야 한다.

연령 퇴행이라는 최면 방법을 통해서 현재 증상의 원인을 환자의 과거로 거슬러 올라가 찾는 정신 치료적 작업을 해 왔다. 우리가 기억하는 한계는 보통 4세 정도인데 어떤 피험자는 한 살 때 강보에 싸여 있는 자신의 모습을 기억했다.

"엄마가 나를 뉘이고 친구들과 고등학교 학창 시절 진양호에 소풍을 갔던 추억을 이야기하고 있어요."

어머니가 말한 적이 없었던 이런 세세한 이야기를 기억해 낸 것이 사실이라면 우리의 뇌는 모든 경험을 저장해 놓고 있다는 것이다. 최면의 상태에서 저장 창고의 오래된 기억을 복원할 뿐더러, 당시의 분위기와 모습, 엄마의 젖을 빨 때 모유의 고소한 맛까지 표현하는 분도 있었다. 연령을 더 거슬러 가서 태아기의 느낌을 말하고 현재 삶 이전의 기억들을 최면 상태에서 말하기도 하였다.

: 사례

대인 불안증과 우울증으로 치료 받아 오던 20대 후반의 회사원 A. 약물 치료와 상담으로 호전되었지만 직장 상사와 연장자들에 대한 불안증, 지나치게 내성적인 성격, 어머니와의 관계 등의 문제들에 대한 깊은 상담들은 이어지고 있었다. A는 기억나지 않는 시기에 어떤 문제가 있었을 것이라는 강한 느낌이 있어 최면 치료를 원하였고 20회 정도의 분석적 최면 치료를 시행하였다.

시간 동굴을 이용한 연령 퇴행을 하였던 최면 치료 내용의 요약이다.

돌이 될 무렵 어머니의 우울한 모습과 눈물 흘리는 모습을 말하였다. 태아 시기로 가 보았을 때 어머니는 임신 중에 시어머니로부터 깊은 상처가 되는 말들을 들었고 그 충격과 슬픔은 태아인 자신에게 고스란히 전달되었다. 어머니의 어두운 그림자가 태아인 자신이 내성적이고 감정을 억제하며 비관적인 성향으로 만들었음을 느낀다는 말을 하였다. 깨어난 뒤 A는 친할머니가 자신을 무척 위하고 어머니와 사이도 좋은데도 그분께 친밀감이 들지 않았던 것이 이상했는데 이제 이해가 간다고 하였다. 현재 두 분의 사이는 좋아졌지만 옛날에는 그런 일이 있었던 것이다.

어머니와 자신의 관계는 어느 가족보다 깊다고 하며 아버지께 느끼는 실망감과 분노가 클수록 자신에게 의지하며 집착하는 어머니라고 하였다. 이러한 모자 캡슐처럼 너무 결합되어 있는 관계에서 두 사람의 심리 상태는 서로 큰 영향을 준다. 원인을 깨닫고도 A의 상태가 기대보다 호전이 더 크게 없는 것은 어머니의 우울증 때문이었다. 아들의 부탁으로 치료를 받기 시작한 어머니는 많이 좋아지셨고 A 또한 많이 밝아진 모습이 되었다.

그는 치료에 더 욕심을 보였다. 어릴 적부터 삶에 대한 비관적인 태도에 스스로 의문이 들던 이유를 알고 싶어 했다. 깊은 최면 상태에서 그것의 원인이 되는 시기로 가 보자고 하였을 때 A가 묘사한 상황은 지금의 삶이 아닌 다른 시기였다.

극심한 가난과 기아로 아내와 아이들이 굶어 죽자 비탄에 빠진 그는 자살로 삶을 스스로 끝냈다. 다른 삶들로 가 보았을 때 불우한 가정을 감싸는 비극과 우울의 짙은 그림자는 늘 그를 괴롭혔다. 괜찮은 삶도 있었지만 자살로 마감한 생들이 많았고, 사랑과 행운의 밝은 빛은 대체로 그를 외면했다. 너무 지독한 슬픔과 세상과 삶에 대한 증오감이 봇물이 터지듯이 밀려와 최면에서 깨기 전에 시간의 동굴에서 진정시키며 현재에 큰 영향을 주지 않도록 애써야 했다.

이런 경우 죽음과 죽음 사이의 공간에서 치료를 해야 한다. 어느 삶의 죽음 위에서 자신을 내려다보는 영혼을 연상하게 하였다. 그 생의 목표는 고통을 견디며 그 의미를 깨닫고 포기하지 않을 때 오는 행복을 느끼는 것이었는데 삶을 포기한 자신이 안타깝다고 하였다. 그 옆에 자신을 인도하는 빛의 존재도 말하였다. 빛은 자신이 하는 온갖 질문에 대답을 해 준다고 하였다. 이런 질문과 답을 통해서 치료자인 나 역시 많은 것을 배울 수 있었다. 여러 삶들의 목표가 한결같음을 깨달은 A는 최면 치료 이후 자신이 오랫동안 비관적이었던 이유를 통찰하였다.

이후 A는 삶에 대한 태도가 낙관적으로 되면서 성격도 크게 달라졌다. 가족에 대한 측은지심이 생겼다. 어머니를 밝은 모습으로 이끌었고 아버지에 대한 분노가 크게 줄어들었다. 어머니와 자신이 얼마나 힘들었는지 차분히 말해 드리고 아버지를 이해하는 용기와 배려를 가질 수 있게 되었다. 직장 생활에서도 연장자들과 권위에 짓눌리며 마음에 그늘이 생기지 않게 하였고 당당함과 관용심이 넉넉한 젊은이가 되었다. 이는 그를 아는 모든 이들이 크게 놀랄 정도로 인격의 큰 변화였다. 이전의 죽음과 삶을 본 후 깊어진 그의 눈빛과 편안해진 얼굴을 잊을 수가 없다.

환자분들은 그 시간이 전생이었는지 궁금해하지 않았다. 나도 그것이 중요하지 않다고 여겼기에 언급하지 않았다. 가슴으로 진실하게 느껴졌던 파노라마가 그 사람의 삶의 이유를 '아하!' 하며 깨닫게 해 주었다는 것이 중요한 것이다. 나는 연령 퇴행 최면 치료를 시작할 때 항상 이렇게 설명을 한다.

"전생이 있고 없고의 문제는 아직 우리가 알 수 없는 문제입니다. 당신이 보았던 그 경험들은 마음속의 콤플렉스가 심상화가 된 것일 수도 있고, 다른 경험들이 최면 상태에서 꿈처럼 줄거리를 가지게 된 것일 수도 있어요. 그렇다 하더라도 그 줄거리는 우리가 각색한 것이 아니고, 당신의 마음 또는 마음 너머에 있는 치료되고자 하는 그 무엇이 당신을 안내하여 통찰에 이르게 하고 치료한 것이며, 저는 옆에서 이를 조금 도와준 것에 불과합니다. 앞으로 계속 그 의미를 탐구해 보고 노력한다면 마음의 평화를 유지하실 수 있을 거라고 믿습니다."

2

영혼은 있다 1

영혼은 없다? 있다? 믿음의 문제인가 과학의 문제인가. 지구가 둥근 것을 알게 될 때까지는 땅 끝까지 가면 나락으로 떨어질 거라는 공포가 진실에 대한 탐구를 방해했다. 종교는 때로 무지에 대한 수호자, 새롭고 낯선 것을 터부시하는 기존의 질서를 지키려는 방패 역할을 했다. 선구자들의 노력으로 진실이 밝혀지면 연구를 통해 과학은 진실이 될 수밖에 없는 원칙들을 발견한다. 그리고 또 그 외에 우리가 아직 모르는 영역에 대한 것은 신앙, 과학의 영역을 왔다 갔다 하며 논쟁의 초점이 된다. 우주의 크기가 얼마나 넓은지, 그 끝은 도대체 있는 것인지, 다른 생명체는 또 있는 것인지, 우리나라 크기만 한 백사장에 생명체가 사는 곳이 모래 한 알에 불과한 지구가 유일하다면 너무나 비효율적인 신의 섭리이다. 다른 생명체가 있을 것이라는 생각이 든다. 그리고 영혼은 있는지, 죽은 뒤 영혼은 어디로 가며 그 세계와 법칙이 있는 것인지 사뭇 궁금했기에 픽션의 주제가 되어 왔고, 실제로 그 세계를 보았다는 기인들도 있어 왔다.

난 영혼은 있다고 믿는다? 안다? 느낀다? 어떻게 표현해야 할지 모르겠다. 왜 있어야 하는지 그 당위성으로 생각하고 싶다. '보이는 게 전부가 아니다'는 진실이다. '죽음이 끝이 아니다'는 확신하고 싶은 이론이다. 우리가 했던 수많은 선택과 선·악의 행동 이면에는 거미줄 같은 인과관계들이 있다. 이 선택과 관계들이 의미가 있기를 바라는 믿음이다. 영혼이 있기를 바라는 마음에서 더 나아가 있다는 개연성과 경험한 이들의 이야기를 해 보겠다. 혼이 있다는 것은 육신을 떠난 후 다른 공간에서 다른 차원의 세계가 있음을 뜻한다. 우주는 이제 다차원의 공간임이 밝혀지고 있고 수학적·물리학적 공식으로 증명이 되어 가고 있다. 다른 우주로 뛰어넘는 웜홀의 존재도 이제는 인정받고 있지 않은가. 하지만 난 영혼이 저 먼 우주의 알려지지 않은 곳으로 공간 이동을 한다고 생각하지 않는다. 영혼은 자신이 가장 강하게 끌어당기는 공간에서 벗어나지 않을 것이다. 그것이 영혼의 업보이고 지구에서 그 진화를 완성해야 하기에.

진화 이야기가 나왔다. 태초에 인간의 시조에서 현재까지 진화를 거듭한 사람이란 생명체는 앞으로 어디까지 진화할지 궁금하다. 아마 SF 소설에 나오는 것처럼 지혜에 대한 욕심이 너무 커서 머리는 더 커지고, 과학이 주는 편리함으로 인해 손발은 퇴화되는 모습일 것이다. 인공 지능이 발달하는 만큼 휴머니즘은 문명의 이기심으로 퇴화하고 어떤 정보 시스템이 점점 우리를 지배한다는 시나리오는 설득력이 있다. 그리고 통제할 수 없는 무기를 가지는 인류로 인해 문명의 말살이 있을 가능성이 점점 더 커지고 있어 우울해진다.

: 당신의 영혼은 몇 년짜리인가

다시 영혼의 문제로 돌아가서, 영혼의 진화는 분명 있다고 본다. 지금 이 글을 읽고 있는 당신의 영혼은 몇 년짜리인가? 40살이라면 40년일까? 그동안 느낀 것들과 결정한 것들, 그리고 앞으로도 당신에게 닥쳐오는 수많은 인연과 고통의 파노라마는 수십 년의 인과들이 아니다. 데자뷰(기시감)란 지금 이 상황이 언젠가 분명히 있었던 것이 분명한데 기억나지 않는 인지적 현상을 말한다. 이보다 분명한 나의 개인적 체험은 나에게 최면 치료를 받던 내담자부터 들으며 경험한 것이다. 최면 치료를 하며 연령 퇴행을 해 보면 태아의 기억 그 이전으로 거슬러 올라가서 전생이라고 추정되는 삶들이 나타난다. 공통적인 현상은 지금 우리와 같이 살아가는 이들이 그 삶들에서도 우리 주위에 있다는 것이다. 가족과 연인들의 인연은 반복된다. 한 생애는 영혼에 기록되어 복제와 축적이 된 후 다음 생애에 영향을 준다. 왜 그럴까?

생명의 진화에서 그동안의 정보들이 유전자에 복제된다. 그 세대의 도태되고 살아남은 정보들을 취합하여 유전자 변이를 통해 다음 세대를 위한 진화가 진행된다. 마찬가지로 영혼도 생의 스토리가 저장되고 진화된다면 그 목적은 무엇일까? 단지 생존을 위해서인가? 영혼 진화의 목적은 영성의 수준을 올리는 것이라고 짐작한다. 데이비드 홉킨스 박사는 인간의 의식 레벨을 많은 실험들을 통하여 1부터 1,000까지 수치화했고, 이는 큰 반향을 일으켰다. 가장 낮은 단계는 수치심(20)이라고 한다. 그 다음 단계가 죄의식(30), 무기력(50), 슬픔(75), 두려움(100), 욕망(125), 분노(150), 자존심(175) 그리고 용기(200), 중용(250), 자발성(310), 포용(350), 이성(400), 사랑(500), 기쁨(540), 평화(600)들이다. 300 이상의 삶은 특정 개인보다는 생명 자체의 유익함을 위해 인생을 살아가는 경지가 된다. 마더 테레사, 넬슨 만델라, 마하트마 간디 등이다. 마지막 단계 깨달음(700~1,000)은 영적 완성자의 단계로서 부처님과 예수님 정도의 수준이다. 우리 정신 내면의 깊은 곳에는 정신의 원형이 있어 이전 삶보다 더 의식의 레벨을 올려 영적 진화를 하려는 아주 오래된 본능이 있다. 하지만 각성을 위한 노력을 하지 않으면 전생의 기억이 지워졌듯이 오래도록 계속해 온 숙제를 잊어버린다. 욕심과 의무만을 위한 태도로 어영부영 살다 죽으면 영혼이 자신의 육신 위에서 이제야 현생에서의 숙제를 기억하고 한탄한다. 하지만 이미 늦은 일이니 다음 생에서의 완수를 기약할 수밖에 없다. 그리고는 빛의 터널로 올라가는 것을 최면 치료를 하며 보아 왔다.

3

영혼은 있다 2

· ·

데이비드 미첼은 소설 『클라우드 아틀라스』에서 우리 삶은 개인만의 것이 아니라고 했다. 이 소설은 500년의 시공간을 배경으로, 주인공들이 각 시대를 행복과 고통을 겪으며 서로 인연과 악연을 맺고 서로 다른 죽음을 맞는 6개의 스토리로 구성되었다. 동명의 영화로도 제작되었다. 워쇼스키 형제가 만들고 톰 행크스, 할리 베리, 휴 그랜트와 함께 배두나 씨(틸다, 손미 451 역)가 주연으로 출연했다. 욕망과 이기심으로 살기 위해 악행을 저지르는 사람들은 그 업보를 반복한다. 삶의 의미를 고민하면서 더 큰 의미를 찾는 사람들은 그 시도를 하다 삶을 다하더라도 빛나게 마친다. 손미 451은 먼 미래에서 복제 인간으로 의미 없이 반복되는 삶을 살아간다. 실패할 것을 알면서 무모하게 진실을 알리려다 죽게 된다. 왜 그랬느냐는 질문을 받으며 손미는 그게 자신의 길이었음을 깨달았기에 한 것이라고 한다. 의식의 높은 수준인 희생, 인류애에 이르게 되면 자신만의 삶이 아니라 모두를 위한 삶을 살기에 그런 것이다.

영화 '명량'에서 이순신 장군은 "두려움을 용기로 바꿀 수 있다면 그 용기는 백 배, 천배가 될 것"이라고 했다. 손미는 인도자인 장해주와의 인연을 놓치지 않고 사실 너머(Beyond)의 진리를 알게 된 뒤, 죽음의 공포를 용기로 바꾸며 의식 레벨의 진화를 이루었다. 손미는 이전의 삶에서는 아버지를 무서워하는 딸 '틸다'로 살았다. 뉴질랜드에서 샌프란시스코로 돌아가는 배 위에서 흑인 노예의 도움으로 구사일생으로 돌아온 남편 '어윙'(후생에서 손미 451

을 진실로 인도하며 서로 사랑에 빠지는 장해주)을 따라 노예 해방을 위해 아버지의 반대를 극복하고 떠났다.

우리가 윤회를 한다면 부딪지는 고난과 고통, 그리고 이를 대처하는 패턴도 반복된다고 생각한다. 에너지 덩어리인 우리는 에너지와 자기장 영역인 우주에서 서로 연결되어 숙제를 풀어야 하는 인연들이 거미줄처럼 얽히고 설키게 되어 있다. 틸다는 권위적인 아버지 밑에서 수십 년 동안 바뀌지 못하는 운명으로 여기며 산다. 자신과 삶을 같이해 온 소울 메이트나 깊은 인연의 지인들로부터 기회가 온다. 어떤 흐름과 기회가 왔을 때 선택을 해야 한다. 삶은 수많은 선택으로 지속되지만 용기를 필요로 하는 중요한 기회들은 드물게 온다. 대대수의 사람들은 현상 유지나 안온함을 택하고 변혁을 싫어하기에 영적인 진화가 어렵다. 하지만 틸다, 손미 451과 어윙, 장혜주처럼 내면의 울림과 빛을 따라 자신을 던지는 영혼들은 진화를 한다.

역사에서 우리가 보았던 영웅들은 대중들이 볼 때 무모하면서 어리석어 보이지만 고결한 선택을 하고 엄청난 용기를 내어 뚜벅뚜벅 또는 순식간에 실천에 옮긴다. 이처럼 의식의 레벨과 정신의 스펙트럼에서 높은 수준인 히어로들에 의해 역사는 발전되고 대중들은 구원되어왔다. 모든 이들에게 공평하게 그 기회들은 온다고 믿는다. 그것이 기회인 줄 알아차리는지 모르는지 또한 외면하거나 직면할지는 삶을 반복하면서 쌓아 온 내공에 달렸을 것이다.

: 연결되어 있는 우리의 삶

영혼의 윤회를 통해 종적인 진화와 현생의 숙제를 말해 왔는데 횡적인 연결도 중요하다. 모든 사건과 사람들이 인과관계에 따라 서로 그물처럼 얽혀 다가오고 멀어지며, 사랑을 느끼고 상처를 받아 왔다. 이것이 인류의 역사다. 그 과정에 문명은 발전하고, 전쟁과 평화는 반복되어 왔다. 나 혼자만의 삶이 아니라 모두 영향을 크고 작게 주고받는 것이다. 그러니 지구 반대편 아프리카의 한 나라가 내전으로 인해 당하는 고통은 우리와 연관이 있다. 정치적·경제적으로 받는 현실적 영향이 있겠지만, 우리는 모두 연결되어 있으므로 긴 시간이 걸리더라도 우리 인생에 영향을 준다.

우리 개인의 목표는 자기 치유이고 자기실현이다. 자아초월 정신의학의 목표는 여기에 '자기초월'을 추가한다. 영성, 궁극적 의미, 전일성, 우주적 자각, 개인들 간의 연결성 등은 자신에 대한 통찰로만 이룰 수 있는 것들이 아니다. 우리를 구성하는 최소 입자들의 간격은 질량에 비해 아주 넓다. 그 공간과 우주의 공간은 수많은 정보들이 교류하고 연결되는 같은 장(Field)이다. 우리는 살아서도 죽어서도 연결되는 인류 의식이고 우주 의식이다.

우리가 살아가며 다 이루었어도 뭔가 마음이 허전해지며 중요한 것을 간과한 느낌을 가질 때가 없었는가? 논리적으로 설명이 안 되지만 그냥 어떤 일을 하고 싶다는 끌림이 있었던 적은? 어떤 이에게 빚진 것도 없는데 자꾸 베풀어 주고 싶고 신경 쓰이는 것을 경험한 적은? 우리가 태어나서 부모와 그 환경에 의해 만들어진 자아는 허겁지겁 살아가기에 바빠 본연의 눈을 뜨지 못한다. 수많은 의무와 욕심들에 휘둘리고, 셀 수 없는 스트레스와 고통들을 겪으며 참고 헤쳐 나가다 보니, 어느새 백발의 노인이 되어 있다. 그런데 이런 인연과 고통들은 인과 업보로 모두 우리에게 오게 되어 있었던 스토리라고 한다. 그 사람, 그 일들 모두 말이다. 그럼 수십억 인간들의 생애의 수많은 사연과 인연들의 경우의 수는 헤아리기 힘들게 엄청나다. 우리의 머리로는 이해하기 힘든 심오한 원리들이 있을 것이다. 상대성의 원리,

불확정성의 원리, 카오스 이론, 나비 효과, 홀로그램 이론, 수많은 양자 물리학 이론들과 『주역』 등 동양 고전들의 이론들은 이 심오한 원리의 일부들이거나 슬쩍 들여다본 것일 게다. 장님이 코끼리 만지듯이 우리 인류는 더듬더듬하며 전체 중의 일부를 알아내 왔다. 장님들이 모여 서로의 경험을 공유하면 큰 그림을, 진리를 완성할 수 있을 것이다. 우리 개인의 지혜는 합쳤을 때 진리에 가까워지고 의미가 있다. 삶도 마찬가지이다. 우리 각자의 삶은 우리의 것만이 아니다.

4

시간 여행과 카오스 이론
영화 '나비 효과'

우리가 가지 않았던 길, 그 길로 갔다면 우리의 삶은 어떻게 달라졌을까? 자신의 인생에서 중요한 사건들, 그 사건으로 평생 번뇌를 할 수도 있다. 너무 절절해서 과거의 그 사건과 시간으로 내가 다시 돌아갈 수 있다면, 그래서 되돌리거나 바꿀 수 있다면 하고 소원한다. 우리의 삶을 관통하는 화살 같은 시간을 거슬러 올라가서 바꾸고자 하는 인간들의 상상은 '시간 여행'이라는 가능성을 만들었고, 지금까지 숱한 소설과 영화의 소재가 되어 왔다. 영화 '나비 효과'의 주인공은 시간 속으로 뛰어든다. 자신이 과거 속으로 가서 바꾸어 놓은 사건들이 다른 결과들을 일파만파로 낳는 카오스 이론이 주제이다. 나비의 한 날갯짓이 지구 반대편에 허리케인을 일으킬 수 있다. 수학의 카오스 이론이 현실에 얼마나 섬뜩하게 실현될 수 있을까? '매트릭스'와 '메멘토'를 연상시키는 아주 탁월한 구성과 반전, 뛰어난 시각 효과, 무엇보다 독특하고 재미있는 이야기 줄거리로서 미국에서도 대단한 흥행 기록을 세웠던 영화이다.

주인공인 에번스는 아픈 기억들과 잃어버린(기억 못하는 빈 공백의 시간) 기억을 가지고 살아간다. 항상 자신의 잃어버린 기억과 시간에 대해 연구를 하며, 어릴 적부터 일기를 써 온 청년이다. 이런 그는 첫사랑인 켈리가 자살하자 그것이 어릴 적 같이 겪은 사건 때문이라 여기고 과거의 공백 시간을 기억하기 위해 일기장을 보며 애쓰던 중 과거의 시간으로 돌아가는 길을 알게

출처: http://cine21.com/

된다. 에번스는 켈리의 죽음을 되돌리기 위해 사건의 앞 단계로 가서 사건을 바꾸지만 이로 인해 초래된 다른 결과들이 또 불행으로 이어지는 결과를 당하게 된다. 미래의 자신이 과거로 돌아와서 바꾸어 놓은 것을 기억 못하는 미래가 된 셈이다.

에번스의 아버지는 정신분열증으로 정신병원에 격리 입원되어 있어 에번스는 아버지를 보지 못하고 자란다. 아버지의 부재로 인한 심리적 콤플렉스로 아이가 이상해진 것으로 판단한 의사의 권유로 어린 에번스는 아버지를 면회한다. 에번스와의 대화 중 아버지는 갑자기 아들을 공격하여 목을 조르는 난폭 행동을 보여 직원들이 제지하던 중 아버지가 죽는다. 관객들은 영문을 모르고 아버지의 광기로 보았는데 이는 복선이었다. 에번스가 한 시간 여행 중 아버지와의 면회 순간으로도 돌아와 아버지에게 과거를 아무 후유증 없이 바꾸는 방법을 물은 적이 있었던 것이다.

사실은 아버지 또한 시간 여행을 통해 과거를 바꾸었고, 이로 인해 여러 차례 수십 년의 기억들이 한꺼번에 뇌에 과부하가 되어 정신 이상 증세로 오인받아 평생 입원을 하게 되었던 것이다. 에번스의 말을 듣고 자신의 아들이 자신과 똑같은 하늘의 뜻을 거스른 행위를 하고 있음을 알게 된 것이다. 아무런 파급 효과 없이 한 사건만을 바꿀 수는 없으며 신의 뜻에 반하는 것이라고 말리지만 에번스가 포기하려 하지 않자 목을 조르는 행동을 한 것이다. 아버지는 아들이 하고 있는 행동이 어떤 끔찍한 결과를 불러옴을 알기에 저지하려고 한 것이다.

결국 에번스는 여러 번 과거를 바꾼 행동이 더 최악의 결과를 불러옴을 끔찍하게 경험하게 되며 아버지의 결론에 이르게 된다. 이미 만신창이가 된 몸과 마음으로 절실하게 외치는 것은, 이 모든 것을 다시 처음으로 되돌리고 싶다는 것이다. 그 처음은 언제, 어디일까? 감독은 우리의 탄생 시점, 영혼을 부여받은 어머니의 자궁으로 우리를 안내한다. 영혼을 주는 신의 목소리인가, 너(에번스)는 본래 부여한 영혼이 없으니 태어날 수도 없다는 목소리가 들리고, 태아는 탯줄이 감겨 질식사한다. 그러면 에번스가 세상에서 살면서 만들어진 모든 것들(에번스 자신의 삶, 모든 인연들, 에반스가 영향을 준 모든 인과관계들)이 없어지게, 아니, 아에 생기지도 않게 된 것이다.

이후 필름은 에번스가 아에 없었던 세상의 모습들을 보여 준다. 악동 토미가 모범생으로 살고, 켈리도 행복한 삶을 산다. 극장판은 감독판과 다르게 에번스가 마지막으로 돌아간 과거의 시점이 태아가 아니고, 켈리를 처음 만난 어린 시절로 되돌린다. 돌아가 에번스는 켈리에게 일부러 지독한 악담을 하여 켈리가 질겁하게 만들어 둘 사이의 지독한 인연을 끊어버린다. 이후 성인이 되어 켈리를 거리에서 우연히 마주친 에번스는 자신만이 아는 아쉬운 눈길을 주지만 켈리에게 에번스는 알아보지도 못하는 그런 존재에 불과하다. 해피엔딩이라고 할 수 있지만 감독의 분명한 의미 전달과 완성도를 위해서는 감독판이 더 낫다는 평가들이 많은 것은 사실이다.

: 홀로그램 우주

7년을 준비한 감독은 한정된 시간 안에 보여 주고자 하는 것들이 너무 많아 난해할 수밖에 없었고, 마니아 관객들은 많은 의문점을 가지고 서로 의견을 주고받는 화제의 영화였다. 앞에 말한 시간 여행과 카오스 이론, 두 소재 이외에 마지막으로 가장 중요한 소재라고 꼭 이야기하고 싶은 것은 홀로그램 이론이다. 영화 '스타워즈'에서 주인공 루크는 로봇 R2가 허공에 광선을 쏘아 비춰 주는 리아 공주의 3차원 입체 영상을 보고 모험 길에 나서게 된다. 레이저로 만든 3차원 영상인 이것을 홀로그램이라고 한다. 이것이 양자물리학으로 설명이 다 안 되는 우주의 원리를 설명할 수 있는 혁신적 이론이다.

레이저로 홀로그램을 만들어 보면, 만들어진 입체 형상의 아주 작은 입자에서도 그 전체 상을 볼 수 있다는 놀라운 사실이 그 출발점이었다. 부분에 전체가 집약되어 있는 것이다. 우리의 하루가 전체 인생의 축소판이라는 것과 같은 맥락 아닌가? 우리의 발, 손, 귀가 인체의 축소판이라고 한다. 이러한 것들이 홀로그램 이론으로 설명되는 것이다. 이제는 이 우주가 하나의 거대한 홀로그램이 아닌가 하는 것이다. 우주와 그 속의 모든 것들(단풍나무, 우리들, 전자, 별)이 시간과 공간을 초월한 실재의 차원으로부터 투사되는 영상에 지나지 않는다는 것이다.

홀로그램 이론에 바탕을 둔 좀 더 멋있고 그럴듯한 상상을 해 보자. 여기에 이 영화의 매력이 있는 것이다. 우리가 알고 있는 이 우주 외에도 다른 차원의 수많은 다른 홀로그램 우주가 존재한다고 상상해 보는 것이다. 주인공은 일기장을 통해서 기억을 잃어버린 과거의 시간과 장소로 들어가는 통로를 발견했다. 실재로 현실에서 그러한 과거의 시간으로 타임머신을 타고 가서 본 듯이 경험한 사람들이 있다.

《내셔널 지오그래픽》 편집 주간이었던 슈왈즈는 『시간의 비밀 동굴』이라는 저서에서 역행 인지 능력을 보여 주는 여러 투시가들의 사례들을 자세히 말하고 있다. 금세기 가장 뛰어난 투시가의 한 사람인 스테판 오쇼비키는 옛날 물건들로부터 내력을 읽는 능력이 매우 뛰어났다. 오쇼비키가 그 물건에 주의를 집중하면 의식의 전환이 이루어져 과거의 3차원 입체 영화를 보게 되는 것이다. 아주 구체적인 상황들과 자세한 묘사를 했다. 이는 그곳에 대해 자세한 고고학적 탐사가 이루어진 후에야 알 수 있을 만한 것들이라며 고고학자들이 입증했다고 한다.

이런 투시가들 이외에도 어떤 역사적인 현장에서 과거의 잔영들을 본 경우들이 아주 많다. 유령이라는 존재이다. 과거의 영상들이 없어진 것이 아니라 흔히 인지할 수 없는 차원에서 실재하고 있는 것이 아닌가 의문을 가지게 된다. 일반인들이라도 이를 인지하는 자신의 능력을 개발하면 이들처럼 우리 옆에 존재하고 있을 수 있는 과거의 홀로그램을 볼 수 있게 되는 것이다. 에번스는 이렇게 주의를 전환시켜 그 차원의 과거를 보게 되었다. 그리고 그 순간의 상황 선택을 바꾸어서 미래를 바꾸었다.

우리는 가끔 미래를 앞서 보았다는 사람들의 사례를 듣는다. 주로 꿈을 통해서이다. 꿈에 자신이 탄 비행기가 실제로 사고를 당해 승객이 전원 사망했다는 이야기 등. 이렇게 간접적인 것이지만, 생생한 미래인지 경험을 어떻게 설명해야 하나? 이렇게 미리 슬쩍 미래를 내다보아서 위기를 면한 사람들은 미래를 바꾼 것 아닌가?

홀로그램 이론을 주창하는 학자들은 우리가 사는 이 우주와 현실은 수많은 홀로그램이 이론이 교차하는 다차원적 시공간이라고 한다. 그러니까 여러 채널을 통해서 슬쩍 하나의 가능성의 홀로그램을 엿볼 수 있는 것이다. 그래서 피하거나 미래를 바꾸는 행동을 했다면 다른 홀로그램으로 건너뛰어 옮긴 것이다. 영화에서는 이렇게 했을 때 자신이 바꾼 그 행동과 선택 하나로 인한 일파만파의 카오스 이펙트로 인해 엄청난 다른 현실 결과를 가져오는 것으로 그리고 있지만 말이다.

5

홀로그램 이론으로 가능한
만물의 상호 연결성

브라이언 와이스의 『전생 요법』이 우리나라에서 출간된 지 꽤 되었다. 이후 한 분의 국내 정신과 의사도 전생 치료의 사례에 대한 책을 출간했다. 이 책으로 전생의 유무에 대한 의학자와 일반인들의 관심이 증폭되며 많은 비판과 논의가 있어왔다. 또한 의사가 아닌 분들이 '전생 치료'에 대한 경험들을 말하며 대중 매체에 많이 소개되었다. 마치 유행처럼, 그리고 너무 가볍게 흥밋거리로 취급되는 현상을 보면서 씁쓸하고 걱정되던 기억이 난다.

사실 최면을 이해하고 치료 방법으로 인정하던 동료 의사들도 최면 치료 중에 전생의 경험을 보고하는 동료를 보면 과학적인 태도를 포기하는 것이라고 했다. 하지만 과학적인 태도란 것이 무엇인가? 과학이란 경험에 비추어 가설을 만들고 그 이론을 귀납적으로 확인해보는 것이 아닌가? 선입견을 버리고 환자를 위한 더 좋은 다른 치료법이 있다면 이를 취해야 한다고 생각한다. 다른 사람들의 비판이 있다면 같이 토론하여 후배들에게 권할 수 있는 체계적인 치료 방법으로 거듭나도록 노력해야 하지 않을지 생각한다.

히포크라테스 이후 (서양) 의학은 전체적인 인간관과 자연관을 망각하고 신체의 일부분에 세부적인 지식을 가진 의료 전문가를 만들어냈다는 지적을 겸허히 받아들여야 한다. 데카르트가 정신과 물질을 분리한 이후, 특히 의학에서 정신과 신체는 분리되어 유기적인 관계를 놓쳐 왔다. 이렇게 흘러오다 최근 대체 의학이 대두되면서 제도권 의학이 위축되고 있다는 걱정들을 많이 한다. 왜 사람들이 이토록 많은 관심을 기울이며 서양 의학의 근원지인 유럽과 미국에서 대체 의학에 만큼의 의료비가 지출되는지 우리들은 심각히 고민해야 한다고 생각한다. 수많은 종류의 대체 의학들에서 공통되는 것은 심리, 마음, 정신의 중요성에 대해서 인정하고 이를 적극 치료 이론으로 응용하는 것이라고 본다. 그리고 환자가 이제는 시술을 받는 수동적인 위치에서, 자신이 치료에 참여하여 그 증상과 병의 의미를 깨닫는 적극적인 자세를 가지도록 돕는다는 것이다.

우리의 정신이 신체, 사물과 그리고 의식들 간의 연결성을 이해하기 위해 한 가지 이론을 다소 길게 설명하고 싶다. 존경받는 양자물리학자이자 아인슈타인이 가장 총애한 천재 물리학자인 런던 대학의 데이빗 봄(David Bohm)과 신경생리학의 고전적 교과서『두뇌의 언어』의 저자인 미국 스탠퍼드 대학의 신경생리학자 칼 프리브램(Karl Pribram)이 홀로그램 이론을 1960년대 중반 구상함으로써 혁명적인 인식의 변화를 가져왔다. 프리브램은 기억이 두뇌의 어느 곳에 어떻게 저장되는가에 대한 의문을 가지면서 홀로그램 모델을 구상했다. 각 부분 속에 전체가 담겨 있다는 홀로그램 사진을 통해서 봄과 프리브램은 우주를 바라보는 새롭고 심오한 관점을 제공한 것이다.

'우리의 뇌는 궁극적으로는 다른 차원, 시간과 공간을 초월한 심층적 존재 차원으로부터 투영된 그림자인 파동의 주파수를 수학적인 방법으로서 재해석함으로써 객관적 현실을 지어낸다. 두뇌는 홀로그램 우주 속에 감추어진 홀로그램이다.' 두 사람이 내린 결론이다. 이러한 결론은 이 두 사람에게 객관적인 세계란 최소한 우리가 믿게끔 길들여진 방식으로는 존재하지 않는다는 깨달음이었다. 이렇게 길게 홀로그램 이론을 설명드리는 이유는 이 이론이 지금까지 설명 불가능했던 거의 모든 초자연적인 심리 현상들을 설명해 주며 이 모델을 받아들이는 과학자들과 정신의학자들이 끝없이 늘어나고 있다는 것이다.

: 초개아적 정신의학의 의미

이 이론은 심리학과 정신의학에도 영향을 끼쳤는데, 둘 이상의 개인들의 의식 사이에서 가끔씩 발생하는 설명할 수 없는 연결성을 설명해 준다는 것이다. 정신의학의 위대한 선구자인 융(C.G. Jung)의 집단 무의식과 동시성 이론을 수많은 후학들이 받아들이고 있지만 그 기전을 설명하지 못한다. 그러나 홀로그램 이론의 만물의 상호 연결성은 인류가 모든 의식의 깊은 차원에서 하나임을 말해 준다.

존 홉킨스 대학의 정신과 교수인 그로프(Stanislav Grof)는 비일상적인 의식 상태에 대한 30년 이상의 연구 끝에 우리의 정신이 홀로그램적인 상호 연결성을 통해 여행할 수 있는 탐험로는 광대하기 이를 데 없다고 결론 내렸다. 환각제인 LSD의 용도를 연구하던 중 피험자들이 자궁 속의 경험을 되살렸고, 실험을 자청한 의학자들이 모두 탄생 이전의 기억을 체험했고, 이는 모두 증명되었다.

친척이나 조상들의 의식 속에 들어갈 수도 있었다. 수백 년 전 조상들이 겪었던 사건들을 정확하게 묘사했다. 이는 그들의 교육 정도나 인종 관련 방면에 대한 이전의 지식 등을 비추어볼 때, 너무나 비범한 수준의 지식과 밝혀지지 않은 역사적 사실들이 포함되어 있었다. 피험자들이 체험한 것 중 영혼들과 초인간적 존재들과의 조우도 있다. 한 청년은 텔레파시로 말을 거는 존재가 어느 지방의 한 부부를 만나 자신이 잘 지내고 있음을 말해 달라며 이름과 전화번호를 들려주었다. 믿지 않았지만 깨어나 전화번호를 눌렀고, 한 여자가 그 이름은 자신의 아들이며 3주 전 세상을 떠났다며 슬피 우는 것을 들었다.

1회에 5시간 이상 이어진 3,000회 이상의 실험에서 그로프는 "의학과 과학의 패러다임을 개편할 필요성을 결론 내렸고, 인간 존재에 대한 현재의 이해도는 피상적이고 부정확하며 불완전하다는 것을 의심하지 않는다"라고 말했다. 그래서 그로프는 개인적 인격의 일상적 경계를 초월하는 경험 및 현상들을 지칭하는 '초개아적(超個我的, Transpersonal)'이라는 용어를 만들어 내고, 심리학자인 에이브러햄 메슬로와 함께 초개아 심리학을 창시했다(마이클 탤보트『홀로그램 우주』인용).

서구의 선구적 물리학자들이 의식 상태와 만물의 상호 연결성 같은『주역』의 동양 사상을 이야기하는 것은 1975년 물리학자인 프리초프 카프라가『물리학의 도』를 발표하여 현대 물리학의 새 기수로 등장한 이후 새삼스러운 현상이 아니며, 이들은 동양의 샤머니즘까지 연구한다. 우리가 미신으로만 치부하는 샤머니즘에 대해서도 이들은 배우려는 자세를 취해오고 있다. 또한 인간의 질병을 '질서와 조화의 깨짐'이라는 관점에서 보는 것도 우리가 균형 감각을 가지고 배울 일이다. 더 나아가서 명상과 초상현상, 윤회론까지 포괄하려는 서양의 과학자와 정신과 의사들을 볼 때 우리는 어떻게 해야 하는가?

정신과 교수인 그로프가 연구한 초개아 정신의학을 나는 공부하고 있으며, 여기에 포함될 수 있는 초개아적 최면 치료를 환자의 치료에 사용하고 있다. 그 치료적인 의미를 경험하기 때문에 계속할 것이고, 한 가지 의미가 더 있다면 죽음에 대한 진실한 접근 방법이 될 수 있다는 것이다. 죽음과 가까이 있는 환자에 대해 우리 의사들은 낭패감과 무력감을 경험해 보았다. 더 나아가 죽음이 우리 인간의 근원적인 불안이며, 정신적 안녕을 위해서 이 불안의 극복이 필요하다면 어떤 식으로든 접근해야 한다. 임사 체험을 한 사람들, 사망 선고를 받고 살아난 사람들은 삶에 대한 인식이 바뀌는 것을 보고 있다. 나의 경험으로 초개아적 최면 치료로 이러한 경험들을 유도했을 때 그들은 증상의 호전과 더불어 삶에 대한 태도가 긍정적으로 변하는 것을 보아 왔다. 그렇다면 그 와중에 발생하는 전생과 윤회 등의 문제가 허황된 것이라는 논점, 검증되지 않은 것을 치료적으로 이용한다는 논점 등이 과연 그렇게 중요한 것일까?

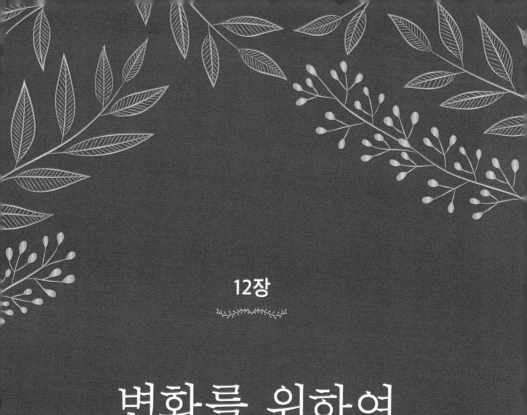

12장

변화를 위하여

① 빛나게 변화해야 할 꼴값

사람들은 정신과 의사에게 자신의 이야기를 들려주고는 심리를 분석해 달라고 한다. 이런 경우에는 '내 마음을 도저히 모르겠으니 당신이 분석해 줘' 하는 기대 심리이면서도, 저 의사에게 내 마음이 다 드러나지 않을까 하는 불안의 심리도 있는 것 같다. 의사는 이렇게 들어본다고 해서 분석을 할 수 있는 것이 아니다. 최소한 나는 그렇다. 그 사람의 살아온 역사와 지금의 심경을 충분히 오랫동안 다 들어봐야 어느 정도 짐작해 볼 수가 있다. 워낙에 조심스러운 접근인지라 조금씩 알게 되고, 짐작해지더라고 섣불리 말하지 않는다. 상담을 오래 해 보니 섣부른 해석은 서로의 치료적 관계를 해치고 치료를 낭패로 몰고 갈 수도 있음을 경험해 왔기 때문이다.

환자의 마음속에 있는 우울, 비관적 생각, 분노, 피해의식, 자기 증오 같은 것들은 의사로서 없애려고 계속 싸워 온 것들이니 이러한 것들과의 '전쟁'이라고 표현해 보고 싶다. 특히 자기 증오와 같은 놈은 마치 베어도 베어도 자라나는 도마뱀 꼬리처럼 질겨서 정말 치료자와 환자를 힘들게 한다. 내공을 다 뽑아내어 청룡언월도로 자르고 레이저로 태워 버려도 남아 있는 벌건 마음의 자국을 보면 때론 소름 끼치기도 한다. 이러한 전쟁에서 무기라고 할 수 있는 것들이 필요하다. 무기 중에는 상대를 이해하는 데 필요한 툴(방법)도 있다. 정신과에서는 심리 검사가 대표적인 툴이라고 할 수 있다.

: 하회탈 바깥양반과 화병 부인

얼마 전 다녀간 그 여성이 남편을 데리고 다시 방문했다. 이 40대 여성은 사는 재미가 없고 짜증을 동반한 심한 감정의 기복으로 힘들어했다. 마음의 감기라고 하는 주부 우울증의 모습이었다. 남편과는 신혼부터 서로 마음이 안 맞아 왔는데 정말 그 속을 모르겠다고 하소연했다. 심리 검사를 해 보면 서로를 이해하는 데 도움이 된다고 권유했던 터였다.

대개 남편들은 아내의 정신과 치료에 같이 오려 하지 않는다. 정신과에 대한 막연한 거부감이 있고 아내의 우울증에 자신이 가해자로 취급받지 않을까 하는 불안감도 있기 때문이다. 이분도 가족들의 성화에 오긴 하였지만 의사를 경계하는 태도였다. 우선 부인의 우울증이 어떻게 심한지 설명을 드리고 치료를 하면 충분히 나을 수 있음을 설명드렸다. 여기에는 남편분의 도움이 꼭 필요하다, 도우려는 마음이 있더라도 서로 소통이 안 되면 어렵다, 서로 성격과 소통 방식이 어떻게 다른지를 제대로 이해한다면 갈등을 푸는 데 큰 힘이 될 것이다 등을 말하였다.

이 남자는 심리 검사에서 외향적-감각-판단-유형의 성격으로 나왔다. '독재자' 스타일이다. 가정에서 자신의 뜻대로 매사를 결정하고 모두 따르라는 식으로 살아왔다. 부인은 내향적-감정-인식-유형이었다. 자기주장이 적고 순종적인 성향으로 꼼꼼하게 가정을 유지하는 현모양처 스타일이다. 이렇게 참고 살았기에 파국이 없이 겉으로는 잘 유지되고 있었던 것이다. 하지만 권위적이고 경직된 모습, 수고한다는 부드러운 말 한마디 없고 속내를 표현하지 않는 '하회탈' 남편이 계속되자 그녀가 화병에 이르게 된 것이다.

남편의 얼굴은 네모난 형이었는데 주역의 음양오행에서 '금' 형에 속하며 '원리원칙주의자'의 성향이다. 이처럼 '마음 꼴'과 '얼굴 꼴' 모두가 지금의 모습을 분명히 설명해 준다. 누구나 자신의 '꼴'에 따른 성향으로 살아간다. 하지만 타고난 '꼴'을 극복해야 하는 것은 우리의 숙제이다. 우리는 부모의 '꼴'을 닮는다. 이 남자의 아버지도 '독재자'였고 '독불장군'이었다. 아버지가 어머니를 힘들게 하는 것을 보며 자랐기에 자신은 절대 저런 아버지가 되지 않을 것이라고 결심했었다. 지금은 아버지와 같은 모습이 아닌지 물어보았을 때 그는 그렇다고 고개 숙였다.

아버지처럼 자신도 가족의 원망과 두려움의 대상이 되어버렸다는 사실, 가족을 위해 헌신하며 지금도 아내와 아이들을 사랑한다는 것, 성격과 의사소통 방식이 달라져야 한다는 것, 아내의 치료를 돕고 그녀의 말을 경청하며 자신의 속내를 부드럽게 표현하는 노력을 지금부터 꾸준히 하는 것 등을 받아들이고 약속을 하기에 이르렀다. 깨닫게 되면 스펀지에 물이 스며들 듯이 깊이 있는 변화가 가능하다.

서로 사랑하지 않아서 이런 갈등이 온 것이 아니다. 자신에게 있어 온 '틀'과 '꼴'이 사랑하는 사람과 어떻게 조화되지 않았는지 몰랐기 때문이다. 이 부부는 이제 깨닫게 되었고 서투르지만 변화를 위해 노력할 것이다.

: 저지르는 아내와 동굴에서 충전하는 남편

어느 장소이건 모든 사람들은 우리가 아는 몇 가지의 패턴들로 분류해 볼 수 있다. 혈액형에 따른 분류도 그럴 듯하니 말이다. 그래서 같은 패턴에 속하는 사람들은 그 성향이 비슷하다고 할 수 있다. 그럼 예측도 할 수 있어서 상대를 이해하는 데 도움이 되기도 한다. 심리 검사를 통한 성격 유형 파악은 부부간의 소통에 도움이 된다. 패턴이 서로 다른데 사랑하니까 자신과 생각이 같을 것이라고 단정하거나 요구한다면 불협화음의 시작이 된다. 내향적 성격은 사람들과 부대끼는 것이 편하지 않으므로 밖에서의 활동에 상당한 에너지를 소진한다. 그러니 내향적 남편은 집에 들어오면 아무것도 안 하며 귀와 입을 닫고 TV만 멍하니 보게 된다. 이게 자신의 충전 방법이지만 외향적인 아내는 너무 답답하다. 아내는 하루에 있었던 일들을 중계 방송해 주고 싶은데 남편은 마이동풍이다. 말이 씹히고 벽에 대고 말하게 되니 짜증이 난다. "당신은 주말이 되어도 허구한 날 방구석에서 야구 중계나 보고, 옆집 남편처럼 같이 장을 보러 가는 것도 아니고, 오랜만에 처갓집에서 불러도 핑계대고 안 가니 미워 죽겠어." 대충 이런 말들이 가정에서 다반사로 일어나는 대화들이다. 외향적 아내는 나가서 사람들 모임에도 들어가 주도적으로 뭐든 하고 싶다. 더구나 외향적 인식형이라면 우선 저질러 보고 생각한다.

이런 부인을 겪는 내향적 판단형 남편의 패턴에서는 정말 이해가 안 된다. 아내가 계획 없이 일을 충동적으로 저지르고, 소란스러우며, 한시도 가만히 있지 않기 때문이다. 자신은 계획된 일이 아니면 안 하기에 처갓집에서 불러도 당황스럽다. 이런 두 사람이 살 때는 서로 다름을 이해하고 배려해 주는 것이 갈등을 예방하는 방법이다. 그래서 아내들에게 남편이 동굴에서 쉴 때는 그냥 놔두라고 조언한다. 충전된 후 스스로 나와서 별일 없었냐고 물어볼 때까지 참아야 하는 것이 지켜야 할 수칙인 것이다. 밖에서의 활동과 말을 섞는 것이 내키지 않아도 즐거워하는 부인을 위해서 가 줘야 하는 것이 남자가 배려해야 하는 수칙이다.

: 수많은 다짐보다 마음 꼴이 바뀌어야

사람의 패턴은 반복되는 것 같다. 그 사람이 과거에 그랬듯이 앞으로도 그러한 패턴대로 할 가능성은 높다. 그게 실수이든 성공이든 말이다. 내가 같은 잘못(관계 유지에 치명적인)을 반복하는 남자를 두고 고민하는 여성에게 때로는 헤어지라고 권하는 것은 이 때문이다. 패턴을 바꾸어 버릴 의지가 없이 앞으로 잘하겠다는 말만 반복한다면 그 사람은 그 패턴의 굴레에서 절대 못 빠져 나온다. 이것은 그동안 많은 분들을 상담해 보고 느낀 점이다. 좋고 건강한 패턴으로 반복해서 성취와 행복을 이루는 사람들은 자신이 알든 모르든 참으로 좋은 성공 습관을 가지고 있는 셈이다.

"비즈니스의 핵심은 돈과 기술이 아니고 사람이다. 철학과 열정의 마음을 가진 사람을 얻으면 기술이 따라온다." 애경에서 수많은 히트 상품을 만들고 KTF에서도 'Show' 등 메가 히트를 친 전 부사장 조서환 씨가 한 말이다. 한 팔을 잃은 상이군인인 이 양반의 인생은 소설같이 드라마틱하다. 수류탄이 터져 만신창이가 된 자신을 버리지 않고 결혼해 준 부인과 가족에 대한 사랑, 헌신이 열정의 모티베이터가 된 것이다. 이것을 성공에 이르는 자신의 패턴으로 만들고 제일 원칙으로 지키며 난관을 극복해 온 것이다. 요즘 자기 경영이니 부부 프로그램이니 청소년 프로그램이니 하는 것들은 사실 자기를 해치는 나쁜 패턴에서 좋은 패턴으로 바꾸자는 것이다.

오프라 윈프리는 어린 시절 부모의 이혼을 겪고 수많은 성폭행을 당했던 불우한 아이였다. 하지만 이런 상처들은 세상에 대한 영향력 1위의 훌륭한 사람이 되는 것을 방해하지 못했다. 상처를 받고 마음이 여려 화를 못 내면 자신을 증오하는 부정적 패턴으로 가는 것이 쉬운 흐름이다. 이를 거슬러서 내 안의 긍정을 잃지 않는 것이 중요하다.

사람들의 차이를 기질과 유형의 차이로 이해해 보고 그분들과 같이 고민해 왔다. 말과 행동의 뿌리가 되는 패턴을 짐작해 보는 것은 이처럼 유익한 작업이었다. 심리 유형, 혈액형, 얼굴형(음양오행) 같은 패턴은 '꼴'이라고도 부를 수 있다. 사물의 모양새나 됨됨이를 이르는 말인데 '꼴값한다'는 속어도 여기에서 나왔다. 자신이 타고난 꼴의 값은 얼마일까? 얼굴 꼴보다 변화의 가능성이 무궁무진한 것이 마음 꼴이다. 자신이 간절히 바라는 것을 이루려면 그에 맞게 마음의 꼴이 그럴 준비가 되어 있어야 한다고 생각한다. 우울해서 자기 증오에 빠져 있을 때의 마음 꼴이 완치되면 주위에 좋은 기운을 주는 청량한 꼴로 바뀌는 것을 보아 왔다. 오늘도 난 그 마음의 꼴이 빛나게 바뀌어 가는 분들을 보는 낙으로 나의 꼴값을 하고 있다.

2

현재가 중요하다

아동과 청소년 권리 선언이 좋은 부모들 모임에서 있었다고 들었다. 아이들이 지금 현재 자신의 행복을 추구할 권리가 있다는 것이다. 현재의 행복 말이다. 판단력이 떨어지고 철이 없는 아이들이 현재의 즐거움을 추구하기 위해 고통스러워도, 해야 할 공부를 게을리하면 어떻게 할 것이냐고 반대하는 학부모들이 많을 것이다. 하지만 좋은 부모들 모임의 학부모들은 아이들의 지금, 지나가면 다시 오지 않는 이 시기에 아이들이 누릴 수 있는 특권을 존중해야 하지 않는가 하고 무척 고민하고 있는 것이다.

우리는 그동안 더 좋은 앞날을 위해 현재의 고통을 감수하는 것이 당연하다고 생각해 왔다. 현재의 노력 없이는 더 나은 미래를 담보할 수 없을 것이다. 우리는 개미와 베짱이의 우화를 들으며 추운 겨울에 배고프고 떠는 베짱이의 꼴을 당하지 않기 위해서도 살벌한 경쟁 사회를 만들어 온 것이다. 하지만 '현재란 미래를 보장받기 위하여 감내해야 하는 고통의 시간'이라는 공식은 고민해 보아야 할 것 같다. 현재의 행복도 중요하기 때문이다. 베짱이의 마음을 가진 개미가 되어야 할까. 당장의 즐거움을 뒤로 미루고 지금 해야 할 것을 하는 개미의 준비하는 오늘도 중요하다. 치밀한 성실감은 성공이 아니라 자기실현을 위해서 꼭 필요하기에 현재의 행복과 더불어 중요한 습관이다. 행복을 추구해야 하고, 오늘 만들어야 할 습관도 내일로 미루면 안 되는 것이 우리의 고민이자 숙제이다.

진료실에는 현재 갈등을 겪고 있는 부모님과 학생들이 방문한다. 학교 폭력과 우울증, 학습 부진 등의 문제들이다. 그 원인들은 가정에 있었다. 아이들의 낮은 자존감, 우울, 공격성, 산만함 등의 문제들은 부모가 준 상처와 환경 때문이었다. 부모가 만들어 주는 가족 관계와 인성이 공감력, 대인 관계 능력, 갈등 해결 능력, 자기 효능감을 좌우한다. 그런데도 우리들이 아이들의 성적에 신경을 곤두세우는 것은 미래가 불안하기 때문이다. 우리의 부모들이 고생하며 되새기는 것은 내 아이의 공부는 부족함이 없도록 뒷바라지하겠다는 것이었다. 우리도 의무와 보람으로 그렇게 하고 있다.

하지만 현자들은 '지금'만이 존재하는 모든 것이고 과거와 미래는 없다고 단언하고 있다. 에크하르크 톨레는 "과거와 미래가 꿰어 차고 앉은 생활은 기억과 기대감을 통해 살아가는 세상이므로 현재 순간을 존중하고 인정해 주지 않는 세상이다. 과거는 우리에게 정체성을 선물하고 미래는 구원과 성취를 약속한다고 믿어 현재 순간을 놓쳐버리는데, 과거와 미래는 환상이다"라고 했다. 그는 지금이 중요한 이유를 이렇게 말한다. 즉 첫째로, 지금만이 존재하는 모든 것이며, 영원한 현재만이 우리 삶이 펼쳐지는 무대이기 때문이다. 둘째로, 지금만이 마음이 제한하는 범위 너머로 우리를 데리고 갈 수 있기 때문이다. 그래서 인생의 아름다운 순간은 바로 '지금'이라고 하는 것이다.

현재 속에 존재한다는 것은 잡념을 없앤다는 뜻이다. 그것은 바로 지금 중요한 것에 관심을 쏟는다는 뜻이다. 우리가 무엇에 관심을 쏟는가에 따라 소중한 선물을 받을 수도 있고 받지 못할 수도 있다.

스펜서 존슨 『선물』

3

그 사람이 그리워지는 사회
영화 '변호인'

    한 정치인의 실제 삶을 다룬 영화가 천만 관객을 동원했다면 스토리의 힘일까, 인물의 힘일까 생각해 본 적이 있었다. 영화 '변호인'과 노무현 전 대통령의 이야기이다. 그가 부산에서 인권 변호사로 거듭나게 된 실화를 토대로 만든 이 영화는 국민들이 엄청난 반응을 보여 주리라고 전혀 예상하지 못했다고 한다. 양우석 감독이 오랫동안 시나리오를 준비하며 꿈꿔 오다가 투자사를 받지 못해 저예산 독립영화로 만들려 했었다고 한다. 더군다나 민감한 이 영화를 맡으려는 감독이 없어 양 감독이 직접 메가폰을 잡게 되었다. 송강호(송우석 역)의 합류로 힘을 얻은 양 감독은 김영애(순애 역), 곽도원(차동영 역), 오달수(사무장 역), 임시완(진우 역)이라는 명배우들의 소름끼치는 열연과 다큐에 준하는 담담하고 훌륭한 텍스트의 기반 위에서 천만 영화를 일구어낸 것이다.

    그 시절은 안기부와 검찰, 경찰이 정권 유지의 주구로서 독재에 반대하면 일반 학생이나 양민들을 간첩이나 사상범으로 몰아 불법 구금과 고문을 일삼던 때였다. 그 당시 터진 획을 긋는 사건이 부림 사건이었다. 제5공화국 초기였던 1981년 9월, 부산 지역에서 사회과학 독서 모임을 하던 학생, 교사, 회사원 등 22명이 영장 없이 체포돼 물고문 등 살인적인 고문을 당하며 공산주의자라는 낙인을 받은 용공 조작 사건이었다. 진우가 이 사건에 주범으로 되어 있었다. 그들이 공산주의 혁명 서적을 다루었다며 검찰이 증거

로 삼은 책은 E.H. 카의 『역사란 무엇인가』였다. 송우석이 영국 대사관에 문의하여 받아낸 답변으로 원고 측의 오류를 지적하는 장면은 영화의 압권이었다. 실제로 노무현 그가 변호사 시절에 이렇게 논박한 것은 맞지만 부림 사건이 아니라 다른 인권재판 때였다고 한다. 사실과 허구가 잘 버무려진 영화적 표현이었다. 이 책은 "역사는 현재와 과거의 끊임없는 대화이다"라는 말로 유명한 역사책이다. 고전이 된 인문학 책을 공산주의 혁명 교재라고 제시한 검찰의 무지와 오만이 황당하고 씁쓸하다.

: 다리 저편으로 건너간 사람

우석은 진우의 변호를 준비하며 협박과 고초를 참아내며 밥벌이하느라 몰랐던 시대의 진실에 직면하게 된다. 속물 변호사가 이웃의 인권이 유린되는 것을 직접 본 후, 마치 벼락 맞은 듯 엄청난 내면의 변화를 겪게 된 것이다. 이 경험은 이전의 삶과 지향하는 바가 180도 달라지게 만든다. 타인의 억울한 절망적 상황을 비껴서 보지 않고 분연히 뛰어들게 되면 결심해야 할 일이 생긴다. 바로 지금까지의 가치관이 달라지면서 돈에서 멀어지고, 내 가족이 힘들게 됨을 각오하는 것이다. 이것을 극복하면 다리를 건너게 된다. 다리 저편으로 간 사람은 가난해지지만 갖은 유혹에도 뜻을 굽히지 않는다. 권위로 타인들을 누르지 않는다. 계속 자신의 가는 길을 성찰해 보며 자신에게 엄하다. 이전보다는 좀 더 크고 먼 앞을 보려 하고, 자신의 문제보다 우리의 문제들을 고뇌한다.

난 노무현 전 대통령이 이 다리를 건넌 사람이라고 생각한다. 아마 양우석 감독도 같은 생각이 아닐까 짐작해 본다. 이 영화는 노무현이 민주 투사 같은 인권 변호사가 되기 전, 5공 청문회에서 전(前) 대통령에게 호통을 치기 전, 검사들과 맞짱 토론을 벌이는 혁신적인 대통령이 되기 전, 어떻게 해서 세속적인 세무 변호사가 엄청난 변신을 하게 되었는지를 보여 준다. 영화 대사에도 나오지만 '상식이 통하는 사회'로 만들기 위해 '계란으로 바위 치는 격이지만 계란은 살아 있기에 죽은 바위를 결국은 넘는다'는 간단한 진실을 믿고 바위에 부딪치면서도 나아간다.

그래서 이 영화는 전 대통령의 영웅담이 아니라 우리 자신을 돌아보게 만드는 평범한 사람들을 위한 것이다. 진실을 알면서도 그렇게 행하지 못하는 우리 보통 사람들을 돌아보게 만든다. 물론 깨닫는다고 해도 대부분은 저 다리를 건너지는 못할 것이다, 너무 힘든 삶이기에. 그가 보여 주었던 모습들, 남들과 다르게 무소의 뿔처럼 어렵고 외진 길을 고집했던 것이 쇼맨십이 아니지 않은가. 어쩌면 그 자신에게는 당연한 길이고 쉬운 결정이었을 수도 있다. 왜냐하면 '비겁하게 살지 않겠다'고 결심하고 '사람 사는 세상'을 만들기 위해 그 다리를 건넌 '바보'이기에.

노무현 전 대통령의 공과는 관점들이 다양하니 역사가 평가할 일이다. 하지만 한 가지는 분명하다. 그가 편한 길을 놔두고 어려운 길을 갔다는 것이다. 검찰을 시녀로 두지 않았다. 국정원의 독대를 하지 않았던 유일한 대통령이었다. 정부의 모든 부서에 정보원들이 있어 장관들보다 먼저 대통령에게 보고하는 막강한 정보력을 가진 국정원이다. 그는 이 시스템이 대통령을 독주하게 만들며 아랫사람들과 소통을 방해하는 과거의 유산이라고 꿰뚫어 보았다. 국정원이 본연의 대북 업무로 복귀하도록 조치했다. 하지만 이미 비대해진 그 조직은 정치적이 되어 있었고 탈태 환골하지 못했다. 그 뒤의 대통령들은 그들의 통치에 국정원을 이용했고, 국정원 직원이 대선에 개입하는 지경까지 이르렀다.

: 파격적인 언행이 싫은 무의식적 이유

이 사람을 평하는 말 중에 흔히 듣는 것이 너무 튄다, 개인플레이하는 고집불통, 채신머리없이, 대통령의 품위가 없다, 파격적이어서 조직에 해가 된다 등이다. 이 말들은 한 사람의 가치관, 정치가로 걸어온 길, 사상과 의식을 평하는 게 아닌, 다분히 주관적인 감상에 그친 표현인 것 같다. 노무현 그는 이전의 대통령들과는 많이 달랐다. 권위를 내려놓고 아래로 지향했다. 이 모습은 우리가 보던 정치가들과는 확연히 다르고 낯설다. '에이, 저게 뭐야, 대통령이란 자가'란 생각이 들며 실망하는 국민들이 있을 것이다. 권위를 내려놓은 파격적인 언행들이 왜 너무 가볍게 보이며 불편해질까? 그가 행한 일들을 아주 어려운 것임을 인정하면서도 우습게 보는 것은 자신들의 내면에 있는 그림자 때문일 수도 있다.

권위를 부정하며 권력욕에 분노하는 사람이 사실은 권력을 부러워했다면 이 마음은 숨겨져 그림자에 남아 있다. 그래서 권위적인 사람을 보면 너무 분노한다. 그런데 탈권위적인 사람을 보아도 '~답지 않다'고 비난한다. 이 모두 자신 안에 꿈틀거리고 있는 권위에 대한 욕심을 누르며 부정하는 방법이 되기 때문이다. 우리는 어두운 시대에서 너무 강한 권력을 누려온 대통령들을 겪으면서 그 페르소나에 길들여져 왔다. 자유를 지키고 싶으면서도 강한 카리스마를 원하는 이중적인 마음이 있다. 그 주어진 카리스마적 권력을 애써 이용하지 않으려는 파격은 권력에 길들여진 국정원과 검찰, 경찰에게는 불편함을 넘어 적개심을 일으킬 수도 있다. 권력자에게 충성하면 나누어 준 힘으로 권력자가 된다. 상고 출신의 비주류가 청렴 개혁을 표방하며 그 달콤함을 뺏어갔으니 공격의 대상이 된다. 지위와 권력으로 누리는 페르소나는 중독성이 강하다. 자신이 동일시하여 달라붙어 있는 금 빛깔의 가면(페르소나)을 벗는 것에 저항감이 든다. 그림자가 달라붙어 있어 더욱 그렇다. 자신은 개인의 탐욕과 그 사람에 대한 충성이 아니라 나라에 충성하는 애국이라고 믿으려 노력하며 스스로를 속여 왔다면 페르소나 뒤의 그림자는 아주 짙어진다. 그 속에 스멀거리는 욕심과 분노는 포만감을 모르는 하이에나와 같다. 비슷한 그림자의 이들은 조직과 연대로 카르텔을 만들었다. 친일과 반공은 이 땅에 탐욕의 카르텔을 그럴듯하게 포장하여 거대한 숲이 되게 한 토양이 된 셈이다.

: 위선자들과 바보

영화에서 부림 사건을 조작해 나라의 위기감을 조성하여 정권 유지를 돕는 경찰로 나온 차동영이란 인물은 페르소나가 심각한 인물이다. 6·25 전쟁 때 경찰인 아버지가 인민군에 의해 총살되고 이후 빨갱이에 대한 분노로 살아간다. 악이라고 믿는, 믿고 싶은 대상에게 고문을 자행해서 누명을 씌우더라도 사회 질서를 지켜내고 있다는 페르소나를 만족시키는 경찰이다. 이 사람은 경찰이라는 두꺼운 페르소나 밑에 인간적인 양심이나 도덕이 포함된 내적 인격이 쪼그라든 미숙한 인격이다. 자신이 빨갱이로부터 자유민주주의를 수호하는 가치 아래서 다른 것들은 모두 하위의 가치로 두는 신념으로 산다고 착각하고 있다. 사실 지키고자 하는 것은 자신의 직위에서 오는 권력의 파워이다. 최고 권력자가 보장해 주는 그 자리는 자신의 그림자에서 스멀거리고 있는 공포를 느끼지 않게 가둘 수 있다. 아버지가 살해당하고 어렵게 성장한 아들은 세상에 대한 공포와 분노, 두 가지가 마음 깊이 자리하고 있다. 파워를 가지게 되었을 때 빨간색이 보이는 사람, 빨갱이로 믿고 싶은 사람에게는 그림자에서 나오는 엄청난 분노가 쏟아져 모든 양심을 마비시키고 잔인해진다.

차동영 경감 같은 사람들이 우리나라처럼 일제 36년과 분단된 수십 년의 상황에서 아주 많다는 것이 비극이다. 도둑과 조폭들은 스스로 떳떳하지 않기에 생존을 위해서라며 숨어서 몰래 범죄를 저지른다. 차동영 같은 이들은 나라를 위한 것이라 자위하며 무소불위의 권력으로 체제에 저항하는 국민들을 자신들의 기준으로 선택하여 처단한다. 자신이 투사하는 사람들을 음해하며 공격한다. 스스로를 자신이 속한 집단과 동일시하여 그 우산 밑에서 이익과 파워를 얻는다. 나라의 재산을 훔쳐가고 근간을 흔들 수 있는 위험한 인간들이다.

이런 위선자들이 자신들 안에 있는 욕심과 공포를 감추고 이것을 부정하기 위해서 한 사람에게 자신들의 그림자를 투사했다. 어느 누구도 예상하지 못했다. 자살은 권력으로 부를 챙기려는 사람이 선택하는 것이 아니기에. 그 정도 비리야 다른 대통령들처럼 적당히 시간이 지나면 잊히므로 경호원들을 두어 사저에서 잘살 것이니까. 그런데 검찰과 언론으로부터 도덕적 치명상을 받고, 도덕성이 최고의 가치였고 보루였던 그 '바보'는 부엉이바위에서 뛰어내렸다. 우리에게 사람 사는 세상을 만드는 숙제를 남기고서. 오늘 더욱 그 사람이 그리워진다.

4

정성을 다하는 리더
영화 '역린'

『중용』23장에는 "작은 일도 무시하지 않고 최선을 다해야 한다. 작은 일에도 최선을 다하면 정성스럽게 된다. 정성스럽게 되면 겉에 배어 나오고 겉에 배어 나오면 겉으로 드러나고 겉으로 드러나면 이내 밝아지고 밝아지면 남을 감동시키고 남을 감동시키면 이내 변하게 되고 변하면 생육된다. 그러니 오직 세상에서 지극히 정성을 다하는 사람만이 나와 세상을 변하게 할 수 있는 것이다"라고 쓰여 있다.

영화 '역린'을 관통하는 사상이며 정조 왕(현빈 분)과 그의 환관 상책(정재영 분)이 반복하는 명대사이다. '역린'은 조선 시대 가장 뜨거웠던 왕조인 영조, 정조 대의 정치와 음모를 보여 준다. 치열한 삶을 살았던 정조의 고뇌와 정조 1년에 그를 암살하려는 노론이 시해를 시도한 하루를 다룬 영화이다.

자신의 아비 사도세자가 뒤주에 갇혀 죽는 것을 겪은 세손(후일 정조 임금)은 궁 안의 모든 것이 두렵고 불안하다. 가슴에 칼을 숨기고 자신을 연마하며 영리하고 치밀한 군주가 되는 정조는 믿을 만한 심복은 근위대장 '홍국영'과 환관 '상책'뿐이다. 노론의 음모와 공작으로 사도세자를 자신의 눈앞에서 죽게 만들었지만 영조 임금은 세손만은 지켜서 정조가 등극하게 된다. 모든 눈들은 정조가 칼에 피를 묻히는지 주시하며 그야말로 살얼음판 같은 정국이 펼쳐진다. 영화에서는 정조의 총명함과 의지를 경계한 젊은 할미 정순왕후(한지민 분)는 손주를 불러 "주상이 다치면 내가 강녕하지 않아요,

출처: http://cine21.com/

새 왕을 다시 결정해야 하니까"라며 타이르듯 협박한다.

사료를 보면 정순왕후는 51살의 연상인 영조 임금의 계비이다. 그녀는 사도세자에게도 10살 어린 어마마마로서 소론을 지지하는 세자와 갈등이 있었고, 그의 뒤주 속 최후에 이르는 데 큰 영향을 끼쳤을 것이다. 그녀의 친정이 영조, 사도세자의 부자간 이간질을 통해 사도세자의 몰락을 주도한 노론의 가문이었기에, 대왕대비 정순왕후는 정조에게도 넘어서야 하는 정적이었다. 그녀는 정조의 급사 이후 11살의 순조를 왕위에 앉히며 수렴청정을 하는데 신하들에게 충성 서약을 받으며 스스로 여왕으로 칭했다고 한다. 사도세자를 동정하고 정조를 따르던 시파를 제거하고 천주교를 무자비하게 탄압하는 등 표독한 정치를 한다. 하지만 순조의 왕비로 선왕인 정조가 정해 두었던 대로 안동 김 씨 김조순의 딸이 된다. 그녀가 수렴청정에서 물러나고 몰락하면서 권력의 축은 안동 김 씨 가문으로 바뀌게 된다. 어쨌든 영화에서 자신들의 천하를 위해 왕을 갈아치우려는 노론의 암계와 독수, 정조의 긴박했던 하루를 보여 준다. 22대 왕 이산의 생애가 얼마나 피 마르는 시간들이었지 느낄 수 있다.

궐내에서 누구도 믿지 못하는 살얼음 딛는 삶들이 있다면, 궐 밖 세상에는 가뭄에 죽어 나가며 양반들에게 착취당하는 민초들이 있었다. 어린 아이들을 사와서 살수를 만드는 인간백정 같은 살인 청부업자인 '광백'(조재현 분)은 환관의 수장 등 노론 세력들의 암살자 역할을 하고 정조의 심복인 '상책' 또한 살수 77호인 것이다.

정조의 개혁 의지를 읽은 노론은 그의 복수가 두려워 거사를 결정하고,

대왕대비 정순왕후의 개가를 받아 정조의 거처인 존현각에 무사와 살수들을 보내 역사에 실제로 있었던 그 피비린내 나는 밤이 시작되었다. 노론이 은밀한 독살도 아니고 이제 즉위한 임금에게 칼을 들이대는 역모를 한 것을 보면 자신들의 존위가 아주 위급하다고 판단했던 것이다. 그만큼 정조대왕은 수십 년 이상 조선을 지배한 이들에게 무서움을 안겨 줄 정도로 대단한 영웅이었다고 본다. 평생 암살의 위협을 받으면서 공포에 굴하지 않았다. 스스로 수양하며 백성의 괴로움이 안쓰러워 많은 개혁을 이룬 어질고 용감한 임금인 것이다. 아버지를 비참하게 잃었지만 분노로 눈이 어두워 복수의 칼을 무작정 휘두르지 않았다. 원수를 용서하며 자신의 편으로 오게 한 무섭도록 치밀한 사람이었다. 세상에서 지극히 정성을 다하는 사람만이 나와 세상을 변하게 할 수 있는 것이라고 믿고 실천하며 산 대왕이었다.

: 변화를 이끌어 내는 집권자의 진정성

정조, 그는 불에 덴 것보다 더 끔찍한 수많은 마음의 상처를 받고, 삶이 고통이라고 여기며 많은 날들을 공포와 불안 속에 보냈을 것이다. 사람이 자신의 목숨이 위태로워지는 공포를 겪으면 어찌되는가? 보통의 사람들은 비굴해지거나 잔인해지고 말 것이다. 노론의 대신들이 그림자와 심복들을 수십 년 동안 궁 안에 심으며 독살과 암살을 일삼은 이유는 권력에의 탐욕과 두려움 때문이었을 것이다. 자칫 잘못하면 역적으로 몰려 구족이 멸하는 참담함으로 떨어지는 세상이었다. '내가 먼저 살수를 쓰지 않으면 당하게 된다'고 믿었기에 『논어』와 『맹자』를 논하면서도 항상 정적인 임금의 허점을 노렸을 것이다.

노비의 등을 밟고, 산해진미를 먹고, 비단 금침을 덮고 사는 이들의 삶이지만 백척간두의 위태로운 삶이었다. 이러한 정치와 음모의 세계에서 한 팔로 자신을 가다듬고 한 팔로 백성을 일으키며, 한 발로 적들을 견제하고 한 발로 제왕의 군도를 걸어간 정조는 조선조에서 세종과 더불어 가장 훌륭한 임금이라고 생각한다. 결국 독살로 생을 마감한 것으로 추정하지만 삶의 끝까지 정성과 진정성으로 세상을 변화시키려고 한 그의 업적은 오늘날 더욱 되새겨 보게 만든다.

왜냐하면 정조 그가 평생 실천 철학으로 삼았을 『주역』 23장의 이 구절은 세월호 참사에서 수많은 어린 아이들을 물에 빠뜨린 우리 어른들이 가슴에 새겨야 할 내용이기 때문이다. 무엇을 잘못했는지 모르는 관료들과 정치인들이 있다.

대통령은 잘못을 시정하고 책임자를 엄벌에 처하겠다고 하였다. 하지만 문제의 핵심을 통찰하지 못하는 것으로 보였다. 그래서 진정성도 부족해 보였다.

국민들은 그녀에게서 아버지의 강력한 리더십과 부드러운 모성을 기대했을 것이다. 하지만 그녀가 살아온 삶에는 더불어 살며 갈등과 고통을 이겨내고 관용과 공감으로 소통을 이루어낸 시간들이 별로 보이지 않는다. 백성의 고통에 다가가서 위로하는 모습은 거짓이 아니라 진정 아파하는 것으로 보인다. 하지만 그 후 시정하라는 명령과 하위급 공무원을 자르는 것으로 끝이다. 자신 주위의 인의 장벽과 시스템의 문제를 깨닫지 못하는 것 같다.

집권자가 무서워하는 것은 무엇일까? 국민들의 불신이어야 하지 않을까. 두려워하는 게 집권당의 실각이나 야당의 득세이지 않을까 걱정된다. 왜냐하면 이를 같이 두려워하는 모든 기득권 세력들이 집권자의 주위로 채워질 것이기 때문이다. 이 인의 장벽은 구태의연한 정치인들과 부정부패 세력, 재벌 등으로 촘촘히 짜여 있어 대통령의 눈과 귀를 막을 것이다. 이들의 욕심을 채워주기 위해서는 유병언 세모회장 같은 기형적인 악덕 기업인이 나올 수밖에 없다. 그 결과로 비정규직이 가장 많은 OECD 국가가 되는 것이고, 이러한 대형 사고가 날 수밖에 없는 것이 아닐까.

가족을 잃은 백성에게 아픔을 위로하고 용서를 비는 리더의 진정성은 나라의 변화로 실천되어야 한다. 그러기 위해서는 그 잘못된 핵심을 알아내고, 자신을 떠받치는 세력이라 하더라도 한 손은 읍참마속의 결단으로 실행해야 한다고 생각한다. 이렇게 해야 나머지 한 손으로 상처 입은 국민들을 위로할 때 그 정성이 겉으로 배어 나와서 밝아지고 감동시키며 결국 변화시키게 될 것이라고 믿는다.

변화 경영 전문가
구본형 님을 추모하며

중복을 지나 말복으로 달려가는 삼복더위가 한창이다. 울산은 현대 계열의 근로자들이 이번 주와 다음 주까지 휴가 기간이어서 밖으로 빠져나가고 시내는 한산할 것 같다. 달력을 보니 벌써 올해의 절반이 훌쩍 지났다. 그것을 생각하니 이 무더위의 시즌도 소중하게 느껴진다. 어느 시간이 그렇지 않았을까마는, 올해는 나에게 여러 가지 의미가 깊은 시간이었고 또 그렇게 채워져 갈 것 같다. 나의 역사를 만들어 간다는 것은 무척 중요한 화두이다. 이를 위해서는 나의 미래를 무엇으로 채워 나갈 것인가에 대한 치열한 열정이 선행되어야 할 것이다. 그래서 10년에 한 번씩 자신의 10년을 돌아보는 자서전을 써 보는 것은 향후 10년을 어떻게 살 것인가에 대해 머리와 가슴에 선명하게 새겨지는 지침서가 될 것이다. 이 훌륭한 제안은 『나 구본형의 변화 이야기』라는 책에서 얻었고 가슴 깊이 담고 있다. 이 책의 저자는 변화 경영 전문가 구본형 님이다. 2014년 4월 13일에 유명을 달리한 고인이다.

이 양반을 알게 된 계기는 그의 첫 책 『익숙한 것과의 결별』이었다. 1998년에 출간되어 당시 IMF와 맞물려 자기계발서로는 드물게 베스트셀러를 기록했다. 책의 제목이 나를 끌어당겼다. 『익숙한 것과의 결별』이라니. 변화를 위한 용기 있는 결단을 위해서 이보다 더 적절한 표현이 없을 것이라고 생각했다. 자신이 오랜 직장 생활의 안전함과 결별한 뒤 당시 우리나라에 사

례가 없던 1인 기업으로 서기까지
의 치열한 고민들을 담담히 써 내
려간 내공에 탄복하여 그의 팬이
되어 버렸다.

이후 『그대, 스스로를 고용하라』
와 『낯선 곳에서의 아침』 등을 탐
독했는데 벌써 10여 년 전의 이야
기가 되었다. 이후 그는 변화 경영

출처: http://www.bhgoo.com/

연구소를 세워 이 세상을 변화시킬 문하생들을 양성하는 데 심력을 기울였
다. 다양한 책들을 읽고 자신의 내면에 대한 치열한 탐색 후에 뽑아져 나오
는 생각들로 토론하고, 스스로 자기 책을 발간하는 것을 도와주는 것을 이
사람은 즐거워했다. '시처럼 살자'라는 다소 낭만적인 목표 아래 삶을 사랑
하고 인문적 소양이 뛰어난 제자들을 키워냈다. 이러한 그의 스승적 면모
는 저술가와 강사로서의 역할과 잘 어우러져 같은 시대를 사는 많은 이들
이 '사람 구본형'을 사랑해 왔다.

난 애독자가 된 후로 그가 몸소 보여 주는 고민들을 후학으로서 지켜보
았다. 스스로가 자기 삶의 주인이 되어야 하는 이유, 변화가 절실해야 하는
이유, 가족이 어떤 의미인지, 성공보다 자신의 행복과 주위 사람들과의 현
재가 소중하다는 것, 죽음이 다가올 때까지 내가 정하는 삶의 지표들을 즐
겁게 실천해보는 것 등을 말이다. 나 자신이 변화가 절실했던 그 시점에 이
사람은 나에게 등을 밀지 않고 넌지시, 그러나 마음을 크게 울리는 천둥소
리로 그렇게 해야 한다고 말해 주었다. 이런 의미로 보면 그는 나의 스승이
라고 할 수 있을 것이다.

59세의 나이는 너무 아깝다. 이제 그 넓은 혜안과 경륜으로 생의 절정을
누릴 수 있는 시기였는데 하늘은 아까운 사람을 데려갔다. 스스로 미숙아
라고 말할 정도로 내성적이고 수줍고 정이 많은 사람, 목표만을 보며 달려

가는 것이 아니라 두리번거리며 사람과 사물의 내면을 들여다보는 감성의 소유자였던 이분에게 나와 비슷한 성향이라서 더 끌렸는지도 모르겠다. 한 번도 뵌 적은 없지만 만나면 바로 친해질 것 같았고 흠모해 왔던 이 남자. 내가 구본형으로부터 느껴왔던 인간적 광휘는 신화학자 조지프 캠벨과 비슷한 느낌이다. 故 구본형 님을 추모하며 다시 한 번 그의 명복을 빈다.

6

고뇌하는 청년들에게

　청년들아, 미래를 위해 오늘도 열심히 준비하는 청춘들아, 취업이 갈수록 힘들어지고 있어 고민들이 많겠구나. 정부에서 지원하고 기업들이 노력한다지만 취업 재수생들이 갈수록 늘어나고 있다. 포기하는 이들도 늘고 있어 안타깝다. 사춘기의 호기심과 활동을 억제하고 너희들을 책상에 앉게 했다. 공부를 왜 해야 하느냐고 지친 모습으로 묻는 너희들에게 앞으로 잘 살기 위해서라고 대답했고, 번듯한 회사에 다니기 위함이라고 했다. 고등학교 3년만 참으라고 했는데 대학에 가서도 4년 이상을 취업을 위한 스펙 쌓기를 하게 되었다. 어른들이 정말 미안하다.

　부조리한 현실에서 이력서를 수십 장 쓰는 젊은 너희들의 고뇌는 언젠가 자양분이 되는 필요한 과정이라는 말은 차마 못하겠다. '아프니까 청춘'이란 말이 받아들여지기에는 너희들의 마음이 여유가 없을 것 같다. 하지만 무엇이든 해 보려고 노력하는 이들에게 조금이라도 조언이 될 수 있다면 좋겠다.

: 밥벌이도 적성에 맞추면 더 잘한다

　밥벌이가 가장 중요한 것은 맞다. 일을 생계와 능력의 수단으로 생각하는 것은 저급한 것도 아니다. '철밥통'을 원해 공무원 시험을 준비한다면 그렇게 하라. 성실하고 책임감이 강하지만 변화를 좋아하지 않으며 안정이 우선인 사람들은 최고의 선택일 수 있으니까. 경쟁률이 높더라도 위축되지 말자. 너 이상 그 자리에 적임인 사람은 없으니까 밀어붙여라. 친구와 같이 평소 즐겨하던 취미를 창업으로 시작하려는 청춘들도 있을 것이다. 훌륭한 선택이다. 새로운 도전과 변화가 즐겁고 창의적인 자신의 아이디어가 성취로 이어지는 피드백을 열망하는 성향이라면 맞는 길을 찾은 것이다. 자신의 성향과 기질을 자세히 알아보고 여기에 맞는 진로를 정하라. 일에 자신을 맞추려 하는 것은 비효율적인 고통이다. 적성 검사를 해 보면 실재형, 탐구형, 예술형, 사회형, 기업형, 관습형 중 해당되는 성향이 나온다. 공무원은 사회형이나 관습형이 적절하며, 창업은 예술형이나 기업형의 사람들이 더 잘할 수 있다. 자신의 적성을 안 뒤 공무원이든 창업이든 자신이 가장 잘할 수 있는 사람이라며 확신을 가지자.

: 나침반을 들여다보며 가자

이렇게 도전하고 일을 시작한다면 후회하지 말고 자신의 분야에서 최고가 되도록 즐겁게 에너지를 쏟아부어라. 다만 한 가지 약속을 해 주면 좋겠다. 무엇을 하든 항상 깨어 있어 달라. 자신이 지금 어디로 가고 있는지 방향 감각의 나침반을 꺼 두지 말기를. 달리 말하면 가능한 의도한 삶을 살자는 것이다. 생존과 성취를 위해 어느 길을 가든지 자신에게 물어보며 나아가자. 자기 안을 들여다보고 세상을 바라보며 '왜, 어떻게, 무엇을'이라고 고민하는 것은 방황이나 사치가 아니다. 자신의 정체성에 대한 안테나를 켜 두는 것이다. 10대 후반, 학교와 학원으로 꽉 찬 시간표는 '왜'와 '무엇을'에 대한 사유를 박탈했다. 20대에 고민하지 않으면 평생 휘둘리는 삶을 살 수 있다. 자신의 정체성을 가지는 것은 신이 너답게 너 자신으로 살아가라고 배려해 준 섭리이다.

: 정체성도 성숙도가 있다

그런데 누구나 정체성은 가지나 성숙도가 다른 것 같다. 자신의 직업과 사회적 페르소나가 자신의 정체성인 양 믿는 어른들이 적지 않단다. 이러면 어떤 사람으로 살아갈까? 성공하여 권력과 권위를 가지게 된 이들 중에는 그 지위와 자신을 동일시하는 이들이 있다. 그 자리가 정체성이 된 것이다. 이들은 권력과 권위에 집착하여 경직된다. 강하고 화려하게 보이지만 내면은 공허하다. 그래서 더욱 권력과 지위에 과욕을 부리다 무너진다. 조직에 동화되어 진정한 자기가 없이 살아가기도 한다. 과도한 충성을 하며 목적이 양심과 인간성을 덮는 조직인이 된다. 대부분은 소극적인 조직인들이다. 남들이 '예'라고 할 때 혼자 '아니오'라고 말하지 못하는 삶이다. 자신이 원하는 것이 무엇인지 모르며 살아가는, 변화에 대한 두려움으로 현실에 안주하는 생활인이 된다.

: 사회적 자아는 불행을 막는 브레이크이다

사회적 자아는 더불어 살아가기 위해 소통하고 배려하는 성숙한 대인 관계 능력이다. 이것이 부족한 어른들을 너희들은 많이 보게 될 수도 있다. 내가 우선인 개인주의에서 타인들에 해악을 끼치는 이기주의의 모습 말이다. 연일 보도되는 기업인, 정치인, 검사를 포함한 공직자의 탐욕과 미성숙한 사회성은 너희들에게 참으로 부끄러운 일이다. 이들은 '엄친아'였을 것이고, 상위 1프로의 성적이었을 수 있다. 금수저가 아니면 피라미드 꼭대기에 오르려고 노력한 흙수저이다. 하지만 10대와 20대에 이루어야 할 성숙함을 위한 발달 과제, 정체성과 사회적 자아가 미숙했던 것이다. 이는 사회와 남을 위한 배려인 동시에 자신의 행복을 위한 배려인 것인데 모두에게 불행한 일이다. 청춘들아, 미안한 어른의 한 사람으로 부탁한다. 성공을 위해 노력해라. 하지만 브레이크 없는 벤츠가 되지 않도록 자신을 돌아보고 점검하자.

: 무엇을 하든 인문학적 소양을 쌓자

우리 대한민국의 초기 발전기에는 건축학, 기계공학, 법학이 주요 학문이었고 인기 진로였다. 급격한 발전을 이루고 살 만하게 되면서 경영학, 의학과 언론학 등이 그 뒤를 이었다. 이제는 인문학, 철학이 시대를 이끌어가는 학문이다. 대기업의 취업시험에도 인류의 역사와 사회에 대한 지식과 지혜가 필요한 질문들이 나온다. 자연과학과 공학에 인문학적 소양을 결합해야 하는 시대가 된 것이다. 선진국들인 영국, 프랑스, 미국의 공통점은 들쑥날쑥한 GNP보다 인문학과 철학이 발달한 것이다. 우리나라는 유교 사회에서 수십 년의 침탈을 당하고 급격한 자본주의의 유입과 발달을 겪으면서 사회적 정체성의 혼란의 시기가 계속되고 있다. 분단국가, 민주주의와 자본주의, 보수와 개혁이 제대로 융합되지 못하고 있다.

: 아닌 것에는 분노하자

이제 사회로 나아가는 청춘들아, 지금은 그 어떤 시대보다 발전된 사회이지만 개인의 인격이 존중받지 못하는 사회이기도 하다. '노블리스 오블리주'는 어려운 기대가 되었고, 분노가 투사되어 '묻지 마 범죄'가 늘어나고 있다. 인문학적 소양을 키우며 자기다움을 완성하기를 바란다. 진정한 자기다움, 개성의 목표는 행복한 자기 구현이다. 사회를 위해 자신을 희생해 주기를 바라지 않는다. 자기 희생하는 영웅의 삶은 너무나 힘들기에. 사회의 발전과 자신의 발전을 같이 이루는 합리적이고 성숙한 사람이 되자. 건강한 개인주의는 바람직하다. 심지가 있는 사람이라면 아닌 것에는 반대하고 분노할 수 있어야 한다. 건강한 시민들의 변혁을 위한 노력이 사회를 개혁시키고 발전시키는 것이다.

: 언제나 화두는 '사람'이다

또 한 가지 중요하다고 강조하고 싶은 것이 있는데 바로 '사람'이다. 여러분들이 부딪쳐 가며 깨닫고 체득할 테지만 언제나 화두는 '사람'이다. 그대들은 앞으로 수많은 사람들을 만나 교류하고 기뻐하며 실망하고 상처받고 가슴에 묻을 것이나 사람이야말로 가장 큰 재산이 될 것이다. 그러므로 그 재산의 실체에 대해 고민해 보는 게 도움이 될 것 같아 사람에 대한 4가지의 정의를 같이 생각해 보자.

1) 사람은 무의식의 명령을 받는 존재이다

인류의 역사로부터 계승되어 온 중요한 내용들은 우리의 무의식에 있다. 또한 생활에서 의식이 거르고 억제시킨 것들은 우리의 내면으로 가라앉아 무의식이 된다. 밤에 꾸는 꿈, 말의 실수, 망각, 최면 상태에서 떠오르는 내용 등은 무의식의 증거이다. 너무 많이 쌓아두기만 하면 마음이 꽉 차서 답답하고 불안하며 무기력해진다. 풀지 않고 넘쳐 버리면 부적절한 모습으로 튀어나올 수도 있다. 그래서 가능한 한 마음을 열고 적절히 표현하는 태도를 기르며 사람들과 소통하려고 노력한다면 무의식을 잘 조절할 수 있을 것이다. 건강한 사람이란 힘들면 거절도 할 줄 알고, 정당한 자기주장을 하고, 감정을 너무 억압하지 않고 적절히 표현하는 사람이다. 권위에 대해서는 존중하지만 항복하지 말고 어떤 대상과도 소통할 수 있는 유연성을 가지라고 당부하고 싶다.

2) 사람 사는 세상은 평등과 차등이 같이 있을 수밖에 없다

민주사회에서 사람은 모두 평등하므로 어떤 조건으로도 차별받아서는 안 된다. 하지만 기회 균등의 차등은 역사 발전의 원동력이었다. 원하는 것은 뭐든지 이룰 수 있다는 열정은 그대들의 훌륭한 동기가 될 수 있다. 그러나 앞으로 사회에서 사회적 불평등의 부조리를 겪게 될 그대들의 '아! 대한민국'은 실망을 주기도, 성취를 주기도 할 것이다. 이런 양면성을 겪으면서 사회도, 사람의 마음도 양면성이 있음을 저절로 깨닫게 될 수 있다.

3) 사람은 역할을 맡는 사회적 존재이다

사회화 과정이란 역할 기대에 따라 적절히 생각, 행동하고 규범과 문화를 익히는 과정을 말한다. 이런 과정에서의 성숙도는 얼마나 공감 능력을 가지고 있는가에 달려 있다고 해도 과언이 아닐 것이다. 나와 생각이 다르더라도 경청을 해 주면서 상대의 진심에 동조해 보려는 노력, 공감을 애쓴다면 훌륭한 사회인이 될 것이다. 내성적인 젊은이들은 활달하게 사람들 앞에 잘 나서는 리더십이 있는 사람을 부러워한다. 그렇지 못하다고 해서 자책할 필요는 없다. 타고난 심리적 기질은 부모에게서 받은 DNA에 따라 저마다 다름의 문제이지, 우열의 문제가 아닌 것이다. 나에게 부족한 기질 때문에 상실감을 느끼면 자신의 장점을 제대로 보지 못하는 우를 범하게 된다. 내성적이고 수줍음이 많은 성격은 침착하고 남의 말을 잘 들어주는 강점이 있다. 나서지는 않지만 타인을 잘 배려하는 조용한 카리스마를 가지도록 노력하면 되는 것이다. 자신이 부족한 논리성은 키우면 되고 스피치 능력은 노력하면 되는 것이다. 중요한 것은 겸손하게 상대를 내 옆에 앉히며 공감해 주는 태도이다. 여기에서 EQ(감성 지수)와 SQ(사회성 지수)가 높아지게 되는 것이다.

4) 사람은 신화적 존재이다

신화학자인 조셉 캠벨의 표현처럼 이야기 속의 미녀와 야수는 뉴욕의 신호등에도 서 있다. 즉 일상의 삶에 지친 우리의 내면에도 신화와 영웅의 재료는 있다. 그대는 어떤 신화를 만들고 영웅이 될 것인가? 마음속에 품고 있는 자신만의 영웅을 구현하려고 노력하면 인류의 진화에 동참하는 것이다. 그러니 충무공 이순신, 빌 게이츠, 김연아 등 누구든 그대의 삶의 여정에 우뚝 선 히어로는 이정표가 되어 그대를 흔들리지 않게 해 줄 것이다. 진화하고 구현하려면 자신의 삶에 푹 빠져야 하는데 바로 신명과 몰입이 필요하다. 무엇을 하든 신명나게 하고 그 일에 푹 빠져 몰입한다면, 그대는 자신의 운명의 실타래를 훌륭하게 풀어나갈 수 있을 것이다. 사람은 변할 수밖에 없는 존재라고 생각한다. 우리는 매순간 어떤 결정을 하는지, 어떤 목표를 설정하는지에 따라 미래가 달라진다. 현실에 안주하지 말고 꿈을 가져라. 꿈이 있으면 큰 성취를 위해서 작은 목표를 만들고, 이 목표를 성취하기 위해서 하루를 열심히 준비하는 건강한 피드백이 만들어진다. 미래의 성취에 중독되어 현재의 삶이 고되기만 하다면 곤란하다. 그러기에 신명과 몰입이 필요하다. 내 앞의 일에, 사람에 집중하고 공감하며 빠져들고 즐긴다면 후회가 적은 삶을 살 수 있을 것이다. 그리고 『모리와 함께 한 화요일』의 故 모리 슈워츠 교수가 남긴 말로 청년들에게 하는 부탁을 마치겠다.

"사랑을 나누는 법과 사랑을 받아들이는 법을 배우는 것이 인생에서 가장 중요하다."

다시 시작하는 중년들에게

중년은 이제 완성하고 정리해야 할 나이인데 다시 시작하는 중년들이라고 말씀드린다. 하지만 중년은 정말 다시 시작할 수 있고 다시 시작해야 하는 시기이다. 갱년기를 생각해 보자. '갱년'이란 성숙기에서 노년기로의 이행을 뜻하며 여성의 폐경에서 나온 단어이다. 여성 호르몬이 급격히 줄어들면서 생리가 끝나게 됨을 뜻한다. 여성의 정체성이 없어지는 것처럼 받아들여 우울해지시는 분들이 많다. 잘못 알고 있는 사실이 있다. 여성 호르몬의 급감은 다소의 열감을 동반하는 것이지, 우울증에 이르게 하지 않는다. 갱년기 우울증은 호르몬의 감소가 주범이 아니라 상실감 때문이니 마음 약해지지 말자. 이 시기의 특징상 우울증이 잘 오는 것이다.

가정을 위해서 정신없이 살아온 30대와 40대가 끝나면 여성을 기다리는 것은 텅 빈 가정이다. 아이들은 이제 엄마를 기쁘게 하기보다 자신들의 기쁨을 위해 나가 버려 외롭다. 남편은 밖에서 지위가 높아져 많은 이들을 기쁘게 하기에 바쁘고 귀가가 늦기에 아내는 쓸쓸하다. 자신의 일을 하는 갱년기 여성들은 전업주부보다 덜할지라도, 공허하고 언제부터인가 좋은 게 없는 불감증 같은 마음이 되었다. 폐경은 완경기(完經期)란 용어가 맞다. 번거롭던 생리를 이제 완성하여 그 생리 전 중후군에서도 벗어났으니 축하할 일이다. 그러니 이제 다시 시작해야 한다. 돌이켜 보면 육아에 바빠서 하고 싶었지만 미뤄 놓은 버킷 리스트들이 있을 것이니 찾아보자.

내가 아는 유명 작가는 오랫동안 육아와 시아버님의 병구완으로 정신없이 살았었다. 어른이 돌아가시고 아이들도 성장했기에 가족에게 선언했다. 이제 나 하고 싶었던 것을 하며 살 테니 아무도 날 건드리지 말라고. 열심히 수필을 쓰고 소설을 썼다. 삶의 경험들은 글의 옹이가 되었다. 역사적 사실에서 영감을 얻어, 그 위인의 생애를 쫓아 일본으로 여러 번 다녀오며 구상을 하고 글을 썼다. 베스트셀러 작가가 되었는데 이제 시작이라고 한다. 참아온 글에 대한 허기는 열정의 원천이다. 당신은 어떤 갈증이 있었는가? 포기하고 묻어 버려 기억나지 않는지? 이제 다시 시작해 보는 것은 자신을 위한 일이다. 일기를 들춰 보면 놓아 버린 소망이 있을 것이다.

: 폭식은 당신의 자존감을 채워주지 못한다

착한 남편과 말 잘 듣고 잘 커준 아이들이 있어 공허하지 않고 충만하며 걱정이 없는 분들도 있다. 52세의 A가 그랬다. 아내와 엄마 역할로서 행복했다. 자신의 행복은 그들의 존재로서 확인이 되었다. 혼자 있는 것이 불편하였고 두려웠다. 집안일을 버리고 대학 다니는 아이들을 찾아가 돌봐 주려고 하였다. 아이들과 마찰이 생기는 것은 당연했다. 남편의 늦은 귀가를 들볶고 우울해했다. 가족은 A가 자신들을 신경 쓰지 말기를 바랐다. 하지만 A는 지금까지 가족을 돌보는 것이 자신의 업이고 낙이었는데 이제 신경을 끄라고 하니 화가 났다. 52세이면 새로 시작하기에 충분한 나이이다. 그들의 인생이 내 것인 양 동일화하고 애태우던 습관을 버리라고 부탁했다. 옛날의 일기를 보고 식탁 데코레이션에 관심이 많고 소질이 있던 것을 기억했다. 이제 플로리스트와 홈 데코를 배우느라 바빠서 즐거운 비명을 지른다. 몰입할 자신의 일에 성취감을 느끼니 행복하다. 충만하여 자연스레 나오는 활기는 더 젊게 만든다. 이제 즐거운 나의 일에서 나를 찾게 되고 자존감이 올라가는 경험을 한다. 새로운 시작이 훌륭한 선택이라는 증거이다.

자신이 행복하지 않다고 여기는 우리나라 중년 여성이 약 20% 정도라고 추측하는 것은 너무 비관적일까. 문제점을 많이 들여다보는 정신과 의사의 지나친 오버라면 좋겠다. 외도로 인한 갈등이 더 많아졌으며 이혼율은 여전히 높아진다. 경기가 악화되면서 경제적으로 붕괴되는 가정이 늘어나며 와해되는 가정도 많아진다. 공허함을 채우기 위해 알코올 의존과 담배 의존 여성들이 크게 늘어났다. 우울증에 걸려 감정 기복이 커지며 공허감을 채우기 위해 폭식하는 여성들도 많아진다. 음식과 술은 채워 주지 못하는 것, 남편과 자식들로 채워지지 않는 것. 공허한 내면은 여성들 당신의 자존감으로 채워져야 한다.

: 내공을 쌓아 남자의 품격을 세우자

60이 넘은 장년의 남성들이 퇴직 후 쏟아져 나온다. 50대 후반의 중년들도 조기 퇴직으로 수십 년의 직장을 그만두고 집으로 들어온다. 당장 생계가 곤란하지는 않기에 집에서 쉰다. 오랫동안 쉬어 본 적이 없기에 어색하고 힘들다. 아내가 있던 시간과 공간을 이제 같이한다. 부인은 수발을 들어야 하니 고역이다. 친구 남편은 매일 운동하고 사람 만나러 다닌다는데 이 '웬수'는 바위에 붙은 말미잘처럼 꼼짝을 안 한다. 집안일에 간섭하여 아내와 부딪친다. 나이가 드니 여성스러워져서 질투와 의심이 많아지고 가계부도 점검하려 든다. 이런 문제로 같이 상담 받으러 오는 중장년 부부들이 늘어나고 있다.

퇴직 후의 삶을 준비해 온 분들도 많을 것이다. 창업하는 이들이 있고, 하청 업체의 간부로 들어가 직장을 연장하는 이들도 있으며, 열심히 일했으니 채소나 기르는 전원생활을 시작하는 이들도 있다. 무엇을 하든 이전의 삶과 크게 다름을 느낄 것이다. 지위와 권력이 예전 같지 않고 힘이 빠졌으며, 추진력이 떨어졌고, 자신감이 줄었다. 그러니 "왕년에는 내가……"의 회고조가 될 수도 있다. 이런 말은 노래방에서 '킬리만자로의 표범'을 부르는 것만큼이나 민폐임을 아시는가.

이럴 필요가 없다, 당신은 아직 힘과 능력이 있기에. 다만 이전과 다른 내공을 갖춰야 한다. 이젠 조직의 힘이나 인맥과 과거의 정에 의지하지 말자. 약해질수록 과거와 관계에 의존하는 것이 오래된 직장생활의 구태인데 자신을 더 비굴하게 만든다. 밖에서 받은 자존감의 상처와 스트레스는 집에서 만만한 나의 오래된 동지에게 부하를 대하듯 풀어 버리지 않는지? 중년 남자의 까칠한 모습은 고개 숙인 모습만큼이나 보기 싫다.

이제 다시 시작하자. 가장 중요한 것, 내공은 품격이 우러나와야 한다. 『남자의 고전』에서 맥케이는 이렇게 말한다. "남자가 된다는 것, 인간다운 삶을 산다는 것은 일회성 이벤트가 아니다. 그것은 매순간, 그리고 매일 여러분이 하는 선택이 만들어내는 것이다. 그것은 이 사회가 사람들에게 거는 낮은 기대치에 맞서 저항을 선택하는 결단력이다. 그것은 냉소적인 태도로 평범한 삶을 받아들이기를 거부하고 최고의 남자가 되는 삶을 찾아가기 위한 도전이다. 그것은 어려운 길을 택하여 모든 찬사를 뒤로한 채 미덕, 명예, 탁월함이라는 여정으로 나아가는 결단력이다." 대단한 여정이라고 하여 부담스러울 필요 없다. 미덕, 명예, 탁월함 등은 자존감을 유지하기 위해 노력해야 하는 덕목들이다. 여러분이 노력해 온 것들이니 할 수 있다. 중년의 지혜로 좀 더 다듬으면 된다. 그래서 품격의 아우라를 쌓는 데 집중하자.

흰머리가 수북한 이 나이에 가진 것이 적고 머리를 숙여야 하는 생활일지라도 나의 격은 낮추면 안 된다. 자존심이 상하고 분노하게 되더라도 감정에 휘둘리지 않고 참지도 않는 적절한 균형의 힘을 가져야 한다. 일침견혈(一針見血), 감정에 휘둘리지 않고 적절한 순간에 핵심을 찌르는 침착함이 내공이다. 고전의 훌륭한 문장을 추려내어 적은 책 『천년의 내공』은 이렇게 말한다. "비굴하지도, 무례하지도 않게 단숨에 상황을 장악하는 힘이 어른의 내공이다." "어떠한 순간에도 흔들리지 않는 단단함은 스스로에 대한 당당함에서 나온다. 그리고 그 당당함은 스스로를 깊이 들여다본 경험을 오랫동안 축적한 데에서 비롯된다." "타고난 재주로는 흉내 낼 수 없는, 오직 오랜 성찰과 공부를 통해서만 쌓을 수 있는 힘이 바로 내공이다." "존중은 구걸에서 얻는 것이 아니라 스스로의 힘을 길러 받는 것이다. 그것이 어른의 격이다."

: 중년의 여성과 남성에게 다섯 가지 제안을 드린다

1) 공부를 하자

그동안 밥벌이에 필요한 익힘이었다면 이제는 나의 격을 올리는 내공을 쌓는 공부이다. 이전에 이해가 가지 않았던 책이라도 이제는 희로애락의 만만치 않은 경험들을 했기에 마음에 와 닿을 것이다. 『사서삼경』과 『도덕경』 등의 동양 고전과 서양 고전이 좋고, 시중의 자기계발서도 끌리는 책이 있다면 좋다. 추천하고 싶은 도서는 에리히 프롬의 『자유로부터의 도피』 등 그의 책들과 빅터 프랭클의 『죽음의 수용소』가 있다. 또 스캇펙의 『아직도 가야 할 길』 등의 책들이 좋다. 좀 더 평이하고 재미있어 손이 잘 갈 수 있는 책은 변화 경영 전문가인 구본형 씨의 『사람에게서 구하라』 등의 저서들도 있다. 공통점은 바로 인문학이다. 인문학은 사람에 대한 학문이다. 사람의 마음을 이해하는 심리학, 삶의 본질과 사람의 길에 대한 사유를 다루는 철학, 켜켜이 쌓인 인생들의 흐름과 패턴을 이해하는 인류의 역사가 있다. 사실 젊은 시절에는 깊은 공감과 이해가 되지 않는 이러한 인문학이 중년의 나이에서는 팍팍 꽂힌다. 도서관과 지하철에서 책을 보고 있는 중년은 멋지다.

2) 자서전을 준비하자

아직 살아갈 날이 많기에 회고록을 당장 쓰자는 것이 아니다. 준비하는 작업을 하자. 이는 바쁘게 살아오면서 보지 못했던 것들을 생각해 보는 기회가 된다. '나는 누구인가? 어디서 왔고 어떻게 마무리할 것인가?'라는 진지한 질문에 대한 답이 될 수 있기에 자서전을 쓰는 준비를 하자는 것이다.

가계의 역사를 조사해 본 적이 있는가? 나는 부모 중 누구의 DNA를 우성으로 받았기에 성격이 같은가? 이 모습은 내 아이들 중의 한 명에게 또 내려갔을 것이다. 대를 이어 반복하는 패턴은 비슷한 갈등을 초래했을 것이다. 내 아버지의 다혈질 성격과 애주가 기질을 난 싫어했었는데 지금 내가 아버지와 똑같은 모습이다. 나의 이런 모습을 나를 닮은 아들놈이 불만스러운 표정으로 보고 있다. 이 기질은 윗대로 거슬러 올라가도 누군가에게서 볼 수 있다. 가계도를 만들어 보면 살아온 모습들, 직업, 결혼 생활, 질병 등의 개인사에서 공통점을 확인할 수 있다. 신기하고 당연하다. 내가 조상과 비슷한 삶을 살고 있다니. 『가족 이해를 위한 가계도 연구』에서 에밀리 말란은 이러한 반복들과 삼각관계, 편애와 편 가르기, 신기한 우연의 일치의 반복, 결혼·이혼과 질병의 일치를 확인할 수 있다고 했다. 가계도를 작성하는 의미는 그 가정에서 반복되는 패턴을 알아내는 것이다. 질병을 미연에 예방할 수도 있다. 이 패턴은 내가 살아온 나의 성격, 대인 관계, 갈등 해결 패턴, 사랑의 방법 등을 결정한다. 중요한 것은 나에게도 반복되고 있는 패턴을 알아내 건강하게 바꾸는 것이다. 그러면 가족 관계가 좋아지고 나의 대에서 문제를 끊을 수 있을 것이다.

다음으로 나의 살아온 개인사를 그래프로 그려 본다. 16살, 26살, 40살 등의 나이였을 적에 나의 에너지, 의욕과 자신감, 능력과 성취도를 기준으로 점수를 매긴다. 나이 별로 그 점수를 막대그래프로 긋고 이를 연결하면 뾰족 산들이 그려진다. 높은 봉우리와 골짜기들은 그 시절의 살아온 삶의 굴곡이다. 스스로 높게 찍은 봉우리와 추락한 골짜기의 원인과 의미를 생각해 보는 게 좋은 영화 보는 것보다 즐겁고 다사다난한 경험일 것이다. 나중에 자서전을 쓸 때 큰 도움이 된다.

3) 5감사(5感思) 일기를 쓰자: 5가지로 감동하고 생각해 보는 하루

- 과거의 좋았던 경험이나 그리운 기억
- 오늘 우주와 세상에 감사할 일

- 오늘 나 자신이 스스로 잘한 일
- 오늘 후회되고 반성할 일
- 내일 이루고 싶은 것

4) 건강·체력을 관리하자

건강을 위해 식단 구성, 운동을 계획하자. 체질에 맞는 식단을 짜고 체력에 맞는 운동을 계획한 후, 이를 지키면 규칙적인 생활이 이뤄진다. 새로 시작한 나의 삶이 부실한 체력과 병으로 기권하게 되지 않도록.

5) 가족을 점검하고 보듬자

가계도를 만들면서 건강한 가족 관계와 가족의 의미에 대하여 생각해 보는 기회가 되었을 것이다. 현재의 부부 관계, 부자 관계, 부녀 관계, 모녀 관계, 형제 관계를 점검해 보자. 가족 관계에 대한 자세한 설명은 저자의 졸작 『마인드닥터의 가족행복처방전』을 참고하시기 바란다. 어머니의 편애를 받거나 소외되었다면 내가 어머니의 희망이었을 수 있고 애물단지였을 수도 있다. 그것은 나의 문제이기보다는 부모님의 관계가 문제의 원인이었을 수 있다. 아들이 삶의 등불이었을 수 있고, 딸은 어두운 그늘처럼 눈에 들어오지 않았던 것이다. 엄마가 딸을 천덕꾸러기 취급하는 경우 자신도 성장하며 그런 취급을 받았을 가능성이 높다. 그런 소녀가 엄마가 되어 자신의 엄마처럼 삶이 팍팍할 때 아들을 바라보며 살기도 한다. 활달한 동생을 편애하는 부모님은 장남에게 애정을 아끼고 책임감과 인내를 더 요구한다. 이 장남은 항상 눈치를 보며 무거운 어깨를 하고, 자신을 위한 삶을 살지 못하는 남자가 된다. 형제자매들 중에도 부모의 요구에 순응하며 기쁘게 해 주려는 이들이 있고, 자기를 기쁘게 하는 게 우선인 이들이 있다. 아버지를 더 공감하고 이해하는 자식이 있고, 어머니 편이라고 선언하는 자식이 있다. 엄마의 입장에서 다른 형제를 공격하며 엄마로부터 심리적 독립을 하지 못하는 아들, 딸이 있다.

자신은 어떤 가정에서 자랐고, 부모님이 어떤 문제점을 가진 분들이었는지 깨닫는 게 필요하다. 그래야 자신이 가진 성향을 이해하게 되고, 어떤 갈등에 취약하고 왜 화를 못 내는지 알게 된다. 이렇게 자신을 이해할 수 있으면 같은 공식으로 배우자의 성장과 성향을 이해할 수 있다. 이제 이런 자신들 밑에서 아이들은 어떤 기질을 얼마나 받았고, 자신들로부터 어떤 상처를 받았는지 확인해 보자. 문제없이 잘 자라는 것 같지만 아이들도 자신의 성향대로 나름 참거나 부대끼며 어른이 되어 가는 것이다. 부모들을 보는 아이들의 눈을 잘 보면 그늘이 없이 시선을 잘 맞추는 아이가 있고, 눈동자를 금방 돌리며 오래 맞추지 못하는 아이가 있다. 혹시 아이들의 말을 들어주기보다 먹고 살기 바빠서 하고 싶은 말과 잔소리에 대화 시간을 다 쓰지 않았는지? 중년에는 내가 놓쳐 버린 가족의 상처들을 이제라도 보듬어야 한다. 아이들이 시집이나 장가가기 전에 기뻤고 아쉬웠던 가족사를 완성해 보자. 더 사랑하게 되고 몰랐던 상처가 아물게 되면 아이들에게 소중한 결혼 선물이 된다. 서로 편지를 주고받고 도란도란 대화를 하는 시간들은 다시 못 올 소중한 추억이 되기도 한다.

중년의 나이는 터닝 포인트가 된다. 지난 시간들을 정리하여 분석하고 통찰하여 깨달을 수 있는 시점이다. 자신의 처지에 굴복하지 말자. 자존감을 점검하고 자신의 품격을 완성하는 소중한 기회이다. 바라보지 못했던 각도에서 나를 알아보자. 전승되어 내려온 가족과 나의 역사를 정리해 보자. 덤으로 가족 관계가 깊어지고 나의 뿌리는 더 단단해질 것이다. 이렇게 달라진 내가 살아갈 미래는 이전과 달리 의도한 삶이 될 수 있다. 나의 역사는 인류의 역사가 된다.

그 섬에 내가 있었네

나의 진료실 방에는 오래된 사진 액자가 있다. 그동안 여러 개의 액자들이 걸려 있다 떼어졌지만 이 액자는 창고에 가 있던 잠깐을 제외하곤 오랫동안 내 옆에 있다. 이 사진은 김영갑 님의 두모악, 즉 제주를 찍은 작품이다. 그는 제주를 좋아하여 내려온 후 옷과 밥보다 필름과 인화지를 생명처럼 여기고, 아무도 주시하지 않던 제주의 빛을 찾아 신비한 아름다운 순간을 카메라에 담았다. 마치 그려낸 듯 몽환적인 빛과 색채들에 난 매료되었다.

특히 오름에 어찌 그리 많은 색들이 있는지 놀라웠다. 그래서 제주도에 가면 바다보다 오름을 보려 애쓰곤 한다. 사람들이 거의 관심을 갖지 않던 9년 전, 그는 루게릭병으로 투병하며 마지막까지 제주를 담으며 조용히 세상을 떠났다. 그가 남긴 제주의 아름다운 사진들이 있는 한, 난 제주가 언제까지나 질리지 않고 새로움으로 다가올 것 같다.

> 끊임없는 비극과 고통 속에서도 풀과 나물들은 비명 한 번 내지르지 않고 불평 한 번 없이, 절대로 도망치는 법이 없이 묵묵히 새 삶을 준비합니다. 다가오는 비극과 고통이 그들을 더 강한 존재로 만들어 줍니다.
>
> 나에게도 비극과 고통이 찾아올 때가 있습니다. 나의 의지와 상관없이 오는 것입니다. 이때 들판은 나에게 가르쳐 줍니다. 어떻게 하면 시련을 성장의 또 다른 기회로 만들 수 있는지를.
>
> 그래서 나는 들판의 친구로 삽니다. 들판을 친구 삼아 나의 비극과 고통을 넘어섭니다. 아픔은 한동안 머물다 떠납니다. 행복과 즐거움보다는 불행과 슬픔이 나를 더 성숙하게 만듭니다.
>
> 나의 친구, 들판은 나로 하여금 새로운 존재가 되도록 해 줍니다. 아주 조용한 목소리로, 아주 고요한 몸짓으로, 그렇지만 온몸으로……
>
> 김영갑 『그 섬에 내가 있었네』

후기

어릴 적 옛날이야기 듣는 것을 좋아했다. 주인공이 위기에 빠져 고생을 하고, 죽을 고비를 넘겨 행복해지면 나도 기뻐했다. 나이가 들어도 여전히 이야기를 좋아한다. 옛날이야기보다 스토리는 훨씬 복잡하고 의미심장해졌다. 픽션보다 더 드라마틱한 논픽션도 듣고 보았다.

지금도 난 이야기를 듣는다. 귀 기울여 듣는 hearer뿐 아니라 치유자 healer의 역할도 하고 있다. 나에게 털어놓은 그들의 사연은 어떤 이야기보다 다양하며 기막히다. 가정에서 받은 상처와 세상살이에 부대낀 아픔, 관계에서 오는 고통, 자기 내면과의 불화가 그들의 이야기다.

이 모든 것은 공통된 패턴이 있다. 가족에서 시작한 우리는 사랑하고 이별하며 분노하고 욕망하다 변화하고 용서와 구원에 이를 것이다. 나는 그들이 가지고 있는 마음의 힘을 이용하여 이 어려운 과정을 잘 견딜 수 있도록 돕고 싶다.

절절한 이야기의 힘은 살아가는 태도를 바꾸기도 한다. 절대 바뀌지 않을 것 같던 사람이 죽음의 문턱에서 기적적으로 살아난 후 모든 것에 감사하는 것을 본 적이 있다. 그 절절한 감사와 감동의 마음을 나도 가지고 싶다.

나는 가끔 신의 선물에 대한 이야기를 하곤 한다. 매일이 선물 같은 시간이라고 여기며 살 수 있는 것은 노력해야 이르는 경지이다. '사는 게 힘들어 그냥 살아 내야 하는 것이지, 무슨 선물이냐.'라고 해도 이 말을 되뇌어 보며 우리 삶이 선물이라고 우기고 싶다.

"神이 우리에게 이미 선물을 주셨다고 합니다. 그 선물의 포장지는 어려움과 고통으로 만들어졌지요. 그 포장을 뜯는 것이 힘들더라도 포기하지 말고 잘 풀어헤쳐 부디 그 안에 神이 준비한 선물을 안으시기를 기원합니다."